ସତ ଚିତ୍ର ମିଛ ଚରିତ୍ର

ସତ ଚିତ୍ର ମିଛ ଚରିତ୍ର

(ବ୍ୟଙ୍ଗ ବିଚ୍ଛର)

ଡକ୍ଟର ଗୌରହରି ରାଉତ (ରୂପକଳ୍ପ)

ବ୍ଲାକ୍ ଈଗଲ୍ ବୁକ୍ସ
ଭୁବନେଶ୍ୱର, ଓଡ଼ିଶା

BLACK EAGLE BOOKS
Dublin, USA

ସତ ଚିତ୍ର ମିଛ ଚରିତ୍ର / ଡକ୍ଟର ଗୌରହରି ରାଉତ (ରୂପକଳ୍ପ)

ବ୍ଲାକ୍ ଇଗଲ୍ ବୁକ୍ସ : ଭୁବନେଶ୍ୱର, ଓଡ଼ିଶା • ଡବ୍ଲିନ୍, ଯୁକ୍ତରାଷ୍ଟ୍ର ଆମେରିକା

BLACK EAGLE BOOKS

USA address:
7464 Wisdom Lane
Dublin, OH 43016

India address:
E/312, Trident Galaxy, Kalinga Nagar,
Bhubaneswar-751003, Odisha, India

E-mail: info@blackeaglebooks.org
Website: www.blackeaglebooks.org

First International Edition Published by
BLACK EAGLE BOOKS, 2022

SATA CHITRA MICHHA CHARITRA
(A collection of satirical stories on contemporary events)

by DR. GOURAHARI ROUT (Rupakalpa)
Cell: 8763853244
E-mail : gouraharirout68@gmail.com

Cover Design: **Dibyajyoti Rout**

Interior Design: Ezy's Publication

ISBN- 978-1-64560-095-4 (Paperback)

Printed in the United States of America

ସତ ଚିତ୍ର ଭିତରର

ମିଛ ଚରିତ୍ରମାନଂକୁ

ନିଜ ଘରିପାଖରେ ଦେଖି ପାରୁଥିବା

ପ୍ରିୟ ପାଠକ / ପାଠିକାଙ୍କ

ଉଦ୍ଦେଶ୍ୟରେ...

ଲେଖକଙ୍କ ପ୍ରକାଶିତ ପୁସ୍ତକ:

୧. ଉଦୟଧ୍ୱନି (କବିତା ସଂକଳନ, ୧୯୯୧)
୨. ପତ୍ର ପରାଗ (ଚିଠି ସାହିତ୍ୟ, ୧୯୯୩)
୩. ପ୍ରୀତିପର୍ଣ୍ଣା (କବିତା ସଂକଳନ, ୨୦୦୨)
୪. ପ୍ରତିବିଭୋର (କବିତା ସଂକଳନ, ୨୦୦୫)
୫. ବିବିଧବର୍ଣ୍ଣା (ଲଳିତ ନିବନ୍ଧ ସଂକଳନ, ୨୦୦୭)
୬. ନୀଳଲୋହିତ (ଶତାଧିକ ସନେଟ୍ ସଂକଳନ, ୨୦୧୧)
୭. ସ୍ମୃତିସୂତାଏ (ଗ୍ରାମ୍ୟ ଶୈଶବର ଆତ୍ମଲିପି, ୨୦୧୩)
୮. ଗୁମରକଥା (ବ୍ୟଙ୍ଗ ବିଚାର, ୨୦୧୪)
୯. ରୋମାଣ୍ଟିକ୍ ଅବବୋଧର ଶିଳ୍ପୀ କବି ମନୋରମା ବିଶ୍ୱାଳ ମହାପାତ୍ର (ଗବେଷଣା ପୁସ୍ତକ, ୨୦୧୪)
୧୦. ଏକ ସମୁଦ୍ର କୂଳିଆ ଗାଁ'ର ଗାଥା ସ୍ମୃତିସୂତାଏ
(ଗ୍ରାମ୍ୟ ଶୈଶବର ଆତ୍ମଲିପି- ପରିବର୍ଦ୍ଧିତ ଦ୍ୱିତୀୟ ସଂସ୍କରଣ, ୨୦୧୫)
୧୧. ତୁମେ କେଉଁଠି ଈଶ୍ୱର (ଉପନ୍ୟାସ- ମାନବବାଦର ମନ୍ତ୍ରନାଦ, ୨୦୧୫)
୧୨. ଅସରା ଆଲେଖ୍ୟ (ଗ୍ରାମ୍ୟ ସଂସ୍କୃତିର ସଜଳ ସ୍ମୃତି, ୨୦୧୭)
୧୩. ସତ ଚିତ୍ର ମିଛ ଚରିତ୍ର (ବ୍ୟଙ୍ଗବିଚାର, ୨୦୨୨)

କୃତଜ୍ଞତା

ନିତିଦିନ ଭେଟୁଥିବା ଘରିପାଖର ଚରିତ୍ର -

- ଯେଉଁମାନେ କି ମୋତେ ପ୍ରେରିତ କରିଛଂତି ଏ ଚିତ୍ରଶାଳାରେ ସେମାନଂକୁ ରଂଗ ରସ ବାସ ଦେଇ ଆଉ ଏକ ବାଗରେ ଚିତ୍ରଣ କରିବାକୁ
- ବିଭିନ୍ନ ସମୟରେ ନିଜ ପତ୍ରପତ୍ରିକାରେ ମୋର ଏ ସବୁ ଲେଖାକୁ ପ୍ରକାଶ କରିଥିବା 'ଧରିତ୍ରୀ', 'ନିତିଦିନ', 'ସକାଳ', 'ପ୍ରଗତିବାଦୀ', 'ସମ୍ବାଦ କଳିକା', 'ବନଫୁଲ', 'ମୋନାଲିସା', 'ସଂବର୍ତ୍ତକୀ' ଆଦିର ସଂପାଦକ / ସଂପାଦିକା
- ଅନେକ ଶ୍ରମ ସ୍ୱୀକାର ପୂର୍ବକ ଅକ୍ଷର ସଜା ଓ ସେଟିଂରେ ସହଯୋଗ କରିଥିବା ଅନୁଜ ପ୍ରତିମ ସୁନୀଲ୍ କୁମାର ଡାକୁଆ
- ପୁସ୍ତକ ପ୍ରକାଶନ ପାଇଁ ସାଦର ସ୍ୱୀକୃତି ପ୍ରଦାନ କରିଥିବା 'ବ୍ଲାକ୍ ଈଗଲ୍ ବୁକ୍ସ'ର ନିର୍ଦ୍ଦେଶକ ସତ୍ୟ ପଟ୍ଟନାୟକ ଏବଂ ମୋ'ପରିକଳ୍ପିତ ପ୍ରଚ୍ଛଦକୁ କମ୍ପୁଟର ଗ୍ରାଫିକ୍ସରେ ସଜେଇଥିବା ଦିବ୍ୟଜ୍ୟୋତି ରାଉତ
- ସାରସ୍ୱତ ସୃଷ୍ଟିପାଇଁ ନିସର୍ତ୍ତ ପ୍ରେରଣା ପ୍ରଦାନ କରି ଆସୁଥିବା ମୋ'ର ଧର୍ମପତ୍ନୀ ସାଧନା ଓ ପୁତ୍ର ଦିବ୍ୟ, ସତୀର୍ଥ, ଶୁଭାକାଂକ୍ଷୀ ତଥା ପ୍ରିୟ ପାଠକ / ପାଠିକା

ପୁସ୍ତକ ପ୍ରକାଶନର ଶୁଭ ଅବସରରେ ଏ ସମସ୍ତଙ୍କୁ ମୁଁ ସଶ୍ରଦ୍ଧ କୃତଜ୍ଞତା ଜଣାଉଛି ।

ପ୍ରବେଶ ପଥ

ତୁଳସୀ ବଣରେ ବିଛୁଆତି ଉଠୁ କି ବାଇଡଙ୍କ - ମୋର କି ଯାଏ ସେଥିରୁ; ବାଟଭାଙ୍ଗି ଚାଲିଗଲେ ତ କଥା ସରିଲା। ଏଇ ମନୋଭାବରେ ଅଧିକାଂଶ ଲୋକ ଏସବୁକୁ ଦେଖି ନଦେଖିଲା ପରି ନିଜ ବାଟରେ, ନିଜ ବାଗରେ ଚାଲିଥାନ୍ତି। ଧାନକ୍ଷେତର ବାଲୁଙ୍ଗା ଉପରେ ଏମାନଂକର ନିଘା କିମ୍ବା ନିଜ ଚାରିପାଖର ଅଳିଆ ଆବର୍ଜନା ଉପରେ ନଜର ନଥାଏ। ଏଭଳି ଲୋକ ପୁଣି ବାଟ ଚାଲୁଚାଲୁ ଚାରିପାଖର ଚିତ୍ର-ଚରିତ୍ର ଭିତରେ କିଏ ସାଧୁ, କିଏ ସଇତାନ୍ ତାହା ଜାଣିପାରି ନଥାନ୍ତି। ଏଠି ଯେ ଅସଲି ନକଲିର ଲୁଚକାଳି ଖେଳ ଅହୋରାତ୍ର ଚାଲିଛି, ସେ ସଂପର୍କରେ ଚିନ୍ତାକରିବାକୁ ଏମାନଂକ ପାଖରେ ସମୟର ଘୋର ଅଭାବ। ମଧୁର ମଧୁର କଥା କହି କେହି ଯଦି ଏମାନଙ୍କର କଛା କାଟିନିଏ ତାହା ବି ଏମାନେ ଜାଣି ନପାରି ଭକୁଆଙ୍କ ପରି ୟାଡ଼କୁ ସ୍ୟାଡ଼କୁ ଅନାଉଥାନ୍ତି।

ସତ ନାଁରେ ଏଠି ମିଛର ଖେଳ ବେଶୀ ଚାଲିଥାଏ। ଉପରର ଭେଲ୍‌ବେଟ୍ କପଡ଼ା ତଳେ କେତେ କଦର୍ଯ୍ୟ ଅପରିଷ୍କାର ଚିତ୍ର ସାଇତା ହୋଇଛି - ଚକ୍‌ଚକ୍ କରୁଥିବା ଭେଲ୍‌ବେଟ୍ କପଡ଼ା ନଟେକିଲେ ଆମେ କେମିତି ଜାଣିବା ? ମୁଖାପିନ୍ଧି ନାଚୁଥିବା ଲୋକର ମୁଖା ନଖୋଲିଲେ ଆମେ କ'ଣ ଚରିତ୍ରର ସତ ଚେହେରାକୁ ଦେଖିପାରିବା ? ସେଇଥି ପାଇଁ କୁଢ଼ କୁଢ଼ ଅଳିଆ ଉପରେ ଅତର ସିଞ୍ଚି ଚଉଦିଗକୁ ମହକାଉଥିବା ଲୋକ ଉପରେ ଭରସା କରି ଆମରି ଭିତରୁ ଅନେକେ ସେମାନଂକ ପଛରେ ଧାଇଁଥାନ୍ତି। ଆମେ ସତରେ କେତେ ବୋକା - ସେମାନଂକ ମନଭୁଲାଣିଆ କଥାରେ ଭଳିଯାଇ କାଳିସୀ ଲାଗିଲାପରି ଚାଲିଥାଉ। କାଂଚନ ବଦଳରେ କାଚ କଣିକା ଦେଖାଇ ସେମାନେ ଆମକୁ ନୟାନ୍ତ କଲେ ବି ଆମେ ମାଇଲ୍ ମାଇଲ୍ ବାଟ ଦୌଡ଼ୁଥାଉ - କାଳେ କାଂଚନ ମିଳିଯିବ କି ? ଶେଷରେ ପାଣି ଭ୍ରମରେ ମରୀଚିକା ପଛରେ

ଧାଇଁବାର ପରିଣାମ ଆମକୁ ଭୋଗିବାକୁ ପଡ଼େ। ନା କାଂଚନ, ନା କାଚ – ନା ଜଳ, ନା ମରୀଚିକା କୌଣସିଟା ଆମ ଭାଗ୍ୟରେ ଯୁଟେନି।

ଆମକୁ ଭ୍ରମିତ କରୁଥିବା ସେଇ ଚତୁରମାନେ କିନ୍ତୁ ଆସନ୍ନ ବିପଦର ସୁରାକ୍ ପାଇଲେ ଖସିଯାଆନ୍ତି, କେତେବେଳେ ସାତବର୍ଣ୍ଣ ଏଣ୍ଡୁଅ ପରି ରଙ୍ଗ ବଦଳାଇ ଅଥବା ଆଉ କେତେବେଳେ ଅଭିନବ ଅଭିନୟ କରି । କଥା ସେଇଠି ସରେନି; ଏମାନଂକ ଭିତରୁ ଆଉ କେହି ବୃହସ୍ପତିଙ୍କର ସାକ୍ଷାତ୍ ଅବତାର ବୋଲି ନିଜକୁ ମନେକରି ଅନ୍ୟମାନଂକୁ ଅତି ତୁଚ୍ଛ ତାସ୍ଲ୍ୟ ଦୃଷ୍ଟିରେ ଦେଖନ୍ତି। ସବୁ ଜାଣିଛନ୍ତିର ଅହମିକାରେ ସତେଅବା ସେମାନଂକର ଛାତି ଫାଟିପଡ଼େ। ଏମିତି ଅନେକ ଚିତ୍ର, ଅନେକ ଚରିତ୍ର – ଆଉ କାହା ନଜରକୁ ଆସୁ କି ନଆସୁ, ଆମ ନଜରରୁ କିନ୍ତୁ ବାଦ୍ ଯାଏନି। ତୁଳସୀ ବଣର ବିଛୁଆତି କି ବାଇଡଙ୍କ ହେଉ, ହେଉ ଅବା ଧାନ କ୍ଷେତର ବାଲୁଙ୍ଗା କିମ୍ବା ସାଧୁ ଭିତରର ସଇତାନ୍ – ସବୁକୁ ଆମେ ମାଇକ୍ରୋସ୍କୋପିକ୍ ଲେନ୍ସରେ ଆଖିଗଳେଇ ଦେଖୁ ଏବଂ ତାହା ଆପଣମାନଂକୁ ବି ଦେଖାଇଥାଉ। ଆଉ କେତେକ ନିତିଦିନିଆ ଘଟଣା – ଯାହା ଆମ ମନକୁ ଆନ୍ଦୋଳିତ କରେ, ସେସବୁକୁ ବି ଆମେ ଆମ ଚରିତ୍ରର ଚିତ୍ରଶାଳାରେ ରୂପଦେଇ ଆପଣମାନଂକ ପାଖରେ ପହଂଚେଇଦେଉ।

ଏଇସବୁ ଚିତ୍ର ଏବଂ ଚରିତ୍ରର ସମାହାର ହେଉଛି 'ସତ ଚିତ୍ର ମିଛ ଚରିତ୍ର'। ଆମ ଘରିପାଖର ବାସ୍ତବ ଚିତ୍ର ଏଥିରେ ରୂପ ପାଇଛି ନୂଆ ଢଂଗରେ; ଆଉ ଏକ ପରିପାଟୀରେ। ବିଶେଷ କଥା ହେଉଛି – ବାସ୍ତବ ଚିତ୍ର ଭିତରେ ଖଂଜାଯାଇଥିବା ଚରିତ୍ରମାନେ କିନ୍ତୁ ଅବାସ୍ତବ ବା ମିଛ। ଏଇ ଅବାସ୍ତବ ଚରିତ୍ରମାନଂକ ଭିତରକୁ ଗଭୀର ଭାବରେ ନିରୀକ୍ଷଣ କଲେ ଆପଣ ବାସ୍ତବ ଚରିତ୍ରମାନଙ୍କ ଭେଟ ପାଇପାରିବେ। ଭାବିବେ – ସତେ ତ ଏଭଳି ଲୋକ ଜଣେ ମୋତେ ଚିତା କାଟିଥିଲା, ଏଭଳି ଲୋକମାନଂକୁ ମୁଁ ନିଜ ଘରିପାଖରେ ଦେଖୁଛି ! ସେଥିପାଇଁ ଆମର ଏ ପ୍ରୟାସ।

ସତ ଚିତ୍ର ଭିତରର ମିଛ ଚରିତ୍ରମାନଂକୁ ଖୋଜି ପାଇଲେ ଶ୍ରମ ସାର୍ଥକ ହେଲା ବୋଲି ଆମେ ମଣିବୁ। ସେଇ ଆଶା ଓ ବିଶ୍ୱାସରେ 'ସତ ଚିତ୍ର ମିଛ ଚରିତ୍ର' କୁ ଭେଟିଦେଲୁ ଆମେ ଆପଣମାନଂକୁ। ଅଳମତି ବିସ୍ତାରେଣ।

(ଗୌରହରି ରାଉତ)

କ୍ର ମ ବି ନ୍ୟା ସ

ବଚନ ମଧୁର ତିଳକ ସରୁ

କାଳୁବାବୁଙ୍କ ନାଁ' ଆମ ଖଣ୍ଡ ମଣ୍ଡଳରେ ଡାକ। ପିଲା ପେଚକା ଠାରୁ ପୁରୁଖା ପର୍ଯ୍ୟନ୍ତ ଏମିତି କେହି ନାହିଁ ଯିଏ ତାଙ୍କୁ ଜାଣି ନଥିବେ। ସିଏ ଜଣାଶୁଣା କେବଳ ତାଙ୍କ ମଧୁର କଥା ପାଇଁ। ଶର ପକେଇ କଥା ହେବାରେ ସେ ପକ୍କା ଓସ୍ତାଦ। ଏମିତି ଖିଅକୁ ଖିଅ ଯୋଡ଼ି ମିଠା କଥାରେ ଚାଲିଗଲା ଲୋକକୁ ଦଣ୍ଡେ ଠିଆ କରେଇ ଦେବେ ଯେ ଲୋକଟି ଉପରେ କିଛି କହି ନ ପାରିଲେ ବି ଭିତରେ ଭାରି ବିକଳ ବିଳାପ କରୁଥାଏ କେମିତି ତାଙ୍କ କବ୍‌ଜାରୁ ଖସିବେ, ହେଲେ କାଳୁବାବୁ କି ଛାଡ଼ିବା ଜନ୍ତୁ? କେତେ ଭଙ୍ଗୀରେ, କେତେ ଠାଣିରେ ଗପି ଚାଲିଥିବେ। କଥାର ସେମିତି କିଛି ଗୁରୁତ୍ୱପୂର୍ଣ୍ଣ ପ୍ରସଙ୍ଗ ନଥାଏ – ମାତ୍ର ସେ ଫେଣେଇ ଫେଣେଇ କଥା ଲମ୍ବାଉଥାନ୍ତି ପଛକୁ ପଛ। ଏସବୁ ଭିତରେ କିଛି ମହତ୍ ଉଦ୍ଦେଶ୍ୟ ତାଙ୍କର ଥାଏ। କେଉଁ ଲୋକ ପାଖରୁ କି ଫାଇଦା ହାସଲ କରିହେବ – ତାକୁ ନଜରରେ ରଖି କାଳୁବାବୁ ମଧୁର କଥାର ଖିଅ ଯୋଡୁଥାନ୍ତି। ଯିଏ ତାଙ୍କ ହାବୁଡ଼ରେ ପଡ଼ିଲା, ତାର ଶନିଦଶା ଆସିଲା ବୋଲି ଜାଣ। ସେଥିପାଇଁ ତାଙ୍କୁ ଜାଣିଥିବା ଲୋକେ ଖଣ୍ଡେ ଦୂରରୁ ବାଟ ଭାଙ୍ଗନ୍ତି। ମିଠା କଥା କହି ମନ ମୋହୁଥିବା ଇଏ ଆମ କାଳୁବାବୁ।

ଆଜ୍ଞା, ଏଭଳି ମହାତ୍ମାଙ୍କ ଫାଶରେ ଆପଣ ମାନଙ୍କ ଭିତରୁ କେହି ନା କେହି ପଡ଼ିଥିବେ, ଛଟପଟ ବି ହୋଇଥିବେ। ଆପଣଙ୍କ ପେଟ ପୂରିଲା ପରି ଭାରି ଧୀର ମଧୁର କଥା କହି ନିଜର ସ୍ୱାର୍ଥ ହାସଲ କରିବାର ଫନ୍ଦି ଫିକର କରୁଥିବା ଏଭଳି ମହାନ୍ ବ୍ୟକ୍ତିବିଶେଷ ଆମ ଚାରିପାଖରେ ଚରନ୍ତି, ଆମ ତୁମ ଭଳି ସରଳ ହୃଦୟ ସମ୍ପନ୍ନ ମଣିଷଙ୍କୁ ଦେଖିଲେ ମଧୁର କଥାର ଜାଲରେ ଫସାନ୍ତି। କିଏ ଏମାନଙ୍କ କଥାରେ ଭଳିବ - ପଦେ ଦି'ପଦ କଥାରୁ ଭଲ ଭାବରେ ଜାଣିପାରନ୍ତି ଏମାନେ।

ବାଘ ଯେମିତି ଶିକାର ପାଇଗଲେ ମାଟିରେ ଲାଞ୍ଜ ପିଟି ହେଣ୍ଟାଳ ଛାଡ଼େ, ଏମାନେ ସେମିତି ପାଲରେ ପଡ଼ି ପାରୁଥିବା ଲୋକଟିଏ ପାଇଗଲେ ଖୁସିରେ କଥା ଲହରାଉଥାନ୍ତି। 'ବଚନେ କା ଦରିଦ୍ରତା' – ଏଭଳି ନୀତିବାଣୀରେ ପ୍ରଥମେ ବଶୀଭୂତ କରନ୍ତି। ଲୋକଟିଏ ତାଙ୍କ ଅକ୍ତିଆରକୁ ଆସିଗଲା ବୋଲି ଜାଣିଲା ପରେ ଫାଇଦା ହାସଲର ପ୍ରସଙ୍ଗ ଉଠାନ୍ତି। ସେତେବେଳକୁ ତାଙ୍କ କଳ୍ପିତ ଯନ୍ତାରୁ ବର୍ତ୍ତିବାର ଆଉ ଯୁ' ନଥାଏ – ଯେମିତି ସମ୍ପୂର୍ଣ୍ଣ କାବୁ କଲା ପରେ ଶିକାରର ତଣ୍ଟି କଣା କରି ରକ୍ତ ପିଇଥାଏ ବାଘ।

ମୋ'ର ଜଣେ ବନ୍ଧୁ କାଲୁବାବୁଙ୍କ ପରି ମଧୁର କଥା କହୁଥିବା ଲୋକର ଫନ୍ଦିରେ ଫସି କିପରି ସର୍ବସ୍ୱାନ୍ତ ହେଲା ସେ ସମ୍ପର୍କରେ ଆଲୋଚନା କରିବାର ପରିସର ଏ ନୁହେଁ। ମାତ୍ର ତଣ୍ଟି କଣା କରି ରକ୍ତ ପିଉଥିବା ଏଭଳି ମଧୁର ଭକ୍ତିଆ ବ୍ୟକ୍ତିମାନେ ଯେ କେତେ କାଇଦାରେ ସରଳମନା ଲୋକମାନଙ୍କୁ ନିଜ ପାଲରେ ପକାଇ ପାରନ୍ତି ଏହା ଜାଣିଲେ ଆଶ୍ଚର୍ଯ୍ୟ ଲାଗେ। କେତେ ବାଗରେ ଏମାନେ ଆସନ୍ତି, ପାଖରେ ବସନ୍ତି, ରସ ରସିଆ ମଧୁର ଗପର ଆସର ଜମାନ୍ତି ଆଉ ଶେଷରେ ସୁବିଧା ଦେଖି କଳା କନା ବୁଲାନ୍ତି। ଏତେ ସବୁ କଲା ପରେ ବି ସହଜରେ ଧରା ପଡ଼ନ୍ତି ନାହିଁ। ଲୋକଙ୍କ ମନରେ ଏମିତି ଭାବରେ ସରଳ ବିଶ୍ୱାସ ଜନ୍ମେଇ ଥାନ୍ତି ଯେ ତାଙ୍କୁ ଅବିଶ୍ୱାସ କରିବାର ପ୍ରଶ୍ନ ହିଁ ନଥାଏ। ଗଛ ପତ୍ରରେ ଶୀତଳ ଜଳ ସିଞ୍ଚନ କରି ଭିତରେ ଚେର କାଟୁଥିବା ଏଭଳି ମହାତ୍ମାମାନଙ୍କୁ କିଏ ବା କେମିତି ଅବିଶ୍ୱାସ କରିବ ?

କାଲୁବାବୁଙ୍କ ପରି ଅନେକ ଚରିତ୍ର ଆମ ଚାରି ପାଖରେ ଅଛନ୍ତି – ଯେଉଁମାନେ ଉପରେ ମଧୁର କଥା କହି ନିଜର ଫାଇଦା ଉଠାଇଥାନ୍ତି। କଥା ସିନା କହୁ ଥାନ୍ତି ରସ ରସିଆ, କିନ୍ତୁ ଭିତରେ ଚିନ୍ତା କରୁଥାନ୍ତି ଲୁତ୍‌ପୁତିଆ। ପେଟ ଭିତରେ ଅନେକ ଆବର୍ଜନା, ହେଲେ ଅତର ସିଞ୍ଚା ମୁହଁରୁ ଆସୁଥାଏ ମହ ମହ ବାସ୍ନା। ଅନ୍ୟ ଅର୍ଥରେ କହିଲେ ପେଟରେ ବିଷ, ମୁହଁରେ ହସ। ହସି ରସି ମଧୁର କଥାରେ କାମ ହାସଲ କରୁଥିବା ଲୋକଙ୍କୁ ଆମେ କହୁ 'କାମ ସଂଗାତ।' କାମ ଥିଲା ପର୍ଯ୍ୟନ୍ତ ସିନା ସାଙ୍ଗ, କାମ ସରିଲେ ଆଉ କି ସାଙ୍ଗ ? ଏଭଳି ଲୋକଙ୍କ ସମ୍ପର୍କରେ ମହାମାନ୍ୟ ଚାଣକ୍ୟ ଯଥାର୍ଥରେ କହିଛନ୍ତି: "ପରୋକ୍ଷେ କାର୍ଯ୍ୟହନ୍ତାରଂ ପ୍ରତ୍ୟକ୍ଷେ ପ୍ରିୟବାଦୀନଂ, ବର୍ଜୟେତାଦୃଶଂ ମିତ୍ରଂ ବିଷ କୁମ୍ଭଂ ପ୍ରୟୋମୁଖମ୍"। ଅର୍ଥାତ୍ ସାମ୍ନାରେ ମଧୁର କଥା କହି ପରୋକ୍ଷରେ ଅନିଷ୍ଟ ଚିନ୍ତା କରୁଥିବା ମିତ୍ରଙ୍କୁ ତ୍ୟାଗ କରିବା ଉଚିତ୍, କାରଣ ତାଙ୍କ ମୁଖରେ ଅମୃତ ତୁଲ୍ୟ ବଚନ ଥିଲେ ବି ପେଟ ଭିତରେ ଥାଏ ବିଷ। ତେଣୁ

ଏମାନଙ୍କୁ ହାତେ ମାପି ଚାଖଣ୍ଡେ ଚାଲନ୍ତୁ, ନଇଲେ ସର୍ବନାଶ। ଆଉ ଠାଏ ବି ମହାମତି ଚାଣକ୍ୟ କହିଛନ୍ତି "ଶୃଙ୍ଗିଣୋ ଦଶ ହସ୍ତେନ ସ୍ଥାନ ତ୍ୟାଗେନ ଦୁର୍ଜନଃ।"

ସୁତରାଂ ସାଧୁ ସାବଧାନ୍ - କାଲୁବାବୁଙ୍କ ପରି ଲୋକଙ୍କୁ ସତର୍କ ଦୃଷ୍ଟି ରଖି ମହାମାନ୍ୟ ଚାଣକ୍ୟ ବାଣୀକୁ ହେଜି ବାଟ ଚାଲିଲେ ବିପଦ ନ ପଡ଼ଇ ହେଳେ। ଆମ ଭାଷାରେ-ବଚନ ମଧୁର ତିଳକ ସରୁ, ଏମାନେ ଅସଲ ପଟିମରାଙ୍କ ଗୁରୁ।

■

ଜ୍ଞାନୀପଣେ ମୁଁ ଯେ ଗୁରୁ ବୃହସ୍ପତି

ଶିଶୁ ଗପଟିଏ ମନେ ପଡୁଛି, ଚୁମ୍ବକରେ ସାରି ପ୍ରସଙ୍ଗକୁ ଆସିବା। ପୋଖରୀ କୂଳରେ ଛୁଆ ମାନଙ୍କୁ ଛାଡ଼ି ଦେଇ ମା' ବେଙ୍ଗଟି କୁଆଡ଼େ ଯାଇଥିବା ସମୟରେ ଏକ ହାତୀ ପୋଖରୀକୁ ପାଣି ପିଇବାକୁ ଆସିଛି। ଏତେ ବଡ଼ ଜୀବକୁ ଦେଖି ବେଙ୍ଗ ଛୁଆମାନେ ଗୁଳ୍ମ ଗହଳିରେ ଲୁଚି ଗଲେ। ହାତୀ ପାଣି ପିଇ ତା' ବାଟରେ ଚାଲିଗଲା ଓ କିଛି ସମୟ ପରେ ମା' ବେଙ୍ଗଟି ଛୁଆମାନଙ୍କ ପାଖକୁ ଫେରିଛି। ଛୁଆମାନେ ଭୟ କାତରରେ ଥରି ଥରି ଆଜି ସେମାନେ ଏକ ବିରାଟ ଜୀବ ଦେଖିବା କଥା କହିଛନ୍ତି। ମା' ବେଙ୍ଗଟି ଗର୍ବରେ ନିଜ ପେଟ ଫୁଲାଇ ପିଲାମାନଙ୍କୁ କହିଛି – ଦେଖ ଦେଖ ପିଲେ, ସେ କ'ଣ ମୋ' ଠାରୁ ବଡ଼? ଛୁଆମାନେ ସମ ସ୍ୱରରେ କହୁଛନ୍ତି ହଁ ମା' ଢେର୍ ବଡ଼। ସେ ବିରାଟ ଜୀବ ଠାରୁ ନିଜକୁ ବଡ଼ ବୋଲି ପ୍ରମାଣ କରିବାକୁ ଯାଇ ମା' ବେଙ୍ଗ ପେଟ ଫୁଲାଇ ଫୁଲାଇ ଶେଷରେ ଛୁଆଙ୍କ ସାମ୍ନାରେ ମଲା ସିନା ବିରାଟ ଜୀବର ସମକକ୍ଷ ହୋଇପାରିଲାନି।

ଆମ ଚାରିପାଖେ ଏମିତି ଏକ ଏକ ଚରିତ୍ର ଅଛନ୍ତି ଯେଉଁମାନେ ମା' ବେଙ୍ଗ ପରି ନିଜକୁ ଦୁନିଆରେ ସବୁଠୁ ବଡ଼ ବୋଲି ଭାବନ୍ତି। ମୁଁ ହିଁ ଏକମାତ୍ର ବିରାଟ ବ୍ୟକ୍ତି, ମୋ' ଠାରୁ ଆଉ କେହି ବଡ଼ ନାହାନ୍ତି କି ଶତ ଚେଷ୍ଟା କଲେ ବି ହୋଇ ପାରିବେନି। ମୁଁ ଯାହା ଚିନ୍ତା କରେ ତାହା ଠିକ୍, ଯାହା କହେ ତାହା ଠିକ୍ ଓ ଯାହା କରେ ତାହା ମଧ୍ୟ ଠିକ୍। ତେଣୁ ଅନ୍ୟମାନେ ମୋର ଚିନ୍ତନ, ବାଣୀ ତଥା କର୍ମକୁ ମାନି ନିଅନ୍ତୁ – ଏପରି ମାନସିକତା ନେଇ ସେମାନେ ଆମ ଚାରି ପାଖରେ ଚରନ୍ତି। ଅନ୍ୟ ଅର୍ଥରେ କହିଲେ ଏଇ ଆତ୍ମ ଘୋଷିତ ଜ୍ଞାନୀ ପୁରୁଷମାନେ ଅନ୍ୟମାନଙ୍କ ଠାରୁ ମନ, ବଚନ ଏବଂ କର୍ମର ଉର୍ଦ୍ଧ୍ୱରେ ବୋଲି ପ୍ରତିପାଦନ କରି ନିଜର ବିଚାରକୁ ଶତ ପ୍ରତିଶତ ସତ ବୋଲି ଅନ୍ୟଠି ଲଦି ଦିଅନ୍ତି। ସୁତରାଂ ଏମାନେ ଆମ ଭିତରେ ଏକ ସ୍ୱତନ୍ତ୍ର ସ୍ଥାନଟିଏ

ତିଆରି କରି ନିଜକୁ ମହାଜ୍ଞାନୀର ଆସନରେ ବସାନ୍ତି ଓ ତାଙ୍କ କଥାରେ ଉଠ୍ ବସ୍ ହେଉଥିବା ଲୋକଙ୍କର ଅଧୀଶ୍ୱର ବୋଲାନ୍ତି। 'ନ ଦେଖିଲା ଓଉ ଛଅ ଫଡ଼ା' ପରି ଏମାନଙ୍କର କଥାମୃତକୁ ନିର୍ମାଖି ମଣିଷମାନେ ପିଇ ଯାଆନ୍ତି। ବିରାଡ଼ିର ଛଅଟା ଗୋଡ଼ କହିଲେ ଏମାନେ ମାନି ନିଅନ୍ତି, ହାତୀ ଆକାଶରେ ଉଡ଼ି ଯାଉଥିବା କଥାକୁ ବି ସ୍ୱୀକାର କରନ୍ତି। ମୋଟା ମୋଟି ଭାବରେ ତାଙ୍କ କଥାରେ 'ହାଁଜୀ'କହୁଥିବା ମେଣ୍ଢାପଲ ଏଇ ତଥାକଥିତ ମହା ପଣ୍ଡିତଙ୍କର ହାତ ବାରିସୀ ପରି ଦରକାର। ଦଳେ ନିରକ୍ଷର ବା ବୁଦ୍ଧିହୀନ ଲୋକ ଥିଲେ ତ ଏଇ ମହାଜ୍ଞାନୀମାନେ(?) ନିଜର ପ୍ରଭୁତ୍ୱ ପ୍ରତିପାଦନ କରିବେ !

ଡିହକୁତୀ ନିଜ ଡିହ ବା ଇଲାକାରେ ବଳ ଦେଖାଇ ଅନ୍ୟ କୁତା / କୁତୀମାନଙ୍କୁ ତଡ଼ି ଦିଏ, ମାତ୍ର ନିଜ ଇଲାକା ପାର ହୋଇଗଲେ ଲାଞ୍ଜ ଜାକି ଅନ୍ୟ କୁକୁରମାନଙ୍କ ନିକଟରେ ଚର୍ ଚର୍ ମୂତି ପକାଏ। ତା'ର ବଳ କେବଳ ନିଜ ଇଲାକାରେ। ସେମିତି ଆମ ସମାଜରେ ମହାଜ୍ଞାନୀ ବୋଲାଉଥିବା ବ୍ୟକ୍ତିମାନେ ନିଜ ଭୂଖଣ୍ଡ ବା ପରିସରରେ ଭାରି ଦାଉଁ ଦେଖେଇ ହୁଅନ୍ତି, ହେଲେ ଅସଲ ବିଜ୍ଞ ହାବୁଡ଼ରେ ପଡ଼ିଗଲେ ଡିହ କୁତୀର ଅବସ୍ଥା ହୁଏ ଏମାନଙ୍କର। କୂଅ ବେଙ୍ଗ ତା'ରି ଭିତରେ ପହଁରି ସେଇଟାକୁ ବିରାଟ ପୃଥିବୀ ବୋଲି ଭାବେ, ମାତ୍ର ଯଦି ସେ କୌଣସି ପ୍ରକାରେ କୂଅ ବାହାରକୁ ଆସନ୍ତା ତେବେ ସିନା ଜାଣନ୍ତା ପୃଥିବୀଟା କେତେ ବଡ଼ ବୋଲି। ସେ ବିସ୍ତାରିତ ଜ୍ଞାନ ବେଙ୍ଗର କାହିଁ? ଏଇ କୂପ ମଣ୍ଡୁକ ତୁଲ୍ୟ ତଥାକଥିତ ମହାଜ୍ଞାନୀମାନେ ନିଜ ଇଲାକାରେ ବିଦ୍‌ବତ୍ତା ଦେଖାନ୍ତି। ଛୋଟ କଣ୍ଟା ଗୁଳ୍ମ ଥିବା ମରୁଭୂମିରେ ଯଦି ଦୈବାତ୍ ଗବ ଗଛଟିଏ ଜନ୍ମିଲା ତେବେ ସେ ତ ସେଠି ନିଜର ପ୍ରଭୁତ୍ୱ ଦେଖେଇବା ସ୍ୱଭାବିକ ! 'ଅପାଳକ ରାଜ୍ୟରେ ବିଜୁଳି ଲକ୍ଷେ ଟଙ୍କା।' ତେଣୁ ଜ୍ଞାନୀ ବୋଲାଉଥିବା ଏଇ ବ୍ୟକ୍ତିଚରିତ୍ର ମାନେ ନିଜ ଭିତରେ ଯତ୍ କିଂଚିତ୍ ଜ୍ଞାନ ସଂଚୟ କରି ଅନ୍ୟକୁ ଭୁଆଁ ବୁଲାନ୍ତି।

ଏ ପ୍ରସଂଗରେ ଆଉ ଏକ ଛୋଟିଆ କାହାଣୀର ଅବତାରଣା କରୁଛି। ଏକ ଦେଶର ବୃଦ୍ଧ ରାଜାଙ୍କ ଉଆସର କାନ୍ଥ ଖୁରାରେ ବସା ବାନ୍ଧି ସପରିବାର ରହୁଥାଏ ଏକ ଘରଚଟିଆଟିଏ। ରାଜାଙ୍କର ଦାସୀ ପୋଇଲୀମାନେ ଅଗଣାରେ ଯାହା କିଛି ଚାଉଳ, ମୁଗ ଆଦି ଶସ୍ୟ ଶୁଖାନ୍ତି, ଘରଚଟିଆ ନିଜର ପରିବାର ସହ ସେଥିରୁ କିଛି ଖୁଣ୍ଟି କରି ଖାଇ ଖୁସି ମନରେ ରାଜ ଉଆସରେ ଥାଏ। ଦିନକର କଥା - ରାଜାଙ୍କର କୁନି ନାତି ଅଗଣାରେ ଖେଳୁଥିବା ସମୟରେ ବେକର ସ୍ୱର୍ଣ୍ଣଅଳଙ୍କାରରୁ ଛୋଟିଆ ଏକ ସ୍ୱର୍ଣ୍ଣ ଖସି ପଡ଼ିଥାଏ। ରାଜପରିବାରର କାହାରି ଦୃଷ୍ଟି ପଡ଼ିବା ପୂର୍ବରୁ ଘରଚଟିଆ ଅଗଣାରେ ଡେଇଁ ଡେଇଁ ଶସ୍ୟ ଖୁଣ୍ଟି ଖାଇବା ଅବସରରେ ସେ ଛୋଟ ଅଳଙ୍କାରଟିକୁ

ପାଇ ଥଣ୍ଟରେ ଧରି ନିଜ ବସାରେ ସାଇତି ରଖିଲା। ତହିଁ ଆରଦିନ ଠାରୁ ରାଜା ଯୁଆଡ଼େ ଯାଆନ୍ତି କିମ୍ବା ଯେଉଁଠି ବସନ୍ତି, ଏ ଚଟିଆ ଚଢ଼େଇଟି ତାଙ୍କ ପାଖରେ ଫଡ଼୍ ଫଡ଼୍ ହୋଇ ଉଡ଼ିବୁଲି କିଚିରି ମିଚିରି ଶବ୍ଦରେ ସତେ ଯେମିତି କହୁଥାଏ-ରାଜା ଠାରୁ ମୁଁ ବଡ଼, ରାଜା ଠାରୁ ମୁଁ ବଡ଼। ରାଜା ଚିନ୍ତାକଲେ - ଏ ଚଟିଆ ଚଢ଼େଇଟି କେବେ ତ ଏମିତି ପାଖରେ ଚକ୍‌କର କାଟି କିଚିରି ମିଚିରି ଶବ୍ଦ କରେନି। କିଛି ଗୋଟେ କାରଣ ଥିବ। ତହୁଁ କାନ୍ଥଖୁରାରେ କରିଥିବା ତା' ବସା ଖାନ୍‌ତଲାସ୍ କରିବାକୁ ଲୋକ ପଠାଇଲେ। ଶେଷକୁ ରାଜାଙ୍କ ଲୋକେ ଏକ ଛୋଟ ସ୍ୱର୍ଣ୍ଣ ଅଳଙ୍କାର ତା' ବସାରୁ ଠାବ କରି ରାଜାଙ୍କୁ ଦିଅନ୍ତେ ରାଜା ତାହା ହାତରେ ଧରି ସ୍ୱଗତୋକ୍ତି କଲେ-ଓଃ ଘରଚଟିଆ ଏଥିପାଇଁ ଚାରିପାଖରେ ଉଡ଼ି କିଚିରି ମିଚିରି ଶବ୍ଦ କରୁଥିଲା। ବକଟେ ମାତ୍ର ସ୍ୱର୍ଣ୍ଣ ଅଳଙ୍କାର ସାଉଁଟି ନେଇ ଗର୍ବରେ କହୁଛି ମୁଁ ରାଜାଙ୍କ ଠାରୁ ବଡ଼। ବେଜାଏ ହସିଲେ ରାଜା। ଅଚଳାଚଳ ଧନ ସମ୍ପତ୍ତିର ମାଲିକ ରାଜାଙ୍କଠାରୁ ବଡ଼ ବୋଲି ଭାବୁଥିବା ଘରଚଟିଆର ଏହା ସଂକୀର୍ଣ୍ଣ ବିଚାର ନୁହେଁତ ଆଉ କ'ଣ? ପାଠକଙ୍କୁ ଆଉ ଅଧିକ କିଛି ଫିଟାଇ କହିବାର ଆବଶ୍ୟକତା ନାହିଁ। 'ସମଝ୍‌ଦାର୍ କେ ଲିଏ ଇସାରା କାଫି।' ନିଜ ଛୋଟିଆ ଚାଳିଆକୁ ଏମାନେ ବିରାଟ ପ୍ରାସାଦ ତୁଲ୍ୟ ମନେ କରନ୍ତି। ନିଜଗାଡ଼ି ପରି ଆଉ କାହାର ଗାଡ଼ି ନାହିଁ, ନିଜ ବାଡ଼ିର ଗଛବୃଛ, ନିଜ ଅଗଣା, ନିଜ ପୁଅ ଝିଅ, ସ୍ତ୍ରୀ, ବନ୍ଧୁବାନ୍ଧବ ହିଁ ବିଶିଷ୍ଟ। ଆଉ ଅନ୍ୟମାନେ ତୁଚ୍ଛ – ଏଇ ମାନସିକତା ନେଇ ଏମାନେ ବଞ୍ଚନ୍ତି। ସୁତରାଂ ଅନ୍ୟମାନଙ୍କୁ ହେୟ ଦୃଷ୍ଟିରେ ଦେଖିବା ଏମାନଙ୍କର ଗୋଟେ ଖୋଇ। 'ମୁଁ ସବୁ ଜାଣିଛି' ର ଗର୍ବରେ ଏମାନେ ଏମିତି ଅନ୍ଧ ହୋଇଯାଆନ୍ତି ଯେ ଆଉ କାହାର କଥା, କାହାର ବିଚାରକୁ ଗୁରୁତ୍ୱ ନଦେଇ ଏକତରଫା କାର୍ଯ୍ୟ କରିଯାଆନ୍ତି। କାହାର ବିଚାର, କାହାର ପରାମର୍ଶକୁ ଗୁରୁତ୍ୱ ଦେଉ ନଥିବା ଏଭଳି ବ୍ୟକ୍ତିଚରିତ୍ର ନିଜ ଇଚ୍ଛାର ବାଦଶାହା ବୋଲି ଆପଣ କହିପାରନ୍ତି। ଏଭଳି ଆତ୍ମ ରତିରେ ମସ୍‌ଗୁଲ ଲୋକମାନେ ଦୁନିଆରେ କାହାକୁ କାହିଁକି ବା ଖାତିର୍ କରିବେ? ଆମ ଭାଷାରେ ଏମାନଙ୍କୁ ଆମେ କହୁ ଗାଲୁ ପେଲା ଲୋକ। ରାତିରେ ଜୁଳୁଜୁଳିଆ ପୋକ ନିଜର କ୍ଷୀଣ ଆଲୋକରେ ସାରା ବିଶ୍ୱକୁ ଆଲୋକିତ କରୁଛି ବୋଲି ମନେ କଲା ପରି ନିଜର ସାମାନ୍ୟ ଜ୍ଞାନରେ ଅନ୍ଧ ହୋଇ ଏମାନେ ଧରାକୁ ସରା ମନେ କରନ୍ତି।

ଝରକା କବାଟ ବନ୍ଦ କରି ରୁଦ୍ଧ କୋଠରୀରେ କ'ଣ ବିଶ୍ୱର ବିଶାଳତାକୁ ଅନୁଭବ କରିହୁଏ? ବିଶାଳ ବିଶ୍ୱରେ ମୁଁ କେଡ଼େ ବକଟେ ସତେ, ଆଖି ପାଉନଥିବା କେଡ଼େ ଯେ ଜ୍ଞାନର ମହାସାଗର ମୋ ସାମ୍ନାରେ ଦୃଶ୍ୟମାନ? କିନ୍ତୁ ହାୟ ସେ

ମହାସାଗର ବେଳାରୁ ବାଲି ଗରଡ଼ାଟିଏ ସାଉଁଟିଛି ମାତ୍ର ମୁଁ – ଏ ଜ୍ଞାନ ଉଦୟ ହେଲେ ମଣିଷ ନମ୍ର ହୋଇ ଯାଏ, ଜ୍ଞାନ ପିପାସୁ ହୋଇ ଯାଏ। ମହା ଜ୍ଞାନୀର ଗର୍ବ ତା'ର ଆଉ ରହେନା। ସେତେବେଳେ ସେ ତ ଜ୍ଞାନ ସାଉଁଟିବାକୁ ବ୍ୟାକୁଳ ହେବ - ଜ୍ଞାନର ଗର୍ବ, ଅହଂକାର, ଦର୍ପ ତାକୁ କାବୁ କରିବ କେତେବେଳେ? ଆତ୍ମରତି ନୁହେଁ, ଆତ୍ମଜ୍ଞାନରେ ସେତେବେଳେ ତା' ହୃଦୟ କୁସୁମ କୋରକ ଠାରୁ କୋମଳ ହୋଇଯିବ।

ତେଣୁ ହେ ଆତ୍ମଘୋଷିତ ମହାଜ୍ଞାନୀମାନେ, ନିଜ ଚାରିପାଖରେ ବେଢ଼ିଥିବା ସଙ୍କୁଚିତ ବଳୟକୁ ପ୍ରସାରିତ କର ବିଶାଳରୁ ବିଶାଳତର। କୂପ ମଣ୍ଡୁକ ନହୋଇ ଥରେ ବାହାରର ଦୁନିଆକୁ ଦେଖ, ତୁମ ରୁଦ୍ଧ କୋଠରୀର ଝରକା କବାଟ ଖୋଲି ବିଶାଳ ବିଶ୍ୱକୁ ଟିକିଏ ଆଖି ମେଲି ଦେଖ। ସେତେବେଳେ ଅନୁଭବ କରିବ – ମୁଁ କେଡ଼େ ଛୋଟିଆ ସତେ ! ଏ ସବୁ ବିଶାଳତା ଭିତରେ ସତରେ ମୁଁ କେଡ଼େ ଅଜ୍ଞ, ନିର୍ବୋଧ ଅଜ୍ଞାନଟିଏ। ତେବେ ସିନା 'ଜ୍ଞାନୀପଣେ ମୁଁ ଯେ ଗୁରୁ ବୃହସ୍ପତି'ର ଅହମିକା ତୁମର ଧୂଳିସାତ୍ ହେବ !!

■

ଚିତ୍ରରୁ ଆରମ୍ଭ

ପାଠ ନପଢ଼ି ପିଲାଟି ସବୁବେଳେ ଚିତ୍ରରେ ମନ ଦେଉଥିଲା । ଏଥିପାଇଁ ଘରେ ସମସ୍ତଙ୍କର ରୋଷର ଶିକାର ହେଲା ସେ, ଦୁର୍ ଦୁର୍ ମାର୍ ମାର୍ କଲେ ସଭିଏଁ । ପିତାଙ୍କର ଚିନ୍ତାବଢ଼ିଲା, କୋଷ୍ଠୀ ନେଇ ଦେଖାଇଲେ ଜ୍ୟୋତିଷଙ୍କୁ । 'ଏ ପିଲାର ଭବିଷ୍ୟତ ବହୁତ ଉଜ୍ଜ୍ୱଳ । ଜୀବନରେ ଅସରନ୍ତି ଯଶ କୀର୍ତ୍ତି ଅର୍ଜନ କରିବା ସହ ଦୂର ବିଦେଶର ଏକ ସୁନ୍ଦରୀ କନ୍ୟାଙ୍କୁ ବିବାହ କରିବାର ଯୋଗ ଅଛି ଏହାର' - ଜ୍ୟୋତିଷଙ୍କର ଏ ପ୍ରକାର ଭବିଷ୍ୟବାଣୀ ଆନ୍ଦୋଳିତ କଲା ପିତାଙ୍କ ମନକୁ । ତଥାପି ମନ କଥା ମନରେ ରଖି ପିଲାର ମନକୁ ପାଠରେ ବାନ୍ଧି ରଖିବାକୁ ଯତ୍ନବାନ୍ ହେଲେ । ମାତ୍ର ସବୁ ଚେଷ୍ଟା ବିଫଳ.. ପିଲାଟି ସବୁବେଳେ ସମସ୍ତଙ୍କ ଦୃଷ୍ଟି ଆଢୁଆଳରେ ଆଙ୍କୁଥିଲା ଚିତ୍ର । ପରୀକ୍ଷାରେ ସନ୍ତୋଷଜନକ ନମ୍ବର ନରଖିବା ହେତୁ ଟ୍ରେନ୍‌ଲାଇନ୍‌ରେ ଆତ୍ମହତ୍ୟା କରିବାର ଉଦ୍ୟମ ବି କରିଛି କେତେଥର । ଶେଷରେ ଯେନ ତେନ ଭାବରେ ମାଟ୍ରିକ୍ ପାଶ୍ ପରେ ନିଜର ଅନିଚ୍ଛା ସତ୍ତ୍ୱେ ପିତା ବାଧହୋଇ ଆର୍ଟ କଲେଜରେ ପିଲାର ନାମ ଲେଖାଇ ଦେଲେ ଏବଂ ସମୟ କ୍ରମେ ସେ ସେଥିରେ ସଫଳତାର ଗୋଟିଏ ପରେ ଗୋଟିଏ ପାହାଚ ଚଢ଼ି ଚାଲିଥାଏ । କଳା ଶିକ୍ଷା ସମାପ୍ତ କରି ଦିଲ୍ଲୀର ଏକ ଜନ ଗହଳି ପୂର୍ଣ୍ଣ ସ୍ଥାନରେ ଲୋକଙ୍କର ପ୍ରତିକୃତି ଆଙ୍କୁଥିବା ଅବସରରେ ଏକ ବିଦେଶୀ ତରୁଣୀଙ୍କ ଅନୁରୋଧ କ୍ରମେ ତାଙ୍କ ଛବି ଅଙ୍କନ କଲେ । ପ୍ରତିକୃତିର ଅବିକଳତାରେ ବିଭୋର ହୋଇଗଲେ ବିଦେଶିନୀ । ସେବେଠାରୁ ସେମାନଙ୍କ ମଧ୍ୟରେ ସମ୍ପର୍କ ବଢ଼ିଲା ଓ ଏକ ନିର୍ଦ୍ଦିଷ୍ଟ ସ୍ଥାନରେ ସେମାନେ ପରସ୍ପରକୁ ଭେଟନ୍ତି । ସମ୍ପର୍କ ଘନିଷ୍ଠ ହୋଇ ଧୀରେ ଧୀରେ ରୂପାନ୍ତରିତ ହେଲା ପ୍ରେମରେ । ଯା' ଭିତରେ ତରୁଣୀଙ୍କର ଭାରତ ରହଣୀର ଅବଧି ଶେଷ ହୁଅନ୍ତେ ନିଜ ଦେଶକୁ ଯିବାକୁ ସେ ବାହାରନ୍ତି । କିନ୍ତୁ ଫେରିବା ପୂର୍ବରୁ ଯୁବ ଶିଳ୍ପୀଙ୍କୁ ତାଙ୍କର ଠିକଣା ସହ ଫୋନ୍ ନମ୍ବର ଦେଇଯାନ୍ତି । ଦୁହିଁଙ୍କ ମଧ୍ୟରେ ଚିଠି ଓ

ଫୋନ୍ ମାଧ୍ୟମରେ ଭାବର ଆଦାନ ପ୍ରଦାନ ଅତୁଟ ରହେ। ବିରହ ବ୍ୟାକୁଳରେ ସନ୍ତୁଳି ହୋଇ ଯୁବଶିଳ୍ପୀ ଦିନେ ସିଦ୍ଧାନ୍ତ ନିଅନ୍ତି - ସେ ବିଦେଶ ଯିବେ ତାଙ୍କ ପ୍ରାଣ ପ୍ରିୟାଙ୍କୁ ଦେଖାକରିବାକୁ। ହେଲେ ଯିବେ କେମିତି ? ପ୍ରତିବନ୍ଧକ ସାଜେ ଭିସା ଏବଂ ଅର୍ଥ ସମ୍ବଳ। ମାତ୍ର ଦୃଢ଼ ମନୋବଳ ନେଇ ଶେଷରେ ନିଜର ପୁରୁଣା ସାଇକେଲ ଖଣ୍ଡେ ଧରି ଦିଲ୍ଲୀରୁ ବିଦେଶ ଯିବାର ଦୁଃସାହସିକ ସ୍ୱପ୍ନ ଦେଖନ୍ତି ଏବଂ କହିବା ବାହୁଲ୍ୟ - ଅନାହାର, ଯନ୍ତ୍ରଣା, ତୁଷାରପାତକୁ ଖାତିର୍ ନକରି ଦୁର୍ଗମ ପଥରେ ମାସାଧିକ ଅହୋରାତ୍ର ଯାତ୍ରାକରି ତାଙ୍କର ସ୍ୱପ୍ନର ସାଥୀଙ୍କ ନିକଟରେ ପହଂଚିବାରେ ସଫଳ ହୁଅନ୍ତି ଓ ବିଦେଶିନୀଙ୍କୁ ବିବାହ କରନ୍ତି। ଏବେ ସେ ସେଠାକାର ଜଣେ ବିଶ୍ୱ ପ୍ରସିଦ୍ଧ ସ୍ଥାୟୀ ନାଗରିକ ଭାବରେ ପ୍ରତିଷ୍ଠିତ। ଜ୍ୟୋତିଷଙ୍କ ଭବିଷ୍ୟବାଣୀ ସତ ହେଲା।

ଏହା କୌଣସି ସିନେମାର ସିନ୍ କିମ୍ବା ଉପନ୍ୟାସର କପୋଳ କଳ୍ପିତ କାହାଣୀ ନୁହେଁ। ଆମ ଓଡ଼ିଶାର ଜଣେ ଚର୍ଚ୍ଚିତ ଚିତ୍ରଶିଳ୍ପୀଙ୍କ ଜୀବନର ବାସ୍ତବ ଘଟଣା। ସେ ଆଉ କେହି ନୁହନ୍ତି, ଆଠମଲ୍ଲିକରେ ଜନ୍ମିତ ପ୍ରଦ୍ୟୁମ୍ନ କୁମାର ମହାନନ୍ଦିଆ - ଯାହାଙ୍କୁ ଆମେ ସଂକ୍ଷେପରେ ପି.କେ.ମହାନନ୍ଦିଆ ଭାବରେ ଜାଣୁ। କେବଳ ଆମ ଓଡ଼ିଶା ନୁହେଁ, ପରନ୍ତୁ ଆମ ଦେଶର ଗର୍ବ ଓ ଗୌରବ ବଢ଼ାଉଥିବା ଜଣେ ବିଶ୍ୱ ପ୍ରସିଦ୍ଧ ବ୍ୟକ୍ତିତ୍ୱ। ବର୍ତ୍ତମାନ ସେ ସ୍ୱିଡେନର ନାଗରିକତ୍ୱ ଗ୍ରହଣ କଲେ ମଧ୍ୟ ମାଟିର ଆକର୍ଷଣରେ ପ୍ରତିବର୍ଷ ନିଜର ଧର୍ମପତ୍ନୀ "ଚାର୍‌ଲୋଟ୍" (ବିବାହ ପରେ ଭାରତୀୟ ନାମ କରଣ ଅନୁସାରେ ମହାନନ୍ଦିଆ ତାଙ୍କର ନାମ ଚାରୁଲତା ଦେଇଛନ୍ତି) ଙ୍କ ସହ ଓଡ଼ିଶା ଆସନ୍ତି। ଏକଦା ସେ ଓଡ଼ିଶା ଆସିଥିବା ଅବସରରେ ଏ ଲେଖକ ତାଙ୍କୁ ୧୯୯୧ ମସିହାରେ ପଞ୍ଚ ତାରକା ହୋଟେଲ 'ଓବେରୋଇ' (ବର୍ତ୍ତମାନ 'ଟ୍ରାଇଡେଣ୍ଟ' ହୋଟେଲ୍)ରେ ସାକ୍ଷାତ କରିଥିଲା।

ଆମେ ଅନେକ ସମୟରେ ଶିଶୁ ବା କିଶୋରମାନଙ୍କ ଅନ୍ତର୍ନିହିତ ପ୍ରତିଭାକୁ ଅନୁଧ୍ୟାନ ନକରି ତଥାକଥିତ ପାଠ ପଢ଼ିବାକୁ ବାଧ୍ୟ କରିଥାଉ। ଆମ ସାଧାରଣ ଦୃଷ୍ଟିରେ ଗଣିତ, ଇଂରାଜୀ, ଇତିହାସ, ଭୂଗୋଳ ଆଦି ବିଷୟ ବସ୍ତୁ କେବଳ ପାଠର ଅନ୍ତର୍ଭୁକ୍ତ ଏବଂ ଯା' ବାହାରେ ଯାହା ଅଛି ସେସବୁ ପାଠ ନୁହେଁ । ଯଦି ପିଲାଏ ତଥାକଥିତ ପାଠ ନପଢ଼ି ଚିତ୍ର ଆଙ୍କିଲେ, ନୃତ୍ୟ କଲେ କିମ୍ବା ଗୀତ ଗାଇଲେ, ଆମେ କହୁ- ସେମାନେ ବିଗିଡ଼ି ଗଲେ। କିନ୍ତୁ ତାଙ୍କ ଭିତରେ ଲୁଚି ରହିଥିବା ପ୍ରତିଭାକୁ ନଚିହ୍ନିବାର ଅର୍ଥ ପ୍ରତିଭାକୁ ହତ୍ୟା କରିବା। କୌଣସି ଶିଶୁର ସୃଜନାତ୍ମକ ଗୁଣକୁ ଅଣଦେଖା କରିବାର ଅଧିକାର ପିତାମାତା, ଅଭିଭାବକ ଅଥବା ଶିକ୍ଷକ ଶିକ୍ଷୟିତ୍ରୀଙ୍କର ନାହିଁ। ପ୍ରତିଭାକୁ ପ୍ରୋତ୍ସାହିତ ନକରିବା ଏକ ଅପରାଧ ବୋଲି ଗଣା ଯାଇପାରେ। ନାଲି ଆଖି ଦେଖାଇ

କେବଳ ତଥାକଥିତ ପାଠ ପଢ଼ିବାକୁ ତାଗିଦ କଲେ କିଛି ସୁଫଳ ତ ମିଳିବନି ବରଂ ନକାରାତ୍ମକ ପ୍ରଭାବ ପଡ଼ିବ ସେମାନଙ୍କ ଜୀବନ ଉପରେ। ଚିତ୍ର, ସଂଗୀତ, ନୃତ୍ୟ - ଏ ସବୁ ଈଶ୍ୱର ପ୍ରଦତ୍ତ ଐଶୀଗୁଣ ଯାହା ସମସ୍ତଙ୍କ ଠାରେ ଦେଖାଯାଏ ନାହିଁ। ଈଶ୍ୱର ଯଦି କାଣିଚାଏ କରୁଣା କରି କାହାକୁ ଏ ପ୍ରକାର ପ୍ରତିଭାରେ ଧନୀ କରିଥାନ୍ତି, ଯୋର ଜବରଦସ୍ତ ନାଲି ଆଖି ଦେଖାଇ ମାଡ଼ଗାଳି ଦେଇ ଶିଶୁଠାରୁ ସେ ସବୁ ଲୁଟିବାର ଅପଚେଷ୍ଟା କରିବାର ଅର୍ଥ ଈଶ୍ୱରଙ୍କ ଠାରେ ଦ୍ରୋହୀ ହେବା। ଆମେ ଯେତେ ଚେଷ୍ଟା କଲେ ବି ଈଶ୍ୱରଦତ୍ତ ଦିବ୍ୟ ଧନକୁ ତାଙ୍କ ଠାରୁ ଛଡ଼ାଇ ନେଇ ପାରିବା ନାହିଁ । ପ୍ରକୃତିରୁ ଏଇ ଦିବ୍ୟ ଧନକୁ ଶିଶୁ ଆହରଣ କରି ନିଜ ଭିତରେ ବିକଶିତ କରିଥାଏ। ଏ ସଂକ୍ରାନ୍ତରେ ବିଶ୍ୱକବି ରବୀନ୍ଦ୍ର ନାଥଙ୍କ ଦୃଷ୍ଟିଭଙ୍ଗୀ ହେଲା - ଯେଉଁ ଶିକ୍ଷା ପ୍ରକୃତି ସହ ଯୋଡ଼ି ନହେଲା, ପିଲାର ଅନ୍ତର୍ନିହିତ ସୃଜନାତ୍ମକ ପ୍ରତିଭା ସହ ଯୋଡ଼ି ନ ହେଲା ତାହା ପୂର୍ଣ୍ଣାଙ୍ଗ ଶିକ୍ଷା ନୁହେଁ। ରବୀନ୍ଦ୍ରନାଥଙ୍କ ଦୃଷ୍ଟିଭଙ୍ଗୀକୁ ସମ୍ମାନ ଜଣାଇ ଭାରତ ସରକାର ନୂତନ ଶିକ୍ଷା ନୀତି (New Education Policy 2020) ପ୍ରଣୟନ କରିଛନ୍ତି ଯେଉଁଥିରେ ଶିଶୁ ମନର ସୃଜନାତ୍ମକ ଦିଗକୁ ଅଗ୍ରାଧିକାର ଦିଆଯାଇଛି। ନୃତ୍ୟ, ସଂଗୀତ ସମେତ ଚିତ୍ର ଅଙ୍କନ ଏକ ଖରାପ ଅଭ୍ୟାସ ବା ଏସବୁରେ ମନ ଦେଲେ ତଥାକଥିତ ପାଠ ପଢ଼ା ନଷ୍ଟ ହୁଏ ବୋଲି ସାଧାରଣରେ ଯାହା ଧାରଣା ଅଛି ତାହା ସମ୍ପୂର୍ଣ୍ଣ ଅମୂଳକ ତଥା ଭିତ୍ତିହୀନ। ପ୍ରଥମତଃ ଏଥିରେ ବାଧା ଦେଲେ ଶିଶୁର ସୃଜନଶୀଳତା ସହ ପଢ଼ିବାର ଏକାଗ୍ରତା ନଷ୍ଟ ହୁଏ। ଦ୍ୱିତୀୟତଃ ଚିତ୍ରକଲେ କେବଳ ଯେ ଚିତ୍ରକଳା ଜନିତ ସୃଜନଶୀଳତା ବୃଦ୍ଧି ପାଏ ତାହା ନୁହେଁ - ବରଂ ସାହିତ୍ୟ, ସଂଗୀତ, ବିଜ୍ଞାନ ଆଦି ଯେ କୌଣସି ସୃଜନଶୀଳତାକୁ ଆମନ୍ତ୍ରଣ କରିଥାଏ ଚିତ୍ରକଳା।

ବିଶ୍ୱରେ ବହୁ ଖ୍ୟାତନାମା ଚିତ୍ରଶିଳ୍ପୀ ଅଛନ୍ତି ଯେଉଁମାନେ କେବଳ ନିଜ କ୍ଷେତ୍ରରେ ପାରଦର୍ଶିତା ଦେଖାଇ ନାହାନ୍ତି ବରଂ ଅନ୍ୟ ଅନେକ ସୃଜନାତ୍ମକ ଦିଗକୁ ସଞ୍ଚରି ଯାଇଛି ତାଙ୍କ ପ୍ରତିଭା। ମାଇକେଲ୍ ଏଞ୍ଜେଲୋ ତ ଥିଲେ ଏକାଧାରରେ ଭାସ୍କର, ଚିତ୍ରକର, ସ୍ଥପତି ଓ କବି। ଲିଓନାର୍ଦୋ-ଦା-ଭିଞ୍ଚଙ୍କ କଥା ଚିନ୍ତାକରନ୍ତୁ ତ ! ଜଣେ ଚିତ୍ରକର, ସ୍ଥପତି, ଲେଖକ ଓ ବୈଜ୍ଞାନିକ ଭାବରେ କମ୍ ଖ୍ୟାତି ସାଉଁଟି ନାହାନ୍ତି ସେ। ଆମେ ଆଜି ଯେଉଁ ଉଡ଼ାଜାହାଜ ଦେଖୁଛେ ସେଇ ଏୟାରକ୍ରାଫ୍ଟ (Air Craft) ଡିଜାଇନ୍‌ର ଆଦି ଜନକ ଯେ ଏଇ ବିଶ୍ୱ ବିଖ୍ୟାତ ଚିତ୍ରକର ଲିଓନାର୍ଦୋ-ଦା-ଭିଞ୍ଚ, ଏ କଥା ଅନେକେ ଜାଣି ନଥିବେ। ଏଇ କ୍ରମରେ ଆମ ଭାରତୀୟ ଚିତ୍ରକରଙ୍କ ଭିତରେ ଅଛନ୍ତି ବିଶ୍ୱକବି ରବୀନ୍ଦ୍ରନାଥ ଠାକୁର। ଏକାଧାରରେ ଜଣେ ଚିତ୍ରଶିଳ୍ପୀ, କବି, ନାଟ୍ୟଶିଳ୍ପୀ, ସଂଗୀତକାର, ନାଟ୍ୟକାର, ଲେଖକ, ଦାର୍ଶନିକ, ଶିକ୍ଷାବିତ୍ - ଏମିତି

ବହୁ ପ୍ରତିଭାର ଅଧିକାରୀ ରବୀନ୍ଦ୍ରନାଥ ଭାରତୀୟ ଶିକ୍ଷା, ସଂସ୍କୃତି କ୍ଷେତ୍ରରେ ନବଜାଗରଣ ଆଣିଛନ୍ତି । ସତ୍ୟଜିତ୍ ରାୟ ମଧ୍ୟ ଅନନ୍ୟ ପ୍ରତିଭାଧାରୀ ଆଉ ଏକ ବ୍ୟକ୍ତିତ୍ୱ । ଆମ ଓଡ଼ିଶାର ଚିତ୍ରକରମାନେ ଅନ୍ୟ ସୃଜନଶୀଳ କ୍ଷେତ୍ରରେ କମ୍ ପରାକାଷ୍ଠା ଦେଖାଇ ନାହାନ୍ତି । ଚିତ୍ରଶିଳ୍ପୀ ଗୋପାଳ କାନୁନ୍‌ଗୋଙ୍କ ଅନୁଦିତ 'ଓମର୍ ରୁବାୟତ' ଯେ ପଢ଼ିଥିବେ ସେ ନିଶ୍ଚୟ ଅନୁଭବ କରିବେ ସାହିତ୍ୟରେ ତାଙ୍କର କେତେ ଗଭୀର ପ୍ରବେଶ ଥିଲା । ଶିଳ୍ପୀ ବିମ୍ବାଧର ବର୍ମା, ବିନୋଦ ରାଉତରାୟ, ଡକ୍ଟର ଦିନନାଥ ପାଠୀ, ଅସୀମ ବସୁ, ଦୁର୍ଗା ଚରଣ ପଣ୍ଡା ଏବଂ ଆହୁରି ଅନେକ ପ୍ରତିଷ୍ଠିତ ଶିଳ୍ପୀମାନେ ସାହିତ୍ୟ କ୍ଷେତ୍ରରେ ବିଶେଷ ଛାପ ସୃଷ୍ଟି କରିଛନ୍ତି । ଲଣ୍ଡନ୍‌ରେ ରହୁଥିବା ଚିତ୍ରଶିଳ୍ପୀ ଓ ସ୍ଥପତି ପ୍ରଫୁଲ୍ଲ ମହାନ୍ତିଙ୍କ 'ମାଇଁ ଭିଲେଜ ମାଇଁ ଲାଇଫ' (My village My life) ତ ଶିଳ୍ପୀ ଆତ୍ମଲିପିର ଏକ ମାଇଲ୍ ଖୁଣ୍ଟ ! ଆଧୁନିକ ଚିତ୍ରଶିଳ୍ପୀ ଯତୀନ୍ ଦାସ ବହୁମୁଖୀ ପ୍ରତିଭାର ଆଉ ଏକ ଉଦାହରଣ । ଏମିତି ଦେଖିଲେ ଦେଶ ଠାରୁ ବିଦେଶ ପର୍ଯ୍ୟନ୍ତ ପ୍ରତିଷ୍ଠିତ ଶିଳ୍ପୀମାନେ ଚିତ୍ରକଳା ବ୍ୟତିରେକେ ଅନ୍ୟ ଅନେକ ସୃଜନାତ୍ମକ କ୍ଷେତ୍ରରେ ନିଜର କମାଲ୍ ଦେଖାଇଛନ୍ତି । ସେ ସାହିତ୍ୟ ହେଉ - ସଂଗୀତ, ନାଟକ ହେଉ – ହେଉ ଅବା ବିଜ୍ଞାନ । ସୃଜନାତ୍ମକ ପ୍ରତିଭାର ଅଙ୍କୁରୋଦ୍‌ଗମ୍ ହେଲେ ତାହା କେଉଁ ଦିଗକୁ ବିସ୍ତାରିତ ହେବ - ଏହା କହିବା ମୁସ୍କିଲ୍ । ମାଟି ଫଟାଇ ଉଠିବାକୁ ଉପକ୍ରମ କରୁଥିବା ଗଜା ଉପରେ ପଥର ଲଦିଦେଲେ ତାହା ଅନ୍ୟ ପଥ ଦେଇ ନିଶ୍ଚୟ ସୂର୍ଯ୍ୟାଭିମୁଖୀ ହେବ । କିଏ ଜାଣେ – ଛୋଟିଆ ବୀଜ ଭିତରେ ବିରାଟ ବଟଦ୍ରୁମର ଆକାଶୋନ୍ମୁଖୀ ସମ୍ଭାବନା ଥିଲା ପରି କଅଁଳ ଶିଶୁ ପ୍ରାଣରେ କି ପ୍ରକାର ପ୍ରଚଣ୍ଡ ପ୍ରତିଭା ଲୁକ୍କାୟିତ ହୋଇ ନଥିବ ବୋଲି ! କଳ୍ପନା ଶକ୍ତିକୁ ଚିଆଁଇଲେ / ଜଗାଇଲେ ତାହା ବିଶ୍ୱମୁଖୀ ହେବ – ଏଥିରେ ଦ୍ୱିରୁକ୍ତି ନାହିଁ ।

ପିଲାଏ ଚିତ୍ର କରନ୍ତୁ – ଏଥିରେ ଅଙ୍କୁଶ ନ ଲଗାଇ ତାଙ୍କୁ ଉତ୍ସାହିତ କରାଯାଉ । କେବଳ ଜଗିବାର ଅଛି - ଚିତ୍ରଭିତରେ ମଜ୍ଜିଯାଇ ପଢ଼ା ଦିଗକୁ ସମ୍ପୂର୍ଣ୍ଣ ଅଣଦେଖା ନକରନ୍ତୁ ସେମାନେ । ପ୍ରତ୍ୟହ ସେମାନେ ଯେପରି ଖୋଲା ଆକାଶର ସୂର୍ଯ୍ୟୋଦୟ, ସୂର୍ଯ୍ୟାସ୍ତ ଦେଖିବେ, ପକ୍ଷୀର କାକଳୀ ଶୁଣିବେ ଏବଂ ପ୍ରକୃତି ସହ ଯୋଡ଼ିହେବେ ସେଥିପ୍ରତି ଧ୍ୟାନ ଦିଅନ୍ତୁ । ଚିତ୍ରରୁ ଆରମ୍ଭ ପ୍ରତିଭା ଯେ କୌଣସି ସମୟରେ ଅନ୍ୟ ଯେକୌଣସି ପ୍ରତିଭାକୁ ସଞ୍ଚରିଯାଇ ପାରେ । ଅତଏବ ଶିଶୁ ପ୍ରତିଭାର ଜୟଗାନ କରାଯାଉ ।

■

ସିଆଣିଆ ପାଗଳା

ଆର ସାଇର ସନା ପାଗଳା ହେଇଗଲା - ଏକଥା ଯେ ଶୁଣିଲା ସେ ଆଉ ଜଣକୁ କହିଲା। ଆଉ ଜଣେ କହିଲା ଆର ଜଣକୁ। ଏମିତି ଏମିତି କାନରୁ ଦି'କାନ, ଦି'କାନରୁ ତିନି କାନ ହେଇ କଥା ଖେଳି ଗଲା ଚାରି ଆଡ଼େ। ପୋଖରୀ ତୁଠରେ, ମନ୍ଦିର ବେଢ଼ାରେ - ଯେଉଁଠି ଦଳେ ଲୋକ ରୁଣ୍ଡ ହେଲେ ସେଠି ସନାର ପାଗଳା ହେବା କଥା ଟୁପୁରୁ ଟାପୁରୁ ହେଲେ। ଏ ଗାଁ ର କାଉ ସେ ଗାଁ ରେ ରାଉ ରାଉ ହେଇ ସତେ ଯେମିତି କହୁଥିଲା – ସନା ପାଗଳା ହେଇଗଲା। ପାଞ୍ଚ ଜଣରୁ ପଚାଶ ଜଣ, ପଚାଶରୁ ପାଆଁଶ... 'ତୁଣ୍ଡ ବାଇଦ ଶହସ୍ର କୋଶ' ପର୍ଯ୍ୟନ୍ତ ଶୁଭିଲା। ଗାଁ ରୁ ତିନି ଗାଁ ଡେଇଁ ଚାରିଆଡ଼େ ରାଷ୍ଟ୍ର ହେଲା ଏ କଥା । ଆରେ ବାବା ଭଲ ମଣିଷର ପୁଣି ଏ କି ଦଶା ? କେହି ଯା'ର ଟେର୍ ପାଇଲେନି। କାଲିର ଭଲ ମଣିଷଟା ଆଜି ପାଗଳା ହେବା କଥା ଶୁଣି ଲୋକ ସହଜରେ ବିଶ୍ୱାସ କରିପାରିଲେନି। ଏକଥା ଶୁଣି ଆଖ ପାଖ ଗାଁ ରୁ ଲୋକଙ୍କର ଧାଡ଼ି ଛୁଟିଲା। ସମସ୍ତଙ୍କ ମୁହଁରେ ଗୋଟିଏ କଥା - ଆହା ଭଲ ମଣିଷଟା ପାଗଳା ହେଇଗଲା।

ପାଗଳା ତ ପାଗଳା ପୁଣି ଘୁଙ୍ଗା ପାଗଳା। କାହାକୁ ଦେଖିଲେ ପ୍ରଳାପ କଲାନି, ଟେକା ପଥର ଧରି ମାରି ଗୋଡ଼େଇଲାନି କି ଢିମା ଢିମା ଆଖି ଦେଖେଇ ଦାନ୍ତ କଡ଼ ମଡ଼ କରି ଦୌଡ଼ି ଆସିଲାନି କାମୁଡ଼ିବାପାଇଁ। ସନା ପାଗଳା କାହା ସହ କଥା ହେଲାନି। ଏଭଳି ଭଲ ଲୋକ ପାଗଳା ହେବା କଥା ଶୁଣି ତିନି ଗାଁ ଲୋକେ ଯେତେବେଳେ ତାକୁ ଦେଖିବାକୁ ଆସନ୍ତି, ପିଣ୍ଡାରେ ଚୁପ୍‌ଚାପ୍ ବସିଥିବା ସନା ଘର ଭିତରକୁ ଚାଲିଯାଏ। ତାକୁ ଅନୁସରଣ କଲେ ଅମାର ତଳେ କିମ୍ବା ଘରର ଅନ୍ଦି ସନ୍ଧିରେ ଲୁଚିଯାଏ। କେତେବେଳେ ଓଳିଆ ସନ୍ଧିରେ ତ ଆଉ କେତେବେଳେ ଭାଡ଼ି ତଳେ.. ପୁଣି କେତେବେଳେ ଘରର ଅନ୍ଧାରିଆ କବାଟ କୋଣରେ। ଘୁଙ୍ଗାପଣ ସାଙ୍ଗକୁ ଲୋକ

ଭୟ.. କୌଣସି ବାହାର ଲୋକଙ୍କୁ ଦେଖିଲେ ଅନ୍ଧି ସନ୍ଧିରେ ଲୁଚିଯିବା କଥା ଆହୁରି ବିସ୍ମିତ କରୁଥିଲା ଲୋକମାନଙ୍କୁ। ହଠାତ କାହା ସହ ସାମ୍ନାସାମ୍ନି ହୋଇଗଲେ ଯଦି ଲୁଚିବାର କୌଣସି ସୁବିଧା ନାହିଁ, ତେବେ ଟୋକେଇରେ ମୁହଁ ଢାଙ୍କିଦିଏ ସନା। ତା'ର ଏ ପ୍ରକାର ଅଜବ ନୀତିରେ ଲୋକେ ଆଶ୍ଚର୍ଯ୍ୟ ହେଉଥିଲେ।

ସନା ଏମିତି ସେମିତି ଲୋକ ନଥିଲା। ଆଖପାଖ ଅଞ୍ଚଳରେ ତା'ର ଖାତିର କହିଲେ ନସରେ। ବିଭିନ୍ନ ସମସ୍ୟାରେ ପଡ଼ିଥିବା ଲୋକଙ୍କୁ ସେ ବୁଦ୍ଧି ବାଣ୍ଟିପାରୁଥିଲା ଓ ମାଲିମକଦ୍ଦମାରେ ଫସି ଯାଇଥିବା ଲୋକଙ୍କୁ ମୁକୁଳିବାର ବାଟ ବି ବତାଇ ପାରୁଥିଲା। ତାକୁ ଲୋକେ ମାନୁଥିଲେ ଜଣେ ପ୍ରତ୍ୟୁତ୍ପନ୍ନ ମତି ବୟସ୍କ ବ୍ୟକ୍ତି ଭାବରେ। ଆଜି ତା'ର ଏ ଅବସ୍ଥା ସମସ୍ତଙ୍କୁ ଆଶ୍ଚର୍ଯ୍ୟ ଚକିତ କରିଛି। ମାସ ମାସ ବର୍ଷ ବର୍ଷ – ଏମିତି ବିତି ଗଲାଣି ୧୫ କି ୨୦ ବର୍ଷରୁ ଉର୍ଦ୍ଧ୍ୱ। ଲୋକଙ୍କୁ ଦେଖି ଲୁଚୁଥିବା ସନାର ଦେହରେ ଆଉ ସୂର୍ଯ୍ୟ କିରଣ ନବାଜିବାରୁ ଦେହର ବର୍ଣ୍ଣ କାଗଜ ଭଳି ସଫେଦ ଦିଶିଲାଣି। ହେଲେ ନିଜ ପରିବାର ପାଇଁ ସେ ଘୁଙ୍ଗା ନୁହେଁ। ବାହାର ଲୋକେ କେହି ନଥିଲେ ଘର ଭିତରେ ଆରାମରେ ବୁଲେ, ସଦସ୍ୟଙ୍କ ସହ ଭଲମନ୍ଦ କଥା ବି ହୁଏ। ଅର୍ଥାତ୍ ସନା ଘୁଙ୍ଗା ପାଗଳା ହୋଇ ଯାଇଥିଲା କେବଳ ବାହାର ଲୋକଙ୍କ ପାଖରେ। ତା'ର କାର୍ଯ୍ୟ କଳାପକୁ ଅନୁଧ୍ୟାନ କଲା ପରେ ଲୋକେ ଜାଣିଲେ ଯେ ପ୍ରକୃତରେ ସେ ଘୁଙ୍ଗା ନୁହେଁ – ଜାଣି ସିଆଣିଆ ସନା ପାଗଳା।

ହେଲେ କାରଣ କ'ଣ? ବାହାର ଲୋକଙ୍କୁ ଦେଖିଲେ କିଛି କଥା ବାର୍ତ୍ତା ନକରି ଘର କୋଣରେ ଛପି ଯାଉଛି କାହିଁକି? ଯା'ର ଭେଦ ପାଇଲା ବେଳକୁ ବିତି ଗଲାଣି ଅନେକ ବର୍ଷ। ଅସଲ କଥା ହେଲା – ତିନି ଗାଁ ର ଲୋକଙ୍କୁ ବୁଦ୍ଧି ବାଣ୍ଟିବା ଅବସରରେ ବହୁତ ଲୋକଙ୍କ ଠାରୁ ଅପର୍ଯ୍ୟାପ୍ତ ଧାର କରଜ କରି ପକାଇ ଥିଲା। ଏ କରଜ ଭାରରେ ସେ ଏତେ ବୁଡ଼ି ଯାଇଥିଲା ଯେ ଲୋକଙ୍କୁ ଶୁଝିବା ତା' ପକ୍ଷରେ ଅସମ୍ଭବ ହୋଇ ପଡ଼ିଲା। ସମସ୍ତଙ୍କୁ ବୁଦ୍ଧି ଦେଇ ମୁକୁଳାଉଥିବା ସନା – ତା' ମୁଣ୍ଡ କି ଏମିତି ସେମିତି? ତହୁଁ ଏକ ଅଭିନବ ଉପାୟ ପାଞ୍ଚିଲା। ସମସ୍ତଙ୍କୁ ଭୁଆଁ ବୁଲେଇ ତହିଁ ଆର ଦିନ ସକାଳୁ ସକାଳୁ ହେଇଗଲା ଘୁଙ୍ଗା ପାଗଳା। ଧାର କରଜ ଦେଇଥିବା ଲୋକେ ଯେତେ ବେଳେ ଦେଖିଲେ ସନାର ଏ ଅବସ୍ଥା, ଆଉ ବା କ'ଣ କହିବେ? କାନ ମୁଣ୍ଡ ଆଉଁଶି ଚୁପ୍ ରହିଲେ। ସନା କିନ୍ତୁ ଭାରି ଚାଲାଖ୍। ଘର ଲୋକଙ୍କ ଠାରୁ ବାହାରର ସବୁ ଖବର ରଖୁଥାଏ। ଯେତେବେଳେ ନିଶ୍ଚିତ ହେଇଗଲା – କରଜ ଦେଇ ଥିବା ଲୋକେ ଦୀର୍ଘ ଦିନ ପରେ ସେସବୁ କଥା ଭୁଲି ଗଲେଣି, ବିପଦ ଟଳି ଯାଇଛି - ସେତେବେଳେ ସନାର ଘୁଙ୍ଗାପଣ ଠିକ୍ ହେଲା। ଧୀରେ ଧୀରେ ଘରୁ ଦୁଆରକୁ ଗୋଡ଼ କାଢ଼ିଲା, ଗାଁ

ଦାଣ୍ଡରେ ଚଲା ବୁଲା କଲା ଓ ଲୋକଙ୍କ ସହ କଥା ବାର୍ତ୍ତା କରି ମିଶିବାକୁ ଆରମ୍ଭ କଲା। ଏବେ ସନା ନିଜ ଗାଁ ରୁ ଆଖ ପାଖ ଗାଁ କୁ ନିର୍ଭୟରେ ଯାଉଛି ଏବଂ ଧୀରେ ଧୀରେ ଲୋକଙ୍କ ସହ ଭାବ ଦୋସ୍ତି ବଢ଼ାଇଲାଣି। କରଜ କଥା ଲୋକେ ପାସୋରି ଦେଲେଣି, ସେଥିପାଇଁ ସନା ପାଗଳା ଏବେ ଭଲ ହେଇଗଲାଣି।

ପ୍ରିୟ ପାଠକେ, ଏଇ ସନା ପାଗଳାମାନେ ଆପଣମାନଙ୍କ ଚାରି ପାଖରେ ବି ଅଛନ୍ତି। ଆପଣଙ୍କ ଭିତରୁ ତାଙ୍କ ଜାଲରେ କେହି ପଡ଼ିଥିବେ କି ନାଇଁ ତା' ତ ଆମେ ଜାଣୁନା, ହେଲେ ସେମାନେ ନିଶ୍ଚିତ ଘୂରି ବୁଲୁଛନ୍ତି। ଏହି ବହୁବର୍ଣ୍ଣ ବିଚିତ୍ର ଚରିତ୍ରମାନେ ଆପଣଙ୍କୁ ଲଣ୍ଡା କରିବା ପାଇଁ ବିଭିନ୍ନ ପାଞ୍ଚ ଓ ପେଞ୍ଚ କରନ୍ତି, ସେମାନଙ୍କ ପେଞ୍ଚ କୌଶଳ ଭିନ୍ନ ଭିନ୍ନ। ଚାରିପାଖକୁ ସତର୍କ ଦୃଷ୍ଟି ରଖି ଚାଲୁଥିବା ଏହି ସନା ପାଗଳାମାନେ କେବଳ ଧାର କରଜ ନୁହେଁ, ଆହୁରି ଅନେକ ଭାବରେ ଲୋକଙ୍କୁ ଶୋଷଣ କରନ୍ତି ଓ ଖସି ଯିବା ପାଇଁ ଏଭଳି ପାଗଳର ଅଭିନୟ କରି ପାରନ୍ତି। ତାହା ପୁଣି ଏତେ ନିଖୁଣ ଯେ ସାଧାରଣ ଲୋକେ ଭକୁଆ ହୁଅନ୍ତି ଯାହା। ବିଚକ୍ଷଣ ବୁଦ୍ଧି ସମ୍ପନ୍ନ ସନା ବୋଲି ସିନା ଏହା କରି ପାରିଲା, ନଇଲେ ଆମ ତୁମ ପରି ଲୋକଙ୍କର ଏତେ ବୁଦ୍ଧି କାହିଁ? ଆପଣ ଯାହା କୁହନ୍ତୁ, ସନାକୁ ଗୁରୁ ବୋଲି ମାନିବାକୁ ପଡ଼ିବ।

ଏହି ବହୁବର୍ଣ୍ଣ ବିଚିତ୍ର ଏଣ୍ଡୁଅମାନେ କିପରି ବିଭିନ୍ନ ପ୍ରକାର ଅଭିନୟ କରି ଆସନ୍ନ ବିପଦରୁ ଖସିଯାଇ ପାରନ୍ତି, ତାର ଆଉ କିଛି ନମୁନା ନେବା। ଧର – ଯୌଥ ପରିବାରରେ କିଛି ସମସ୍ୟା ହେଲା କିମ୍ବା ବିଶୃଙ୍ଖଳା ଉପୁଜିଲା। 'ଡେଙ୍ଗା ମୁଣ୍ଡରେ ଠେଙ୍ଗା' ନ୍ୟାୟରେ ସେସବୁର ମୀମାଂସା ବା ସମାଧାନ କରିବା ତ ମୁରବୀର ଦାୟିତ୍ୱ। କିନ୍ତୁ ତା ହୁଏନି ଅନେକ କ୍ଷେତ୍ରରେ। କାଦୁଅରେ ପଶିବ କିଏ, ଗୋଡ଼ ଧୋଇବ କିଏ ? 'ଆପେ ବଞ୍ଚିଲେ ବାପର ନାଁ'। ଅପାରଗ ମୁରବୀ ଏଥିରୁ ରକ୍ଷା ପାଇବା ପାଇଁ ସନା ପାଗଳାର ଅଭିନୟ ଆରମ୍ଭ କରି ଦିଅନ୍ତି। ଏଇ ଯେମିତି – ଘରର ସବୁ ସଦସ୍ୟ ବସି ଆଲୋଚନା କରୁଥିଲା ବେଳେ ଏମାନଙ୍କର ମୁଣ୍ଡ ବିନ୍ଧା ଆରମ୍ଭ ହୁଏ, ହାଇ ବି.ପି. ସାଙ୍ଗକୁ ଆହୁରି କେତେ କ'ଣ ବାହାରେ। ମୁରବୀଙ୍କର ଏ ଅବସ୍ଥା ଦେଖି ଅନ୍ୟ ସଦସ୍ୟଙ୍କର ଅନୁକମ୍ପା ଆସିବା ସ୍ୱାଭାବିକ। ସେଇଠି ଠପ୍ ହୁଏ ଆଲୋଚନା। ଆସନ୍ନ ମରୁ ଝଡ଼ର ସୂଚନା ପାଇଲେ ମରୁଯାତ୍ରୀ ଓଟ ଯେମିତି ମରୁ ବାଲିରେ ଶୋଇଯାଏ ଓ ଝଡ଼ ଥମିଲେ ପୁଣି ଝାଡ଼ି ଝୁଡ଼ି ହେଇ ଷଣ୍ଢା ଟେକି ଚାଲେ, ଠିକ୍ ସେମିତି ପରିସ୍ଥିତି ଅସମ୍ଭାଳ / ଅଣାୟତ ହେବାର ସୂଚନା ପାଇଲେ ଏ ପ୍ରଜାତିର ସନାମାନଙ୍କର ବି.ପି. ବଢ଼ିଯାଏ, ମୁଣ୍ଡ ବିନ୍ଧେ। ସମସ୍ୟାର ଝଡ଼ ଚାଲିଯିବା ପରେ ବି.ପି. ଆପଣା ଛାଏଁ ଭଲ ହେଇଯାଏ। ଏମାନେ ପୁଣି ଷଣ୍ଢା ଟେକି ନିରୋଗ ମଣିଷ ହେଇଯାନ୍ତି।

ପାଠକମାନଙ୍କ ପାଇଁ ଆଉ ଗୋଟିଏ ଉଦାହରଣ ଥୋଇବା। ମୁରବୀ ଥିଲା ବେଳେ ଘରର ସମୂହ ଧନ / ସମୂହ ଅର୍ଥ ଆତ୍ମସାତ୍ କରିଥିବା କଥା ଅନ୍ୟ ସଦସ୍ୟମାନେ ଜାଣିବା ପରେ ସେ ସବୁର ହିସାବ ଯେତେବେଳେ ମାଗନ୍ତି, ସେତେବେଳେ ବି ଏମାନେ ସନା ପାଗଳା ହେଇ ସ୍ୱଗତୋକ୍ତି କରୁଥାନ୍ତି - ଆରେ ବାପା, ଚାରିଆଡୁ କ'ଣ ଜାଲ ପଡ଼ିଲାଣି ! ଶିକାରୀ ଚାରିଆଡୁ ମୃଗୁଣୀର ବାଟ ବନ୍ଦ କରିଦେବା ଫଳରେ ଈଶ୍ୱରଙ୍କ ଶକ୍ତି ଯେମିତି ତା' ପାଇଁ ଅମୋଘ ଉପାୟ ଥିଲା, ସେମିତି ଏମାନଙ୍କର ଅମୋଘ ଉପାୟ ହେଲା ଚତୁରତାର ସହ ଅଭିନୟ କରିବା। ଅବଶ୍ୟ ମୃଗୁଣୀ ନିର୍ମାୟା ଥିଲା। କିନ୍ତୁ ପ୍ରତ୍ୟେହ କୂଟ କପଟର ମାୟା ଜାଲ ବିଛାଉଥିବା ଏମାନେ ହେଲେ ପୋଖତ ମାୟାଧର। ମାୟା ସରୋବରରେ ସ୍ନାନ କରି ମାୟା ଶକ୍ତିକୁ ମଜ୍‌ବୁତ୍ କରୁଥାନ୍ତି ନିଜ ଭିତରେ। ବର୍ତ୍ତିବାର ବାଟ ନପାଇଲେଏମାନେ ସନା ପାଗଳା ସାଜନ୍ତି। ଆମ ତୁମ ପରି ସମସ୍ତେ କ'ଣ ଆଖିଃ ସନା ପାଗଳା ହେଇ ପାରିବେ? ଏଥିପାଇଁ କପଟ କଳାର ଉପସ୍ଥିତ ବୁଦ୍ଧି ଥିବା ଦରକାର। ତା' ସହ ନିଖୁଣ ଅଭିନୟ କରିବାର କଳାଜ୍ଞାନ ବି ଆବଶ୍ୟକ। ଅଭିନୟ ଧରା ପଡ଼ିଗଲେ ତ କଥା ସରିଲା ! ସୁତରାଂ ସମସ୍ତେ ଏଥିରେ ମାହିର୍ ନୁହନ୍ତି।

ଆଉ କେହି ଚିହ୍ନନ୍ତୁ କି ନଚିହ୍ନନ୍ତୁ, ଆମେ କିନ୍ତୁ ଏମାନଙ୍କୁ ଭଲ ଭାବରେ ଚିହ୍ନିଥାଉ। ସେଥିପାଇଁ ଦୂରରୁ ଏମାନଙ୍କ ଚାରି ଖୁରାକୁ ଦଣ୍ଡବତଟିଏ କରି ଆମ ବାଟରେ, ଆମ ବାଗରେ ବାଦ୍‌ଶାହୀ ଛାଣ୍ଟ୍‌ରେ ଚାଲିଥାଉ। ଏମାନେ ହେଲେ ବହୁବର୍ଣ୍ଣି ଏଣ୍ଡୁଅ। ପରିବେଶ, ପରିସ୍ଥିତି ଅନୁସାରେ ରଙ୍ଗ ବଦଳାଉଥାନ୍ତି। ଶାଗୁଆ ଗଛରେ ରହି ଏଣ୍ଡୁଅ ଯଦି ହଳଦିଆ ରଙ୍ଗ ବାହାର କରେ ତେବେ ତ ସେ ଶିକାରୀ ହାତରେ ଧରା ପଡ଼ିଯିବ !

ତେଣୁ ସାଧୁ ସାବଧାନ୍, ଏମିତିଆ ସନାମାନେ କେତେବେଳେ ବି ଆପଣଙ୍କ କଛା କାଟି ନେଇ ଖସି ଯିବା ପାଇଁ ଘୁଙ୍ଗା ପାଗଳା ସାଜି ପାରନ୍ତି। ଅତଃ ସେଭଳି ସିଆଣିଆ ପାଗଳାମାନଙ୍କୁ ସତର୍କ ଦୃଷ୍ଟି ରଖି ଚାଲନ୍ତୁ। ତା ହେଲେ ଆପଣଙ୍କର ମଙ୍ଗଳ, ସମାଜର ବି।

ନା ସତରେ ଆପଣ କ'ଣ କହୁଛନ୍ତି କୁହନ୍ତୁ ନା !!!

■

ଦୃଷ୍ଟିମାୟା : ଦିଗ ଦିଗନ୍ତ

ଯାହା ବାସ୍ତବ ନୁହେଁ ଅଥଚ ବାସ୍ତବ ପରି ପ୍ରତୀୟମାନ ହୁଏ – ତାହା ମାୟା। ଅନ୍ୟଭାବରେ କହିଲେ ଯାହା ସତ୍ୟ ନୁହେଁ କିନ୍ତୁ ଆମକୁ ସତ୍ୟ ପରି ଲାଗେ। ମିଥ୍ୟାର ପ୍ରହେଳିକା ବା ଅସତ୍ୟର ଅସାର କଥା ସତ୍ୟର ଆସନରେ ଉପବିଷ୍ଟ ହେଲେ ଆମେ ତାକୁ କହୁ ମାୟା। ଆଧ୍ୟାତ୍ମିକ ଦୃଷ୍ଟିକୋଣରୁ ବିଚାର କଲେ ପରମପିତା ପରମେଶ୍ୱର ହିଁ ଏ ବିଶ୍ୱରେ ଏକମାତ୍ର ସତ୍ୟ। ଆଉ ସବୁ ଅଳିକ, କ୍ଷଣଭଂଗୁର, ମିଛ ବା ମାୟା। ଯାହା ସତ୍ୟ ତାହା ଚିରନ୍ତନ, ଶାଶ୍ୱତ, ନିତ୍ୟ ଏବଂ ସର୍ବକାଳୀନ। ଏହା ଅକ୍ଷୟ, ଅବିନାଶୀ, ଅଜର, ଅମର। ସେଥିପାଇଁ କୁହାଯାଇଛି 'ବ୍ରହ୍ମ ସତ୍ୟ ଜଗତ୍ ମିଥ୍ୟା'। ଅତଏବ ଏ ସାଂସାରିକ ମାୟା ମମତା, ମୋହ ଆଦି ବସ୍ତୁ ଭିତ୍ତିକ ସଂପର୍କ ସବୁ ମିଛ ବା ମାୟା ପର୍ଯ୍ୟାୟଭୁକ୍ତ। ସେଥିପାଇଁ ବିଶ୍ୱ ପ୍ରାଣ ପରମାତ୍ମାଙ୍କୁ ଛାଡ଼ିଦେଲେ ଅନ୍ୟ ସବୁଗୁଡ଼ିକୁ ଆଧ୍ୟାତ୍ମିକବାଦୀମାନେ ମାୟା ବୋଲି ବିବେଚନା କରନ୍ତି।

ମାତ୍ର ଆଲୋଚ୍ୟ ପ୍ରବନ୍ଧର ପ୍ରସଂଗ 'ଦୃଷ୍ଟିମାୟା' ସଂପର୍କୀତ। ସତ୍ୟ ନୁହେଁ, କିନ୍ତୁ ସତ୍ୟ ପରି ପ୍ରତୀତ ହେବାକୁ ଆମେ ମାୟା ବୋଲି ଜାଣିଲେ। ଦୃଶ୍ୟମାନ ଜଗତରେ ଆମେ ଅନେକ ଜିନିଷ ଦେଖୁ; ଚକ୍ଷୁ ଦ୍ୱାରା ଅନେକ ବସ୍ତୁକୁ ସାମ୍ନା କରି ତାହା ସଂପର୍କରେ ଅବଧାରଣା କରୁ। ନଦ ନଦୀ, ସାଗର, ଭୂଧର, ଆକାଶ, ବନକାନ୍ତାର ଇତ୍ୟାଦି ପ୍ରକୃତିର ସମସ୍ତ ନିସର୍ଗ ନିଧିକୁ ପ୍ରତ୍ୟକ୍ଷ କରି ସେ ସବୁକୁ ସେଇ ଭାବରେ ଆମେ ଚିହ୍ନିଥାଉ। ଏ ସବୁ ସତ୍ୟ ଦୃଶ୍ୟକୁ ଆମ ଚକ୍ଷୁ ଅବିକଳ ଭାବରେ ଦୃଷ୍ଟିଶକ୍ତି ମାଧ୍ୟମରେ ଗ୍ରହଣ କରି ମସ୍ତିଷ୍କକୁ ସଠିକ ଭାବରେ ଖବର ପ୍ରେରଣ କଲା ଏବଂ ଆମ ନିଜର ଧୀ'ବା ବିଚାର ଶକ୍ତି ମାଧ୍ୟମରେ ସେ ଦୃଶ୍ୟ ସବୁକୁ ସେଇଭଳି ଭାବରେ ଗ୍ରହଣ କଲେ। ଏଠାରେ ମାୟାର ପ୍ରଶ୍ନ ହିଁ ନାହିଁ।

ବହୁତ ସମୟରେ ଏହାର ବ୍ୟତିକ୍ରମ ଘଟିଥାଏ। ବାସ୍ତବରେ ଯିଏ ଯାହା

ନୁହେଁ, ଆମର ଦୃଷ୍ଟି ଭ୍ରମ ଯୋଗୁଁ ଆମେ ବସ୍ତୁଟିକୁ ସେହିପରି ଭାବରେ ଅନେକ ସମୟରେ ବିବେଚନା କରିଥାଉ। ମନଭିତରେ କଳ୍ପନାର ମାତ୍ରାଧିକ ପ୍ରବାହ ହେତୁ ଏପରି ହୋଇଥାଏ। ଏହାକୁ କଳ୍ପନାର ଊର୍ଦ୍ଧ୍ୱସ୍ତର ବା ଅତିକଳ୍ପନା ବୋଲି କୁହାଯାଇପାରେ। ରାସ୍ତାରେ ଯାଉ ଯାଉ ସାମ୍ନାରେ ଏକ ଦଉଡ଼ିକୁ ଦେଖି ସାପ ଭ୍ରମରେ ଆମେ ଚମକି ପଡ଼ିଥାଉ। ବାସ୍ତବରେ କିନ୍ତୁ ଦଉଡ଼ିଟି ସାପ ନୁହେଁ। ସାପ ଏବଂ ଦଉଡ଼ି ଭିତରର ଆକାରଗତ ସାମ୍ୟ ଆମ ଦୃଷ୍ଟିକୁ ମାୟାଯୁକ୍ତ କଲା ଏବଂ ନିମିଷକ ପାଇଁ ହେଉ ପଛକେ ଦଉଡ଼ିଟି ସେହି ମୁହୂର୍ତ୍ତରେ ଆମ ପାଇଁ ସାପ ପାଲଟିଗଲା। ଆମର ସଂବିତ୍ ଫେରିଲା ପରେ ଆମେ ସିଦ୍ଧାନ୍ତରେ ପହଂଚିଲେ ଯେ, ତାହା ଏକ ଦଉଡ଼ି; ସାପ ନୁହେଁ। ଦୈନନ୍ଦିନ ଜୀବନରେ ଏହିପରି ଆମେ ଅନେକ ଜିନିଷକୁ ସାମ୍ନା କରିଥାଉ। ବାଟ ଘାଟରେ କୌଣସି ଏକ ଅଚିହ୍ନା ଲୋକକୁ ଚିହ୍ନା ଲୋକ ଭ୍ରମରେ ହୁଏତ କେତେଥର ଆମେ ନମସ୍କାର କରିଥିବା କିମ୍ବା ବନ୍ଧୁ ଭ୍ରମରେ ତା' ସହ କରମର୍ଦ୍ଦନ କରିଥିବା। ମାତ୍ର ପରକ୍ଷଣରେ ଆମେ ଜାଣୁ – ବ୍ୟକ୍ତି ଜଣକ ଆମ ପାଇଁ ଅଜଣା। ଏହା ମଧ୍ୟ ଆମ ନିତି ଦିନିଆ ଜୀବନର ଏକ ସାଧାରଣ ଘଟଣା। ଦୃଷ୍ଟିରେ ସିନା ଭ୍ରମ ହୁଏ, ମାତ୍ର ତା'ର କାରଣ ସଂପାଦନ ହେଉଥାଏ ମନଭିତରେ। କାର୍ଯ୍ୟ ଏବଂ କାରଣ ଦୁଇଟି ପରସ୍ପର ପରିପୂରକ। ରାସ୍ତାରେ ଯାଉ ଯାଉ ଆମ ଚେତନ ମନ ଚାରିଆଡ଼କୁ ସଜାଗ ଥିଲେ ମଧ୍ୟ ମଝିରେ ମଝିରେ ଅବଚେତନ ମନ ତା'ସହ ଲୁଚକାଳି ଖେଳ ଖେଳୁଥାଏ। ଆମେ ଅବାଟରେ ନଚାଲି ବାଟରେ ଚାଲିବାଟା ଚେତନ ମନର କାର୍ଯ୍ୟ। ଏହାକୁ ଆମେ କହୁ ସଚେତନତା। ସଚେତନତା ନଥିଲେ ଆମେ ବାଟ ହୁଡ଼ନ୍ତେ। ମାତ୍ର ଯେତେବେଳେ ଅବଚେତନ ମନ ଚେତନ ମନକୁ ନିମିଷକ ପାଇଁ ହେଉ ପଛକେ ନିଷ୍କ୍ରିୟ ବା ନିସ୍ତେଜ କରେ, ସେତେବେଳେ ବାସ୍ତବତା ଅପେକ୍ଷା ଅତି କଳ୍ପନାର ଭାବ ଆମକୁ ଆଚ୍ଛନ୍ନ କରେ। ଫଳରେ ଦଉଡ଼ି ଭିତରେ ଆମେ ସାପକୁ ଏବଂ ଅଜଣା ଲୋକ ଭିତରେ ଆମେ ଚିହ୍ନା ଲୋକକୁ ଦେଖୁ। ଏହାକୁ ଦୃଷ୍ଟିମାୟା ବା ଦୃଷ୍ଟିଭ୍ରମ ବୋଲି କୁହାଯାଇପାରେ।

କାଳି ଜହ୍ନିଆ ଅର୍ଦ୍ଧରାତ୍ରରେ ଶୂନ୍‌ଶାନ୍ ପଥ ଅତିକ୍ରମ କରୁ କରୁ ହଠାତ୍ ଆମ ପାର୍ଶ୍ୱର କିଛି ଦୂରରେ ସଇତାନ୍‌ଟିଏ ତାଳ ଗଛର ଆକାର ପରି ଠିଆ ହୋଇଗଲା। ସାମ୍ନାସାମ୍ନି ନଦେଖିଲେ ବି ପାର୍ଶ୍ୱଦୃଷ୍ଟିରେ ଆମେ ଦେଖିଲେ ସଇତାନ୍‌ଟି କ୍ରମେ ଛୋଟ ହୋଇଯାଉଛି ଏବଂ ଶେଷରେ ରୂପ ପରିବର୍ତ୍ତନ କରି ପାଖରେ ଥିବା ଏକ ବୁଦା ଭିତରେ ପଶିଯାଉଛି। ଅନେକ ସମୟରେ ଗାଁ' ଗହଳିର ଲୋକେ ଭୂତପ୍ରେତର କାହାଣୀ ଆମକୁ କହିଥାନ୍ତି। ନିଜେ ଦେଖିଛନ୍ତି ବୋଲି ସେଇ ସବୁ କଥାକୁ ବନେଇ ଚୂନେଇ

କହିଲା ବେଳେ ଶୁଣୁଥିବା ଲୋକର ଲୋମମୂଳ ଟାଙ୍କୁରି ଉଠେ। ରାତିରେ କେହି ଜଣେ ସ୍ତ୍ରୀ ଲୋକ ଧଳା ଶାଢ଼ି ପିନ୍ଧି ରାସ୍ତା ଧାରରେ ଠିଆ ହୋଇଥିବା ଦୃଶ୍ୟ କାଳେ କେହି କେହି ଦେଖିଥିବା କଥା ବର୍ଣ୍ଣନା କରୁଥାନ୍ତି ଅଥବା ବାଉଁଶ ବୁଦା ଓରେଇ ହୋଇ ଯାଉଥିବା କଥା କେହି କହିଲା ବେଳେ ଭୟଶଂକିତ ମନରେ ଅବାକ୍ ହୋଇ ଶୁଣୁଥାନ୍ତି ଗାଁ' ଲୋକେ। ବାସ୍ତବରେ ଏସବୁ କ'ଣ ? ସତରେ କ'ଣ ଏସବୁ ଘଟେ ଆମ ନିତିଦିନିଆ ଜୀବନରେ ? ଏସବୁକୁ ପ୍ରତ୍ୟକ୍ଷ କରୁଥିବା ଲୋକ କ୍ଷେତ୍ରରେ କ୍ଷଣିକ ପାଇଁ ହେଲେ ବି ସତସତିକା ପରି ପ୍ରତୀୟମାନ ହୁଏ ସିନା, ମାତ୍ର ଅସଲରେ ଦୃଷ୍ଟିମାୟା ଛଡ଼ା ଏହା ଆଉ କିଛି ନୁହେଁ। ସଇତାନ୍‌ଟିଏ ତାଳ ଗଛ ପ୍ରମାଣେ ଉଭା ହୋଇଯିବା ଏବଂ ପରକ୍ଷଣରେ ଘୁଷୁରି ପରି ଛୋଟ ହୋଇ ବୁଦା ଭିତରେ ପଶିଯିବା ଘଟଣା ଆମ ମାନସିକ ସ୍ତରର ଅତିକଳ୍ପନା ଆବେଗର ରୂପାନ୍ତର ମାତ୍ର। ଚେତନ ମନ ସହ ଅବଚେତନ ମନର ଲୁଚକାଳି ଖେଳର ଏହା ଏକ କମାଲ। ବାସ୍ତବତା ସହ ସ୍ୱପ୍ନାଚ୍ଛନ୍ନ ଭାବର ମିଶ୍ରଣରୁ ଏ ସବୁ ଉତ୍ପନ୍ନ ହୋଇଥାଏ। ଯେପରି ବିଜ୍ଞାନାଗାରରେ ଗବେଷଣା ସମୟରେ ଆମେ ଗୋଟିଏ ରାସାୟନିକ ତରଳ ପଦାର୍ଥ ସହ ଅନ୍ୟ ଏକ ରାସାୟନିକ ତରଳ ପଦାର୍ଥକୁ ମିଶ୍ରଣ କରି ଆଉ ଏକ ନୂଆ ରାସାୟନିକ ଦ୍ରବ୍ୟର ପ୍ରତିକ୍ରିୟା ସୃଷ୍ଟିକରୁ, ସେମିତି ମାନସିକ ସ୍ତରରେ ଏପରି ଘଟିଥାଏ ଏବଂ ତା'ର ପ୍ରତିଫଳନ ଦର୍ଶନେନ୍ଦ୍ରିୟ ଦେଇ ପ୍ରକାଶିତ ହୁଏ। ବଟା ହଳଦୀରେ ଚୂନ ମିଶାଇଦେଲେ ଯେପରି ତାହା ଅନ୍ୟ ଏକ ନୂତନ ବର୍ଣ୍ଣ ସୃଷ୍ଟି କରେ – ସେମିତି ଚେତନ ମନ ଉପରେ ଅବଚେତନ ମନର ହାଲ୍‌କା ପରସ୍ତ ପାରିହୋଇଗଲେ ଅନେକ ଅବାସ୍ତବ ବସ୍ତୁ ଆମକୁ ବାସ୍ତବ ପରି ଲାଗେ। ରାତିରେ ସ୍ୱପ୍ନ ଦେଖିବା ଘଟଣା ଏହି ସୂତ୍ରର ନିୟାମକ।

ପ୍ରଚଣ୍ଡ ନିଦାଘ ସମୟର ଖରାବେଳେ ଦୂରରେ ଆମକୁ ପାଣି ଥିବା ପରି ଲାଗେ। ତୃଷାର୍ତ୍ତ ପଥିକ ପାଣି ଆଶାରେ ଧାଇଁ ଧାଇଁ ମରେ ସିନା, ହେଲେ ପାଣି ଘୁଞ୍ଚିଯାଉଥାଏ ଆଗକୁ ଆଗକୁ। ଏ ସଂକ୍ରାନ୍ତରେ ମଧୁସୂଦନ ରାଓଙ୍କର ଏକ ସୁନ୍ଦର ବର୍ଣ୍ଣନା:-

"କଳା ଭ୍ରମରକୁ ଜିଣି ନୀଳିମାରେ
ଦିଶେ ମୃଗତୃଷ୍ଣା ଜଳ,
ଧାଆନ୍ତେ ପଥିକ ଅଦୃଶ୍ୟ ହୁଅଇ
ପଥିକ ଆଶା ବିଫଳ।"

(ଗ୍ରୀଷ୍ମ / ମଧୁସୂଦନ ରାଓ)

ଗ୍ରୀଷ୍ମଦିନର ଏହି ଅବାସ୍ତବ ଜଳକୁ ମୃଗତୃଷ୍ଣା ଜଳ ବା ମରୀଚିକା ବୋଲି

କୁହାଯାଏ। ଏଭଳି ଦୃଷ୍ଟିମାୟାରେ କିନ୍ତୁ ଚେତନ ସହ ଅବଚେତନ ମନର ଲୀଳାଖେଳା ନଥାଏ। ଭୂପୃଷ୍ଠରେ ପ୍ରଖର ସୂର୍ଯ୍ୟରଶ୍ମିର ସଂପାତ ହେତୁ ଆମକୁ ଏପରି ଦୃଶ୍ୟ ହୋଇଥାଏ।

ଆକାଶରେ ଭାସିଯାଉଥିବା ବାଦଲକୁ କିଛି ସମୟ ନିରୀକ୍ଷଣ କଲେ ଆମେ ସେଥିରେ ବିଭିନ୍ନ ଆକାରକୁ ଅନୁଭବ କରିଥାଉ। ପଶୁପକ୍ଷୀ, ମଣିଷ, ଗଛବୃଛ ଇତ୍ୟାଦି ଆକାର ଧାରଣ କରି ପୁଣି ଅଲଗା ଆକାରରେ ରୂପାନ୍ତରିତ ହୋଇଯିବାର ଦୃଶ୍ୟ ଆମେ ଦେଖୁ। ସେସବୁ ଯେତେ ଗଭୀର ଭାବରେ ଆମେ ନିରୀକ୍ଷଣ କରୁ, ଆମକୁ ବାଦଲର ବାସ୍ତବ ଆକାର ସେତେ ନୂଆ ନୂଆ ପଶୁପକ୍ଷୀର ଆକାରରେ ଦିଶିଯାଉଥାଏ। ଦୃଷ୍ଟିଭଙ୍ଗୀର ବିଭିନ୍ନତା ହେତୁ ପୁଣି ଏକା ବାଦଲର ଆକାର ଭିନ୍ନ ଭିନ୍ନ ଲୋକଙ୍କ ପାଇଁ ଅଲଗା ଅଲଗା ହୋଇଥାଏ। ଜଣେ ବ୍ୟକ୍ତି ସେଥିରେ ପ୍ରକାଣ୍ଡ ହାତୀର ଆକାରକୁ ଦେଖିଲାବେଳେ ଅନ୍ୟଜଣେ ହୁଏତ କିମ୍ଭୂତକିମାକାର ରାକ୍ଷସର ଆକାରକୁ ଦେଖୁଥାଏ। ଏଇଠି ଆମେ ସ୍ପଷ୍ଟ ହେଲେ ଯେ, ସମସ୍ତଙ୍କଠାରେ ଚେତନ - ଅବଚେତନର ଲୀଳାଖେଳା ସମାନ ନଥାଏ ଏବଂ ସେଇ ହେତୁ କଳ୍ପନାର ଭାବ ସମସ୍ତଙ୍କର ଅଲଗା ଅଲଗା। ଏଇଠି ଆସେ କଳ୍ପନା ଶକ୍ତିର କଥା, ଆସେ ସୃଜନଶୀଳତାର କଥା। ଏକା ବସ୍ତୁ ଭିନ୍ନ ଭିନ୍ନ ସୃଜନଶୀଳ ବ୍ୟକ୍ତିଙ୍କ ଦୃଷ୍ଟିରେ ଅଲଗା ଅଲଗା ଭାବାନ୍ତର ଆଣିଥାଏ- ଯାହାଫଳରେ ସମସ୍ତଙ୍କର ସୃଷ୍ଟି ପରସ୍ପରଠାରୁ ପୃଥକ୍ ହୁଏ। ପ୍ରକୃତିର ଦୃଶ୍ୟ ଜଣେ ସାଧାରଣ ମଣିଷକୁ ଆକର୍ଷିତ କରିପାରୁ ନଥିବା ବେଳେ ଜଣେ କବି, ଲେଖକ, ଶିଳ୍ପୀ, ଦାର୍ଶନିକ ମୁଗ୍ଧହୋଇ ପ୍ରକୃତିକୁ ନିଜସ୍ୱ ଦୃଷ୍ଟିଭଙ୍ଗୀରେ ଦେଖେ ଓ ନିଜ ବାଗରେ, ନିଜ ଶୈଳୀରେ ଚିତ୍ରଣ କରେ। ଜହ୍ନକୁ କେହି ପୋଡ଼ା ରୁଟି ସହ ତୁଳନା କଲାବେଳେ ଅନ୍ୟ କେହି ଏହାକୁ ରଜନୀରାଣୀର ରୌପ୍ୟ ମଥାମଣି ସହ ହୁଏତ ତୁଳନା କରେ। ବାସ୍ତବ ଜହ୍ନ ବିଭିନ୍ନ ଲୋକଙ୍କ ଦୃଷ୍ଟିଭଙ୍ଗୀରେ ବଦଳିଯାଉଥାଏ। ସାରସ୍ୱତ କ୍ଷେତ୍ରରେ ଏହାହିଁ ଦୃଷ୍ଟିମାୟା। ଦୃଷ୍ଟିମାୟା ସୃଜନଶୀଳତା ପଥରେ ଆମକୁ ଆଗକୁ ଟାଣେ। ଚେତନ ସ୍ତରରୁ ଉର୍ଦ୍ଧ୍ୱାୟିତ ହୋଇ ଆଉ ଏକ ଭାବ ଜଗତରେ ବିଚରଣ କରିବାର ପଥ ଉନ୍ମୁକ୍ତ କଲାବେଳେ କଳ୍ପଲୋକ ଦିଶିଯାଉଥାଏ ଅତି ନିକଟରେ।

ଏଇ କଳ୍ପଲୋକରେ ପୁଣି ଧରା ଦିଅନ୍ତି ଈଶ୍ୱର। ପେଜଥାଳି ମଝିରେ ଶାଗ ଗୁଳାକୁ ଦେଖି ଦାସିଆ ବାଉରୀ ସଢ଼େଇ ଧରି ବିଭୋର-ବାଉଳାରେ ନାଚି ଯାଉଥିଲା। ସେ ଦେଖିଲା ପେଜଥାଳି ଭିତରେ ଜଗନ୍ନାଥଙ୍କର ଚକାଆଖିକୁ। ବାସ୍ତବରେ ତାହା ଜଗନ୍ନାଥଙ୍କର ଚକାଆଖି ନଥିଲା; ଥିଲା ପେଜଥାଳି ଏବଂ ଶାଗଗୁଳା। ଏହି ଦୃଷ୍ଟିମାୟା ଭାବଜଗତର କଥା, ଅତିକଳ୍ପନା ତଥା ଅତୀନ୍ଦ୍ରିୟ ଆବେଗର କଥା। ଦୃଷ୍ଟିଭଙ୍ଗୀକୁ ଚେତନ

ସ୍ତରରୁ ଅବଚେତନ ଆଡ଼କୁ ନେଇଯାଉଥିବା ଭାବାବେଗ ଯଦି ଶାଣିତ, ମାର୍ମିକ ନହେଲା – ସେଠି ପେଜଥାଳି ଭିତରେ ଶାଗଗୁଳା ଜଗନ୍ନାଥଙ୍କ ଚକାଆଖିରେ ରୂପାନ୍ତରିତ ହେବା ଅସମ୍ଭବ। ରାମକୃଷ୍ଣ ପରମହଂସ ମୃଣ୍ମୟ ମୂର୍ତ୍ତିରେ ମା' କାଳୀଙ୍କୁ ଦେଖିବା ଏବଂ ଠାକୁର ନିଗମାନନ୍ଦ ନିଜର ବିଦେହୀ ପତ୍ନୀ ସୁଧାଂଶୁବାଳାଙ୍କୁ ଚାକ୍ଷୁଷ କରିବା ମଧ୍ୟ ଅତୀନ୍ଦ୍ରିୟ ଜଗତର କଥା, ଅତିକଳ୍ପନା ଅଥବା ଭାବାବେଗର କଥା। ଏ ପ୍ରକାର ଦୃଷ୍ଟିମାୟା ଈଶ୍ୱରାଭିମୁଖୀ। କେହି କେହି ଭକ୍ତିରେ ଈଶ୍ୱଙ୍କୁ ଦେଖିବା ମଧ୍ୟ ଦୃଷ୍ଟିମାୟାର ଦୃଷ୍ଟାନ୍ତ। ଭାବ ଅଧିକ ହେଲେ, ଆବେଗ ଘନୀଭୂତ ହେଲେ ସେଠି ଚେତନ ସ୍ତର ହ୍ରାସ ପାଏ ଏବଂ ଅବଚେତନ ସ୍ତର ଦୃଢ଼ିଭୂତ ହୁଏ। ସେତେବେଳେ ଦିଶିଯାଏ ଅତିକଳ୍ପନାର, ଅତୀନ୍ଦ୍ରିୟ ଜଗତର ଆବର୍ତ୍ତମଣ୍ଡଳ। ତାଳଗଛ ଭିତରେ ସୈତାନ୍‌କୁ ଓ ପେଜଥାଳି ଭିତରେ ଚକାଆଖିକୁ ଅନୁଭବ କରିବା –
ଦୁଇଟିଯାକ ଦୃଷ୍ଟିମାୟାର କଥା। ପ୍ରଥମଟି ନକାରାତ୍ମକ ହେଲେ ଆରଟି ସକାରାତ୍ମକ। ପ୍ରଥମଟି ମଣିଷକୁ ଭୟଶଂକିତ କଲାବେଳେ ଦ୍ୱିତୀୟଟି ଭୟଶୂନ୍ୟ କରାଏ, ଶକ୍ତି ସଂଚାର କରେ ମନଭିତରେ। ପରିବେଶ ଏବଂ ପରିସ୍ଥିତି ଅନୁସାରେ ଦୃଷ୍ଟିମାୟାର ଦିଗ ଦିଗନ୍ତ ବଦଳୁଥାଏ ଦୃଷ୍ଟିଭଙ୍ଗୀର ବିଭିନ୍ନତା ଯୋଗୁଁ।

ଜାଦୁକର ତା' ଜାଦୁପେଡ଼ିରୁ ଭୂତ ବାହାର କରି ମଂଚଉପରେ ନଚାଉଥିବା ଦୃଶ୍ୟ ଦେଖି ଦର୍ଶକ ଅଭିଭୂତ ହୋଇଯାଏ। ଗୋଟିଏ ସିଲିଣ୍ଡରରୁ କାଢୁଥାଏ କାହିଁ କେତେ ନା କେତେ ସିଲିଣ୍ଡର। ପୁଣି ଖାଲି ହାତରୁ ପଇସା ବାହାର କରିବା, ମଣିଷର ମୁଣ୍ଡକାଟି ରକ୍ତ ବୁହାଇବା ଇତ୍ୟାଦି ଆଚମ୍ବିତ ପରି ଲାଗୁଥିବା ଦୃଶ୍ୟ ଆମେ ଜାଦୁ ଖେଳରେ ଦେଖିଥାଉ। ଏଥିରେ ଥିବା କେତେକ ଖେଳ ବୈଜ୍ଞାନିକ ପଦ୍ଧତିରେ ହେଉଥିବା ବେଳେ ଆଉ କେତେକ ହୋଇଥାଏ ଚତୁର ଜାଦୁକରର ହାତ ସଫେଇ କଳାକୁଶଳତା ଯୋଗୁଁ। ସେଥିରେ ପୁଣି ଜାଦୁକରର ବାକ୍‌ପଟୁତା ଜାଦୁଖେଳକୁ ଆହୁରି ପ୍ରାଣବନ୍ତ କରେ। ଆମକୁ ସତ ପରି ଲାଗୁଥିବା ସେସବୁ ଦୃଶ୍ୟ ବାସ୍ତବରେ ସତ ନୁହେଁ। ଏକ ମାୟା ବା ପ୍ରହେଳିକାର ଦୁନିଆରେ ଆମେ ସେତେବେଳେ ବିଚରଣ କରୁଥାଏଁ। ଜାଦୁର ଅଂଜନ ଆମ ଆଖିରେ ଲାଗିଥିବା ହେତୁ ଅନେକ ଅବାସ୍ତବ ଜିନିଷ ଆମକୁ ସତପରି ଲାଗେ। ଦୃଷ୍ଟିମାୟା ବା ଦୃଷ୍ଟି ଭ୍ରମର ଏହା ଏକ ବିଶେଷ ଦୃଷ୍ଟାନ୍ତ।

ଚଳଚ୍ଚିତ୍ର ପ୍ରେକ୍ଷାଳୟରେ ବସି ରୁପେଲି ପରଦା ଉପରେ ଚଳପ୍ରଚଳ କରୁଥିବା ଚରିତ୍ର / ଦୃଶ୍ୟ ଯାହା ଆମେ ଦେଖୁ ସେ ସବୁ କଣ ସତରେ ବାସ୍ତବ ? କଦାପି ନୁହେଁ। ଦୁଇ ତିନି ଘଣ୍ଟା ପାଇଁ ଆମେ ସେଠି ଏକ ମାୟା ଦୁନିଆରେ ଭ୍ରମୁଥାଉ। ଜଣେ ଲୋକ

ଏକା ସମୟରେ ଦୁଇ କିମ୍ବା ତିନୋଟି ଚରିତ୍ରରେ ଅଭିନୟ କରିବା, ସୁଉଚ୍ଚ ଅଟ୍ଟାଳିକାରୁ ଲମ୍ଫ ଦେବା ଆଦି ଦୃଶ୍ୟ ମଧ୍ୟ ମାୟା। ଚଳପ୍ରଚଳ ହେବାପରି ଲାଗୁଥିବା ସେସବୁ ଦୃଶ୍ୟ ବାସ୍ତବରେ ସ୍ଥିର ଦୃଶ୍ୟ। ଗୋଟିଏ ସେକେଣ୍ଡରେ ଚବିଶଟି ସ୍ଥିର ଚିତ୍ର କ୍ୟାମେରା ଉତ୍ତୋଳନ କରିଥାଏ ଏବଂ ଏହା ଅବିରତ ଭାବରେ ଆମକୁ ଦୃଶ୍ୟ ହେଲେ ଆମର ଖୋଲା ଆଖି ଦୁଇଟି ଚିତ୍ର ଭିତରର ଶୂନ୍ୟସ୍ଥାନକୁ ସହଜରେ ଧରିପାରେ ନାହିଁ। ଫଳରେ ଆମକୁ ସେସବୁ ଚଳପ୍ରଚଳ ହେବାପରି ଲାଗେ। ଏହା ଦୃଷ୍ଟିମାୟାର ଏକ ପ୍ରକୃଷ୍ଟ ଉଦାହରଣ।

ମଂଚ ନାଟକରେ ଆମେ ଦେଖିଥାଉ ନଦୀରେ ନୌକା ଚାଲିବାର / ନିଆଁ ଜଳିବାର ଦୃଶ୍ୟ। ମାତ୍ର ସେ ସବୁ ପ୍ରକୃତ ନୁହେଁ। ଯୁବ କଳାକାରଟିଏ ବୃଦ୍ଧ ବେଶରେ ବା ରାଜା ବେଶରେ ସଜେଇ ହେବା ଆମକୁ ଭାରି ବାସ୍ତବ ଲାଗେ। ସଜ୍ଜୀକରଣ କଳା କୌଶଳ ଏବଂ ବିଦ୍ୟୁତ୍‌ର ଆଖିଝଲସା ଆଲୁଅର କମାଲ୍ କେତେକାଂଶରେ ଦୃଷ୍ଟିମାୟା ସୃଷ୍ଟି କରିଥାଏ। ଫଳରେ ଜରି, ବିଦ୍ୟୁତ୍ ଆଲୁଅ ଏବଂ କୃତ୍ରିମ ପବନ ଦ୍ୱାରା କଳାତ୍ମକ ଭାବରେ ସଜା ହୋଇଥିବା ଦୃଶ୍ୟ ଆମ ମନରେ ପାଣିର ଲହରୀ ଅଥବା ଅଗ୍ନିଭ୍ରମ ସୃଷ୍ଟି କରିଥାଏ। ଏଠି ଦୃଷ୍ଟିମାୟା ପାଇଁ କଳାକୌଶଳ ଓ ବିଜ୍ଞାନ ଦାୟୀ। ରଂଗ ତୂଳୀରେ ଚିତ୍ରକର ତା' ଚିତ୍ରକଳାରେ ବାସ୍ତବତାର ଭ୍ରମ ସୃଷ୍ଟି କରିପାରେ। ପ୍ରକୃତିକୁ ଗଭୀର ଭାବରେ ଅନୁଧ୍ୟାନ କରି ନଦୀ, ଝରଣା ଆଦି ପ୍ରାକୃତିକ ଦୃଶ୍ୟରାଜି ସହ ପଶୁପକ୍ଷୀ, ମଣିଷ ଚିତ୍ରର ସମାବେଶ ଏତେ ନିଖୁଣ ଭାବରେ ଶିଳ୍ପୀଟିଏ ଆଙ୍କେ ଯେ ଦର୍ଶକ ତାକୁ ମୁଗ୍ଧ ଦୃଷ୍ଟିରେ ଦେଖି ସତବୋଲି ଭାବି ନେଇଥାଏ। ଚିତ୍ରର ମାୟାରେ ସେ ହୁଏ ବିଭୋର। ମାଇକେଲ୍ ଏଞ୍ଜେଲୋଙ୍କ ପାଷାଣ ମୂର୍ତ୍ତି ବା କାହା ମନରେ ମାୟା ସଂଚାର ନକରେ? ଆମେ ଦେଖୁଥିବା ନୀଳ ଆକାଶ କିନ୍ତୁ ନୀଳ ନୁହେଁ, ସାଗରର ନୀଳ ଜଳରାଶି ମଧ୍ୟ ବାସ୍ତବରେ ନୀଳ ନୁହେଁ। ଶୂନ୍ୟତା ଏବଂ ଗଭୀରତା ହେତୁ ତାହା ଆମକୁ ଏପରି ଦିଶିଥାଏ।

ବହୁ ଦିଗ, ବହୁ ଦିଗନ୍ତର ଏ ଦୃଷ୍ଟିମାୟା ଅନେକ ରୂପରେ, ଅନେକ ରଂଗ ଏବଂ ଆକାରରେ ଆମ ନିକଟରେ ପ୍ରତିଭାତ ହୁଏ। ତଥାପି କିଛି ରହିଯାଏ ଅଧୁରା ଅସରା ଭାବରେ। ଦୃଷ୍ଟିମାୟା କଳ୍ପଲୋକର, ଭାବ ଲୋକର ତଥା ବିଭୋର ପଣିଆର କଥା। କେବଳ ମାନବ ନୁହେଁ, ଇତର ପଶୁପକ୍ଷୀ ଠାରୁ ଆରମ୍ଭ କରି କୀଟ ପତଂଗ – କେହି ଏହି ଦୃଷ୍ଟିମାୟାରୁ ମୁକ୍ତ ନୁହେଁ।

■

କନା ଚୋରକୁ କି କାନୁନ୍

ଆପଣ ଆଶ୍ଚର୍ଯ୍ୟ ହେବେ; କଥାଟାକୁ ମିଛ ମଣିବେ ଆଜ୍ଞା। କହିବେ – ଏ ପୁଣି କି ପରିକା କଥା ? ଶାଢ଼ି କିମ୍ବା ଲୁଗା ଦୋକାନରୁ କପଡ଼ା ଚୋରି କରୁଥିବା ଚୋର କଥା ଆମେ ଶୁଣିଛୁ। ହେଲେ ଏ କନା ଚୋର... କାନ ଉଠିଲା ଦିନୁ ତ ଏ କଥା ଆମେ ଶୁଣିନୁ? ଏ କି ରକମ କଥା ?

ଆଜ୍ଞା, କଥାଟାକୁ ମିଛ ମଣନ୍ତୁନି କି ହାଲ୍‌କା ଭାବରେ ହସରେ ଉଡ଼ାଇ ଦିଅନ୍ତୁନି। ଆଖି ଛୁଇଁ ଆକାଶ ରାଣ ପକେଇ ନିୟମ କରି ଆମେ କହୁଛୁ – କନା ଚୋରକୁ ଆମେ ଦେଖିଛୁ। ମାନେ ଲୋକ ବ୍ୟବହାର କରୁଥିବା ପୋଷାକ ଚିରି ପାମ୍ପରା ହୋଇଗଲେ ଯାହା କନାରେ ପରିଣତ ହୁଏ, ସେଇ କନା ଚୋରଙ୍କ କଥା ଆମେ କହୁଛୁ। ସେଇ ପୁରୁଣା ପାମ୍ପରା କନା ଚୋରି କରିବାକୁ ବି ଲୋକେ ବ୍ୟାକୁଳ / ବ୍ୟଗ୍ର। ଏ ପର୍ଯ୍ୟନ୍ତ ବି କଥାଟାର ଖିଅ ଧରି ପାରୁନାହାନ୍ତି ଆପଣ। ତେବେ ଆସନ୍ତୁ ସେଇ ପାମ୍ପରା କନାର ମହତ୍ତ୍ୱ ଓ ତା' ଚୋରି ପ୍ରସଂଗରେ ଆମେ ଆପଣଙ୍କୁ ଏକାନ୍ତରେ କହିବୁ।

ମେଟ୍ରୋ ସହରରେ ରହୁଥିବା ଅଧିକାଂଶ କର୍ମଜୀବୀମାନେ ଦୂର ଦୂରାନ୍ତରେ ଥିବା ସେମାନଙ୍କ କର୍ମକ୍ଷେତ୍ରକୁ ବସ୍ କିମ୍ବା ଟ୍ରେନ୍ ଯୋଗେ ଯାଇଥାନ୍ତି। ଏଥିପାଇଁ ତରବର ହୋଇ ଘରୁ ଦୁଇ ଚକିଆ ଯାନ ଯୋଗେ ବସ୍ ଷ୍ଟାଣ୍ଡ କିମ୍ବା ଷ୍ଟେସନ୍‌କୁ ଯାଇ ସେଠାରେ ଥିବା ପାର୍କିଂ ସ୍ଥଳରେ ଗାଡ଼ି ରଖି ବସ୍, ଟ୍ରେନ୍‌ରେ ଗନ୍ତବ୍ୟ ସ୍ଥଳକୁ ଯାତ୍ରା କରନ୍ତି ଓ ପୁଣି ସଂଧ୍ୟା ସମୟରେ ଫେରି ପାର୍କିଂ ସ୍ଥଳରୁ ଗାଡ଼ି ଯୋଗେ ଘରକୁ ଫେରିଥାନ୍ତି। ଆପଣମାନଙ୍କ ଭିତରୁ କେହି କେହି ବି ସେମିତି କରୁଥିବେ। ଏଇ ଯେ ଦୁଇ ଚକିଆ ଯାନରେ ଯିବା ଆସିବା କରୁଥିବା ଲୋକେ ସେମାନଙ୍କ ଗାଡ଼ିର ଅନ୍ଧି ସନ୍ଧିରେ କନା ଖଣ୍ଡେ ଗେଞ୍ଜି ଥାନ୍ତି। ଗାଡ଼ିରୁ ଧୂଳି ଝାଡ଼ିବା କିମ୍ବା କେତେବେଳେ

କେମିତି ବର୍ଷାରେ ଗାଡ଼ି ଓଦା ହୋଇଗଲେ ପୋଛା ପୋଛି କରିବା ଉଦ୍ଦେଶ୍ୟରେ କନା ରଖାଯାଇଥାଏ। ଅଫିସ୍ ସାରି ବାବୁମାନେ ବସ୍ ଟ୍ରେନ୍ ଯୋଗେ ବସ୍ ଷ୍ଟାଣ୍ଡ କିମ୍ବା ଷ୍ଟେସନ୍‌ରେ ପହଂଚି ଗାଡ଼ି ବାହାର କରିବା ପୂର୍ବରୁ କନାରେ ଟିକିଏ ଧୂଳି ଝାଡ଼ିବା ଉଦ୍ଦେଶ୍ୟରେ ଗେଜିଂଥିବା ସ୍ଥାନରେ ଖୋଜନ୍ତେ କନା ଗାୟବ। ଆରେ କନା ଗଲା କୁଆଡ଼େ ? ଭଦ୍ରଲୋକ ଜଣକ ୟାଡ଼କୁ ସ୍ୟାଡ଼କୁ ନଜର ଘୂରାଉ ଘୂରାଉ ନିଜ କନାଟି ଅନ୍ୟ କାହା ଗାଡ଼ିରେ ଗେଞ୍ଜାହୋଇଥିବା ଆବିଷ୍କାର କରନ୍ତି। ହଇହୋ ହଜିଲା ବଳଦ ଖୋଜିଲା ଜାଗାରେ ! ତହୁଁ ନିଜ କନାକୁ ସେଠୁ ଆଣି ବାହନ ପୋଛା ପୋଛି କରି ଘରକୁ ଫେରନ୍ତି। ଭଦ୍ରଲୋକ ଜଣକ ବେଳେବେଳେ କନାକୁ ଆଉ କାହା ଗାଡ଼ିରେ ଖୋଜି ପାଆନ୍ତି ନାହିଁ। କରନ୍ତେ କଣ ? ଗାଡ଼ିରେ ଯେ ଧୂଳି ଜମି ଅପରିଷ୍କାର ହୋଇଛି କିମ୍ବା ବର୍ଷାରେ ଓଦା ହୋଇ ଯାଇଛି... ! ବାବୁଙ୍କ ପ୍ୟାଣ୍ଟ ମଇଳା ହେବ – ଏଇ ଆଶଂକାରେ ନିଜ କନା ନମିଳିଲା ନାହିଁ ୟାଡ଼କୁ ସ୍ୟାଡ଼କୁ ଚାହିଁ ପର ଗାଡ଼ିରେ ଗେଞ୍ଜା ଯାଇଥିବା କନା ଖଣ୍ଡକୁ ଧୀରେ ଟାଣି ଆଣି ଗାଡ଼ି ସଫା କରନ୍ତି। ହେଲା ଏବେ ଗାଡ଼ି ସଫା କଲାପରେ କନାଟିକୁ ଯେଉଁ ସ୍ଥାନରୁ ଆଣିଥିଲ ସେଠି ଭଲା ରଖି ଦିଅନ୍ତ; ଏଥିରୁ ତୁମର ସାଧୁତାର ପରିଚୟ ମିଳନ୍ତା। ମାତ୍ର ତା' ହୁଏନି। ଗାଡ଼ିଟିକୁ ପରିଷ୍କାର କରି ବାବୁ ଜଣକ ପର କନାକୁ ନିଜ ଗାଡ଼ିରେ ଗେଞ୍ଜି ମହା ଆରାମରେ ଘରକୁ ଫେରନ୍ତି। ବିଚରା ସେ ଯେଉଁ ବାବୁଙ୍କ ଗାଡ଼ିରୁ କନା ଚୋରି ହେଲା, ସେ ଏବେ କରନ୍ତି କଣ ? ଦରାଣ୍ଡି ହୁଅନ୍ତି ଆଉ କାହା ଗାଡ଼ିକୁ କନାଟିଏ ପାଇବା ଉଦ୍ଦେଶ୍ୟରେ। ଏମିତି ଚାଲେ କନା ଚୋରିର କାରବାର।

କର୍ମକ୍ଷେତ୍ରରେ ସଚ୍ଚୋଟତା ଦେଖାଉଥିବା ବାବୁମାନେ ଏ କନାଚୋରି ଅଭ୍ୟାସରୁ ମୁକୁଳି ପାରନ୍ତି ନାହିଁ। ଏହା ଏକ ସ୍ୱାଭାବିକ କଥା। ନିଜ ଗାଡ଼ିରୁ କନାଟିଏ ଚୋରି ହେଲେ ବାବୁଙ୍କର ଆଉ ଚାରା କଣ ? ଅଗତ୍ୟା କାହାର ନା କାହାର ଗାଡ଼ିରୁ ସେ କନା ଉଠାଇବାକୁ ବାଧ ହେବେ; ଏହା ଦୋଷାବହ କି ? କେଜାଣି ସମ୍ବିଧାନର ନିୟମ କାନୁନ୍ ଭିତରେ ଏହା ଯାଏ କି ନା। ଏଠି ଆଉ ଗୋଟେ ପ୍ରସଙ୍ଗ ଆଡ଼କୁ ଆମେ ଆପଣଙ୍କୁ ନେଉଛୁ। ଶିକ୍ଷକ ମାନଙ୍କର ଖୋଇ ହେଲା - ନିଜ ପକେଟରେ କଲମ ନଥିଲେ ଆଉ କେଉଁ ଶିକ୍ଷକ ବନ୍ଧୁ କିମ୍ବା ଛାତ୍ର ଛାତ୍ରୀଙ୍କ କଲମ ମାଗିଆଣି ଲେଖୁ ଲେଖୁ ଅଜାଣତରେ ସେ କଲମଟି ନିଜ ବାମ ପାଖ ଛାତି ପକେଟରେ ଗୁଞ୍ଜି ହୋଇଯାଏ ଯେ କେହି ନ ମାଗିଲା ପର୍ଯ୍ୟନ୍ତ ଶିକ୍ଷକଙ୍କ ପକେଟରୁ ଆଉ ତାହା ବାହାରେ ନାହିଁ। ଘରେ ଯାଇ ଦେଖିଲା ବେଳକୁ କାହାର କଲମଟିଏ ରହିଯାଇଛି ନିଜ ପକେଟରେ- ତାହା ବି ତାଙ୍କର ମନେ ନଥାଏ। ସେହିପରି ନିଜ କଲମ ବି କେତେବେଳେ ଆଉ

କେଉଁ ଶିକ୍ଷକ ବନ୍ଧୁଙ୍କ ପାଖକୁ ଯାଇ ଆଉ ଫେରେନି। ଶିକ୍ଷକଙ୍କର ଏ ପ୍ରକାର ପର କଲମ ହାତେଇବା ବିରୋଧରେ ଯେମିତି କିଛି କାନୁନ୍ ବ୍ୟବସ୍ଥା ନାହିଁ ସେମିତି ବାବୁଙ୍କର ଏଭଳି କନାଚୋରି ବିପକ୍ଷରେ କିଛି କଟକଣା ନାହିଁ। ଧରାଯାଉ ଗାଡ଼ିରୁ ଚୋରି ହୋଇଯାଇଥିବା କନାର ମାଲିକ ଥାନାରେ ଏଫ.ଆଇ.ଆର. ଦେଲେ, ଥାନା ବାବୁ କ'ଣ ଏଭଳି ମାମଲାକୁ ଗ୍ରହଣ କରି ଛାନ୍‌ଭିନ୍ ଆରମ୍ଭ କରିବେ? ସିନେମା ହଲ୍‌ର ପାର୍କିଂ ସ୍ଥଳୀ, ଯାତ୍ରା ଓ ମେଳାର ପାର୍କିଂ ସ୍ଥଳୀ, ମାର୍କେଟ ପ୍ଲେସର ପାର୍କିଂ ସ୍ଥଳୀ ଏବଂ ସର୍ବୋପରି ବସ୍‌ଷ୍ଟାଣ୍ଡ / ଷ୍ଟେସନ୍‌ର ପାର୍କିଂ ସ୍ଥଳୀରେ ଏଭଳି ଚୋରି ଦେଖିବାକୁ ମିଳୁଛି।

ସୁତରାଂ କହିବା ବାହୁଲ୍ୟ-ଏ କନାଚୋରି ଘଟଣା ଆମ ମେଟ୍ରୋ ସହର ମାନଙ୍କର ଏକ ସାଧାରଣ ଘଟଣା ହୋଇଗଲାଣି। ଦୁଇ ଚକିଆ ଯାନର ପାର୍କିଂ ସ୍ଥାନରେ ଏ କନାଚୋରି ଚାଲିଥିଲେ ବି ନା ଏଥିପାଇଁ ଗାଡ଼ି ଜଗୁଆଳୀ କିଛି କରିପାରେ ନା ପୁଲିସ ବାବୁମାନେ କିଛି କରିପାରନ୍ତି। ପୁରୁଣା / ପାମ୍ପରା କନାର ମହତ୍ତ୍ୱ ଜାଣିଲେ ତ? ଅଳିଆ ଗଦାରେ ଫୋପଡ଼ା ହେବା ଯୋଗ୍ୟ ଏ କନା ସବୁ ଯେତେବେଳେ ଦୁଇ ଚକିଆ ଯାନରେ ସ୍ଥାନ ପାଆନ୍ତି ସେମାନଙ୍କ ଗଉଁ ବଢ଼ିଯାଏ। କୋଟ୍ ଟାଇ ପିନ୍ଧିଥିବା ବାବୁମାନେ ଯେତେବେଳେ ଆଗପଛ, ବାଏଁ ଡାଏଁ ଦେଖି ଆଉ କାହା ଗାଡ଼ିରୁ ତାକୁ ସାଦରେ ଉଠାଇ ନିଅନ୍ତି, କନା ଖଣ୍ଡକର ଛାତି କୁଣ୍ଢେମୋଟ ହୋଇଯାଏ। ଯା' ହେଉ କେଉଁ ଅଳିଆଗଦାକୁ ଯାଇଥାନ୍ତା, ସେଠି ପୋଡ଼ା ଯାଇଥାନ୍ତା କି ପୋତାଯାଇଥାନ୍ତା। ହେଲେ ଏତେ ବଡ଼ ବଡ଼ ବାବୁମାନେ ଯେତେବେଳେ ତା' ଉପରେ ଲୋଭ ଦୃଷ୍ଟି ପକାଉଛନ୍ତି – ଏହା କି କମ୍ କଥା?

ଆପଣ ନିଜେ ଭେଜା ଖଟେଇ କୁହନ୍ତୁ ତ – କନାର ମହିମା ଅପାର ନା ନାହିଁ? ଏମିତି ଗୋଟେ ଘଟଣା ଆମର ମନେ ପଡୁଛି। ବର୍ଷା ମାଡ଼ରେ ଓଦା ହୋଇଥିବା ଗାଡ଼ି ପୋଛିବାକୁ ଯେତେବେଳେ ଗାଡ଼ିରେ ଗେଞ୍ଜିଥିବା କନା ଆମେ ଖୋଜୁ, ତାହା ଆଉ ନମିଳେ। ତହୁଁ କରିବୁ କଣ? ସବୁ ଗାଡ଼ିକୁ ଅଣ୍ଡାଳି ଅଣ୍ଡାଳି ଗଲା ବେଳକୁ ଦଶ ବାରଟା ଗାଡ଼ି ପରେ ଅନ୍ୟ ଏକ ଗାଡ଼ିରୁ ତାହା ଆମେ ଠାବ କଲୁ ଓ ଆମ କନାକୁ ସେଠୁ ଆଣିଲୁ। ଏଭଳି ବାବୁମାନଙ୍କୁ ଆପଣ କ'ଣ କହିବେ? ଏମିତି କେତେଥର ଆମେ କନା ଚୋରିର ଶିକାର ହେଉଛୁ। ଗାଡ଼ି ପୋଛିବାକୁ ଆମ ଦୁଇଚକିଆ ଯାନରେ ଯେତେ କନା ରଖିଲେ ବି କେଉଁ ଗହଳିଆ ପାର୍କିଂ ସ୍ଥାନରେ ତାହା ଚୋରି ହୋଇଯାଇଥାଏ ଯେ ଅସଲ ସମୟରେ ମିଳେନି। ତହୁଁ ଆମେ ଆର କୌଶଳକୁ ଆପଣେଇ ଗାଡ଼ିଟିକୁ ଚକ୍ ଚକ୍ କରୁ। ଏ ଚୋରି କର୍ମଟା ଧର୍ତ୍ତବ୍ୟ ଅପରାଧ ନୁହେଁ।

ମୋ ଗାଡ଼ିର କନା କେହି ଚୋରି କଲେ ମୁଁ କିଆଁ ଛାଡ଼ିବି ? ସୁତରାଂ ଆଉ କାହା ଗାଡ଼ି ଅଣ୍ଡାଳିବାକୁ ପଡ଼ିବ ନଇଲେ ଗାଡ଼ି ଅପରିଷ୍କାର, ତା' ସହ ସାହେବୀ ପୋଷାକ ବି ଅସନା ହେବାର ସମ୍ଭାବନା ଅଛି।

ଯାହା ତ ଥିଲା – ହେଲେ ଆଜିକାଲିର ସ୍ୱଚ୍ଛତା ମିଶନ୍‌ରେ କନାର ମହତ୍ତ୍ୱ ଆହୁରି ବଢ଼ିଯାଇଛି ଆଜ୍ଞା। ଯେତେବେଳେ ଚାରିଆଡ଼େ ସ୍ୱଚ୍ଛତାର ହୁରି ପଡ଼ିଛି, ସେତେବେଳେ ଏଇ ପାମ୍ପରା କନାର ଚାହିଦା ବି ବଢ଼ିଛି। ସ୍ୱଚ୍ଛ ଯାନ ଆଉ ସ୍ୱଚ୍ଛ ପୋଷାକ ପାଇଁ ଏବେ ଏହା ଅପରିହାର୍ଯ୍ୟ ହୋଇ ପଡ଼ିଛି। ତେଣୁ ହେ ବାବୁମାନେ, ଗାଡ଼ିରେ ତୁମେ ଯେତେ କନା ରଖିଲେ ବି ତାହା ଚୋରି ହେବ ହିଁ ହେବ। ଏ ଚୋରି ପାଇଁ ଥାନା ଠାରୁ ଆରମ୍ଭ କରି କୋର୍ଟ କଚେରି କେଉଁଠି ହେଲେ କାନୁନ୍ ନାହିଁ। ତେଣୁ ତୁମର କନା ଖଣ୍ଡେ କେହି ନେଇଗଲେ ତୁମେ ବି ଆଉ କାହା ଗାଡ଼ି ଉଣ୍ଡି ସେଠୁ କନାଟିଏ ଚୋରିକର। ଆମ ଗାଡ଼ି ପରିଷ୍କାର ହେବା ଦରକାର, ପୋଷାକ ପରିଷ୍କାର ହେବା ଦରକାର।

ଏଥର ମୁଣ୍ଡ ଥୟ କରି କହିଲେ – ସତରେ କ'ଣ କେବେ ଆପଣଙ୍କ ଦୁଇ ଚକିଆ ଯାନରୁ କନା ଚୋରି ହେଇନି ? ଆପଣ ବି କ'ଣ ନିଜ ଗାଡ଼ି ପୋଛିବାକୁ କେବେ ଆଉ କାହା ଗାଡ଼ିରୁ କନା ଚୋରି କରିନାହାନ୍ତି ? ନିୟମ କରି ରାଣପକାଇ କୁହନ୍ତୁ ତ !!!

■

ବାହାପିଆଙ୍କ ବାରବାଟୀ ଚାଷ

ଆମ ଏ ଖଣ୍ଡମଣ୍ଡଳରେ ପିଲା ଠାରୁ ବୁଢ଼ା ପର୍ଯ୍ୟନ୍ତ ଫକୁଆନା'ଙ୍କୁ କିଏ ବା ନଜାଣେ ? ତାଙ୍କ ବେଶ ପରିପାଟୀକୁ ଦେଖିଲେ ଯେ କେହି ଭାବିବେ-ସରକାରୀ ଦପ୍ତରରେ କିଛି ଗୋଟେ ବଡ଼ ହାକିମ ହୋଇଥିବେ ପରା ! ଶରୀର ଓ ପୋଷାକକୁ ଚାହିଁ କଥାବାର୍ତ୍ତା ବି ସେଇ ରକମର। ନିଠେଇ ନିଠେଇ ବସେଇ ବସେଇ ଏମିତି ଢଙ୍ଗରେ କଥା କହୁଥିବେ ଯେ ଲୋକେ ଭାବିବେ ଫକୁଆନା' ଜ୍ଞାନୀପଣରେ ଗୁରୁ ବୃହସ୍ପତି କି ଆଉ ! ନିଜ ସମ୍ପର୍କରେ, ନିଜ ପିଲାପିଲିଙ୍କ ସମ୍ପର୍କରେ ସେ ଅତି ଧୀର ନମ୍ର ଭାବରେ କହିଲାବେଳେ ଶୁଣୁଥିବା ଲୋକେ ତାଟକା ହୋଇ ଚାହିଁରହନ୍ତି ଯାହା। କେହି ଅଜଣା ଲୋକ ଯୁଟିଗଲେ ତ ତାଙ୍କ କଥାର କିସମ ପରସ୍ତ ପରସ୍ତ ଲମ୍ବିଯାଏ କାହିଁ କେତେ ଆଗକୁ। ତାଙ୍କୁ ଜାଣିଥିବା ଲୋକ ଦୈବାତ୍ ସେଇ ପାଖ ଦେଇ ଗଲାବେଳେ ଫକୁଆନା' ଅତି ଚତୁରତାର ସହ କଥାର ମୋଡ଼ ବଦଳାଇ ଦିଅନ୍ତି। ଆପଣ ଉତ୍ସୁକ ହୋଇ ପଚାରିବେ – କି ବିଶେଷତ୍ୱ କି ଏଇ ଫକୁଆନା'ଙ୍କର ?

ହଁ, ବିଶେଷତ୍ୱ ହେଲା-ତାଙ୍କର ବାହାପିଆ କଥା। ଲୋକେ ଯେତିକିର ନୁହନ୍ତି ତା'ର ଦଶ ଡବଲ ଓଜନର କଥା କହୁଥାନ୍ତି। ସବୁଠି ନିଜକୁ ଜଣେ ଜ୍ଞାନୀ, ଗୁଣୀ, ଆଦର୍ଶ ମଣିଷର ପରିଚୟ ଦେଲାବେଳେ ଅନ୍ୟମାନଙ୍କୁ ଅତି ତୁଚ୍ଛତାସୂଲ୍ୟ ଦୃଷ୍ଟିରେ ଦେଖନ୍ତି। ସତେ ଅବା ଦୁନିଆର ସବୁ କଥା ସେଇ ଏକା ଜାଣନ୍ତି, ଆଉ ସବୁ ନିର୍ବୁଦ୍ଧିଆ ଜଡ଼ା ହୁଣ୍ଡା। ଗୋଟିଏ କଥାରେ କହିଲେ ନିଜ ଆଚାର, ବିଚାର, ଚାଲି ଚଳଣି ଠିକ୍ ବୋଲି ଭାବି ଅନ୍ୟର ଗୁଣରୁ ଖୁଣ କାଢ଼ିବାରେ ସେ ପକ୍କା ଓସ୍ତାଦ। ନିଜର ବିଷ୍ଠା ଚନ୍ଦନ ପରି ବାସିଲାବେଳେ ଅନ୍ୟର ବିଷ୍ଠା ଗନ୍ଧାଏ ତାଙ୍କୁ। ବାହାପିଆ କଥାରେ ବାରବାଟୀ ଜମି ଚାଷ କରୁଥିବା ଫକୁଆନା' ବାସ୍ତବରେ କିନ୍ତୁ 'ଅନ୍ତଃ ସାରଶୂନ୍ୟ ଗଜଭୁକ୍ତ କପିତ୍ଥବତ୍'ର ନୀତିହୀନ ନରାଧମ। ମହାକାଳ ଫଳ ପରି ଉପରକୁ ଭାରି

ଚହଟ ଚିକ୍କଣ ଦିଶୁଥିଲେ ବି ଭିତରଟା କୁତ୍ସିତ କଦାକାର । ଆମ ଭାଷାରେ ଆମେ କହୁ 'ବିଷକୁମ୍ଭ ପୟୋମୁଖ' । ନିଜର ଭୁଲ କର୍ମ ପାଇଁ ବାହାରେ ଅନ୍ୟମାନଙ୍କ ପାଖରେ ବାରମ୍ବାର ଅପଦସ୍ତ, ଅପମାନିତ ହେଉଥାନ୍ତୁ ପଛକେ ଘରେ ପିଲା ମାଇପଙ୍କ ନିକଟରେ ନିଜ ଅଣ୍ଡିରାପଣକୁ ଜାହିର କରି ଆତ୍ମ ସନ୍ତୋଷ ଲାଭ କରନ୍ତି । ଯେମିତି - କେତେକ ପିଲା ଅଛନ୍ତି ଖେଳ ସମୟରେ ନିଜର ଦୁଷ୍ଟ ଗୁଣ ପାଇଁ ସାଙ୍ଗ ସାଥୀଙ୍କ ଠାରୁ ମାଡ଼ ଖାଇ ଘରକୁ ଆସି ମା' ପାଖରେ ନିଜ ବୀରତ୍ୱର କଥା କହନ୍ତି ଏହିପରି- ଆଜି ସେ ପିଲାକୁ ପାନେ ଦେଇଛି, ମୋ ବିଧା ଚାପୁଡ଼ାରେ ପରା କୁତୀ ପରି ଲାଞ୍ଜ ଜାକି ଚର ଚର ମୂତି ପକାଇଲା ସେ । ମା' କିନ୍ତୁ ମୁହଁ ବୁଲେଇ ମୁରୁକି ହସା ମାରୁଥାଏ । ସେ ଜାଣେ ତା' ପିଲା କେମିତିକା ଖୋଦ୍ ଅନ୍ୟମାନଙ୍କ ଠାରୁ ମାଡ଼ ଖାଇ ମା' ପାଖରେ ବଖାଣୁଛି ତା' ବାହାପିଆ କଥା ।

ଫକୁଆନା' ସେଇ କିସମର ବାହାପିଆ ମଣିଷ । ଅନ୍ୟାୟ ଅନୀତି କର୍ମ ପାଇଁ ଗାଁ ନିଶାପରେ ମୁରବୀମାନଙ୍କ ଠାରୁ ଗାଳି ଖାଇ ଲାଜରେ ତଳକୁ ମୁହଁପୋତି ବସିଥିବେ । ଗାଁ ଲୋକଙ୍କ ବିଚାର ଆକ୍ରମଣରେ କୁତୀ ପରି କେଁ କେଁ ହୋଇ ଲାଞ୍ଜ ଜାକି ଘରକୁ ଫେରିବେ ଅଥଚ ପିଲା ମାଇପଙ୍କ ପାଖରେ ବାହାପିଆ କଥା କହିବେ - ଆଜି ନିଶାପରେ ସମସ୍ତଙ୍କୁ ଧୂଳି ଚଟେଇ ଦେଲି । ଏମିତି କଥା କହିଲି ଯେ ସମସ୍ତଙ୍କ ମୁହଁ ଏକଦମ୍ ଚୁପ୍ । ଶେଷକୁ ମୋ ପରାକ୍ରମ ଦେଖି କିଏ ଲୁଚି ପଳେଇଲେ ଯେ ମୁଁ ଦରାଣ୍ଡିଲା ବେଳକୁ କେହି ନାହିଁ । ତାଙ୍କର ଏଭଳି ବାହାପିଆ କଥାରେ ଆମେ ହସି ହସି ବେଦମ୍ ହେଉ । ମନେପଡୁଛି   ଅକ୍ଷୟ ମହାନ୍ତିଙ୍କର ଏକ ଲୋକପ୍ରିୟ ପୁରୁଣା ଗୀତ – 'ମାଇଚିଆ ଗୋଖେଇ ସାଉ, ମାଇପ ହାତରୁ କହୁଣି ଖାଉ । ଅଣ୍ଡିରାପଣ ତା' ଚୂଲିକି ଯାଉ,.. ବାହାରେ କୁହେ ସେ ବାଘ, ସମାଳି ପାରେନା ରାଗ... ।' ମୋଟାମୋଟି ଭାବରେ ଗୀତଟିର ସାରକଥା ଏଇଆ – ମାଇପକୁ ନିଜ କଥାରେ ଉଠ୍ ବସ୍ କରାଇ ଅଣ୍ଡିରାପଣର ବାହାପିଆ କଥା କହୁଥିବା ଗୋଖେଇ ସାଉ କିନ୍ତୁ ବାସ୍ତବ ଜୀବନରେ ମାଇଚିଆ ହୋଇ ମାଇପ ଠାରୁ କହୁଣି ଖାଉଥାଏ ନିତିଦିନ । ଠିକ୍ ସେମିତି ଆମର ଏ ଫକୁଆନା' । ଗୋଟେ କୁତୀକୁ ଅନ୍ୟ କୁକୁରମାନେ ଆକ୍ରମଣ କଲାବେଳେ ସେ ଲାଞ୍ଜ ଜାକି ତଳେ ଗଡ଼ି ଛେରି ମୂତି କେଁ କେଁ ହେଉଥାଏ । କିଛି ସମୟ ପରେ କୁକୁରମାନେ ତା'ର ଏ ଦୟନୀୟ ଅବସ୍ଥା ଦେଖି କିଏ କୁଆଡ଼େ ଚାଲିଯିବାପରେ କୁତୀ ଲାଞ୍ଜ ସଳଖ କରି ଏକା ଖେପାକେ ନିଜ ଇଲାକାରେ ପହଞ୍ଚି ଭୋ ଭୋ ହୋଇ ଭୁକି ନିଜର ବାହାପିଆମୀ ଦେଖାଏ । ଫକୁଆନା'ଙ୍କ ପ୍ରକୃତି ତଦ୍ରୂପ । ନିଜର ଭୁଲ କର୍ମ ପାଇଁ ବାହାରୁ ମାଡ଼ ଗାଳି ଖାଇ ଘରକୁ ଫେରି କିନ୍ତୁ ଅଣ୍ଡିରାପଣିଆର କଥା ପିଲା

ମାଇପଙ୍କ ନିକଟରେ କହି ବାହାଦୁରୀ ଦେଖାନ୍ତି। ଆଖ ପାଖର ଲୋକେ ତାଙ୍କର ଏଭଳି ସ୍ୱଭାବ ସମ୍ପର୍କରେ ଜାଣିଲା ପରେ କେହି ବାସିରେ ପଚାରନ୍ତିନି ତାଙ୍କୁ। ସମସ୍ତେ ଜାଣନ୍ତି – ବାହାପିଆ କଥାରେ ଫକୁଆନା' ବାରବାଟୀ ଜମି ଚାଷ କରନ୍ତି ସିନା, ହେଲେ ତାଙ୍କର ମୁଣ୍ଡ ଉପରେ ଛପରଟିଏ ନଥିବାରୁ ଯା' ଓଳି ତା' ଓଳି ହେଉଥାନ୍ତି।

ଲୋକେ କଛା ଖୋଲି ବିଚ୍ ରାସ୍ତାରେ ତାଙ୍କୁ ବିବସନ କରୁଥିବେ, ଅଥଚ ଘରେ ଆସି ନିଜର ବଡ଼ିମା ଦେଖେଇ ସେ କହୁଥିବେ - ଆଜି ମୁଁ ସଭାରେ ସମସ୍ତଙ୍କର କଛା ଖୋଲି ଏମିତି ଭାବରେ ଲଙ୍ଗଳା କରିଦେଲି ଯେ ଲାଜରେ କିଏ କୁଆଡ଼େ ଲାଞ୍ଜ ଜାକି ଭାଗିସ୍। ଗେରସ୍ତର ଏଭଳି ପୁରୁଷପୁଙ୍ଗବ ବୋଇଲେ ଅଣ୍ଟିରାପଣିଆର କଥା ଶୁଣି ମାଇପ ଭାରି ଖୁସୀ। ସେ ଭାବୁଥିବ-ଯା' ହେଉ, ମୋ ଗେରସ୍ତ ସମସ୍ତଙ୍କୁ ନାକରେ ପାଣି ପିଏଇ ମାରୁଛି। ପୁଅ ଭାବିବ ମୋ ବା' ତ କୋଟିରେ ଗୋଟିଏ ସିଦ୍ଧସାଧୁ ପ୍ରଜ୍ଞାପୁରୁଷ। ଭାରିଯା ଭାରି ବହପରେ ପଡ଼ୋଶୀମାନଙ୍କ ପାଖରେ କହିବ - ପଚିଶ ପଡ଼ାରେ ମୋ ଗେରସ୍ତ ଭଳି ଦେବପ୍ରତିମ ମିଣିପ ମିଳିବା କାଠିକର କଥା, ସିଏ ତ ମୋ ପାଇଁ ସାତ ଜନମର ଅଣ୍ଟିରିପୁଅ ଉଦ୍ଧବ ! ଏ ହେଲେ ଆମ ଖଣ୍ଡମଣ୍ଡଳର ଉତ୍ତମ ପୁରୁଷ (?) ବାହାପିଆ କଥାରେ ବାରବାଟୀ ଚାଷ କରୁଥିବା ଫକୁଆନା'। ନିର୍ମଳ ଭାବମୂର୍ତ୍ତିର ଏକ ବିଶେଷ ବିଗ୍ରହ ଗଡ଼ଆଁ ଗୋଳିଆ ପାଣି। ଯେତିକି ନୁହନ୍ତି ତା' ଠାରୁ ଦଶ ମହଣ ଓଜନର କଥା କହୁଥିବା କୁଟିଳିଆ କପିଳା। ବାହାରୁ ମାଡ଼ ଖାଇଲେ ବି ଲୋକଙ୍କୁ ମାଡ଼ ଦେଉଥିବା କଥା କହୁଥାନ୍ତି ନିଜ ଘର ଭିତରେ। ଫିସାଦିଆ / ଫୁଟାଣିଆ କଥା କହି ଅନ୍ୟକୁ ଫାଶରେ ଫସାଉଥିବା ଏ ହେଲେ ମାର୍କାମରା ଫକୁଆନା'।

ଏମିତି କେତେ ଲୋକ ବାହାପିଆ କଥା କହି ବାରବାଟୀ ଚାଷ କରନ୍ତି କଥାରେ କଥାରେ। କେବଳ ଆମ ଗାଁ ନୁହେଁ, ଅତ୍ର ତତ୍ର ସର୍ବତ୍ର ବିଦ୍ୟମାନ ଏମାନେ। କେତେବେଳେ ନା କେତେବେଳେ କେଉଁଠି ନା କେଉଁଠି ଆପଣମାନେ ଭେଟୁଥିବେ ଏମାନଙ୍କୁ। ଆଖିବୁଜି ନାଲି ଟହ ଟହ ରସରସିଆ ପାନଖିଆ ପାଟିରେ ବସେଇ ବସେଇ ଦିଲ୍ଲୀ ଦୁଲୁକେଇଲା ଭଳି କଥା କହି ନିଜର ବଡ଼ିମା ଦେଖାନ୍ତି। 'ସବ୍ ଜାନତା' ର ଏକ ମୂର୍ତ୍ତିମନ୍ତ ବିଗ୍ରହ ଭାବରେ ନିଜର ପରିଚୟ ତିଆରି କରିବାକୁ ଯେତେ ଚେଷ୍ଟା କଲେ ବି ପଦାରେ ପଡ଼ିଯାଆନ୍ତି କାହାରି ନା କାହାରି ନଜରରେ। ପରିସ୍ଥିତି ଅଣାୟତ ହୁଏ ଓ ତାଙ୍କ ଗୁଣ କୀର୍ତ୍ତି ଦାଣ୍ଡରେ ପଡ଼ି ହାଟରେ ଗଡ଼େ। ନେଡ଼ି ଗୁଡ଼ କହୁଣିକୁ ବୋହିବା ପରେ ଏମାନଙ୍କର ଜ୍ଞାନ ଉଦୟ ହୁଏ, ତଥାପି ନିଜର ଖୋଇ ଛାଡ଼ନ୍ତିନି। ବିରାଡ଼ି ଆଖି ବୁଜି ଦୁଧ ପିଇଲା ପରି ତାଙ୍କ ବାହାପିଆ ଖୋଇର କେହି ଟେର୍

ପାଉନଥିବେ ବୋଲି ଭାବନ୍ତି । କିନ୍ତୁ 'ଲୁଚିଛି ନା ଗୋଡ଼ ଦି'ଟା ଦିଶୁଛି' ପରି ନିଜର ପ୍ରକୃତ ରୂପକୁ ଲୁଚାଇ ବାହାରକୁ ଯେତେ ମିଛ ଆଦର୍ଶ ଦେଖାଇଲେ ବି ତାହା ପଦାରେ ପଡ଼ିଯାଏ । ଏସବୁ ଜାଣିଲା ପରେ ଲୋକେ ଦୂର୍ ଦୂର୍ ମାର୍ ମାର୍ କରନ୍ତି । ଢେଲା ପଥର ମାଡ଼ରେ ଖଣ୍ଡିଆ ଖାବରା, ଲହୁଲୁହାଣ ହୋଇ ବାତୁଳ ପ୍ରାୟ ଭ୍ରମନ୍ତି ଇତଃସ୍ତତ । ଭିତରେ ପୋଡୁଥାଏ, ଜ୍ୱଳନ ପିଡ଼ନରେ ଉଃ ଆଃ ହେଉଥାନ୍ତି - ଅନ୍ତର୍ଦାହରେ ଆକ୍ତା ମାକ୍ତା ହେଉଥାନ୍ତି ବାରମ୍ବାର । ଭୂଇଁରେ ନାକ ଘଷି ଧୂଳି ଚାଟୁଥାନ୍ତି, ତଥାପି ଅନ୍ୟର ନାକକୁ ଭୂଇଁରେ ଘଷାଇ ଧୂଳି ଚଟାଉଥିବା କଥା କହୁଥାନ୍ତି ବାହାସ୍ଫୋଟ ମାରି । ଅନ୍ୟମାନଙ୍କ ଆକ୍ରମଣରେ ଲାଞ୍ଜ ଜାକି କେଁ କେଁ ହୋଇ ଘର ମୁହାଁ ହେଲେ ବି ଶତସିଂହର ପରାକ୍ରମରେ ଅନ୍ୟମାନଙ୍କୁ ମେଣ୍ଢା କରି ତାଙ୍କ ତଣ୍ଟିର ରକ୍ତ ପିଇବା କଥା କହୁଥାନ୍ତି ଭାରି ଦର୍ପର ସହ ।

ଆମେ ଆଙ୍କା ଚାରଣ ଲୋକ । ଚାରିଆଡ଼େ ଚରାବୁଲା କରିବା ସମୟରେ ଏମାନଙ୍କୁ ଆଗରୁ ପଛରୁ, ତଳୁ ଉପରୁ ଆଙ୍କେଇ କେତେ ହର୍ ଗୁଣ୍ କରି ହିସାବ କଲାପରେ ଭାଗଫଳ ଏଇଆ ପାଇଲୁ – 'ଘୁଷୁରି ପ୍ରକୃତି ପଙ୍କେ ଲୋଟେ, ମଣିଷ ପ୍ରକୃତି ମଲେ ତୁଟେ' । ଆମ କଥାର ମଞ୍ଜି ପାଇଗଲା ପରେ ଆପଣ ଆପଣଙ୍କର ସାଧୁ ଭାଷାରେ କହିବେ 'ପ୍ରକୃତି ନୈବ ମୁଚ୍ୟତେ... ।' ଆମେ ଏଭଳି ବାହାପିଆଙ୍କ ବାରବାଟୀ ଚାଷ ଅନେକ ଥର ଦେଖିସାରିଲୁଣି । ସେଥିପାଇଁ ସ୍ୱଟ୍‌ଲାଇଟ୍ ଧରି ତାହା ଆପଣମାନଙ୍କୁ ଦେଖାଉଛୁ । ତେଣୁ ହୁସିଆର୍, ଏମାନଙ୍କୁ ହାତେ ମାପି ଚାଖଣ୍ଡେ ନୁହେଁ, ଦଶ ଯୋଜନ ଦୂରରେ ଚାଲନ୍ତୁ । ତା ହେଲେ ଆପଣଙ୍କର ମଙ୍ଗଳ, ସମାଜର ବି ।

■

ନିଜ ଘରେ ରହି ନିର୍ବାସନ ଦୁଃଖ

ଅନ୍ତରଙ୍ଗ ବନ୍ଧୁଙ୍କ ଘରକୁ ଯାଇଥାଏ। ତାଙ୍କ ପରିବାର କହିଲେ ମୋର ବନ୍ଧୁ, ତାଙ୍କ ଧର୍ମପତ୍ନୀ ଓ ଏକ ମାତ୍ର ପୁତ୍ର। ସୌଜନ୍ୟ ଦୃଷ୍ଟିରୁ ଯଥାମାନ୍ୟ ପ୍ରକାଶକରି ବନ୍ଧୁ ପତ୍ନୀ ଏବଂ ତାଙ୍କ ପୁତ୍ର ଚାଲିଗଲେ। ମୁଁ ଲକ୍ଷ୍ୟ କରୁଥାଏ – ସେପାଖ ରୁମ୍‌ରେ ବସି ବନ୍ଧୁପତ୍ନୀ ଟିଭି ସିରିଏଲ୍ ଦେଖାରେ ମଗ୍ନ। ଏପାଖ ରୁମ୍‌ରେ ତାଙ୍କ ପୁତ୍ର ଲାପ୍‌ଟପ୍‌ରେ ନେଟ୍ ସର୍ଚ୍ଚ କରି ଇଂଲିଶ୍ ମୁଭି ଦେଖିବାରେ ବ୍ୟସ୍ତ। ଆମେ ବନ୍ଧୁ ଦ୍ୱୟ ଡ୍ରଇଂ ରୁମ୍‌ରେ କଥା ହେବା ଅବସରରେ ବନ୍ଧୁ ଖୋଦ୍ ସାନ୍ଧ୍ୟ ଚା' ପ୍ରସ୍ତୁତ କରି ଆଣିଲେ। ଏମିତି ଚା' ଆଉ ସ୍ନାକ୍ସରେ ଗପର ଆସର ଜମୁଥାଏ। ଭାବିଲି – ବନ୍ଧୁ ପତ୍ନୀ ତ ତାଙ୍କ ସିରିଏଲ ଦେଖାରେ ଭୋଳ, ପୁଣି ପୁତ୍ର ତେଣେ ଭିଡ଼ିଓ ଗେମ୍ / ଇଂଲିସ୍ ମୁଭି ଦେଖିବାରେ ବ୍ୟସ୍ତ। ମୁଁ ଆସିଛି ବୋଲି ସିନା ବନ୍ଧୁ ସମୟ ଦେଇ ମୋ' ସହ ଆଳପ କରୁଛନ୍ତି, ମାତ୍ର ମୋ' ଯିବା ପରେ ସେ ତ ନିଜ ଭିତରେ ଏକଲାପଣ ଅନୁଭବ କରିବେ ! ମନ କଥା ମନରେ ରଖି ବନ୍ଧୁଙ୍କ ସହ କଥା ବାର୍ତ୍ତା ପରେ ତାଙ୍କ ଠାରୁ ବିଦାୟ ନେଇ ଫେରିଲି ସିନା ହେଲେ ବାଟସାରା ଏଇ କଥା ବାରମ୍ବାର ମୋ' ମନକୁ ଛୁଉଁଥାଏ।

ନିଜ ଭିତରେ ଆମେ କେତେ ନିଃସଙ୍ଗ ସତେ! ବାହାରୁ ଆମେ ସୁଖ ଶାନ୍ତି ଖୋଜୁଛେ ଅଥଚ ନିଜ ପରିବାରରେ ପାରସ୍ପରିକ ବନ୍ଧନ କ୍ଷୁଣ୍ଣ ହେବାରେ ଲାଗିଛି। ମୋ' ବନ୍ଧୁଙ୍କ ପରିବାର ପରି ଏମିତି ଅନେକ ପରିବାର ଅଛି – ଯେଉଁଠି ନିଜ ଭିତରେ ସ୍ନେହ ମମତାର ଡୋରି ଦୁର୍ବଳ ହୋଇ ଯାଉଛି ଧୀରେ ଧୀରେ। କାରଣ ଆମେ ସହର ମୁହାଁ ହେଲା ପରେ ଏକାନ୍ନବର୍ତ୍ତୀ ଯୌଥ ପରିବାର ଟୁକୁଡ଼ା ଟୁକୁଡ଼ା ହୋଇ ଅଣୁ ପରିବାରରେ ପରିଣତ ହୋଇ ସାରିଲାଣି। ଏଥିରେ ସ୍ୱାମୀ, ସ୍ତ୍ରୀ ଏବଂ ସେମାନଙ୍କର ଦୁଇଟି ସନ୍ତାନ (ପୁଅ ହେଉ କି ଝିଅ)। ଏବେ ଦୁଇଟି ସନ୍ତାନ ପରିବର୍ତ୍ତେ ପିତା ମାତା ଗୋଟିଏରେ ସନ୍ତୁଷ୍ଟ। ଆଗକୁ ବି ସମୟ ଆସୁଛି – କର୍ମ ଜଞ୍ଜାଳ ଓ

ସନ୍ତାନ ସମସ୍ୟାରୁ ତ୍ରାହି ପାଇବା ପାଇଁ କର୍ମଜୀବୀ ଦମ୍ପତି ପିଲାପିଲି ନ ଚାହିଁ ଦୁଇ ଜଣ ସୁଖରେ ରହିବାକୁ ଚାହିଁବେ। ଏହା ହିଁ ସମ୍ଭାବ୍ୟ ଆଗାମୀର ଚିତ୍ର।

ଯେଉଁ ଅଣୁ ପରିବାରର କଥା କୁହାଯାଉଛି (ପିତା ମାତା ଓ ସେମାନଙ୍କର ଗୋଟିଏ ସନ୍ତାନ) – ସେଠି ମଧ୍ୟ ସ୍ନେହ, ଶ୍ରଦ୍ଧା, ପ୍ରେମ, ପାରସ୍ପରିକ ବୁଝାମଣାରେ ଅଭାବ ପରିଲକ୍ଷିତ ହେବାରେ ଲାଗିଲାଣି। ସହରୀ ଜୀବନ ବିତାଉଥିବା ସ୍ୱାମୀ, ସ୍ତ୍ରୀ ଦୁଇ ଜଣ ଯଦି କର୍ମଜୀବୀ ହୋଇଥାନ୍ତି ତେବେ ତ ପାରିବାରିକ ବନ୍ଧନ ଆହୁରି ଦୁର୍ବଳ ହୋଇଯାଏ। ଅଫିସ୍ ଯିବା ଆସିବାରେ ତାଙ୍କର ସମୟ ଯାଏ। ଘରେ ଯେଉଁ କେତେ ସମୟ ପିଲାମାନଙ୍କ ସହ ବିତାଇବା କଥା ତାହା ବି ହୋଇ ପାରେନି। ହାଟ ବଜାରର ସଉଦା କରିବାଠାରୁ ଆରମ୍ଭ କରି ଘରର ଅନ୍ୟାନ୍ୟ ସମସ୍ୟାରେ ଧନ୍ଦି ହୁଅନ୍ତି। ଘରଣୀ ଯଦି କର୍ମଜୀବୀ ହୋଇ ନଥାନ୍ତି – ରୋଷେଇବାସ କରିବାଠୁ ଆରମ୍ଭ କରି ଯାବତୀୟ କାର୍ଯ୍ୟ ସମାପନ ଅନ୍ତେ ସିରିଏଲ୍ ଦେଖାର ଲୋଭ ସମ୍ବରଣ କରିନପାରି ଟିଭି ପାଖରେ ବସି ଯାଆନ୍ତି। ସ୍କୁଲ କଲେଜରେ ପଢୁଥିବା ଏକୋଇର ବଳା ନିଜର ପାଠ ପଢ଼ା, ଟିଉସନ ଏବଂ ସାଙ୍ଗ ସାଥୀରେ ମଉଜ ମସ୍ତିରେ ବ୍ୟସ୍ତ। ନିଜ ଭିତରେ ଆଳାପ ଆଲୋଚନା, ସୁଖ ଦୁଃଖ ବାଣ୍ଟିବାର ଅବକାଶ ଏଠି କମ୍। ଏକଦା ଅଣୁ ପରିବାରର ଏହା ସାଧାରଣ ଚିତ୍ର ଥିଲା।

ଏବେ ଏ ଚିତ୍ର ଆହୁରି ମଳିନ ପଡ଼ିବାକୁ ବସିଲାଣି। ଏହାର ପ୍ରମୁଖ କାରଣ ହେଲା – ଦୈନନ୍ଦିନ ସାମାଜିକ ଜୀବନକୁ 'ଫେସ୍‌ବୁକ୍' ଏବଂ 'ହ୍ୱାଟ୍ସଅପ୍' ର ଆଗମନ। ଏହା ପାରିବାରିକ ବନ୍ଧନକୁ ଆହୁରି ଶିଥିଳ କଲାଣି। ସ୍ୱାମୀ ଅଫିସ୍‌ରୁ ଫେରି ବକ ଧ୍ୟାନରେ ସ୍ମାର୍ଟ ଫୋନ୍ ଧରି ବସି ଯିବା ବେଳେ ଗୃହିଣୀ ବି ସେଇଥିରେ ମଗ୍ନ। ଏଥି ସହ ତାଙ୍କର ସିରିଏଲ ଦେଖାର ଆଉ ଏକ ଅଭ୍ୟାସ। ପତି ପତ୍ନୀ ଯେତେବେଳେ ଏସବୁରେ ନିମଗ୍ନ, ଯା'ର ପ୍ରଭାବ ତ ପିଲା ଉପରେ ପଡ଼ିବ ହିଁ ପଡ଼ିବ। ସେଥିପାଇଁ ସାନ୍ଧ୍ୟ ଚା' ପାନ ପରେ ପତି ପତ୍ନୀ ନିଜ ନିଜ ମୋବାଇଲ ଧରି ନିମଗ୍ନ ହୋଇ ଯାଆନ୍ତି 'ଫେସ୍‌ବୁକ୍' ଆଉ 'ହ୍ୱାଟ୍ସଅପର' ଦୁନିଆରେ ଏବଂ ପିଲା ବି ତା' ମୋବାଇଲରେ ମଜ୍ଜି ଯିବା ସହ ଭିଡ଼ିଓ ଗେମ୍ ଓ ଇଂଲିସ ମୁଭିରେ ଆତ୍ମମଗ୍ନ। ସଭିଏଁ ଆଖିକୁ ଗଳେଇ, ମନକୁ ପୂରେଇ ଏକ ପ୍ରକାର ସେଥିରେ ବୁଡ଼ି ଯାଆନ୍ତି। ଚାରି ପାଖରେ ଘଟୁଥିବା ଘଟଣା ସମ୍ପର୍କରେ ସେତେବେଳେ ଏମାନେ ଅବଗତ ନଥାନ୍ତି। ଏହାକୁ ତାଙ୍କର ଧ୍ୟାନ ମଗ୍ନ ବା ସମାଧି ଅବସ୍ଥା କହିଲେ ବି ଭୁଲ୍ ହେବନି। ଯୋଗୀଙ୍କ ଯୋଗ କ୍ରିୟାରେ କେହି ବ୍ୟାଘାତ ସୃଷ୍ଟି କଲେ ସେ ଯେମିତି ପ୍ରଚଣ୍ଡ କ୍ରୋଧ ପ୍ରକାଶ କରନ୍ତି, ସେମିତି ଏମାନଙ୍କର ଏଇ କାର୍ଯ୍ୟରେ କେହି ବାଧା ଉପୁଯାଇଲେ

ଅସହିଷ୍ଣୁ ଓ ଉତ୍‌କ୍ଷିପ୍ତ ହୋଇ ଯାଆନ୍ତି ଏମାନେ। ଯୋଗରେ ଆତ୍ମା ସହ ପରମାତ୍ମାର ମିଳନ ହେଲା ପରି ଏମାନଙ୍କର ବି ସେହିପରି ମନ ସହିତ 'ଫେସ୍‌ବୁକ୍' ଆଉ 'ହ୍ୱାଟ୍ସଅପ'ର ମହାମିଳନ ହୋଇଥାଏ। ସେ ଦୁନିଆରେ ମସ୍‌ଗୁଲ ହେବା ସମୟରେ ଅନ୍ୟ କାହାରି ଅନଧିକାର ପ୍ରବେଶ ନିଷେଧ। ତେଣେ ଭାତ ତରକାରି ପୋଡ଼ିଯାଉ କିମ୍ବା କ୍ଷୀର ଉତୁରି ଚୁଲିରେ ପଶୁ, ଏଥିପ୍ରତି ନିଘା ନଥାଏ। ଅଜଣା ଲୋକ ଯଦି ଦୈବାତ୍ ଘର ଭିତରକୁ ପଶି ଆସନ୍ତି, ଘରର ଶାନ୍ତ ବାତାବରଣ ଦେଖି ନିଶ୍ଚୟ ତାଙ୍କର ଧାରଣା ହେବ - ଆହା କେଡ଼େ ଶାନ୍ତ ସୁନ୍ଦର ବୈକୁଣ୍ଠ ସମାନ ଘର ଏହା!

ବାସ୍ତବରେ ଆମେ ଯେଉଁ ପରିବାର ସମ୍ପର୍କରେ ଆଲୋଚନା କରୁଛେ, ସେଠି ତ ସୁଖ ଅଛି। ସମସ୍ତେ ନିଜ ନିଜ ବାଗରେ, ନିଜ ନିଜ ଢଙ୍ଗରେ ସୁଖ ପାଉଛନ୍ତି। କିଏ 'ଫେସ୍‌ବୁକ୍' ଆଉ 'ହ୍ୱାଟ୍ସଅପ' ରୁ ତ ଆଉ କିଏ ଟିଭି ସିରିଏଲ୍‌ରୁ। ପୁଣି ହୁଏତ ଆଉ କିଏ ଇଂଲିଶ ମୁଭି କି ଭିଡ଼ିଓ ଗେମ୍‌ରୁ; କିନ୍ତୁ ପରସ୍ପର ଭିତରେ ଶାନ୍ତି କାହିଁ? ସମସ୍ତେ ତ ଏଠି ନିଜ ନିଜ ଦୁନିଆରେ ମସ୍‌ଗୁଲ୍। ବାପାଙ୍କ ସହ ସୁଖ ଦୁଃଖ ଅଥବା ନିଜ ମନର କଥା ହେବାକୁ ପିଲା ପାଖରେ ସମୟ ନାହିଁ। ସ୍ୱାମୀ ସ୍ତ୍ରୀଙ୍କର ମଧ୍ୟ ପିଲାସହ କଥା ପଦେ ହେବାକୁ ସମୟ ନାହିଁ। ଏହାଠୁ ଆହୁରି ସାଂଘାତିକ କଥା ହେଲା - ସ୍ୱାମୀର ସ୍ତ୍ରୀ ସହ କିମ୍ବା ସ୍ତ୍ରୀର ସ୍ୱାମୀ ସହ ଭଲରେ ଆତ୍ମୀୟତାର କଥା ଦି' ପଦ ହେବାକୁ ଫୁରସତ୍ ନାହିଁ। ଯଦି ୟା'ଙ୍କ ଭିତରୁ କେହିବି କାହା ସହ କଥା ହେବାକୁ ଚାହାନ୍ତି, ତେବେ ଅନ୍ୟମାନେ ଉତ୍‌କ୍ଷିପ୍ତ। ତେଣୁ ୟା'ଠୁ ଭଲ - ସମସ୍ତେ ଚୁପ୍ ଚାପ୍ ହୋଇ ନିଜ ନିଜ ଦୁନିଆରେ ବୁଡ଼ିରହିବା। ନିଜ ଭିତରର ଆପଣାପଣ ଏଠି ଶୂନ।

ଏହାହିଁ ସାମ୍ପ୍ରତିକ ଅଣୁ ପରିବାରର ଚିତ୍ର। ଘରର ବାତାବରଣ ଶାନ୍ତ, ପରିବେଶ ନୀରବ ନିସ୍ପନ୍ଦ - ମାତ୍ର ପରସ୍ପର ଭିତରେ ଆତ୍ମୀୟତା ନାହିଁ। ପରିବାରଟିଏ ଗଢ଼ା ଯାଇଥାଏ ଆତ୍ମୀୟତା ପାଇଁ, ନିଜ ଭିତରର ଆପଣାପଣ, ସୁଖ ଦୁଃଖ ବାଣ୍ଟିବା ପାଇଁ। ସ୍ୱର୍ଗୀୟ ଶାନ୍ତି ମିଳିଥାଏ ପାରସ୍ପରିକ ସ୍ନେହ ମମତାରୁ, ଭଲ ପାଇବାପଣରୁ। ଆଜି ଏସବୁ ଯେମିତି ଦୂରେଇଯାଉଛି ଅଧିକାଂଶ ଆଧୁନିକ ଅଣୁ ପରିବାରରୁ। କାହାରି ମନ ସହ ମନ, ହୃଦୟ ସହ ହୃଦୟର ତାଳ ମେଳ ରହୁନି। ଏହା କ'ଣ ପ୍ରକୃତ ପରିବାରର ଶାନ୍ତି? ନିଜ ଘରେ ରହି ନିଃସଙ୍ଗ ଜୀବନ ବିତାଇବା ପରି କଥା। ଏହା ହେଲେ ନିଜ ଭିତରର ଦୂରତା ବଢ଼ିବଢ଼ି ଯିବା ହିଁ ସାର ହେବ। ବାହାରକୁ ଦେଖିବାକୁ ସୁନ୍ଦର ପରିବାର, ହେଲେ କ'ଣ ହେବ - ଭିତରର ଆତ୍ମୀୟତା,ସ୍ନେହ, ଶ୍ରଦ୍ଧା, ଭଲ ପାଇବା, ପରସ୍ପରର ସୁଖ ଦୁଃଖ ଅନୁଭବ କରିବାର ଓ ବାଣ୍ଟିବାର ରସ ଟିକକ ନାହିଁ। ମହାକାଳ ଫଳ ପରି ଉପରକୁ କେଡ଼େ ସୁନ୍ଦର, ମାତ୍ର ଭିତରଟା କୁତ୍ସିତ କଦାକାର।

ଏହି ମର୍ମରେ ମନେ ପଡ଼େ କବି ଉକ୍ତି -'ନିଜ ଘରେ ରହି ନିର୍ବାସନ ଦୁଃଖ ଏହିକି କପାଳ ଲିଖନ... !'

ସୁଖ ଶାନ୍ତି ଏବଂ ଆପଣାପଣକୁ ବାହାରେ ଖୋଜିଲେ କଦାପି ମିଳେନି, ଏହା ପାରସ୍ପରିକ ଭଲ ପାଇବା ତଥା ଆପଣାପଣରେ ହିଁ ଥାଏ। ଅତଏବ ନିଜ ଭିତରର ଆତ୍ମୀୟତାକୁ ହାର୍ଦ୍ଦିକସ୍ତରରେ ସଜାଡ଼ିପାରିଲେ ବୈକୁଣ୍ଠ ସମାନ ହୋଇ ଘରଟି ହସ ଖୁସିରେ ପୂରି ଉଠିବ।

■

ବାବାଗିରି ଜିନ୍ଦାବାଦ୍

ଆମେ ଆଜ୍ଞା ସବୁ 'ଗିରି'ରେ ହାତ ମାରିଲୁ; ହେଲେ କାହିଁରେ ସଫଳ ହେଲୁନି। ପ୍ରଥମେ ଆରମ୍ଭ କଲୁ 'ଗୁଣ୍ଡାଗିରି'। ଯା'କୁ ତାକୁ ମାରପିଟ୍ କରି ଭାବିଲୁ ଏଇ ଉପାୟରେ କିଛି ପଇସା କମେଇବୁ ବୋଲି। ମାମୁ ଘରକୁ ବାରମ୍ବାର ଯାଇ ଖୋବଣା ଖାଇ ଅଣ୍ଟା ପିଠି ଗଇ ହେଲା ପରେ ମନ ଘର ଧରିଗଲା। ସେଠୁ ବିଚାରିଲୁ - ନା ଆଉ ନୁହେଁ; ଆରମ୍ଭ କଲୁ 'ଦାଦାଗିରି'। ବୋଇଲେ ଲୋକାଲ୍ ଦାଦା ହୋଇ ବଟି ଆଦାୟ କରିବାରେ ଲାଗିପଡ଼ିଲୁ। ଭଲରେ ନଦେଲେ ଜବରଦସ୍ତି ଆଦାୟ କଲୁ ଲୋକଙ୍କଠୁ ପଇସା। ସେଥିରେ ବି ସେଇ ଅବସ୍ଥା – ମାମୁ ଘରକୁ ପୁଣି ଯିବାକୁ ପଡ଼ିଲା। ସେଥିରେ ଅନ୍‌ଫିଟ୍ ହେଲାପରେ ଆରମ୍ଭ କଲୁ 'ନେତାଗିରି'। ଏଥିରେ ଦେଖିଲୁ ଛକାପଞ୍ଝାର ଖେଳ ଭାରି ଜୋର୍। ସେଥିରୁ ମୁହଁ ଫେରେଇ ଆରମ୍ଭ କଲୁ 'ମଧ୍ୟସ୍ଥିଗିରି'। ସାଇଭାଇର କଳିତକରାଳ, ପୁଅ ଝିଅଙ୍କ ବାହାଘର, ସମ୍ପତ୍ତି ଭାଗ ବଣ୍ଟରା, ଗାଁ ଭୂଇଁର ନ୍ୟାୟ ନିଶାପ ଇତ୍ୟାଦି କଥାରେ ଭଦ୍ରଲୋକି ବା ମଧ୍ୟସ୍ଥିଗିରି କରି ଭାବିଲୁ ସେଥିରୁ ବି' ପଇସା କମେଇବୁ ବୋଲି। ହେଲେ ବାବୁ, ଅଜାଗା ଘା' ଦେଖି ହୁଏନି କି ଦେଖେଇ ହୁଏନି ପରି ଯେତେବେଳେ ଉଭୟ ପକ୍ଷରୁ ମୁଣ୍ଡରେ ଠେଙ୍ଗା ପାହାର ବାଜିଲା – କଲବଲ ହୋଇ ଧାଇଁଲୁ ସେଠୁ। ଏବେ ଯେଉଁ ଗିରିକୁ ଆମେ ଆପଣେଇଛୁ ସେଇଟା ଆମ ପାଇଁ ଏକ୍‌ଦମ୍ ଫିଟ୍। ବୋଇଲେ ବିନା ଇନ୍‌ଭେଷ୍ଟମେଣ୍ଟ୍‌ରେ ଲାଭ ଇଁ ଲାଭ। ଖାଲି କୁହା କପିଳା ହୋଇ ଲୋକଙ୍କୁ ଭକୁଆ କରିବାର କଳା ଜଣାଥିଲେ ହେଲା। ଆମେ ତ ସେଥିରେ ପକ୍‌କା ଓସ୍ତାଦ - ଆପଣ ଜାଣନ୍ତି। ଏଇ ଶେଷ ଗିରିଟି ହେଲା ଆମର 'ବାବାଗିରି'।

ଏତେଦିନ ପରେ ଆମ ପସନ୍ଦ ମୁତାବକ ବୃତ୍ତିଟିରେ ପଶି ଆମେ ମହା ଆରାମରେ ଅଛୁ ଏବେ। ସକାଳୁ ସଞ୍ଜ ଯାଏଁ ନିଇତି ଭକ୍ତଙ୍କର ଧାଡ଼ି ଛୁଟୁଛି ଖାସ୍ ଆମ ଚରଣ ଧୂଳି

ନେବାପାଇଁ। ଏବେ ଆମେ ଆଉ ଗୁଣ୍ଡା ଦଲାଲ୍ ନୁହଁ, ପାଜୀ ନୁହଁ – ଖାଣ୍ଟି ବାବାଜୀ। ଏଇ ବାବାଗିରି ପାଇଁ ପ୍ରଥମେ ତ ଆମକୁ ସଜେଇ ହେବାକୁ ପଡ଼ିବ। 'ଭେକରୁ ଭିକ'; ଷ୍ଟେଜ୍ ଫିଟିଂ ତ ପୁଣି ଦରକାର..!! ତେଣୁ ନିଶ ଦାଢ଼ି ବଢ଼ାଇଲୁ, ଜଟା ଜୁଟ ଛାଡ଼ିଲୁ। ବେକରେ, ବାହୁରେ, ଜଟାରେ ଗୁଡ଼ାଇଲୁ ରୁଦ୍ରାକ୍ଷମାଳ। କପାଳରେ ବୋଳିଲୁ ତିଳକ / ଚନ୍ଦନ। ଦେହରେ ବୋଳିଲୁ ଭସ୍ମ। ପାଖରେ କମଣ୍ଡଳୁ ଚିମୁଟା ରଖି କମ୍ବଳ ପାରି ଅର୍ଦ୍ଧନିମିଳିତ ଆଖିରେ ମହା ମନ୍ତ୍ର ଜପ କରି ଗଡ଼ାଇଲୁ ଶହେଆଠ ମାଳ। ଏତିକି ସରିଲାପରେ ଆମେ ନିଶ୍ଚିନ୍ତ ହେଲୁ ଯେ - ବାବାଗିରି ଗେଟଅପ୍ ଶତପ୍ରତିଶତ ଫିଟ୍ ହୋଇଗଲା। ଧୀରେ ଧୀରେ ଲୋକଙ୍କର ସମାଗମ ହେଲା। ଆଜି ପାଞ୍ଚ, କାଲି ପଚାଶ – ଏମିତି ବଢ଼ି ବଢ଼ି ଚାଲିଲେ ଭକ୍ତ। ଭକ୍ତଙ୍କ ଦାନରେ ତିଆରି ହେଲା ମଠ, ବେଢ଼ା, ବାଗାନ।

ଏବେ ଆମେ ଈଶ୍ୱରଙ୍କ ଚଳନ୍ତି ପ୍ରତିମା ଭାବରେ ପୂଜା ପାଉଛୁ। ସବୁ ସେଇ ପ୍ରଭୁଙ୍କର ଇଚ୍ଛା। ଆଶ୍ରମ ପରିସରରେ ଜାତିଜାତି ଫୁଲ ଫଳ ଭରା ଗଛ। ବିଭିନ୍ନ ସେବା ପାଇଁ ଖଞ୍ଜା ହୋଇଛନ୍ତି ଅଲଗା ଅଲଗା ଭକ୍ତ। ଚାଲିଛି ଅହୋରାତ୍ର ନାମ ଯଜ୍ଞ ସଂକୀର୍ତ୍ତନ। ସନ୍ଧ୍ୟା ଆଳତି ପରେ ଆମର ପ୍ରବଚନ ପର୍ବ। ଭକ୍ତଙ୍କ ଗହଳି ଚହଳିରେ ଆମ ବାବାଗିରି ଏକବାର ସାକାର। ଓହୋ.. ଗୁଣ୍ଡାଗିରି, ଦାଦାଗିରି ଇତ୍ୟାଦିରେ କେତେ ହନ୍ତସନ୍ତ ନହେଲୁ ଆମେ ! କେତେଥର ମାମୁଘର ଯାଇ ଖୋବଣା ନଖାଇଲୁ !! ନୂଆ ଜନ୍ମଟିଏ ମିଳିଲା ପରି ଆମେ ଏବେ ଭକ୍ତଙ୍କ ଦୃଷ୍ଟିରେ ଭଗବାନ ପାଲଟିଯାଇଛୁ। ହେବନି କି? ଖଣ୍ଟ ଲୁଟେରା ତ ପୁଣି ବାଲ୍ମିକୀ ହୋଇ ସାତକାଣ୍ଡ ରାମାୟଣ ଲେଖିଦେଲା। ତା'ର 'ମରା ମରା' ଧ୍ୱନି 'ରାମ ରାମ' ରେ ରୂପାନ୍ତରିତ ହେଲାପରି ଆମ ଗୁଣ୍ଡା ଦଲାଲର ଚେହେରା ପରା ବାବାଜୀ ଚେହେରାର ରୂପ ନେଇଛି.. ଏହା ଆମ ବାବାଗିରିର ମହିମା ନୁହେଁ ତ ଆଉ କଣ?

ଏଇ ଆସନରେ ବସିଲା ପରେ ଆମର ମହିମା ପ୍ରସାରିତ ହେଲାଣି କାହିଁରେ କ'ଣ। ବଢ଼ିଚାଲିଛି ଭକ୍ତଙ୍କ ସଂଖ୍ୟା; ବଢ଼ିଚାଲିଛି ସେବା, ସାଧନା ଆଉ ସମର୍ପଣର ଭାବ। ଏବେ ପଚାଶରୁ ବଢ଼ି ବଢ଼ି ପାଞ୍ଚ ଲକ୍ଷ ଭକ୍ତ ଆମ ମହିମା ଗାନରେ ମୁଖର। ଶାସନ କଳ ବି ଆମ କବ୍‌ଜାରେ.. ଆମେ ଚାହିଁଲେ ଗାଦିରେ ବସାଇପାରୁ ନୂଆ ରାଜା। ସେଥିପାଇଁ ଶାସନ / ପ୍ରଶାସନ ତରଫରୁ ମିଳିଛି ସୁରକ୍ଷା କବଚ। ଭୟ କାହାକୁ? ରଜା, ପାତ୍ର ମନ୍ତ୍ରୀ, ଅମାତ୍ୟ ଅମଲା ଏବେ ଆମର ଅନୁଗତ। ଗୁଣ୍ଡାଗିରି ଆଉ ଦାଦାଗିରିରେ ସିନା ମଣିଷ ମରା ଅପରାଧରେ ମାମୁଘରେ ଖୋବଣା ଖାଉଥିଲୁ, ହେଲେ ଆମ ବାବାଗିରିରେ ଆଉ ତା' ନାହିଁ। ସବୁ କାମ ଚାଲେ-କିନ୍ତୁ ଅଣ୍ଡରଗ୍ରାଉଣ୍ଡରେ

ଯାହା କରିବା କଥା କରି ଉପର ଗ୍ରାଉଣ୍ଡରେ ପ୍ରବଚନ ପ୍ରକୋଷ୍ଠରେ ବାବା ବେଶରେ ଉଭା ହେଉ ଭକ୍ତଙ୍କ ଗହଣରେ। ଧନ୍ୟ କହିବ ଆମ ଜଟାଜୁଟ, ଦାଢ଼ି ଆଉ ମାଳା ତିଳକର ମହିମାକୁ। ଏଇ ବେଶରେ ଆମେ ଯେତେ ଯାହା କଲେ ବି ସାତ ଖୁଣ୍ ମାଫ୍ ହେଲା ପରି ସବୁ ଧୋଇ ଧାଇ ପବିତ୍ର। ଏହା ଆମ ବାବାଗିରିର କରିସ୍ମା।

ଆମ ଆଶ୍ରମରେ ବିଭିନ୍ନ ନୀତିକାନ୍ତି, ବିଭିନ୍ନ ପୂଜା ପାଠରେ ଭକ୍ତମାନେ ଏବେ କୃତକୃତ୍ୟ। ଶ୍ରଦ୍ଧାଳୁମାନେ ଆମପାଇଁ ଖଞ୍ଜିଛନ୍ତି ବିଭିନ୍ନ ପ୍ରକାର ସେବା। ଏଇ ଯେମିତି ପବିତ୍ର ସ୍ନାନ। ସେତେବେଳେ ଭକ୍ତ ମାନଙ୍କ ଭିଡ଼ ଜମେ। ଘଣ୍ଟ ଘଣ୍ଟା ଖୋଳ କରତାଳିରେ ଉଚ୍ଛୁଳି ଉଠେ ଖଣ୍ଡ ମଣ୍ଡଳ। ଗାଡ଼ି ଗାଡ଼ି ଦୁଗ୍ଧରେ ଭକ୍ତମାନେ ଆମକୁ ସ୍ନାନ କରିଦେବା ପରେ ସ୍ନାନ ଦୁଗ୍ଧ ଯେଉଁ ଏକ ବିରାଟ ଗାଡ଼ରେ ଜମା ହୁଏ, ତାହାକୁ ଶିଶି ବୋତଲରେ ଭର୍ତ୍ତିକରି ଭକ୍ତମାନେ ଆଶ୍ରମର ପୂଜା ସାମଗ୍ରୀ ଦୋକାନରେ ବିକ୍ରି କରନ୍ତି। ଏହାକୁ ସେବନ କଲା ମାତ୍ରେ ଅପୁତ୍ରିକା ହୁଏ ପୁତ୍ରବତୀ, ମୂକ ବାଚାଳ ହୁଏ ଆଉ ପଙ୍ଗୁ ବି ଗିରି ଲଙ୍ଘନ କରିପାରେ। ଅତି ଦୁରାରୋଗ୍ୟ ବ୍ୟାଧି ଆରୋଗ୍ୟ ହୁଏ ଭକ୍ତ ମାନଙ୍କର। ପବିତ୍ର ମାଘପୂର୍ଣ୍ଣିମାରେ ପୁଣି ଏଇ ଦୁଗ୍ଧକୁ ଖିରିକରି ଭକ୍ତମାନେ ପ୍ରସାଦ ରୂପେ ପାଇଥାନ୍ତି। ପାଜୀରୁ ବାବାଜୀ ହେଲାପରେ ନୂଆ ନୂଆ ସେବା ନୀତିସବୁ ପାଳନ କରନ୍ତି ଭକ୍ତମାନେ ଆଶ୍ରମରେ। 'ପବିତ୍ର ଦର୍ଶନ'ବି ଆଶ୍ରମର ଆଉ ଏକ ନୀତିକାନ୍ତି। ଏହା କେବଳ ଗୃହିଣୀ ଭକ୍ତମାନଙ୍କ ପାଇଁ .. ବାଳ ଗୋପାଳ ବେଶରେ ଆମେ ଦର୍ଶନ ଦେଉ ସେମାନଙ୍କୁ ସେତେବେଳେ। ମର୍ତ୍ତ୍ୟରେ ବାଳ ଗୋପାଳଙ୍କ ସାନିଧ ଲାଭ କରି ସେମାନେ ହୁଅନ୍ତି କୃତକୃତ୍ୟ, ହୁଅନ୍ତି ଧନ୍ୟ। ଭକ୍ତ ଆଉ ଭଗବାନଙ୍କର ସମ୍ପର୍କ ନିବିଡ଼। ଏ ମର୍ତ୍ତ୍ୟ ଲୀଳାରେ ତନୁ – ମନ -ଆତ୍ମା ଏକାକାର ନହେଲେ ସଚ୍ଚିଦାନନ୍ଦର ଅନୁଭବ ହୁଏନି। ଗୋପୀଭାବରେ ତଲ୍ଲୀନା ଆମର ଭକ୍ତାମାନଙ୍କୁ ବି ଆମେ ପୁଷ୍କରିଣୀର ଜଳକ୍ରୀଡ଼ାରେ ଦେଉ ଦିବ୍ୟ ସ୍ପର୍ଶ।

ଗୁଣ୍ଡାଗିରି, ଦାଦାଗିରି ଆଉ ନେତାଗିରି ସମୟରେ ଯେଉଁମାନେ ଆମକୁ ଭଣ୍ଡ, ଠକ ଅସାମାଜିକ ଆଉ ଅପରାଧୀ ବୋଲି କହୁଥିଲେ – ସେମାନେ ଏବେ ଆମ ଶରଣାପନ୍ନ। ଏବେ ମାମୁମାନେ ବି ଆମର ପାଦୁକ ପାଣି ପିଇ ପରମ ଭକ୍ତ ତାଲିକାରେ ଅଛନ୍ତି। ଆମେ ଭୋଗୀ, ପୁଣି ଯୋଗୀ। ଭୋଗର କାର୍ଯ୍ୟଚାଲେ ଅଣ୍ଡରଗ୍ରାଉଣ୍ଡରେ, ମାତ୍ର ଆଶ୍ରମ କକ୍ଷରେ ଚିତା ତିଳକ ଆଉ ଗୈରିକ ବସ୍ତ୍ରରେ ଆମେ ଖାଣ୍ଟି ଚୈତନ୍ୟାନନ୍ଦ ବାବା। ସବୁ ସେଇ ପ୍ରଭୁଙ୍କ ଇଚ୍ଛା.. ଆମ ବାବାଗିରିର ମହିମା। ଏବେ ଆମେ କୋଟି କୋଟି ଟଙ୍କାର ମାଲିକ। ବିଦେଶରେ ଅଛି ଆମ ବ୍ୟାଙ୍କ ବାଲାନ୍ସ। ବିଭିନ୍ନ ଦେଶରେ ଚାଲିଛି ଆମ ଶାଖା ଆଶ୍ରମ।

ଆମରି କୃପାରୁ ଆଶ୍ରମର ସିମେଣ୍ଟଗାଇ କାମଧେନୁ ସାଜି ଦୁଗ୍ଧ ଦେବାରେ କାର୍ପଣ୍ୟ କରେନି। ଆମେ ପାଦରୁ ଅମୃତ ଝରାଇ ପାରୁ। ଭକ୍ତମାନଙ୍କୁ ଆମେ ଦେଖେଇଛୁ ବ୍ୟାଘ୍ର ଛାଲ ଉପରେ ବସି ପୁଷ୍କରିଣୀ ପାରି ହେବାର ଅଲୌକିକ ଦୃଶ୍ୟ। ଆମ ହାତରୁ ମୁଣ୍ଡରୁ ବିଭୂତି ଝରିବାର ଦିବ୍ୟ ଦୃଶ୍ୟ ଦେଖି ଭକ୍ତମାନେ ଭାବବିହ୍ୱଳ ହୋଇ ପାଦତଳେ ଶରଣ ପଶୁଛନ୍ତି। ଆମରି କୃପାରୁ ଚକ୍ଷୁହୀନ ହୋଇଛି ଚକ୍ଷୁଷ୍ମାନ, ଧନହୀନ ହୋଇଛି ଧନପତି। ଆମେ ଏବେ ଜଗତ କଲାଣରେ ବ୍ରତୀ। 'ବିଶ୍ୱାସେ ମିଳଇ ହରି, ତର୍କେ ବହୁଦୂର' - ଆମର ଆଦର୍ଶ। ଆମ ପ୍ରବଚନର ମୁଖ୍ୟ ପ୍ରସଂଗ – 'ଯାହା ଆମେ କରୁଛୁ ତାହା କରନି, ଯାହା କହୁଛୁ ତାହା କର।'

ପାଜୀରୁ ବାବାଜୀ .. ଦାଦାଗିରି ରୁ ବାବାଗିରି। ବିନା ଇନ୍‌ଭେଷ୍ଟମେଣ୍ଟରେ ଏତେ ଲାଭ। ଏସବୁ ଆମ ପାରିଲା ପଣିଆ ଆଉ ପ୍ରଭୁଙ୍କର ଇଚ୍ଛା ଯୋଗୁଁ ସିନା ସମ୍ଭବ ହେଲା ! ଦିନେ ଦାଗୀ ଥିବା ଆମ ପାଖରେ ଏବେ ଦୈନିକ ହେଉଛି କେତେ ପ୍ରକାର ସେବା ଲାଗି। ବେପାର ଖୁବ୍ ଜମିଛି। ବାବାଗିରି ଜିନ୍ଦାବାଦ୍।

■

କିଛି ଭୁଲିଯାଅ

ଆପଣ ତ ଖପ୍ପା ହୋଇଯିବେ ଆଉ ତା' ପରେ ମୋତେ କହିବେ 'ବିପଥଗାମୀ' ବୋଲି। ଆରେ ଏ କେମିତିକା କଥା ! ସ୍କୁଲ୍‌ରେ ଶିକ୍ଷକଙ୍କ ତାଗିଦ୍ – ଏକାଗ୍ର ଚିତ୍ତରେ ପଢ଼ିଲେ ପାଠ ମନେ ରହେ। ଘରେ ବାହାରେ ସବୁଠି ସେଇ ଏକା କଥା: ଏଇଟା ମନେ ରଖ, ସେଇଟା ମନେ ରଖ। କିଏ ସିନା ମନେ ରଖିବାର ମନ୍ତ୍ର ଶିଖାଏ। ମାତ୍ର ଏ ତ ଅମଡ଼ା ବାଟର ବାଟୋଇ। କହୁଛି କ'ଣ ନା କିଛି ଭୁଲିଯାଅ... ତା' ପରେ ଆପଣ ମୁହଁ ମୋଡ଼ିବେ, ନାକ ଟେକିବେ।

ନୁହେଁ ତ ଆଉ କଣ? ସମସ୍ତେ ସିଧା ଦେଖିଲା ବେଳେ ଆମେ ଟିକିଏ ବଙ୍କେଇ ବାଙ୍କେଇ ଦେଖୁ। ଆପଣ ଗୋଟିଏ କଥା କହିଲେ ଆମେ ଆଉ ଗୋଟିଏ କଥା କହୁ। ଆପଣ ଏ ପାଖରେ ଗଲେ ଆମେ ସେ ପାଖରେ ଯାଉ। ସେଇଥିପାଇଁ ତ ଆମର ଓଲଟି ଗତି। ଆପଣଙ୍କ ଭାଷାରେ 'ବିପଥଗାମୀ'।

ହଁ, କଥାଟା ଏମନ୍ତ – ଏଇ ଭୁଲିବା କଥା। ଆମ ଭାଗ ମାପ ଦେଇ ଆମେ ଯେତିକି ଜାଣିଛୁ ଆଉ ଆମ ପାଠ ଯାହା କହୁଛି ସବୁ କଥାକୁ ମଥା ଭିତରେ ମାଣି ମୁଠି ମନେ ରଖିବା କାହିଁକି ଭଲା? ସେଥିରୁ କିଛି କିଛି ଭୁଲିଗଲେ କ'ଣ ଚଳନ୍ତାନି? ଆପଣ ଯଦି ସଂସ୍କୃତ ପଣ୍ଡିତ ହୋଇଥିବେ ଆଖି ନାଲ୍ ନାଲ୍ କରି ମୋତେ ଚାହିଁବେ ସ୍ୟ, ଶବ୍ଦ ରୂପ, ଧାତୁ ରୂପ ଘୋଷି ମନେ ରଖିବାକୁ ପାହାନ୍ତି ପହର ତ ଲୋଡ଼ା; ଏ କେଉଁଠିକାର କହୁଛି ଭୁଲିଯାଅ ବୋଲି। ମାତ୍ର ଆମେ ତ 'ବିପଥଗାମୀ'। ଆମ ମଥାରେ ତ ଓଲଟା କଥା !! ଏଇ ଯେମିତି ବାରୁଣାବଂତରେ ନୂଆକରି ତୋଳିଥିବା ଉଆସକୁ ପାଣ୍ଡବମାନେ କୌରବ କୁଳକୁ ଗୃହ ପ୍ରବେଶ ଭୋଜି ପାଇଁ ନିମନ୍ତ୍ରଣ କରିଥିଲେ ଏବଂ ନିମନ୍ତ୍ରଣ ରକ୍ଷା କରି ଦୁର୍ଯ୍ୟୋଧନ ସମେତ ଶହେ ଭାଇ ଆସିଥିଲେ। ଚଟାଣଟି ଚକ୍ ଚକ୍ ହୋଇ ଏତେ ସୁଦୃଶ୍ୟ ହୋଇଥିଲା ଯେ ଦୁର୍ଯ୍ୟୋଧନ ଗୋଟିଏ ଜାଗାରେ

ପାଣି ଭ୍ରମରେ ଆଗକୁ ନଯାଇ ଅଟକି ଗଲେ। ଏ ଦୃଶ୍ୟ ଦ୍ୱିତଳ ତୋରଣରେ ବସି ପାଣ୍ଡବ ଘରଣୀ ଦିଅର ଭାଉଜର ଅଧିକାରରେ ଟିକିଏ ବ୍ୟଙ୍ଗ ହସ ହସିଦେଲେ। ମାତ୍ର ମାନୀ ଦୁର୍ଯ୍ୟୋଧନ ଏହାକୁ ମନେରଖି ଏଇ ଅପମାନର ପ୍ରତିଶୋଧ ନେବାପାଇଁ ଜାଲ ବିଛେଇଲେ। ପରିଣାମରେ କି ପ୍ରକାର ଭୟାବହ ମହାଭାରତ କାଣ୍ଡ ସୃଷ୍ଟି ହେଲା ତାହା ଆମ ପାଠକ / ପାଠିକାଙ୍କୁ ଅଗୋଚର ନାହିଁ। ଯଦି ଦୁର୍ଯ୍ୟୋଧନ ଏହାକୁ ଦିଅର ଭାଉଜର ଥଟ୍ଟା ଭାବି ଭୁଲିଯାଇଥାନ୍ତେ ଏତେବଡ଼ ଧର୍ମ ଯୁଦ୍ଧର କି ପ୍ରୟୋଜନ ଥିଲା ? ଏବେ ଦେଖିଲେ ତ ମନେରଖିବାର ବିଷ ପରିଣତି ? ସେଥିପାଇଁ ତ ଆମେ କହୁ ଜଗତ ମଙ୍ଗଳ ହିତେ କିଛି ଭୁଲିଯାଅ.. କିଛି ଭୁଲିଯାଅ।

ସାହି ସାହିରେ, ଭାଇ ଭାଇରେ କଳି ତକରାଳ, ଗୁଣ୍ଡାରାଜ୍, ହଣାକଟା – ସବୁ ଏଇ ମନେ ରଖିବା ପଣ ପାଇଁ ସିନା ! ଭାଇ ନିଜ ଭାଇର ଛୋଟିଆ ଭୁଲ୍‌କୁ (ଯାହାକୁ ଭୁଲି ଯାଇ ହୁଅନ୍ତା) ସବୁଦିନ ପାଇଁ ମନେରଖି ସ୍ନେହ, ମମତା, ରକ୍ତର ଆକର୍ଷଣକୁ ତୁଚ୍ଛ ମଣୁଛି। ଫଳରେ ରକ୍ତ ପିପାସୁ ଦାନବ ପରି ଭାଇର ତଣ୍ଟିରେ ଛୁରା ମାରିବାକୁ ପଛେଇ ଯାଉନି।

ଛୋଟ ଛୋଟ ମାନ ଅପମାନ, ଛୋଟ ଛୋଟ ଭୁଲ୍ ଭଟକାକୁ ମନେ ରଖିଲେ ମନ ଭିତରେ ଗୋଳେଇ ଘାଣ୍ଟି ହୋଇ ସେଥିରୁ ଲହୁଣି ତ ବାହାରିବନି, ବରଂ ବାହାରିବ ହଳାହଳ, ବାହାରିବ ଧ୍ୱଂସମୁଖୀ, ନକାରାତ୍ମକ ଚିନ୍ତନ। ତେଣୁ ହେ ଅମୃତ ସନ୍ତାନ ନଖୋଜି କାରଣ ଆଜି; ଆସ କିଛି ଭୁଲିଯିବା.. ଭୁଲିଯିବା.. ଭୁଲିଯିବା..।

ଜନ୍ମରୁ ମୃତ୍ୟୁ ପର୍ଯ୍ୟନ୍ତ - ଭୁଲିଯିବାଟା ଜନ୍ମସିଦ୍ଧ, ସହଜାତ ପ୍ରବୃତ୍ତି। ଭୁଲିବା ପାଇଁ ମଣିଷକୁ ଅଭ୍ୟାସ କରିବାକୁ ପଡ଼େନି। କିନ୍ତୁ ମନେରଖିବାଟା ପ୍ରଯତ୍ନସିଦ୍ଧ। ଏହାକୁ ଦୋହରାଇ ଦୋହରାଇ ମନେରଖିବାକୁ ପଡ଼େ। ଏହା ପ୍ରବୃଦ୍ଧମାନଙ୍କର ମତ। କିଛି ଗୋଟିଏ ବିଶେଷ ଘଟଣା ମନ ଭିତରେ ଧକ୍କା ଖାଇଲେ ଆମେ ସେଇଟାକୁ ବାରମ୍ୱାର "ହର୍ ଗୁଣ୍ ଫେଡ୍ ମିଶା" କରୁଥାଉ। କଥା ହେଉଛି – ସେ ଘଟଣାଟା ଯଦି ସକାରାତ୍ମକ ହୋଇଥାଏ ତାକୁ ମାଣିମୁଠି ମୁଣ୍ଡରେ ସାଇତି ରଖିବାରେ ଏ ହୀନଜନ କେବେ ମନା କରିବନି, ବରଂ ଆହୁରି ଆହୁରି ପୁଳା ପୁଳା ଭାତ ଗୁଣ୍ଡା ଗେଫିଲା ଭଳି ମନେ ରଖିବାକୁ କହିବ। ଯଦି ତାହା ସଇତାନିଆ ଘଟଣା ହୋଇଥାଏ ଆମେ ତ କହିବୁ କପଡ଼ା ଛିଣ୍ଡିଯାଉ ପଛେ ଯେତେ ଡିଟର୍‌ଜେଣ୍ଟ ଦେଇ ତାକୁ ସଫା କରିବା ପରି ସେ ମଇଳାକୁ ଆଗ ସଫା କର। ତେଣୁ କହେ- କିଛି ଭୁଲିଯାଅ, କିଛି ଭୁଲିଯାଅ।

ସବୁ କଥାକୁ ବସ୍ତାନିରେ ପୂରେଇ ବୋହିଲା ପରି ଯଦି ମୁଣ୍ଡ ଭିତରେ ବୋହିଲେ ଜଗତର କଲ୍ୟାଣ ପରିବର୍ତ୍ତେ ତାହା ଧ୍ୱଂସ ଆଡ଼କୁ ଟାଣି ନେଉଛି, ଯଦି

ତାହା ପ୍ରତିଶୋଧର ପନିକି ପକାଉଛି, ଯଦି ତମ ଆମ ମନକୁ ଓଜନିଆ କରି ରକ୍ତଚାପ, ହୃଦ୍‌ରୋଗ ପରି ନାହିଁ ନଥିବା ରୋଗକୁ ଆମନ୍ତ୍ରଣ କରୁଛି ତେବେ ସେ ନିଆଁ ଲଗା ସଇତାନିଆ କଥାଗୁଡ଼ା ମନ ଭିତରେ ପଶିବା ପୂର୍ବରୁ ଏଣ୍ଟ୍ରାନ୍ସ ଗେଟ୍‌ରେ ତାଲା ପକାଇ ସେ ସବୁ ନକାରାତ୍ମକ କଥାକୁ ଭୁଲିଯାଇ କାହିଁକି ଟିକିଏ ସୁଖ ନିଦ୍ରାରେ ଶୋଇ ଶାନ୍ତିର ସପନ ନଦେଖିବା ? ଏଥିରେ ଆପଣଙ୍କର ମଙ୍ଗଳ, ମୋର ମଙ୍ଗଳ, ଜଗତର ବି ମଙ୍ଗଳ। ନା ସତରେ ଆପଣ କଣ କହୁଛନ୍ତି କହନ୍ତୁ ନା... !!!

■

ହୁସିଆର୍- ବୁଲୁଛି ଚଉକିଦାର୍

ଥୋକେ ଆମକୁ କହିବାକୁ ଲାଗିଲେ – ହଇହୋ, ତମେ ତ ଏତେ ଆଡ଼େ ବୁଲୁଚ, ଏଠି ସେଠି ଘଟୁଥିବା ଘଟଣା ଦୁର୍ଘଟଣାକୁ ବନେଇ ଚୁନେଇ ବଖାଣୁଚ। ଭୁଲ୍ ଭଟକାକୁ ତାୱାରେ ଭାଜିଲା ପରି ଭାରି ଗରମା ଗରମ କରି ପରଷୁଚ। ହେଲେ ଠିକ ବାଟ ତ ଦେଖଉନ, ଭୁଲ ଭଟକା ସୁଧାରିବାର କିଛି ତ କେଁ ବାହାର କରୁନ। ମାଖୁନାଟାରେ ଅଳିଆ ଆବର୍ଜନା, ଦୁର୍ଗନ୍ଧକୁ ଦେଖେଇ ଲାଭ କ'ଣ? ଅଳିଆ ସଫାକରି ଦୁର୍ଗନ୍ଧ ହଟେଇବାର କିଛି ବାଟ ଫିଟେଇଲେ ସିନା ପରିବେଶ ପରିଚ୍ଛନ୍ନ ହେବ...। ସେବେଠୁ ଆମକୁ ସେଇ କଥା ଘାରୁଚି। ଲୋକେ ଯାହା ବୋଲୁଚନ୍ତି ତାହା ତ ସତ। ହେଲେ ଏଇଠି ଆମେ ଆଉ ଏକ ବାଗରେ ଚିନ୍ତା କରୁଚୁ। ଆମ ଅବାଗିଆ ଅକଲରେ ଯାହା ବୁଝିଚୁ, ତାହା ଏବେ ବଖାଣୁଚୁ।

ଆମେ ଆଙ୍କା ଚରଣ ଲୋକ; ଚରାବୁଲା କରୁଥାଉ ଚାରିଆଡ଼େ। କି ଦିନ କି ରାତି ସବୁବେଳେ ସବୁଆଡ଼େ ଚରିବୁଲି ଦେଖୁଥାଉ ସବୁ ଚିଜକୁ, ସବୁ କଥାକୁ। ଆମକୁ ଯାହା ଭଲ ଲାଗେନି, ଯାହା ଗନ୍ଧାଏ ସେ ଭଳି ଅପରଚ୍ଛନିଆ ଜିନିଷ ଦେଖିଲେ ସେଠି ଘଡ଼ିଏ ଅଟକିଯାଉ। ତୁନି ନ ହୋଇ ସବୁ ଦେଖୁ ଓ ଆମ ଆଖି ଦେଖା କଥା ବି ଆପଣଙ୍କୁ ଦେଖାଉ। ସେଇଟା ତ ଆମର ଗୋଟେ ବଡ଼ ଖୋଇ-ଯାହା ଦେଖିବୁ ତାକୁ ଆପଣଙ୍କ ଆଖି ପାଖକୁ ଆଣିବୁ। ଏଇ ସବୁ ଅନ୍ଧାରିଆ, ଗହୀରିଆ, ଅପରଚ୍ଛନିଆ ଦୁର୍ଗନ୍ଧ ଚିଜସବୁ ଆପଣମାନଙ୍କୁ ଦେଖାଇବା ପାଇଁ ସବୁବେଳେ ଆମ ହାତରେ ଥାଏ ସ୍ପଟ୍ ଲାଇଟ୍। ଭଲକଥା ଦେଖିବାକୁ ସଭିଏଁ ପସନ୍ଦ କରନ୍ତି। ସଫା ସୁତୁରା ଫୁଲ ଫୁଟା ସୁବାସିତ ବାଟ ଆଡ଼େ ସଭିଏଁ ଯିବାକୁ ଚାହାଁନ୍ତି। କିନ୍ତୁ ଏ ସବୁ ଭିତରେ ଯେ ଅନ୍ଧଗଳିରେ କିଛି ଅପରଚ୍ଛନିଆ କଥା ଘଟେ, କିଛି ନିକାଞ୍ଚନ ଅନ୍ଧାରିଆ ଜାଗାରେ ଅଶୋଭନୀୟ ଘଟଣା ଘଟୁଥାଏ ନିତିଦିନ ସେ ଆଡ଼େ କେହି ଯାଆନ୍ତିନି, ଯିବାକୁ ସାହସ କରନ୍ତିନି।

କଣ୍ଟା ଝଟାରେ ପରିପୂର୍ଣ୍ଣ ଦୁର୍ଗମ ରାସ୍ତା, ପଥୁରିଆ ବନ୍ଧୁର ବାଟଆଡ଼େ ବା କିଏ କାହିଁକି ପାଦ ବଢ଼େଇବ? ଝୁଣ୍ଟିବାର ସମ୍ଭାବନା ଅଛି - ନହୁନୁହାଣ ହେବାର ବି... ତେଣୁ ସେଆଡ଼େ କେହି ଧାଆଁନ୍ତିନି। ସଭିଏଁ ଚାହାନ୍ତି ସଳଖ ବାଟ, ବାସ୍ନାମୟ ପରିବେଶ। ଗନ୍ଧ ଆଡ଼େ ଗଲେ ତ ନାକରେ ରୁମାଲ ଦେବାକୁ ପଡ଼ିବ। କେହି କେହି ଅ-ଅ ହେଇ ବାନ୍ତି ବି କରିବେ। ସେଥିପାଇଁ ଆମେ ଚାହୁଁ ସଭିଏଁ ଭଲ ରାସ୍ତାରେ ଚାଲନ୍ତୁ – ସୁଗନ୍ଧିତ ପରିବେଶରେ ରହନ୍ତୁ। ପଚା ଦୁର୍ଗନ୍ଧ ମଢ଼କୁ ଶାଗୁଣା ଖାଇ ପରିବେଶ ପରିଷ୍କାର ରଖିବା ପରି ଆମେ ଲାଗିଥାଉ ସେଇ କାମରେ।

ସେଥିପାଇଁ ଆମେ ଅରମାରେ ମାଡ଼ିଯାଉ। ଅନ୍ଧାରିଆ ଯାଗାରେ ଯେତେବେଳେ ଦେଖୁ କିଛି ଗୋଟେ ଗଡ଼ବଡ଼ ଚାଲିଛି; ସେଇ ସବୁ ଅପରଛନିଆ ଇଲାକା ଆଡ଼େ ଧାଇଁ ଥାଉ। ଏଇ ଯେ ସ୍ପଟ୍ ଲାଇଟ୍ କଥା ଆମେ କହୁଥିଲୁ, ତା' ମାଧ୍ୟମରେ ଆମେ ସେଇ ଅନ୍ଧାରିଆ ଅପରଛନିଆ ଜାଗାକୁ ଦେଖୁ ଓ ଆପଣଙ୍କୁ ବି ଦେଖେଇ ଦେଉ। ଚିତ୍କାର କରି କହୁ-ଦେଖ ଏଇଠି କିଛି ଗଡ଼ବଡ଼ ଚାଲଚି। ଏଠି କୁଢ଼ କୁଢ଼ ଅଳିଆ ଗଦା ହେଇଚି। ସେଥିପାଇଁ ଆପଣ ଆମକୁ ଚଉକିଦାର୍ ବି କହିପାରନ୍ତି। ଜଗି ଜଗେଇବା, ଦେଖି ଦେଖାଇବା ଆମର କାମ। ଚଉକିଦାର୍ ବା ପହରାଦାର୍ ପାଇଁ ଦିନ ନାହିଁ କି ରାତି ନାହିଁ। ଆମେ ହେଲୁ ସେଇ ଚାରଣ ଚଉକିଦାର- ଚରାବୁଲା କରୁ ଚାରିଆଡ଼େ। ନିଶାର୍ଦ୍ଧରେ କେତେଥର ଆମର ଚିତ୍କାର ଶୁଣି ଅନ୍ଧାରରେ ଗଡ଼ବଡ଼ କରୁଥିବା ସଇତାନ ମାନେ ଚମକି ଯାଆନ୍ତି – 'ହୁସିଆର୍ ହୁସିଆର୍, ଆଖି ନାଇଁ କାନ ନାଇଁ ବାଜି ଗଲେ ଦୋଷ ନାଇଁ। ହୁସିଆର୍, ସ୍ପଟ୍‌ଲାଇଟ୍ ଧରି ବୁଲୁଛି ଚଉକିଦାର୍। ଆମ ଡାକ ଶୁଣି ସଇତାନପଲ କିଲିବିଲି ହୋଇ କିଏ କୁଆଡ଼େ ଭାଗିସ୍ ହେଇଯାଆନ୍ତି।

ଏବେ ଆସିବା ଆପଣଙ୍କ କଥା ପାଖକୁ। ଆମ ସ୍ପଟ୍‌ଲାଇଟ୍‌ରେ ଯେତେବେଳେ ଅନ୍ଧାରରେ ଗଡ଼ବଡ଼ କରୁଥିବା ସଇତାନ ପଲ ଚମ୍ପଟ ମାରନ୍ତି, ସେଇଠି ଆଉ ଅନ୍ଧାର ରହେ କି? ଅନ୍ଧାର ହଟିଲେ ତ ସଇତାନ ମାନଙ୍କର ମେଳି ଭାଙ୍ଗିବ। ଅପରଛନିଆ ଅଳିଆ କୁଢ଼ ଉପରେ ଆଲୁଅ ପଡ଼ିଲେ ସଫା କରାଳିମାନେ ତ ଧାଇଁବେ ସେସବୁ ହଟେଇ ପରିଷ୍କାର କରିବାକୁ। ଗନ୍ଧ ଜିନିଷ ସେଠୁ ହଟେଇ ସୁବାସିତ ଅତର ସିଂଚିବାକୁ ତତ୍ପର ହେବେ। କଥାଟାର ଖିଅ ଧରିଲେ ତ ଏବେ? ଏ ସବୁ ହେଲା ସ୍ପଟ୍‌ଲାଇଟ୍‌ର କମାଲ୍ ... ଆଲୁଅ ପଡ଼ିଲେ ଆପଣା ଛାଏଁ ସବୁ ସଁ' ହେଇଯିବ। ଅନ୍ଧାରରେ ସିନା ଭୂତ, ସଇତାନମାନେ ଆଡ୍‌ଡା ଜମାନ୍ତି, ସେଠି ଯେତେବେଳେ ଆଲୁଅ ପଡ଼ିବ, କିଏ କୁଆଡ଼େ ଧାଇଁବେ ଯେ ଆଉ ଦେଖା ମିଳିବନି ତାଙ୍କର। ସବୁ ହେଲା ପରେ ବି ଆଉ କିଛି କିଛି ଗାଲୁଆ ସଇତାନ ରହିଯାଆନ୍ତି - ଆଲୁଅ ପଡ଼ିଲେ ବି ପରବାୟ ନଥାଏ

ତାଙ୍କର। ସେମାନଙ୍କ କଥା ବୁଝିବାକୁ ମାମୁଘର ଲୋକ ଅଛନ୍ତି। ମାମୁଘର ଲୋକେ ତାଙ୍କୁ ଧରି ନେଇ ଏମିତି ଖୋବଣା ଦିଅନ୍ତି ଯେ ଏକବାର ସାଇଜ୍। ଏବେ ଆପଣଙ୍କ ମଗଜକୁ ଆସିଲା-ସିଧା ସଳଖ ନ ହେଲେ ବି ବଙ୍କେଇ କରି ଆମେ ଭଲ ବାଟ ଦେଖଉଚୁ। ଅରମା ଅମଡ଼ା ଦୁର୍ଗମ ବାଟରେ କଣ୍ଟା ଝଟା ମାଡ଼ି ଯାଉଯାଉ ଆମେ ଆପଣମାନଙ୍କ ପାଇଁ ନିର୍ମଳିଆ ବାଟଟିଏ ତିଆରି କରୁଚୁ।

ଡେଙ୍ଗା ମୁଣ୍ଡରେ ଠେଙ୍ଗା ପରି କେତେଥର ଅବଶ୍ୟ ଆମ ମୁଣ୍ଡରେ ପାହାର ବସୁଚି, ହେଲେ ସେ ସବୁକୁ ଫୁଙ୍କି ଦେଇ ଆମେ ଚାଲିଚୁ ଆମ ବାଟରେ / ଆମ ବାଗରେ ସ୍ପଟ୍‌ଲାଇଟ୍ ଧରି। ଚାରଣ ଚଉକିଦାର୍ ବୋଲି କେତେ ଲୋକ କେତେ କଥା କହନ୍ତି। ଲୋକେ ବୋଲୁଚନ୍ତି ବୋଲି ଆମେ କଥାଟାକୁ ଗଣ୍ଠି କରି ଧରିଲେ ହବ କି ହେ? ଜଗି ଜଗାଉଚୁ ବୋଲି କେତେ ଯାତନା ସହୁଛୁ। ତଥାପି ଆମେ ଚରଣ ଚଉକିଦାର-ଚାରିଆଡ଼େ ଚରିବୁ ସ୍ପଟ୍‌ଲାଇଟ୍ ଧରି। ଅନ୍ଧାରିଆ ମୂଳକରେ ଆଲୁଅ ପକେଇବା ଆମର କାମ। ଚଉଦିଗରେ ଆଲୁଅ ପଡ଼ିଲେ ଅନ୍ଧାର ତ ହଟିବ ଆପଣାଛାଏଁ ଆଉ ସଇତାନ ପଲ ସାଇଁ ସାଇଁ ବେଗରେ କିଏ କୁଆଡ଼େ ଧାଇଁବେ। ଅଳିଆ ଆବର୍ଜନା ହଟି ପରିଷ୍କାର ହେଇଯିବ ଚାରିଆଡ଼। ତଥାପି ବି ଆମେ ବୋଲୁଥିବୁ-'ହୁସିଆର୍ ବୁଲଚି ଚାରଣ ଚଉକିଦାର୍।'

ଥୋକେ ପୁଣି ଆମକୁ କହୁଚନ୍ତି – 'କି ହୋ ତମେ ତ ବୁଲିବ ନିର୍ମଳିଆ ବାଟରେ, ସେ କଣ୍ଟା ଝଟା ଅରମା ଅମଡ଼ା ଦୁର୍ଗମ ରାସ୍ତାଆଡ଼େ ଯାଇ ନହୁନୁହାଣ ହେଉଚ କିଆଁ? କିଆଁ ସେ ଅନ୍ଧାରିଆ ଇଲାକା ଆଡ଼େ ଯାଇ ସଇତାନ୍‌ଙ୍କ ଠେଙ୍ଗା ପାହାର ଖାଉଚ? ଅଳିଆ ଆବର୍ଜନା ଜାଗାରେ ସ୍ପଟ୍‌ଲାଇଟ୍ ପକଉଚ କିଆଁ? ସେ ସବୁ ସେମିତି ଥାଉ; ତାକୁ ଘୋଡ଼େଇ ଘାଡ଼େଇ ସେ ଅସନା ଆବର୍ଜନା ଗନ୍ଧଉଥିବା ଅଳିଆ କୁଢ଼ ଉପରେ ତ ଅତର ସିଞ୍ଚିଦେଲେ କାମ ସଇଲା; ଅତର ସୁବାସ ମହକିବ ଚଉଦିଗକୁ। ଅଳିଆ ତା'ର ତା' ଜାଗାରେ ପୋତି ହେଇଥାଉ। ଅନ୍ଧାର ଆଡ଼େ ନଯାଇ ତମେ ଆଲୁଅରେ ପହରା ଦଉନା? ଭଲ ଜିନିଷ ଦେଖ – ଭଲ ଜିନିଷ ଦେଖାଅ।' ଏଇ କଥା ଆମକୁ ଅହରହ ବିଚଳିତ କରେ। ଆମେ ଦେଖୁଚୁ ଗନ୍ଧ ଅଳିଆ, ତା' ଉପରେ ମାଟି ଘୋଡ଼େଇ ଅତର ସିଞ୍ଚିବୁ କେମନ୍ତେ? ଖାସା କଥା କହୁଚ ଏକା...। କିହୋ ଆମେ ତ ଚଉକିଦାର୍। ପୁଣି ହାତରେ ଏଇ ଯେ ସ୍ପଟ୍‌ଲାଇଟ୍ ଆମେ ଧରିଚୁ – ତାହା ତ ଖାସ୍ ଅନ୍ଧାର ହଟେଇବା ପାଇଁ। ଆଲୁଅ ଆଡ଼େ ପହରା ଦେଲେ ସ୍ପଟ୍‌ଲାଇଟ୍ ଧରିବୁ କିଆଁ? ଅନ୍ଧାର ଆଡ଼େ ନବୁଲିଲେ, ଅପରଛନିଆ ଜାଗାରେ ଆଲୁଅ ନପକେଇଲେ ସେସବୁ ଜାଗା ନିର୍ମଳ ହେବ କେମିତି?

ଆମ ପଛରେ ଥୋକେ ଯାହା କହୁଚନ୍ତି ଯେ - ଆମେ ଭଲ ବାଟ ଦେଖେଇବୁ, ଅନ୍ଧାରିଆ, ଅଳିଆ ଆବର୍ଜନା ଆଉ ଦୁର୍ଗନ୍ଧ ଜିନିଷ ହଟେଇବାର ପ୍ରତିକାର କରିବୁ। ସେଇ ସବୁର ଭିତିରି କଥା ଆମେ ଆପଣଙ୍କୁ ଚୁମ୍ବକରେ କହିଲୁ। ତେଣିକି ଯିଏ ଯାହା ଭାବିଲେ ଆମର ଢୋ। ସବୁ ସେଇ ସ୍ପଟ୍‌ଲାଇଟ୍‌ର କରାମତି ଆଜ୍ଞା। ଅନ୍ଧାରିଆ ଜାଗାରେ ଆଲୁଅ ପଡ଼ିଲେ ଆପେ ସବୁ ସଜାଡ଼ି ହେଇଯିବ। ହେଲେ ରାତି ରାତି ଲମ୍ବାଦାଢ଼ି କଣ ସମ୍ଭବ ? ରୋମ୍ ନଗରୀ କଣ ଗୋଟିଏ ଦିନରେ ତିଆରି ହେଇଥିଲା ନା ହରିଣଟିଏ ଏକାଦିନରେ ଜିରାଫ ହେଇଯାଇଥିଲା ? ସବୁ କଥା ଆଜ୍ଞା ବେଳକାଳ ଅନୁସାରେ ହେବ। ସେପର୍ଯ୍ୟନ୍ତ ଆମେ ସ୍ପଟ୍‌ଲାଇଟ୍ ଧରି ଅନ୍ଧାରିଆ ମୂଳକରେ ବୁଲିବୁଲି କହୁଥିବୁ – 'ହୁସିଆର୍, ଆଖିନାଇଁ କାନ ନାଇଁ ବୁଲୁଛି ଚଉକିଦାର୍।

ହୁସିଆର୍ - ହୁସିଆର୍ - ହୁସିଆର୍।'

■

ଷଣ୍ଢ ଲଢ଼େଇ ବନାମ ମୁଣ୍ଡ ଲଢ଼େଇ

ଏବେ ଯୁଆଡ଼େ ଦେଖ – ସେଠି ଖାଲି ଲଢ଼େଇ; ଷଣ୍ଢ ଲଢ଼େଇ। ଶିଙ୍ଗ ଦେଖେଇ ସଁ ସଁ ହୋଇ ମାଡ଼ି ଆସିବାର ହୁଂକାର। ତେଣିକି କାହାର ଶିଙ୍ଗ ଭାଙ୍ଗିବ, କିଏ ନହୁନୁହାଣ ହୋଇ ଛେରି ମୁତି ଲାଞ୍ଜ ଜାକି ଧାଇଁବ – ତାହା ଭିନ୍ନ କଥା, ମାତ୍ର ସଭିଏଁ ଫଁ ଦେଖେଇ ଗର୍ଜନ ତର୍ଜନ କରୁଛନ୍ତି ଏବେ। ଖୁରା ଆଉ ଶିଙ୍ଗରେ ମାଟି ବିଦାରି ଷଣ୍ଢ ଦଳ ଯେତେବେଳେ ହୁକୁରି ଖାଉଛନ୍ତି, ଆମେ ତମେ ତ ଛାର ଦେଖଣାହାରୀ...। ଆମ ଭିତରୁ କିଛି ଏ ଷଣ୍ଢ ପଛରେ ତାଳିମାରି ଉସ୍‌କାଉଛନ୍ତି ତ ଆଉ କିଛି ସେ ଷଣ୍ଢ ପଛରେ ନାଚି ନାଚି ତାଳିମାରି କହୁଛନ୍ତି – 'କାଳିଆ ଷଣ୍ଢ ଢ଼ୋ।' ଆମେ ଏମାନଙ୍କର ଫଁ ଫଁ, ସଁ ସଁ ଗର୍ଜନ ତର୍ଜନ ଦେଖି ଏକବାର ତାଜୁବ୍। ଏମାନଙ୍କର ତାଳାତାଳିପଣ ବା ଫଁ ଫଁ କୁ ସହରରେ କିଏ ଦେଖିବ? ସୁତରାଂ ଗୋଡ଼ା ଗୋଡ଼ି ହୋଇ ଗାଁ' ର ପଦା ବିଲରେ କାଦୁଅ ଖଳିଆ ହେଉଛନ୍ତି ଏବେ ଏମାନେ। ଏ ତା' ଉପରକୁ କୁଦିପଡୁଛି ତ ସେ ୟା' ଉପରକୁ...। ନହେବ ବା କାହିଁକି? ଏ ପରା ଷଣ୍ଢ ଲଢ଼େଇର ଋତୁ !!

ଏବେ ଷଣ୍ଢ ଲଢ଼େଇ ଦେଖା ଏତିକି ଥାଉ; ଚାଲ ଗାଁ' ଆଡ଼େ ଟିକିଏ ଯିବା-ଦେଖିବା ମୁଣ୍ଡ ଲଢ଼େଇର ଦୃଶ୍ୟ। ଏ ପୁଣି କି ରକମ କଥା? ମୁଣ୍ଡ ଲଢ଼େଇ କିସ ହୋ? ମଗଜ ଖଟାଇଲେ ସବୁ ବୁଝା ପଡ଼ିବ। ବୋଇଲେ ଗାଁ' ଯାକର ଲୋକେ ହେଲେ ଗାଁ'ର ଏକ ଏକ ମୁଣ୍ଡ। ମୁଣ୍ଡକୁ ଛାଡ଼ି ଯେମନ୍ତ ଗଣ୍ଡି ନାହିଁ, ଏମାନଙ୍କୁ ଛାଡ଼ି ତେମନ୍ତ ଗାଁ' ନାହିଁ। ଷଣ୍ଢ ଲଢ଼େଇ ଠାରୁ ଏ ମୁଣ୍ଡ ଲଢ଼େଇ ଭାରି ଭୟଙ୍କର। କାହା ଷଣ୍ଢ ହାରିବ, କାହା ଷଣ୍ଢ ଜିତିବ – ଏଇ ମନୋଭାବରେ ଗାଁ'ର ମୁଣ୍ଡମାନଙ୍କ ଭିତରେ ଚାଲେ ତୁମୁଳ କାଣ୍ଡ। ବାପ୍‌ରେ, ସେ କି ଉଗ୍ର ଦୃଶ୍ୟ; କଥା କଥାରେ ଠେଙ୍ଗା ଉଠାଉଠି, ହଣା କଟା, ଛୁରୀ ଭୁଜାଲିର କାରବାର.. ଶେଷକୁ ପରିସ୍ଥିତି ଅଣାୟତ... ୧୪୪ ଜାରି। ଫାଳ ଫାଳ ହୋଇ ସାତ ଫାଳ ହୋଇଯାଏ ବକଟେ ବୋଲି ଗାଁ' ଖଣ୍ଡେ।

ଯେଉଁଠି ଐକ୍ୟ ମନୋଭାବରେ ସଂକୀର୍ତ୍ତନ, ସୁଆଙ୍ଗ, ଜନ୍ତାଳ, ବାହାବ୍ରତ, ପୂନେଇଁ ପରବ ଆଦି ସାଂସ୍କୃତିକ, ସାମାଜିକ ତଥା ଧାର୍ମିକ କାର୍ଯ୍ୟକ୍ରମ ମାଧ୍ୟମରେ ଛୋଟିଆ ଗାଁ ଖଣ୍ଡେ ହସୁଥିଲା – ସେଠି ଏବେ ହସ ବଦଳରେ ବିଷ ଭରିଯାଇଛି ପ୍ରତିଟି ମୁଣ୍ଡରେ / ମଗଜରେ। ଏବେ ସେଠି ନିଆଁ ପାଣି ଅଟକ, ଏ ସାଇର ଲୋକଙ୍କୁ ସେ ସାଇର ଦାଣ୍ଡରେ ଯିବାକୁ ମନା। ଏ ସାଇରେ ଭୋଜି ଭାତ ହେଲେ ସେ ସାଇକୁ ବାସେ; ହେଲେ ସେ ସାଇର ଲଙ୍ଗଳା ବାଳୁତମାନେ ପାଟିରେ ଆଙ୍ଗୁଠି ପୂରାଇ ଏ ସାଇର ଭୋଜିଭାତ ଖାଇବାର ଦୃଶ୍ୟକୁ ବିକଳ ହୋଇ ଚାହିଁ ରହନ୍ତି ଯାହା।

ଖାଲି ଛକା ପଞ୍ଝା, ଗୋଡ଼ ଟଣା ନୀତିରେ ବଳି ପଡୁଥାଏ ଗାଁ'ର ଗାରିମା। ଭଲ ରାସ୍ତାଟିଏ ହୋଇପାରେନି। ପୋଖରୀରେ ଦଳ ସାଲୁବାଲୁ ହେତୁ ମଶା ଡାଆଁଶଙ୍କ ବଂଶ ବଢ଼େ। ହଇଜା, ମହାମାରୀ, ମ୍ୟାଲେରିଆ ଭଳି ରୋଗର ଶିକାର ହେଲେ ବି ଗାଁ'ର ଏଇ ମୁଣ୍ଡ ମାନଙ୍କ ଉପର ମୁହାଁ ଶୁଣ୍ଢ ତଳ ମୁହାଁ ହୁଏନି। ଗାଁ'କୁ ସଫା ସୁତୁରା କରିବ କିଏ ? ମୁଣ୍ଡମାନେ ମେଳି ହେଲେ ତ !

ଏମାନେ ତ ଷଣ୍ଢ ପଛରେ ଧାଇଁ ନିଜ ଭିତରେ ଏକ ଏକ ଦଳ ତିଆରି କରି ଭାଗ ଭାଗ ହେଲେ, ଗାଁ ତେଣିକି ରସା ତଳକୁ ଗଲେ ବି ଏମାନଙ୍କର କିଛି ଯାଏ ଆସେ ନାହିଁ। ଏ ସାଇରେ ପୂଜା ପାଠ ହେଲେ ମାଇକ୍ ବାଜେ, ଡିଜେର ଭଲ୍ୟୁମ ବଢ଼ାଇ ଦିଆଯାଏ। ସେଠି ସେ ସାଇର ଲୋକଙ୍କ କାନ ଭାଁ ଭାଁ ହୁଏ। ରାତି ସାରା ଅନିଦ୍ରାରେ ଖାଲି ଯାହା ଛଟପଟ ହେବା କଥା। ସେ ସାଇରେ ବି କେବେ ମାଇକ୍ ବାଜିଲେ, ଡିଜେ ଗର୍ଜିଲେ ଏ ସାଇ ଲୋକଙ୍କର ଅବସ୍ଥା ତଦ୍ରୂପ ହୁଏ। ଯେସାକୁ ତେସା। କିଏ କାହା କଥାରେ ଅଛି କି ? 'ଯେଝା ହାତେ ଯିଏ ଚଉଦ ପା'। ଗାଁ'ରେ ଶୃଙ୍ଖଳା ଆଣିବାକୁ କେହି ଯଦି ଅଣ୍ଟା ଭିଡ଼ି ଏ ଅସଜଡ଼ା ମୁଣ୍ଡ ସବୁକୁ ସଁ' କରିବାକୁ ଆସିଲା ଆଗେ ତା'ର ମୁଣ୍ଡରେ ହେଲା ଦି' ପାହାର। ତେଣୁ ଏ ମୁଣ୍ଡ ଲଢ଼େଇ ଭିତରେ କିଏ ବା କାହିଁକି ପଶିବାକୁ ତୁଣ୍ଡ ଖୋଲିବ ? ବୁଝିଲା ସୁଝିଲା ମୁଣ୍ଡମାନେ ସେପାଇଁ ତୁନି ପଡ଼ନ୍ତି। ଯେମିତି ପାଳଗଦା ପଛେ ପୋଡୁ ପିମ୍ପୁଡ଼ି ମରୁ – ସେମିତି ଗାଁ' ପଛକେ ଉଜୁଡ଼ି ଯାଉ ମାତ୍ର ଆମେ ଆମ ଆଣ୍ଟ ଛାଡ଼ିବୁନି। ସଉତୁଣୀ ପଡେ ରାଣ୍ଡ ହେଉ, ଗେରସ୍ତ ମରୁ - ନ୍ୟାୟରେ ଏଇ ମୁଣ୍ଡ ମାନେ ଫଁ- ଫଁ – ସଁ- ସଁ ଗର୍ଜନ ତର୍ଜନ କରି ହୁଂକାର ଛାଡ଼ନ୍ତି। ଏ ସାଇର ଲୋକେ ଗାଁ' ରାସ୍ତାରେ ମାଟି ଦି' ମୁଠା ପକେଇଲେ ସେ ସାଇର ଲୋକେ ଥାନାରେ ହାଜର। ଫଳରେ ଫି' ବର୍ଷ ବର୍ଷା ଦିନରେ ଗାମୁଛା ପିନ୍ଧି ରାସ୍ତା ପାର ହୁଅନ୍ତି ଗାଁ'ର ଧୋବଧାଉଳିଆ ବାବୁମାନେ।

ଷଣ୍ଢ ଲଢ଼େଇକୁ ନେଇ ସାଇ ଭାଇ ଭିତରେ ଏ ମୁଣ୍ଡ ଲଢ଼େଇ। ଗୋଟିଏ

ଗୋଟିଏ ମୁଣ୍ଡ ଏଠି ଷଣ୍ଢ ଭଳି ହୁକୁରି ଖାଇ ଗାଁ' ଟାକୁ ଭାଗ କରି ନିଜ ପତିଆରା ଦେଖେଇବାକୁ ଚାହାଁନ୍ତି। ଟୁକୁଡ଼ା ଟୁକୁଡ଼ା ହୋଇଯାଏ ଗାଁ', ଖଣ୍ଡ ଖଣ୍ଡ ହୋଇଯାଏ ସାଇ ଭାଇରର ସମ୍ପର୍କ; ପୁଣି ଭାଗ ହୋଇଯାଏ ସ୍ୱାମୀ ସ୍ତ୍ରୀ ର ଅତୁଟ ବନ୍ଧନ। ଆପଣ ଆଖି ତରାଟି ଦଣ୍ଡେ ଚାହିଁବେ। ଏ ପୁଣି କେମନ୍ତ କଥା ହୋ, ଷଣ୍ଢ ଲଢ଼େଇ ପାଇଁ ପୁଣି ଗେରସ୍ତ ଭାରିଯା ଭିତରେ ଭାଗ ! ଆଜ୍ଞା ଷଣ୍ଢ ଲଢ଼େଇଟି – ଏ ଷଣ୍ଢ ପଛରେ ଯଦି ଗେରସ୍ତ ତାଳି ମାରିଲା, ଭାରିଯା ଆଉ ଏକ ଷଣ୍ଢ ପଛରେ ମାରିଲା ତାଳି; ଦୁହେଁ ଭାଗ ହେବେନି ? କିଛି ପିଲା ମା' ପଟର ହେଲା ବେଳକୁ ଆଉ କିଛି ବାପ ପଟର – ବୋଇଲେ ପରିବାର ବି ଦି'ଭାଗ।

ଆମେ ତେମେ ଖାଲି ବଲବଲ ହେଇ ଦେଖିବା କଥା। ସହର ଛାଡ଼ି ଷଣ୍ଢ ସବୁ ଆସି ଗାଁ' ଗହଳିର ପଦା ବିଲରେ ହୁଂକାର ଛାଡୁଛନ୍ତି। ଖୁରାରେ / ଶିଙ୍ଗରେ କାଦୁଅ - ବୋଲୁଅଯାକ ରାମ୍ପି ବିଦାରି ନିଜ ନିଜ ଉପରକୁ ଫିଙ୍ଗିଲା ବେଳକୁ ଗାଁ'ର ଏ ଖଣ୍ଡିକୁତିଆ ମୁଣ୍ଡମାନେ ତାଳିମାରି ମେଦିନୀ କଂମ୍ପାଉଛନ୍ତି। ତୁଚ୍ଛାଟାରେ ଷଣ୍ଢ ଲଢ଼େଇରେ ଗାଁ' ଛାରଖାର ହେଲେ ବି ମୁଣ୍ଡମାନଙ୍କର ସେଥିକୁ ନିଘା ନାହିଁ। ଆମେ ଏ ଭେଳିକି ପଛରେ ଭକୁଆ ପରି ହେଲା ବେଳକୁ ମୁଣ୍ଡମାନେ ଆମକୁ କହୁଛନ୍ତି- 'ଆଉଟ୍ ଡେଟେଡ଼ କାହାଁ କା।' ଆମେ ତ ଷଣ୍ଢ ଲଢ଼େଇର ଭିତିରି ପେଞ୍ଚ ଜାଣୁ, ହେଲେ ଏ ମୁଣ୍ଡମାନେ ଯେ ଏ ମାୟାରେ ବାୟା ହୋଇ ଗାଁ' ଟାକୁ ଉଜାଡ଼ିବେ – ଏ କଥା ଆମ ମଗଜରେ ପଶେନି। ଅସଲ ଲଢ଼େଇ ଚାଲେ ଷଣ୍ଢ ମାନଙ୍କ ଭିତରେ, ହେଲେ ଏଠି ମୁଣ୍ଡମାନେ ମାଖୁନାଟାରେ ଧସ୍ତାଧସ୍ତି ଗଡ଼ାଗଡ଼ି ହେଇ ନହୁନୁହାଣ ହୁଅନ୍ତି। ବୋମା ଫୁଟେ ସେଠି, କିନ୍ତୁ ଏଠି ଏ ମୁଣ୍ଡମାନେ ନିଜ ଭିତରେ ହଣାକଟା ହୋଇ ଯଦୁବଂଶ ଧ୍ୱଂସ ହେଲାପରି ନିପାତ ହୁଅନ୍ତି।

ହଇହୋ ମୁଣ୍ଡମାନେ, ଷଣ୍ଢ ଲଢ଼େଇରେ ତମର କି ଯାଏ ? ନିଜ ଭିତରେ ତମେ କାହିଁକି ଭାଗ ହୋଇ ରକ୍ତାକ୍ତ ହେଉଛ ? ସେମାନେ ତ ତାଙ୍କ ବାଗରେ, ତାଙ୍କ ବାଟରେ ଶିଙ୍ଗ ଲଗେଇ ଲଢୁଛନ୍ତି। ଯିଏ ଜିତିବ ତା'ର ଫଁ କେତେ ଜୋର୍, ତା'ର ଷଣ୍ଢପଣିଆ କେତେ ବେଶୀ ସେତେବେଳେ ସିନା ଜଣାପଡ଼ିବ..! ତମେ ସେମାନଙ୍କ ପଛରେ ନାଚି, ଢୋଲ ପିଟି ଲାଭ କଣ ? ଆଉ ସେ ମାୟାରେ ବାୟା ନହୋଇ ତମ ମୁଣ୍ଡ ସବୁକୁ ଏକାଠି କରି ନିଜ ସାଇ ଭାଇକୁ ଦେଖ- ଗାଁ' କୁ ଦେଖ। ଷଣ୍ଢ ଲଢୁଥାନ୍ତୁ ତାଙ୍କ ବାଗରେ। ତାଙ୍କୁ ନେଇ ଏତେ ଫନ୍ଦିଫିକର, ଏତେ ଟଣା ଓଟରା, ବୋଲୁଅ ଫିଙ୍ଗା ଫିଙ୍ଗି ନହୋଇ ଆସ ସଜାଡ଼ିବା ଆମ ଗାଁ'କୁ।

■

ଛୋଟ ବଡ଼

ସ୍ଥାନ କାଳ ପାତ୍ର ଭେଦରେ 'ଛୋଟ ବଡ଼'ର ଅର୍ଥ ଅଲଗା ଅଲଗା ହୋଇଥାଏ। ଗୋଟିଏ ସ୍ଥାନରେ ଯାହା ଛୋଟ ବୋଲି ପ୍ରମାଣିତ ହୋଇଥାଏ, ଅନ୍ୟ ଏକ ସ୍ଥାନରେ ତାକୁ ବଡ଼ ବୋଲି ବିଚାର କରାଯାଏ। ଯେମିତି ମରୁଭୂମିରେ ଛୋଟିଆ ଗବ ଗଛ ନିଜକୁ ରାଜା ବୋଲି ଭାବେ। କାରଣ ବୃକ୍ଷ ଶୂନ୍ୟ ସ୍ଥାନରେ କ୍ଷୁଦ୍ର ହେଲେ ହେଁ ତାର ମହତ୍ତ୍ୱ ଅଧିକ। କିନ୍ତୁ ବିଶାଳ ବୃକ୍ଷମାନଙ୍କ ଦ୍ୱାରା ଶୋଭିତ ଜଙ୍ଗଲରେ ଥିବା ଗବ ଗଛକୁ ବା ପଚାରେ କିଏ ? ମହା ଦ୍ରୁମ ସମୂହ ଭିତରେ ତାହା କେତେ ଛୋଟିଆ ଜଣାପଡ଼େ ସତେ ! ଚାରି ଚକିଆ କାର୍ କେଉଁ ବାବୁଙ୍କ ଗ୍ୟାରେଜ୍‌ରେ ଥିବାବେଳେ ବଡ଼ ମନେହୁଏ; ଅଥଚ ଏକ ବିଶାଳ ପାର୍କିଂ ସ୍ଥାନରେ ହଜାର ହଜାର କାର୍ ମାନଙ୍କ ଗହଣରେ ରହିଲେ କିମ୍ବା ଜାତୀୟ ରାଜ ପଥରେ ଯାତାୟତ କରୁଥିବା ବେଳେ ଅନ୍ୟ ବଡ଼ ଯାନ ତୁଳନାରେ ସାନ ଲାଗେ। ସେହିପରି ଏକ ଗ୍ରାଜୁଏଟ୍‌କୁ ଗାଁ' ରେ ଜ୍ଞାନୀର ମାନ୍ୟତା ମିଳୁଥିବାବେଳେ ସହରର ହଜାର ହଜାର ଗ୍ରାଜୁଏଟ୍‌ମାନଙ୍କୁ ବା ପଚାରେ କିଏ ? ଗ୍ରାଜୁଏଟ୍‌ଟିଏ ଗାଁ' ପାଇଁ ବଡ଼ ସିନା, ହେଲେ ସହର ପାଇଁ ତ ନଗଣ୍ୟ। ତା' ଠାରୁ କେତେ ଜ୍ଞାନୀ ଗୁଣୀ, ବିଦ୍ୱାନ୍ ହାଉ ଜାଉ ହେଉଥାନ୍ତି ସହରରେ। ପରିବେଶ, ପରିସ୍ଥିତି ଭେଦରେ ଛୋଟ ବଡ଼ର ସଂଜ୍ଞା ବଦଳୁଥାଏ। ସେଇ ଜଣେ ଲୋକ ଗୋଟିଏ ଜାଗାରେ ବଡ଼ର ମାନ୍ୟତା ପାଉଥିଲା ବେଳେ ଅନ୍ୟ ସ୍ଥାନରେ ତା'ର ଗୁରୁତ୍ୱ କିଛି ନଥାଏ। ଗାଁ ମୁଖିଆ ସିନା ଗାଁ ପାଇଁ ବଡ଼, ହେଲେ ମହାନଗରୀକୁ ଆସିଲେ ମୁଖିଆଟି ବାଟବଣା ହୋଇଯାଏ। ଲକ୍ଷ ଲକ୍ଷ ଜନ ସମୁଦ୍ର ଭିତରେ, ଗଳି ଉପଗଳି ଦେଇ ଯାଉ ଯାଉ କୁଆଡ଼େ ହଜି ଯାଏ ସେ। ହିନ୍ଦୀରେ ଗୋଟିଏ ପ୍ରଚଳିତ ଲୋକୋକ୍ତି ଅଛି; "ଅପ୍‌ନା ଗଲି ମେ କୁତା ସେର୍" । ଖାଣ୍ଟି ଓଡ଼ିଆରେ ଯାହାକୁ ଆମେ କହୁ 'ଡିହ କୁତୀ' । କୁକୁରଟିଏ ନିଜ ଗଳିରେ ନିଜକୁ ରାଜା ବୋଲି ବିଚାରେ। ତା' ଇଲାକାକୁ

ଭୁଲ୍ ବଶତଃ ପଶି ଆସିଥିବା ଅନ୍ୟ କୁକୁରକୁ ସେ କାମୁଡ଼ି ଗୋଡ଼ାଏ। ମାତ୍ର ନିଜ କ୍ଷେତ୍ରର ବାହାରକୁ ଗଲେ ସେଠାକାର ଅନ୍ୟ କୁକୁରଙ୍କ ଆକ୍ରମଣର ଶିକାର ହୋଇ ଲାଂଜ ଜାକି କେଁ – କେଁ ହୋଇ ଭୂଇଁରେ ଗଡ଼େ। ବର୍ଷାଦିନେ ସାରୁଗଛ ମୂଳେ ବେଙ୍ଗ ବସି ନିଜକୁ ରାଜା ବୋଲାଏ।

କୁହାଯାଏ - ଆଜି ଯେ ରାଜେନ୍ଦ୍ରାସନେ କାଲି ସେ ଫକୀର। ମହାକାଳ କାହାକୁ କେତେବେଳେ ଯେ କେଉଁ ସ୍ଥିତିରେ ରଖେ, ଏହା ସାଧାରଣ ମଣିଷ ଚିନ୍ତାର ବାହାରେ। ଅତୀତରେ ଯେ ଦିନକୁ ଦୁଇ ଓଳି ଖାଇବାକୁ ମୁଠେ ପାଉନଥିଲା, ଆଜି ସେ ଚକ୍ରବର୍ତ୍ତୀ ଭାବରେ ଜନ ପୂଜ୍ୟ – ଗାଈ ରଖୁଆଳ 'କପିଳା' ରାଜଦଣ୍ଡଧାରୀ 'କପିଳେନ୍ଦ୍ର' ହେବା ଭଳି। ଅନ୍ୟ ପକ୍ଷରେ ଆଜି ଯେ ରାଜା ଭାବରେ ଅନ୍ୟମାନଙ୍କ ଉପରେ ହୁକୁମ୍ ଚଳାଇ ପାରୁଛି – ସେ ଯେ ଦିନେ ଦାଣ୍ଡର ଭିକାରି ନହେବ ଏକଥା କିଏ କହିବ? ଆଜି ଯେ ଛୋଟ ଅବସ୍ଥାରେ ଅଛି କାଲି ସେ ନିଶ୍ଚୟ ବଡ଼ ହେବ ଓ ଅତୀତରେ ଯେ ବଡ଼ ଥିଲା ବର୍ତ୍ତମାନ ତା'ର ସାମାଜିକ ପ୍ରତିଷ୍ଠା, ଗର୍ବ ଅହଂକାର ଦମ୍ଭ କୁଆଡ଼େ ଧରାଶାୟୀ ହୋଇଯାଇଛି। "ଫୁଟିଲା ଫୁଲ କି ଫୁଟେ ଆଉ ଥରେ ଫୁଟେ ସିନା ଫୁଲ କଢ଼ି"। କାଳଚକ୍ରର ଘୂର୍ଣ୍ଣନରେ ତଳଟା ଦିନେ ଉପରକୁ ଆସିବ ଏବଂ ଉପରଟା ତଳକୁ ନିଶ୍ଚୟ ଯିବ। ଆଜି ନହେଲେ ବି କାଲି; ଏହା କାଳର କମାଲ। ଅତଏବ ମୁଁ କେବେ ନିଜକୁ ଛୋଟ ବୋଲି ହେୟ ଦୃଷ୍ଟିରେ ଦେଖିବା ଉଚିତ୍ ନୁହେଁ କିମ୍ବା ଅନ୍ୟଜଣେ ସାମାଜିକ, ଆର୍ଥିକ, ବୌଦ୍ଧିକ ଅଥବା ଆଧ୍ୟାତ୍ମିକ ସ୍ତରରେ ପ୍ରତିଷ୍ଠା ପାଇ ଅହଂ ସର୍ବସ୍ୱ ହେବା ବାଂଛନୀୟ ନୁହେଁ। ମହାକାଳ ଏସବୁ ଅହମିକାକୁ ଗୋଟିଏ ଫୁତ୍କାରରେ କୁଆଡ଼େ ଉଡ଼ାଇ ନେବ। କାହାକୁ କେତେବେଳେ ଛୋଟ କିମ୍ବା ବଡ଼ ହେବାକୁ ପଡ଼ିବ, କି ଭୂମିକାରେ ଅବତୀର୍ଣ୍ଣ ହେବାକୁ ପଡ଼ିବ- ଏ ଚୂଡ଼ାନ୍ତ ନିଷ୍ପତ୍ତି କେବଳ ସମୟ ବା କାଳର। ତା' ଶକ୍ତିକୁ ଏଡ଼ିଦେବା ସାଧ୍ୟାତୀତ। ସେ ହିଁ ସବୁଠୁ ବଳବାନ; ସର୍ବଶକ୍ତିମାନ୍। କେତେ କରବାଳଧାରୀ ବିଶ୍ୱ ବିଜୟୀ ସମ୍ରାଟ ଆସିଛନ୍ତି। ତାଙ୍କ ପଦଧ୍ୱନିରେ ଥରହର ହୋଇଛି ବସୁନ୍ଧରା। ମାତ୍ର କୁଆଡ଼େ ଗଲା ତାଙ୍କର ସେ ଦାମ୍ଭିକତା, କୁଆଡ଼େ ଗଲା ସେ ବଳବୀର୍ଯ୍ୟ !! କାଳର ଇଙ୍ଗିତରେ ସମସ୍ତେ ମିଶିଛନ୍ତି ମାଟିରେ। ଏ ସତ୍ୟକୁ ମନରେ ହେଜି ବିଶ୍ୱ ବିଜୟୀ ସମ୍ରାଟ ଜଣେ କହିଥିଲେ "ହେ ମୋର ଆଗାମୀ ଶବ ବାହକମାନେ, ମୃତ୍ୟୁ ପରେ ମୋର ହାତ ଦୁଇଟାକୁ ଶବାଧାରର ଦୁଇ ପାଖକୁ ଓହଳାଇ ଦେବ। ରାଜ ରାସ୍ତା ଧାରରେ ଛିଡ଼ା ହୋଇ ଦେଖୁଥିବା ଲକ୍ଷ ଲକ୍ଷ ସ୍ତବ୍ଧ ଜନତା ଜାଣିବେ – ଏତେବଡ଼ ପରାକ୍ରମଶାଳୀ ସମ୍ରାଟ୍ ମୃତ୍ୟୁ ପରେ ଫଟା ପାହୁଲାଟିଏ ବି ସାଙ୍ଗରେ ନେଲା ନାହିଁ। ଖାଲି ହାତରେ ଏ

ମର ଧାମରୁ ବିଦାୟ ନେଲା।" ଭୃଣରେ ଶୁପ୍ତ ଥିବା ଗଜାଟିଏ ସମୟ ଅନୁସାରେ ମାଟି ଫଟେଇ ବାହାରି ଧୀରେ ଧୀରେ ମହାଦ୍ରୁମରେ ପରିଣତ ହୁଏ ଏବଂ ବିଶାଳ ବୃକ୍ଷ ତୋଫାନରେ ଧରାଶାୟୀ ହୁଏ। ଏ ଚିରନ୍ତନ ସତ୍ୟକୁ ଯେ ଭୁଲି ଯାଇ ଅତୀତ ଓ ଭବିଷ୍ୟତକୁ ଆଖିବୁଜି ବର୍ତ୍ତମାନରେ ମସଗୁଲ୍ ହୁଏ-ସେ ବିଚାର ବୁଦ୍ଧି ରହିତ ଓ ବିବେକ ରହିତ ଅପରିଣାମଦର୍ଶୀ।

ଜଣେ ଧନପତି ଭାବରେ ବଡ଼ ବୋଲାଉଥିବା ବେଳେ ଆଉ ଜଣେ ଭୂମିହୀନ ନିର୍ଦ୍ଧନ ଭାବରେ ଅତି ଛୋଟର ପରିଚୟ ନେଇ ବଞ୍ଚେ। ଯେଉଁ ବ୍ୟକ୍ତିଟି ଧନପତି ହିସାବରେ ସମାଜ ପାଇଁ ବଡ଼, ସେ ହୁଏତ ବିଦ୍ୟାରେ ଛୋଟ। ସେହିପରି ଯେ କପର୍ଦ୍ଦକ ଶୂନ୍ୟ ଦରିଦ୍ର ସେ ହୁଏତ ବିଦ୍ୟା କ୍ଷେତ୍ରରେ ମହାମାନ୍ୟ ପଣ୍ଡିତ ହୋଇଥାଇ ପାରନ୍ତି। ଜଣେ ଚିତ୍ରକର, ସଂଗୀତଜ୍ଞ, ସାହିତ୍ୟିକ କିମ୍ବା ଅନ୍ୟକିଛି ସୃଜନାତ୍ମକ ପ୍ରତିଭାରେ ଅତି ବଡ଼ର ଆସନରେ ଉପବିଷ୍ଟ ବ୍ୟକ୍ତି ହୁଏତ ଗଣିତ ବିଦ୍ୟାରେ ଦୁର୍ବଳ ହେତୁ ଛୋଟ। ସୁତରାଂ ପ୍ରତ୍ୟେକ ବ୍ୟକ୍ତି ସବୁ କ୍ଷେତ୍ରରେ ଆଗ ଧାଡ଼ିଆ ବଡ଼ ନୁହନ୍ତି କିମ୍ବା ପଛ ଧାଡ଼ିଆ ଛୋଟ ନୁହନ୍ତି। ଖେଳ କୁଦରେ ଜଣେ ଆଗୁଆ ହେଲେ ପାଠ କ୍ଷେତ୍ରରେ ପଛୁଆ ହୋଇ ପାରନ୍ତି। ସମସ୍ତଙ୍କର ସବୁଗୁଣ ସମାନ ନଥାଏ। ଅନେକ କ୍ଷେତ୍ରରେ ଦେଖାଯାଏ – ନିପାରିଲା ସଂସାରୀ ମଣିଷଟି ହୁଏତ କଳା ଶାସ୍ତ୍ରରେ ଜଣେ ବିଜ୍ଞ ବ୍ୟକ୍ତି ଭାବରେ ବଡ଼ର ଆସନରେ ବସନ୍ତି। ତେଣୁ ବିଚାର କରିବାର କଥା-ଛୋଟ କିଏ, ବଡ଼ ବା କିଏ ? ପାଣି ଭିତରେ ବିଦ୍ୟୁତ୍‌ର ସତ୍ତା, ଚକ୍ ମକ୍ ପଥରରେ ଅଗ୍ନିର ଭୟାବହତା ଲୁକ୍‌କାୟିତ ହୋଇ ରହିଲା ପରି ଅତି ଛୋଟ ପରମାଣୁରେ ବି ଥାଏ ବିରାଟ ଏକ ଆକସ୍ମିକତା। ବ୍ୟକ୍ତି ବ୍ୟକ୍ତି ଭିତରେ ଏ ଛୋଟ ବଡ଼ ଗୁଣର ପ୍ରଭେଦ ଥାଏ। କେବଳ ଗୁଣଗ୍ରାହୀ ଚିହ୍ନରାଟିର ଆବଶ୍ୟକତା ପଡ଼ିଥାଏ ତାକୁ ଲୋକ ଲୋଚନକୁ ଆଣିବାପାଇଁ। ଯାହାଙ୍କ ପାଖରେ ବହୁତ ବଡ଼ ପ୍ରତିଭା ଗୁପ୍ତ ଅବସ୍ଥାରେ ଅଛି, ତା'କୁ ଆମେ ଆବିଷ୍କାର କରି ବ୍ୟକ୍ତି ଭିତରର ଅନ୍ୟସବୁ ଗୁଣକୁ ଆଖି ବୁଜିଦେବା। କ୍ଷୀର ନୀର ମିଶା ପାଣିରୁ ହଂସ କେବଳ କ୍ଷୀରକୁ ଗ୍ରହଣ କରି ପାଣିକୁ ପରିତ୍ୟାଗ କଲାପରି ଆମେ ବ୍ୟକ୍ତିର ସକାରାତ୍ମକ ବଡ଼ଗୁଣକୁ ଗ୍ରହଣ କରିବା ଉଚିତ୍।

ନଭଶ୍ଚୁମ୍ବୀ ଅଟ୍ଟାଳିକାର ଛାତ ଉପରୁ ତଳକୁ ଚାହିଁଲେ ରାଜରାସ୍ତାରେ ଆତଯାତ ହଜାର ହଜାର ଜନତା ଛୋଟ ଲାଗନ୍ତି। ମାତ୍ର ସେମାନେ ସମସ୍ତେ କ'ଣ ଛୋଟ ? ସେମାନଙ୍କ ଭିତରେ ଥିବେ ଅନେକ ମହାମାନ୍ୟ ବ୍ୟକ୍ତି। ଥିବେ ଜ୍ଞାନଜୀବୀ, ସାହିତ୍ୟିକ, କଳାକାର, ଦାର୍ଶନିକ, ଶିଳ୍ପପତି, ଧନପତି – ବିଭିନ୍ନ ବର୍ଗର ବିଶିଷ୍ଟ ବ୍ୟକ୍ତି। ମେଘମୁକ୍ତ ରାତିରେ ଖୋଲା ଆକାଶକୁ ଚାହିଁଲେ ଅଗଣିତ ଜ୍ୟୋତିଷ୍କ ପ୍ରାୟତଃ ଛୋଟ ଲାଗନ୍ତି।

ସେମାନଙ୍କ ଭିତରୁ ହୁଏତ ଆମ ସୂର୍ଯ୍ୟଠାରୁ ଢେର୍ ଗୁଣରେ ବଡ଼ ଥିବା ଅନେକ ଜ୍ୟୋତିଷ୍କ ଆମଠାରୁ କୋଟି କୋଟି ଆଲୋକ ବର୍ଷ ଦୂରତାରେ ଅଛନ୍ତି। ଆମ ସାମାନ୍ୟ ଜ୍ଞାନର ପରିସୀମାରେ ସେମାନଙ୍କୁ ଛୋଟ କହିବା ନିର୍ବୋଧତାର ପରିଚୟ ନୁହେଁ କି ?

ଯେତେ ସହଜରେ ଆମେ ଛୋଟକୁ ଛୋଟ ବୋଲି କହିବାକୁ ଆଗଭର ହୋଇଥାଉ, ସେହି ଅନୁପାତରେ ବଡ଼ର ଗୁଣ ଗାରିମା / ପ୍ରତିଭାକୁ ପ୍ରଶଂସା କରିବାପାଇଁ କୁଂଠିତ ହେଉ। ବୋଧହୁଏ ସେମାନଙ୍କ ଗୁରୁତ୍ୱକୁ ଅନୁଭବ କରିବାର ଶକ୍ତି ସାମର୍ଥ୍ୟ ଆମର ନାହିଁ ଅଥବା ପରଶ୍ରୀକାତର, ଈର୍ଷାପରାୟଣ ହୋଇ ସମସ୍ତଙ୍କ ସାମ୍ନାରେ ଆମେ ସେମାନଙ୍କୁ ବଡ଼ ବୋଲି କହିପାରୁନା। ପ୍ରକାଶ୍ୟରେ ମହତ୍ ଜନଙ୍କର ପ୍ରଶଂସା କରିବା ବି ଏକ କଳା।

ଛୋଟ ବଡ଼ ଭେଦ ଭୁଲି ଏବେ ଆସନ୍ତୁ ଆମେ ଛୋଟର ପିଠି ଆଉଁଶି ଆଦର କରିବା। ବଡ଼କୁ ପ୍ରଶଂସା କରିବା, ନଭଶ୍ଚୁମ୍ବୀ ଅଟ୍ଟାଳିକା ଉପରୁ ନୁହେଁ; ବରଂ ଦୃଷ୍ଟିର ସମାନ୍ତରାଳ ବର୍ଣ୍ଣ ବୟସର ନିର୍ବିଶେଷରେ ଛୋଟ ବଡ଼କୁ ତଉଲିବା।

■

ଥିଲେ ଜଣେ ରାଜା

ଏକ ଦେଶରେ ଜଣେ ରାଜା ଥିଲେ ଯେ ଅଜବ ତାଙ୍କର ଖିଆଲ। ଏଇନେ କିଛି କରିବାକୁ ମଗଜରେ ବୁଦ୍ଧି ଜୁଟିଲା ତ ସଙ୍ଗେ ସଙ୍ଗେ ନିର୍ଦ୍ଦେଶ। ପୁର ଜନପଦ ବୁଲି ନିଜର ବିଜୟ ବାନା ଉଡ଼ାଇବାରେ ତାଙ୍କର ଥିଲା ଭାରି ସଉକ୍। ସେଥିପାଇଁ ସେ ଦିନରାତି ଖାଲି ଲାଗିପଡ଼ିଥାନ୍ତି ସେଇ ଚିନ୍ତାରେ। ରାଜାଙ୍କର ଜୟ ଜୟକାର କରି ବାନାବାହୀ ପ୍ରଜାମାନେ ଯେତେବେଳେ ଗ୍ରାମକୁ ଗ୍ରାମ, ନଗରକୁ ନଗର ଅତିକ୍ରମ କରୁଥାନ୍ତି- ସେତେବେଳେ ରାଜାଙ୍କର ଆନନ୍ଦ ଦେଖେ କିଏ? ପାଖରେ ବସିଥିବା ପାତ୍ର ମନ୍ତ୍ରୀ ଅମାତ୍ୟମାନଙ୍କ ଗହଣରେ ଖୁସିରେ ଫାଟି ପଡୁଥାନ୍ତି ସେତେବେଳେ ସେ। ତାଙ୍କ ବାନା ଯୁଆଡ଼େ ଯାଏ ସେଠି ବିରୋଧ କରିବାକୁ କିଏ? ଯିଏ ବିରୋଧ କଲା, ସେଇଦିନଠାରୁ ତା'ର ଶନି ଦଶା ପଡ଼ିଲା ବୋଲି ଜାଣ।

ରାଜା ଗୋଜା ତାଙ୍କ ବିଚାର ଆଖି ବୁଜା; ଯାହା ବୁଝିଥିବେ ଫାଳେ। ଦିନେ ବିଚାରିଲେ - ପ୍ରଜାଏ ଏତେ ମେହେନତ କରିବେ କିଆଁ? ଖଟି ଖାଇଲେ କି ଲାଭ? ତହିଁ ଆରଦିନ ରାଇଜ ସାରା ଡେଙ୍ଗୁରା ପିଟି ଜଣାଇଲେ - ଆଜିଠୁ ଆଉ କେହି ଅଭାବ ଅସୁବିଧାରେ ରହିବେନି; କାହା ପେଟ ଅପୋଷା ରହିବନି। କେହି ଆଉ ପାଇଟି କରିବାକୁ ଯିବେନି। ପ୍ରଜାବତ୍ସଳ ରାଜାଙ୍କର ଏ ଡେଙ୍ଗୁରା ବାର୍ତ୍ତା ଚାହୁଁ ଚାହୁଁ ଖେଳିଗଲା ରାଇଜର କୋଣ ଅନୁକୋଣରେ। ସତକୁ ସତ ଦିନ କେଇଟାରେ ପ୍ରଜାଙ୍କ ପାଇଁ ସବୁ ପ୍ରକାର ସୁବିଧା କରିଦେଲେ ରାଜା। ସରଘରରୁ ବୁହା ଚାଲିଲା ଧନ ଦରବ ପ୍ରଜାଙ୍କ ପାଇଁ । ବଦଳିଲା ଲୋକଙ୍କ ଅବସ୍ଥା। ପୁଣି ବଦଳିଗଲା ତାଙ୍କ ଚେହେରା, ନୀତି ଗତି। ରାଜା ଯେତେବେଳେ ଏ ସୁବିଧା କରିଛନ୍ତି, ପ୍ରଜାମାନେ ଖାଇପିଇ ବେଶ୍ ଶାନ୍ତିରେ ହେଣ୍ଡି ମାରିବାରେ ଲାଗିଲେ। କେହି ଆଉ ନିଜ ନିଜ ପାଇଟି କଲେନି। ରାଜା ତ ପ୍ରଜାଙ୍କ ପାଇଁ! ସେ ଯେତେବେଳେ ପ୍ରଜାଙ୍କର ମନ କଥା ବୁଝି ସବୁ ଯୋଗାଇଦେଉଛନ୍ତି, ଏ

କଥା ଆଉ କହିବାର ଅଛି ? ଶିକାରେ ଝୁଲୁଥିବା ଇଲିଶି ଶୁଖୁଆ ହାଣ୍ଡିକୁ ଚାହିଁ ବସିଥିବା ବିଚରା ବିରାଡ଼ି ଆଗରେ ଅଚାନକ ଶିକା ଛିଣ୍ଡିପଡ଼ିଲେ ବିରାଡ଼ିର ଭାଗ୍ୟ ଯାହା ହୁଏ – ସେମିତି ହେଲା ପ୍ରଜାଙ୍କର। 'ଆସ କିଏ ଖାଇବ ହୋ ଆମ ରାଜା ବାବୁ ଘର ଖାନା'... ଏଇ ଗୀତ ଯେମିତି ରାଇଜ ସାରା ବାଜିବାରେ ଲାଗିଲା।

ପ୍ରଜାଏ ଭାରି ଖୁସ୍। ସେମାନେ ଚର୍ଚ୍ଚା କରିବାରେ ଲାଗିଲେ – 'ମନ ଜାଣି ପ୍ରଜା ପାଳିବା ପାଇଁ, ଏମିତିଆ ରାଜା ମିଳିବେ କାହିଁ।' ଠାଆକୁ ଠାଆ ରାଜାଘର ଖାନା, ଠାଆକୁ ଠାଆ ଆଉ ଆଉ ସୁବିଧା ସୁଯୋଗ ... ପ୍ରଜାଏ ଖୁସି ଥିଲେ ସିନା ରାଜାର ବାନା ଉଡ଼ିବ ଦେଶ ବିଦେଶରେ ..! ସେଥିପାଇଁ ଯୋଜନା ପରେ ଯୋଜନା ଖଂଜିବାରେ ଲାଗିପଡ଼ିଲେ ରାଜା। ଯିଏ ଅଳପ ଖାଇଲା ସେ ଆହୁରି ଖାଇବାକୁ ଚାହିଁଲା, ଯିଏ କମ୍ ପାଇଲା ସିଏ ବହୁତକୁ ଆଶା କଲା, ଯିଏ ବହୁତ ପାଇଲା ସେ ଚାହିଁଲା ତହୁଁ ପାଇବାକୁ। ଅସୁବିଧା କଣ ? ରାଜା ଦେଉଛନ୍ତି ମାନେ, ଯିଏ ଯେମିତି ଭାବରେ ନେଇ ପାରିଲା। ଭଗବାନଙ୍କର ଚଳନ୍ତି ପ୍ରତିମା ପରା ରାଜା ! ପ୍ରଜାଙ୍କ ଖୁସିରେ ତାଙ୍କ ଖୁସି। ଯିଏ ନଉଛି ନଉ, ଯିଏ ଖାଉଛି ଖାଉ। ହେଲେ ରାଇଜରେ ଉଡୁଥାଉ ତାଙ୍କ ବାନା।

ପ୍ରଜାଏ ଖାଇଲେ - ଖୁଆଇଲେ - ନିକମା ହେଲେ। ଯୋଉଠି ଯୋଜନା ପରେ ଯୋଜନା ଚାଲିଛି, ସେ ରାଇଜର ପ୍ରଜାଏ ଆଉ ମେହେନତ କରିବେ କିଆଁ ? ଚାଷବାସ, ରୁଆ ବେଉଷଣ ସବୁ ଠପ୍। କାହିଁକି ହୋ ? ରାଇଜର ପ୍ରଜାଏ ଯଦି ମେହେନତ କଲେ, ମୂଲ ଲାଗିଲେ କି ମଳି ମୁଣ୍ଡିଆଙ୍କ ପରି ବିଲ ବାରିରେ କାମ କଲେ – ତାହା ରାଜାଙ୍କୁ ଅପମାନ ନୁହେଁ କି ? ସେଇଥିପାଇଁ ରାଜା ସବୁ ଯୋଜନା ଖଂଜି ଦେଇଛନ୍ତି - ପ୍ରଜାଏ ଖୁସିରେ ରୁହନ୍ତୁ।

ପଡ଼ୋଶୀ ରାଜା ଚାହିଁଲେ ଆଖି ତରାଟି .. ରାଜକୋଷରୁ ଏତେ ଧନ ଦୌଲତ ବ୍ୟୟ କରି ପ୍ରଜାଙ୍କ ସୁଖ ସୁବିଧା ଦେଖୁଛନ୍ତି ରାଜା, ତାଙ୍କରି ହିତରେ ନିଜକୁ ବାଜି ଲଗେଇଛନ୍ତି – ଏମିତିଆ ରାଜା ଧନ୍ୟ, ରାଇଜ ଧନ୍ୟ ଆଉ ପ୍ରଜାଏ ବି ଧନ୍ୟ। ଚର୍ଚ୍ଚା ଚାଲେ ଦିନ ରାତି, ଏଠି ସେଠି ରାଜାଙ୍କ ସୁନାମ ସଂପର୍କରେ। ରାଇଜବାସୀ ତ ରାଜାଘର ଖାନା ଖାଇ ହାକୁଟି ମାରୁଛନ୍ତି; ଗାତୁଆ ମୂଷା, ଚାଳୁଆ ମୂଷା ପରି ଯୋଜନାର ସୁବିଧା ସୁଯୋଗକୁ କଣାକରି ଯେଝା ବାଗରେ ବୋହି ନେଉଛନ୍ତି। ଆରମ୍ଭ ହେଲା ପ୍ରଜାଙ୍କ ଉତ୍ପାତ। ବିଲ ବାରି କାମ ଠପ୍ କରି, ଗୋରୁ ଗାଈଙ୍କୁ କଂସେଇ ଖାନାକୁ ପଠେଇ ମସ୍‌ଗୁଲ୍ ହେଲେ ପଶାପାଲିରେ। ରାଜା ତ ଦାନା ପାଣି କଥା ବୁଝିଲେ - ଅୟସ କରିବାରେ ଅସୁବିଧା କ'ଣ ? ରାଜା ଧନରେ ପେଟକଥା, ନିଜ ଧନରେ

ନାଟକଥା । ସୁତରାଂ ନିଜ ଧନରେ ପ୍ରଜାଏ ବିଳାସ ବ୍ୟସନ କରିବାକୁ ଲାଗିଲେ । ମଦ ମାଉଁସରେ ମାତି ହରେଇଲେ ନିଜର ନୈତିକ ଆଚରଣ, ହରେଇଲେ ରାଇଜ ଶୃଙ୍ଖଳା । ଆଜି ଟାଙ୍କେ ପିଇ କିଏ କାହାକୁ ଠେଙ୍ଗାରେ ପିଟି ମାରିଲାଣି ତ କାଲି ଆଉ କିଏ ପରନାରୀ ଉପରେ କଲାଣି ଦୁଷ୍କର୍ମ ।

ବାନାବାହୀମାନେ ପୁର ଜନପଦ ବୁଲି ରାଜାର ପ୍ରଚାର ପ୍ରସାର କରୁ କରୁ କ୍ରମେ ହୋଇ ଉଠିଲେ ଅତ୍ୟାଚାରୀ । ବାଟରେ ଘାଟରେ ଆରମ୍ଭ କରିଦେଲେ ଚୋରି, ଡକାୟତି, ରାହାଜାନି, ବଳାତ୍କାର ଭଳି ନାହିଁ ନଥିବା କାଣ୍ଡ । ପରିସ୍ଥିତି ଅଣାୟତ... ନିଜ ନିଜ ଭିତରେ ଚାଲିଲା ମରାମରି, ହଣାହଣି । ବଢ଼ିଲା ଅଶାନ୍ତି, ବଢ଼ିଲା ବିଶୃଙ୍ଖଳା । ଦେଖୁ ଦେଖୁ ବଢ଼ିପାଣି ପରି ଅରାଜକତା ଖେଳିଗଲା ରାଇଜସାରା । ଶାସନ ଖାଲି ରହିଲା ନାଁ'କୁ ମାତ୍ର । ରାଜ ଦଣ୍ଡବିଧାନର ବ୍ୟବସ୍ଥା କେବଳ ଅନ୍ଧକୁ ଦିଅଁ ଦେଖେଇଲା ପରି ହେଲା । ପ୍ରଥମେ ଯେଉଁ ରାଇଜରେ ଶାନ୍ତି ଶୃଙ୍ଖଳା ଥିଲା, ଶାସନ ବ୍ୟବସ୍ଥା କଡ଼ାକଡ଼ି ଭାବରେ ଲାଗୁ ହେଉଥିଲା, ସେଠି ଶେଷକୁ ଧୀରେ ଧୀରେ ହୁଗୁଳା ହେଲା । ନିଜ ପ୍ରଚାରରେ ପାଗଳ ହେଉଥିବା ରାଜା କ୍ରମେ ହୋଇଉଠିଲେ ସ୍ୱେଚ୍ଛାଚାରୀ ; ପ୍ରଜାଏ ବି ସେଥିରୁ ବାଦ୍ ପଡ଼ିଲେନି । ଯିଏ ଯେତେବେଳେ ଯେଉଁଠି ଚାହିଁଲା ଆରମ୍ଭ କରିଦେଲା ଅତ୍ୟାଚାର । ଦଲାଲ୍, ଗୁଣ୍ଡାଙ୍କର ଚାରଣ ଭୂମି ସାଜିଲା ରାଇଜ । ଶାସନ ଅଛି, ପାଳନ ନାହିଁ । 'ଯୋର ଯାର ମୂଲକ ତାର' ନୀତିରେ ଶେଷକୁ ରାମ ରାଇଜ ପାଲଟିଲା ରାବଣ ରାଇଜ ।

ଯେଉଁ ଥୋକେ ଏହାର ପ୍ରତିକାର ଚିନ୍ତା କଲେ, ସେମାନଙ୍କୁ ରାଜ ରୋଷର ଶିକାର ହେବାକୁ ପଡ଼ିଲା । ପ୍ରତିବାଦ ପାଇଁ ହାତ ଉଠାଉଥିବା ହାତକୁ କାଟିଦିଆଗଲା । ହାତ ହରେଇ ଅସନ୍ତୁଷ୍ଟ କିଛି ପ୍ରଜାଏ ବାଡ଼େଇ ଛାତି ହେଲେ ସିନା, ସେମାନଙ୍କ କଥା ଶୁଣୁଛି କିଏ ? ରାଜାର ବେଳ କାହିଁ ଏ ଅଲଣା କଥାରେ ମୁଣ୍ଡ ପୂରାଇବାକୁ... ରାଇଜବାସୀ କହିବାକୁ ଲାଗିଲେ ହୁଗୁଳା ରାଜାକୁ ହୁଗୁଳା ଶାସନ । ରାଜକୋଷରୁ ଧନ ଦରବ ତ ବୁହା ଚାଲିଛି, ଯୋଜନା ପରେ ଯୋଜନାର ଫର୍ଦ୍ଦ ଲମ୍ବିଚାଲିଛି – ଯାଡ଼େ ବିଶୃଙ୍ଖଳାର କାରନାମା ବି ଖେଳିଯାଉଛି ରାଇଜସାରା ।

ଯେଉଁମାନେ ରାଜା ପଛରେ ମାତିଥିଲେ, ସେମାନେ ଏବେ ଚେତିଲେ । ପଛରେ କହୁଥିବା ପ୍ରଜାଏ ଆଗରେ କହିବାକୁ ଲାଗିଲେ । ସେମାନଙ୍କର ଚୁପ୍‌ଚାପ୍ ଫୁସ୍‌ଫାସ୍ ସ୍ୱର କ୍ରମେ ଗର୍ଜନ ତର୍ଜନର ରୂପ ନେଲା । ରାଜା ତ ଅବୁଝା ଲୋକ; ସେମାନଙ୍କ ହାତ ଗୋଡ଼ କାଟିଦେଲେ, ପାଟିରେ ଶାବଳ ଭର୍ତ୍ତି କରି ନିର୍ମମ ଯନ୍ତ୍ରଣା ଦେଲେ । ଏମିତି ଏମିତି ଦେଶ ହେଲା ରସାତଳଗାମୀ ।

ଏବେ ପ୍ରଜାକୁଳର ଜ୍ଞାନ ଉଦୟ ହେଲା। ସେମାନେ ଖୋଜିଲେ ଆଉ ଏକ ନୂଆ ରାଜା, ଆଉ ଏକ ନୂଆ ଶାସନ। ପରଂପରା ଭଳି ଗଡ଼ିଆସୁଥିବା ଏ ଶାସନର ପରିବର୍ତ୍ତନ ଦରକାର - ଏହା ରାଇଜବାସୀ ବୁଝିଲେ। ଖୋଜି ଖୋଜି ଶେଷରେ ବାଛିଲେ ଆଉ ଏକ ନୂଆ ରାଜା। ଦିନବାର ଠିକ୍ ହେଲା; ଶଂଖୁଆ, ମହୁରିଆ ସଜାଗ। ରାତି ପାହିଲେ ହେବ ଅଭିଷେକ ଉତ୍ସବ। ରାଜଦଣ୍ଡ ହାତରେ ଧରି ନୂଆରାଜା କରିବେ ରାଇଜ ଶାସନ। ଏ ଅତ୍ୟାଚାରୀ ରାଜାର ଶାସନ କ୍ଷମତାକୁ ଅଚଳ କରିବାକୁ ସତେ ଯେପରି ଆଶାୟୀ ସେମାନେ। ସେଥିପାଇଁ ରାତିସାରା ଉଜାଗର ହୋଇ ସବୁ ପ୍ରଜାଏ ଚାହିଁ ରହିଛନ୍ତି ପୂର୍ବ ଦିଗକୁ; କେବେ ସିନ୍ଦୂରା ଫାଟିବ - ହେବ ନୂଆ ରାଜାର ଅଭିଷେକ।

■

ଗାଁ ଗୁମର

ଭାରତର ଆତ୍ମା ଗାଁ ରେ ରହିଛି ଓ ଗାଁ ର ବିକାଶରେ ଦେଶର ବିକାଶ ବୋଲି ତୁଙ୍ଗ ରାଜନେତାଙ୍କ ଠାରୁ ଆରମ୍ଭ କରି ଜ୍ଞାନଜୀବୀ, ମାଟି ମନସ୍କ ମହାପୁରୁଷ – ସମସ୍ତଙ୍କ କଣ୍ଠରୁ ଶୁଭୁଛି ଏ ସ୍ୱର। କେତେ କବି, କଳାକାର, ଲେଖକଙ୍କ ଲେଖନୀ ଓ ତୂଳୀରେ ଶାନ୍ତ ସବୁଜ ଗାଁ ର ଚିତ୍ର ବର୍ଣ୍ଣିତ ହୋଇଛି ଅତି ସରଳ, ଜୀବନ୍ତ ଓ ନିଷ୍କପଟ ଭାବରେ। ପ୍ରାଣ କାନ୍ଦିଉଠିଛି ସେମାନଙ୍କର ଗାଁ ପାଇଁ। ସେଥିପାଇଁ ଗାନ୍ଧିଜୀ ଥରେ କହିଥିଲେ : Back to Village (ଗାଁ କୁ ଫେରିଚାଲ)। ବାସ୍ତବିକ୍ ଗାଁରେ ଯେଉଁ ପ୍ରାଚୁର୍ଯ୍ୟ ରହିଥାଏ, ସହରୀ ସଭ୍ୟତାରେ ସେସବୁ ଖୋଜିବା ବିଡ଼ମ୍ବନା।

ମାତ୍ର ଏଇ କେତେଦିନ ଭିତରେ ସବୁ ଯେମିତି ଓଲଟ ପାଲଟ ହୋଇଯାଇଛି। ମଧୁରତା, ସରଳତା ଏବଂ ଆତ୍ମୀୟତା ବଦଳରେ ଏକ ଧୂସର ଧୂମାଭ ବଳୟ ଗ୍ରାସ କଲାଣି ଗାଁ କୁ ଧୀରେ ଧୀରେ। ସେ ସଂପର୍କରେ କିଂଚିତ୍ ଆଲୋକପାତ କଲେ ସାଂପ୍ରତିକ ଗାଁ ର ଚିତ୍ର ଉଦ୍‌ଭାସିତ ହୋଇ ଉଠିବ ଆମ ଆଖି ସାମ୍ନାରେ।

ଗାଁ ରାଜନୀତି : କି ହସ ଝରିବ ଲୋକଙ୍କ ମୁହଁରୁ, ଯେଉଁଠି ତୁଚ୍ଛା ହୀନ ରାଜନୀତି କରି ଲୋକେ ପରସ୍ପରକୁ କାଦୁଅ ଫିଙ୍ଗିବାରେ ବ୍ୟସ୍ତ। ଏବେ ଯେଉଁ ଗାଁ କୁ ପଶ – ସେଠି ଦେଖିବ କୁଜିନେତାଙ୍କର ପ୍ରଭାବ। ସେଇମାନଙ୍କ ପାଇଁ ଗାଁ ଆଜି ଦି' ଫାଳ ତିନି ଫାଳ ହେଉଛି। ଯେଉଁ ଗାଁ ରେ ନାମ ଯଜ୍ଞ ସଂକୀର୍ତ୍ତନ, ଭାଗବତ ପାରାୟଣ, ନାଟକ, ପାଲା ଭଳି ଧର୍ମୀୟ ତଥା ସାଂସ୍କୃତିକ କାର୍ଯ୍ୟକ୍ରମର ଆୟୋଜନ କରାଯାଉଥିଲା ଲୋକମାନଙ୍କର ମିଳିତ ସହଯୋଗରେ, ସେଠି ଏବେ ସେସବୁ ଖୋଜିବା ସ୍ୱପ୍ନ ହେଲାଣି। ଲୋକମାନେ ଜନ୍ତାଳ କରି ଏକ ପଂକ୍ତିରେ ମିଳିତ ଭୋଜନ କରୁଥିଲେ ଗାଁ ଦାଣ୍ଡରେ। କାର୍ତ୍ତିକ ପୂର୍ଣ୍ଣିମାରେ ପଞ୍ଚୁକ ହେଉଥିଲା, ଗୀତ ବସୁଥିଲା। ମାତ୍ର ରାଜନୀତି ହେତୁ ସେସବୁ ବନ୍ଦ ହୋଇଗଲାଣି। ଏବେ ରାଜନୀତିର ମୁଖ୍ୟ ଚର୍ଚ୍ଚା – କିଏ କେଉଁ

ଦଳର, କାହା ଦଳରୁ କେତେ ଭୋଟ୍ ଆସିବ, କାହା ଦଳ ଆଗାମୀ ନିର୍ବାଚନରେ ଜିତି ସରକାର ଗଢ଼ିବ ଇତ୍ୟାଦି ପ୍ରସଙ୍ଗ। ନେତାଏ ଲଢ଼ନ୍ତି ରାଜଧାନୀରେ-ହେଲେ ଏଠି ସେମାନଙ୍କୁ ନେଇ, ଦଳକୁ ନେଇ ଆରମ୍ଭ ହୋଇଯାଏ ତୁମ୍ବୀ ତୋଫାନ। ସାଇ ଭାଇରେ ବାଦ ବିବାଦ, କଳି ଝଗଡ଼ା ଆଦି ରାତି ପାହିଲେ କେବଳ ଏଇ ରାଜନୀତିକୁ ନେଇ। କେତେ ନିରୀହ ଜୀବନ ବଳି ପଡ଼ିଯାଏ କୁଜି ରାଜନେତାଙ୍କର ଏହି ରାଜନୀତି ପାଇଁ। ଦଳକୁ ନେଇ ଭାଗ ହୋଇଯାଏ ଗାଁ। ସେ ଦଳର ଭୋଜି ଭାତ ଉତ୍ସବ ମହୋତ୍ସବକୁ ଏ ଦଳର ଲୋକେ ଯାଆନ୍ତି ନାହିଁ କିମ୍ବା ଏ ଦଳର କାହା ଦେହବାଧିକା ହାନିଲାଭ, ଭଲ ମନ୍ଦ ହେଲେ ସେ ଦଳର ଲୋକେ ଆହା ପଦେ କହିବାକୁ ପାଖରେ ଠିଆ ହୁଅନ୍ତି ନାହିଁ। ଖାଲି ଜିଦ୍ଦିପଣ, ପ୍ରତିଯୋଗିତା ମୂଳକ ମନୋଭାବରୁ ଗାଁର ଶ୍ରୀ ନଷ୍ଟ ହୁଏ, ଐକ୍ୟ ଭାବ ତୁଟେ। ଏ ପାଖର ଲୋକେ ଯଦି ମାଇକ୍ ଲଗେଇ କିଛି ସାଂସ୍କୃତିକ କାର୍ଯ୍ୟକ୍ରମ କଲେ ତ ସେ ଦଳର ଲୋକେ ଆହୁରି ଅଧିକ ପଇସା ଖର୍ଚ୍ଚ କରି, ମାଇକ୍‌ର ଭଲ୍ୟୁମ୍ ଅଧିକ ବଢ଼ାଇ ଆରମ୍ଭ କରିଦିଅନ୍ତି ସାଂସ୍କୃତିକ କାର୍ଯ୍ୟକ୍ରମ। ଜମି ପଛକେ ବନ୍ଧା ପଡୁ ମାତ୍ର ତାଙ୍କ ମୂର୍ତ୍ତିଠାରୁ ଆମ ମୂର୍ତ୍ତି ଅଧିକା ଉଚ୍ଚା ହେବା ଦରକାର। ଏଇ ପ୍ରତିଯୋଗିତାକୁ ନେଇ ନାହିଁ ନଥିବା କନ୍ଦଳ, ହଣାକଟା, ଥାନା, କୋର୍ଟ୍, କଚେରି..। ଜ୍ଞାନ ଉଦୟ ହେଲା ବେଳକୁ ନେଡ଼ିଗୁଡ଼ କହୁଣିକୁ ବୋହି ସାରିଥାଏ। ଏ ସବୁର ମୂଳ ସୂତ୍ରଧର କୁଜି ନେତାଏ ସବୁ ଭିଏଇ କିଛି ନଜାଣିଲା ପରି ନିଆଁରେ ଘିଅ ଢାଳି ମୁରୁକି ହସା ମାରନ୍ତି। ଗାଁ ର ନିରୀହ ନିଷ୍ପାପ ଶିଶୁ – ଯେଉଁମାନେ କି ଗାଁ ଦାଣ୍ଡରେ ମିଳିମିଶି ଧୂଳିଖେଳ ଖେଳୁଥିଲେ, ଏବେ ସେ ସବୁ ବନ୍ଦ। ସେ ଦଳର ପିଲାଙ୍କ ସହ ଏ ଦଳର ପିଲା ଖେଳିପାରିବେନି। ସେ ସାଇରେ ଭୋଜି ହେଲେ ଏ ସାଇକୁ ବାସେ; ହେଲେ ଏ ସାଇର ପିଲାଏ ପାଟିରେ ଆଙ୍ଗୁଠି ଦେଇ ବିକଳରେ ଚାହିଁ ରହିଥାନ୍ତି ଯାହା। ନିଆଁପାଣି ଅଟକ, କଥା ବାର୍ତ୍ତା ଅଟକ, ହିଡ଼ରେ ଗାଈ ଗୋରୁ ଯିବାକୁ ମନା। ଏ ସବୁ ଏବେ ଗାଁ ରେ ଘଟିଯାଉଛି କେବଳ ରାଜନୀତିକୁ କେନ୍ଦ୍ର କରି।

ଗାଁ କୁ ରାସ୍ତାଟିଏ ହୋଇ ପାରୁନି, ଏଥିପାଇଁ ସରକାରଙ୍କ ତରଫରୁ ଅନୁଦାନ ଆସିଲେ ବି ଦଳୀୟ ମନୋଭାବ ପାଇଁ ତାହା କାର୍ଯ୍ୟକାରୀ ହୋଇପାରେନି। ଫଳରେ ସରକାରୀ ପଇସା ଫେରିଯାଏ। ଅନ୍ଧାରୀ ମୂଳକରେ ଘାଣ୍ଟିଚକଟି ହେଉଥାନ୍ତି ଯାହା ଲୋକମାନେ। ବିକାଶ ବଦଳରେ ବିନାଶର ସ୍ୱର ଶୁଭୁଥାଏ ସଦାକାଳ ରାଜନୀତିକୁ ଆଧାର କରି। ଭାଇ ଭାଇରେ ମନାନ୍ତର, ମତାନ୍ତର, ଗଣ୍ଡଗୋଳ, ହଣାକଟା.. ସ୍ୱାମୀ ସ୍ତ୍ରୀ ଦୁଇ ଭାଗ ହୋଇଯାଆନ୍ତି ରାଜନୀତି ପାଇଁ। ଏବେ ଗାଁ ର ଯେଉଁ ଗଳିକନ୍ଦିକୁ ଯାଅ

- ସେଠି ଖାଲି ଶୁଭିବ ରାଜନୀତିର ରଣହୁଂକାର। ମାଖୁନାଟାରେ ନିଜ ଗୋଡ଼ରେ ନିଜେ କୁରାଢ଼ି ଚୋଟ ମାରି ନହୁ ନୁହାଣ, ଖଣ୍ଡିଆ ଖାବରା ହେଉଥାନ୍ତି ଗାଁ ର ନିରୀହ ଜନତା। ପିଲାମାନଙ୍କୁ ପାଠ ପଢ଼ାଉଥିବା ଗାଁ ର ପ୍ରାଥମିକ ଶିକ୍ଷକ ରାଜନୀତିର ଗୋଟି ଚାଳନାରେ ବଦଳି ହୋଇଯାଆନ୍ତି ଅନ୍ୟ ଗାଁ ର ସ୍କୁଲ୍‌କୁ। ଫଳରେ ପାଠ ପଢ଼ାରୁ ବଂଚିତ ହୋଇ କ୍ଷେତ ବାଡ଼ିରେ କାମ କରନ୍ତି; ଅଳ୍ପ ବୟସରୁ ଦିଲ୍ଲୀ, ହରିୟାଣା, ସୁରଟ୍‌ରେ ଦାଦନ ଶ୍ରମିକ ସାଜି ଦୁରାରୋଗ୍ୟ ବ୍ୟାଧିରେ ଅକାଳରେ ଝରିଯାଆନ୍ତି କୋମଳ ଶିଶୁମାନେ। ସ୍କୁଲ୍ ଘର ଖଣ୍ଡିକ ମରାମତିର ଅଭାବରୁ ଅବହେଳିତ / ଅଲୋଡ଼ା ଭାବରେ ପଡ଼ିରହେ ଜରାଜୀର୍ଣ୍ଣ ବୃଦ୍ଧପରି। ବିଭିନ୍ନ ଫୁଲରେ ହସୁଥିବା ବିଦ୍ୟାଳୟ ବଗିଚାର ବାଡ଼ବନ୍ଦି ନହୋଇପାରିବାରୁ ମେଣ୍ଢା ଛେଳିଙ୍କର ଚାରଣ ଭୂମି ସାଜେ ତାହା। ଶ୍ରୀହୀନ ହୁଏ ଗାଁ। ପୋଖରୀରେ ଦଳ ଭର୍ତ୍ତି ହେତୁ ମଶା ଡାଆଁଶ ସାଲୁବାଲୁ ହେଉଥାନ୍ତି। ରୋଗ ବ୍ୟାଧିର ଶିକାର ହେଲେ ବି ଲୋକଙ୍କର ଚେତା ପଶେନି।

ନିର୍ବାଚନ ପାଖେଇ ଆସିଲେ ଗାଁ ର ଏ ରାଜନୀତି ଆହୁରି ଉଗ୍ର ରୂପ ଧାରଣ କରେ। ପ୍ରତି ପିଣ୍ଡାରେ, କ୍ଲବ୍ ଘରେ, ପୋଖରୀ ତୁଠରେ ଏବଂ ସର୍ବୋପରି ଗାଁ ମୁଣ୍ଡ ଚା' ଦୋକାନରେ ଦଳକୁ ନେଇ, ରାଜନୀତିକୁ ନେଇ ପରିବେଶ ସରଗରମ ହୋଇଉଠେ। ଝଡ଼ ଉଠେ ଦୁଇ ଦଳରେ। ଗାଁ ପ୍ରଗତିର କଥା ପାଣିକି ଯାଉ ପଛକେ ମାତ୍ର ଆମ ଦଳ ମଜବୁତ ହେଉ – ଏଇ ମାନସିକତା ଆଜି କବଳିତ କରିଛି ଗାଁ ର ଅଧିକାଂଶ ମଣିଷଙ୍କୁ। ହୁଏତ ମାଛ ବିନା ପୋଖରୀ ଥାଇ ପାରେ, ମାତ୍ର ରାଜନୀତି କିମ୍ବା କୁଜିନେତା ବିନା ଆଜି ଗାଁ ନାହିଁ। ସ୍କୁଲ୍‌ରେ ଅଧା ପଢ଼ି ପାଠରେ ଡୋରି ବାନ୍ଧିଥିବା ଭେଣ୍ଡିଆମାନେ ଏବେ ମାତିଯାଇଛନ୍ତି ଏଇଥିରେ। ଆଜିକାଲି ତ ପ୍ରାଥମିକ ବିଦ୍ୟାଳୟରେ ଏଇ ଚର୍ଚ୍ଚା .. ଖଣ୍ଡି ନେତାଏ ସ୍କୁଲ୍‌ରେ ପହଂଚିଯାଇ ଆରମ୍ଭ କରିଦିଅନ୍ତି ନେତାଗିରି। କୁନି କୁନି ପିଲାମାନଙ୍କ ପାଠପଢ଼ା କଥା ପଛକୁ ଥାଉ। ହସ ଲାଗେ- ଯେଉଁମାନେ ତଥାକଥିତ ରାଜନୀତି କରି ଶାନ୍ତ ସବୁଜ ଗାଁ ପରିବେଶକୁ ନଷ୍ଟ କରନ୍ତି, ସେମାନେ କହିପାରିବେନି ରାଜ୍ୟ କ୍ୟାବିନେଟ୍ ପାହ୍ୟାର ମନ୍ତ୍ରୀଙ୍କ ନାମ କିମ୍ବା ବର୍ତ୍ତମାନ ମନ୍ତ୍ରୀ ମଣ୍ଡଳରେ କେଉଁ ମନ୍ତ୍ରୀଙ୍କୁ କି ବିଭାଗ ଦିଆଯାଇଛି। କେନ୍ଦ୍ର ମନ୍ତ୍ରୀମଣ୍ଡଳ ତ ଦୂରର କଥା। ଖାଲି ଏମାନେ ବୁଝନ୍ତି ଭାଷଣରେ ଧୂଆଁବାଣ ମାରିପାରୁଥିବା ମନ୍ତ୍ରୀଙ୍କ ମହତ୍ତ୍ୱ। ଲମ୍ବା ଚଉଡ଼ା ଭାଷଣ ମାଧ୍ୟମରେ ସମସ୍ତଙ୍କ ଆଖିରେ ଆଙ୍ଗୁଠି ଗେଞ୍ଜି ଦେଶ ଧନକୁ ହଡ଼ପ କରିପାରୁଥିବା ମନ୍ତ୍ରୀମାନେ ହିଁ ଏମାନଙ୍କ ପାଇଁ ଈଶ୍ୱର ସଦୃଶ। ରାଜନୀତିର ଅର୍ଥକୁ ଅନ୍ୟଭାବରେ ଅନୁଭବ କରି ଗାଁ ନଷ୍ଟକରୁଥିବା ମନ୍ଦବୁଦ୍ଧି ସମ୍ପନ୍ନ ଲୋକମାନଙ୍କୁ ବୁଝାଇବାକୁ ଯାଇ ବହୁ ଜ୍ଞାନଜୀବୀ ସେମାନଙ୍କଠାରୁ ଅପମାନିତ ହୁଅନ୍ତି ଯାହା।

ମଦମାୟା : ମଦ ବିନା କାମ ଅଚଳ - ଏବେ ପ୍ରତି ଗାଁ ର ଏହା ଏକ ସାଧାରଣ କଥା। ଏଇ ମାୟାରେ ବାୟା ହୋଇ ଗାଁ ର କି କିଶୋର, କି ଯୁବ, କି ପ୍ରୌଢ଼ – ସମସ୍ତେ ଖାଲି ଅଣ୍ଡାଳି ହେଉଛନ୍ତି ଯାଡ଼େ ସ୍ୟାଡ଼େ। ସକାଳୁ ଉଠିଲେ ପାଣି ନୁହେଁ; ବରଂ ଏମାନେ ମୁହଁ ଧୁଅନ୍ତି ମଦରେ। ପ୍ରାୟ ପଚାଶ ବର୍ଷ ତଳେ ଆମକୁ ଯାହା ଆଚମ୍ବିତ ପରି ଲାଗୁଥିଲା-ଏବେ ତାହା ଆଉ ସେପରି ଲାଗୁନି। ଆଜି ଗାଁ ଗହଳିର ଲୋକେ ବୁଝିଗଲେଣି – ମଦ ବିନା ମନରେ ଫୁର୍ତ୍ତି ଆସେନି। ଏଇ ସୋମରସ ବା ପାୱାର୍ ପ୍ଲସ୍ ଟିକକ ନହେଲେ ଯେକୌଣସି କାମ ଠପ୍। ଆପଣ ଶବ ସତ୍କାର କଥା କୁହନ୍ତୁ, ଶୁଦ୍ଧିକ୍ରିୟା, ବାହାବ୍ରତ – ଯେକୌଣସି ସାମାଜିକ କ୍ରିୟା କଥା କୁହନ୍ତୁ ସବୁଠି ମଦର ଗୁରୁତ୍ୱପୂର୍ଣ୍ଣ ଭୂମିକା ରହିଛି। ଟାଙ୍କେ ଟାଙ୍କେ ମଦ ନପିଇଲେ ମରାସିଂ ଭାଇମାନେ ବାସିମଡ଼ା ଉଠାନ୍ତି ନାହିଁ। ମଦ ନପିଇ ସଂକୀର୍ତ୍ତନିଆ ଦଳ ସଂକୀର୍ତ୍ତନ ମଣ୍ଡପକୁ ଉଠନ୍ତି ନାହିଁ। ଏଥିରୁ ଢୋକେ ଢୋକେ ନମାରିଲେ କାଳେ ହରିନାମ ଠିକ୍ ତାଳରେ ନେଇ ହୁଏ ନାହିଁ। ଦଶକର୍ମ / ଦଶତୁଠରେ ତ ମଦ ଆଗ ଥୁଆ।

ଏବେ ଗାଁ ବାହାଘର ପ୍ରସଙ୍ଗକୁ ଆସନ୍ତୁ। ଆଗରୁ ବସାଦହି, ସର୍ବତ, ଲସି ଆଦି ପାନୀୟ ଦେଇ ବରଯାତ୍ରୀମାନଙ୍କୁ ପ୍ରାରମ୍ଭିକ ପର୍ଯ୍ୟାୟରେ ଆପ୍ୟାୟିତ କରାଯାଉଥିଲା। ମାତ୍ର ଏବେ ଆଉ ସେସବୁ ପୁରୁଣା ଆଉଟ୍ ଡେଟେଡ୍ ନୀତି ନିୟମ କାମ ଦେଉନି। ମଦ ନହେଲେ କେଉଁ ବରଯାତ୍ରୀ ବର ସଂଗେ ଯିବାକୁ ରାଜି ହେଉନାହାନ୍ତି। ଟଂଟି ପର୍ଯ୍ୟନ୍ତ ମଦ ପିଇ ରୋଷଣିର ତାଳେ ତାଳେ ଗାଁ ଦାଣ୍ଡର ଗୁହ ଗୋବରରେ ଗଡ଼ି ନାଗିନ୍ ନାଚ କରୁଛନ୍ତି ଏବେ ବରଯାତ୍ରୀମାନେ। ଅଧିକ ହେଲେ ନିଶାରେ ଚୁର୍ ହୋଇ ଭାଷା ଅଭାଷାରେ ଝିଅ ବୋହୂମାନଙ୍କୁ ଅଶ୍ଳିଳ ଇଙ୍ଗିତ କରିବା ହେତୁ ଭୋଜନ ପରିବର୍ତ୍ତେ ଭଲକରି ବହେ ଛେଚା ଖାଇ ଟଳି ଟଳି ନିଜ ଗାଁ କୁ ଫେରନ୍ତି। ଚାଲିବାର କ୍ଷମତା ହରାଇଲେ କାହା କାନ୍ଧରେ ନତୁବା ବରଯାତ୍ରୀ ଗାଡ଼ିରେ ବୁହାହୋଇ ଆସନ୍ତି। ଏହାହିଁ ଆଜିକାଲିର ବାସ୍ତବ ଚିତ୍ର। ମଦମାୟାରେ ଏବେ ମସ୍‌ଗୁଲ୍ ଗାଁ। ବିଲ ବାଡ଼ିରେ ହାଡ଼ଭଙ୍ଗା ପରିଶ୍ରମ କରି ମଜରା ଜ୍ୱର ହେଲେ ଆମବେଳେ ଗରମ ଭାତରେ ଗୁଆ ଘିଅ ମିଶାଇ ଲୋକେ ଖାଉଥିଲେ, ଜ୍ୱରରୁ ଉପଶମ ମିଳୁଥିଲା। ଏବେକାର କଥା ନିଆରା। ଆଜିକାଲି ପରିଶ୍ରମ କରୁଥିବା କିଶୋରମାନଙ୍କୁ ମଜରା ଜ୍ୱର ହେଲେ ବାପା ମା' ମାନେ ପରାମର୍ଶ ଦେଉଛନ୍ତି ମାଲ୍ ଟିକିଏ ମାରିଦେବା ପାଇଁ। ଘରେ ଘରେ ଏବେ ଚାଲିଲାଣି ମଦର ଖୁଲମ୍ ଖୁଲା କାରବାର। ସହରରେ ଟିକିଏ ଆକଟ ଅଛି। ବିଭିନ୍ନ ନିଶା ନିବାରଣ ଅନୁଷ୍ଠାନ ଓ ପୁଲିସ୍‌ର ହସ୍ତକ୍ଷେପ ଯୋଗୁଁ ଖୋଲା ଖୋଲି ନିଶା ସେବନ କରିବା ପୂର୍ବରୁ ଲୋକେ ଆଗପଛ ଚିନ୍ତା କରୁଛନ୍ତି। ହେଲେ ଗାଁ ରେ ସେ ସବୁ ନାହିଁ।

ପିଣ୍ଡାରେ ଚାରି / ପାଞ୍ଚ ବସିଯାଇ ପାଣି ପିଇଲା ପରି ଢକ୍ ଢକ୍ ପିଇଯାଇ ମାତାଲ୍ ହେଉଛନ୍ତି। ସହରରେ ଚାକିରି କରୁଥିବା ଗାଁ ପୁଅଟି କେବେ ଯଦି ଗାଁ ମୁହାଁ ହେଲା ତ କଥା ସରିଲା। ବୁଲା ଡାହାଳ କୁକୁର ପରି ବୁଲୁଥିବା ବେରୋଜଗାରିଆ ଭେଣ୍ଡିଆମାନେ ତାକୁ ଚାରିପାଖରୁ ବେଢ଼ିଯାଇ ପ୍ୟାଣ୍ଟ୍ ସାର୍ଟ୍‌ର ପକେଟ୍ ଅଣ୍ଡାଳି ଯାହା କିଛି ପଇସା ପତ୍ର ଲୁଟି ନିଅନ୍ତି ଓ ସେଥିରେ ମଦର ଆସର ଜମେଇ ଖୁସି ମନାନ୍ତି। ଏଇଥିପାଇଁ ବି ସେମାନେ କାହାର ମେଣ୍ଢା ଛେଳି ଚୋରି କରି ମାଉଁସ ଭୋଜି ସହ ମଦର ସଦ୍ ବ୍ୟବହାର କରୁଥାନ୍ତି। ବିଭିନ୍ନ ସାଂସ୍କୃତିକ ଉତ୍ସବ ବାହାନାରେ ଏଇମାନେ ହିଁ ଲୋକଙ୍କଠାରୁ ଧପେଇ ଚାନ୍ଦା ଆଦାୟ କରନ୍ତି ଓ ତା'ର ଅଶୀ ପ୍ରତିଶତ ଖର୍ଚ୍ଚ କରନ୍ତି ମଦ ପିଇବାରେ। ସାଂସ୍କୃତିକ କାର୍ଯ୍ୟକ୍ରମ କେବଳ ବାହାନା ମାତ୍ର।

ଏହା ଗାଁ ପ୍ରଗତି କି ଦୁର୍ଗତିର ଲକ୍ଷଣ – ଏହା ଆମ ଛୋଟିଆ ମଗଜରେ ପଶେନି। ଦେଶୀ ଦାରୁ ପିଇ ଅନେକ ଲୋକ କଟକ ବଡ଼ ମେଡ଼ିକାଲ୍‌ରେ ଭର୍ତ୍ତି ହୋଇ ଅକାଳରେ ମୃତ୍ୟୁମୁଖରେ ପଡ଼ନ୍ତି। ମଦପିଇ ବ୍ୟୋମଯାନ ବେଗରେ ଗାଡ଼ି ଚଳେଇବା ହେତୁ ମର୍ମନ୍ତୁଦ ସଡ଼କ ଦୁର୍ଘଟଣାରେ କଷି ବୟସରୁ ଜୀବନ ହାରନ୍ତି। କେତେ ପରିବାର ଉଚ୍ଛନ୍ନ ହୁଏ। ସେମାନେ ଜାଣନ୍ତି ଯେ ମଦ ହିଁ ମୃତ୍ୟୁର କାରଣ। ତଥାପି ମୋହ ତୁଟେନି ସେମାନଙ୍କର। ପତଙ୍ଗ ନିଆଁରେ ପୋଡ଼ି ମଲାପରି ଏମାନେ ମଦ ନିଶାରେ ନାଶଯାଆନ୍ତି।

ସଂଜର ସିରିୟଲ୍ : ଏବେ ସଂଜ ହେଲେ କାହାଘରେ ଭାଗବତ ଅଧ୍ୟାୟେ କି ଲକ୍ଷ୍ମୀ ପୁରାଣ ବୋଲା ହେବାର ସୁର୍ ଶୁଭେନି। ଯେନତେନ ପ୍ରକାରେ ମାଣ ଠାକୁରାଣୀଙ୍କ ପାଖରେ ଓ ଚଉରା ମୂଳରେ ସଂଜବତୀ ଜାଳିଦେଇ ଶାଶୂ ବୋହୂ ଓ ପିଲା ପେଚକାମାନେ ବସିଯାଉଛନ୍ତି ଟି.ଭି. ସାମ୍ନାରେ। ଓଡ଼ିଆ ଚ୍ୟାନେଲ୍‌ରେ ଦେଉଥିବା ଧାରାବାହିକକୁ ଆଖି ଗଳେଇ ଦେଖୁଥିବା ବେଳେ ସ୍ୟାଢ଼େ ଡାଲି ଉତୁରି ଚୁଲିରେ ପଶିଲେ ବି ସେଥିପ୍ରତି ନିଘା ନଥାଏ। କୌଣସି କାରଣରୁ କେହି ଯଦି ସେତେବେଳେ ସେମାନଙ୍କୁ ଡାକେ ତ ଗରଗର ହେଉଥାନ୍ତି ଟି.ଭି. ସାମ୍ନାରେ ବସି। ଅକାରଣରେ ଅଶାନ୍ତିର ବାତାବରଣ ସୃଷ୍ଟି ହୁଏ ଘର ଭିତରେ। ଆଗରୁ ସନ୍ଧ୍ୟା ହେଲେ ହାତ ଗୋଡ଼ ଧୋଇ ପିଲାମାନେ ପ୍ରାର୍ଥନା ବୋଲୁଥିଲେ। ମିଂଜି ମିଂଜି ଆଲୁଅରେ ବହି ବସ୍ତାନି ଧରି ପଢିବାକୁ ବସିଯାଉଥିଲେ। କିନ୍ତୁ ଏବେ ବଦଳି ଯାଉଛି ଗାଁ ର ଚିତ୍ର। ପିଲାଏ ପୋଡ଼ି ଖାଇଲେଣି ପ୍ରାର୍ଥନା। ମା' ଜେଜି ମା'ଙ୍କ ସହ ସେମାନେ ବି ବସିଯାଉଛନ୍ତି ଟି.ଭି. ଆଗରେ ସିରିୟଲ୍ ଦେଖିବାକୁ। କିଛି ବୁଝନ୍ତୁ ବା ନ ବୁଝନ୍ତୁ – ହାଁ କରି ଚାହିଁ ରହିଥାନ୍ତି ଟି.ଭି. ପରଦାରେ ଦୃଶ୍ୟ ହେଉଥିବା ଗୋଟିଏ ପରେ ଗୋଟିଏ ଚିତ୍ରକୁ। ଏଇ

ସିରିୟଲ୍ ଦେଖାରୁ କିଛି ତ ସୁଫଳ ମିଳେନି; ବରଂ ଏଥିରେ ଦୃଶ୍ୟ ହେଉଥିବା ଶାଶୂ ବୋହୂଙ୍କର କଳି ଓ କିଛି ନକାରାତ୍ମକ କଥାବସ୍ତୁ ଘରର ଶାଶୂ ବୋହୂ ତଥା ପିଲାମାନଙ୍କର ଜୀବନଶୈଳୀ ଉପରେ ପ୍ରଭାବ ପକାଏ। ଯେଉଁ ଘରେ ଶାନ୍ତି ବିରାଜୁଥିଲା – ସେଠି କଳି ତକରାଳ, ଅଶାନ୍ତି, ମନୋମାଳିନ୍ୟ ଆଦିର ପ୍ରତିଫଳନ ଦେଖିବାକୁ ମିଳୁଛି। ବଡ଼ିପରା, ମୁଢ଼ି ଭଜା, ପିଠା ପଣା, ଓଷା ବ୍ରତ ଇତ୍ୟାଦି ଘରର ଯାବତୀୟ ଚଳଣି ଏବେ ଟି.ଭି. ଦେଖା ହେତୁ ପୋତି ହୋଇ ପଡୁଛି ଧୀରେ ଧୀରେ। ନାରୀ ନୀତି ଆଜି ପଶ୍ଚିମା ସୁଅରେ ଭାସି ଗଲାଣି କାହିଁ କେତେଦୂର।

ଖାଁ - ଖାଁ - ଗାଁ : ପିଲା ପେଚକା ଓ ଆଉ କିଛି କୁଜି ନେତାଗିରି କରୁଥିବା ଲୋକଙ୍କୁ ଛାଡ଼ିଦେଲେ ଗାଁ ରେ ମୁରବୀ ଶ୍ରେଣୀର ଲୋକେ ଆଉ ଦେଖିବାକୁ ମିଳୁ ନାହାନ୍ତି। ଫଳରେ ସଠିକ୍ ଦିଗ୍ ଦର୍ଶନର ଅଭାବରୁ ଗାଁ ର ବିକାଶ ହୋଇ ପାରୁନି। ଯେଝା ହାତେ ଯିଏ ଚଉଦ ପା' ନୀତିରେ ସଭିଏଁ ଆଜି ମୁରବୀ। କେହି କାହା କଥାରେ ନାହାନ୍ତି। ଗାଁ ରେ ଯେଉଁ କେତେଜଣ ବା ବିଚାର ବୁଦ୍ଧି ସଂପନ୍ନ ଲୋକେ ଅଛନ୍ତି – ସେମାନେ ଚାକିରି କରି ନିଜ ପିଲା ଛୁଆଙ୍କ ସହ ସହରରେ ରହିଲେ। ଅକାଳେ ସକାଳେ କୁଣିଆଁ ପରି କେତେବେଳେ କେମିତି ଗାଁ କୁ ଗଲେ ସେମାନଙ୍କ ମହତ୍ତ୍ୱକୁ ସେଠାକାର ଘରଭଙ୍ଗା କୁଜି ନେତାଏ ବା କିପରି ଠଉରାଇବେ? ଶବରୁଣୀ କାହୁଁ ବୁଝିବ ମୁକ୍ତାର ମୂଲ୍ୟ? ସୁତରାଂ ସହରରେ ରହୁଥିବା ଗାଁ ର ଚାକିରିଆ ପୁଅ ବି ଗାଁ ର ବିଭିନ୍ନ ସମସ୍ୟାରେ ମୁଣ୍ଡ ପୂରାଇ ଅଯଥା କାଦୁଅରେ ପଶିବାକୁ ଚାହୁଁନାହାନ୍ତି। ଆଜି ଗାଁ ମୁରବୀ ଶୂନ୍ୟ ... ଯେଉଁଠି ବାର ମାସରେ ତେର ପର୍ବ ପାଳନ କରାଯାଉଥିଲା, ବିଭିନ୍ନ ସାଂସ୍କୃତିକ ତଥା ଧର୍ମୀୟ କାର୍ଯ୍ୟକ୍ରମ ମାଧ୍ୟମରେ ଶାନ୍ତି ସୌହାର୍ଦ୍ଦ୍ୟ ତଥା ଐକ୍ୟର ବାତାବରଣ ସୃଷ୍ଟି ହେଉଥିଲା – ସେଠି ସେସବୁ ଖୋଜିଲେ ଆଉ ମିଳୁନି। ହସ ବଦଳରେ ପ୍ରତିଟି ହୃଦୟରେ ଭରିଗଲାଣି ବିଷ। କୂଟ କପଟ, କଟାକ୍ଷ, ପରଚର୍ଚ୍ଚା, ପରନିନ୍ଦାରେ ଦିନ ବିତାଉଥିବା କିଛି ଖଳ ବୁଦ୍ଧି ସଂପନ୍ନ ଲୋକେ ଆଜି ଗାଁ ର ମଙ୍ଗୁଆଳ / ମୁଣ୍ଡିଆଳ ସାଜି ଗାଁ କୁ ନିୟନ୍ତ୍ରଣ କରିବାରେ ଲାଗିପଡ଼ିଛନ୍ତି। ବାନରକୁ ଉଦ୍ୟାନ ଦାୟିତ୍ୱ ଦେବାଭଳି କଥା ଏହା।

ଯୌଥ ପରିବାର ଏବେ ଟୁକୁଡ଼ା ଟୁକୁଡ଼ା। ଯେଉଁଠି ଦାଦା, ଖୁଡ଼ି, ବଡ଼ ବାପା, ବଡ଼ ମା', ବାପା, ମା', ଭାଇ, ଭଉଣୀ, ପୁତୁରା, ଝିଆରୀ ଗୋଟିଏ ଛାତ ତଳେ ଏକାନ୍ନବର୍ତ୍ତୀ ଭାବରେ ଆନନ୍ଦରେ କାଳ ଯାପନ କରୁଥିଲେ-ସେଠି ଏବେ ସେସବୁ ଖୋଜିବା ସ୍ୱପ୍ନ। ମା' ବାପାକୁ ବି ଭାଗ କରିଦିଆଯାଉଛି। ମା' ଗୋଟିଏ ପୁଅ ପାଖରେ ରହିଲା ବେଳକୁ ବାପା ଆଉ ଗୋଟିଏ ପୁଅ ପାଖରେ। ସେମାନଙ୍କ ଭିତରେ ଦେଖାଚାହାଁ

ବନ୍ଦ, ଦୁଃଖ ସୁଖ ହେବା ତ ଦୂରର କଥା । ସ୍ନେହ ମମତା, ଆନ୍ତରିକତା ଆଦି ଅପତ୍ୟ ଆବେଗ କାଳକ୍ରମେ ହ୍ରାସ ହେବାକୁ ବସିଲାଣି । ସତେ ଯେମିତି ଏକ ଭୟାନକ ଧୂସର, ଧୂମାଳ ମାଡ଼ି ଆସୁଛି ଗାଁ ଆଡ଼କୁ ।

ଆଜି ସଚ୍ଚି ବାବୁ (ସଚ୍ଚି ରାଉତରାୟ), ନନ୍ଦ କିଶୋର ବଳ, ରାଧାମୋହନ ଗଡ଼ନାୟକ ପ୍ରମୁଖଙ୍କ ଆତ୍ମାର ବିଳାପ ଶୁଭୁଛି ପ୍ରତି ପୁରପଲ୍ଲୀରୁ । ଯେଉଁ ଶୋଭା ସଂପଦକୁ ସେମାନେ ପୁଲକ ପ୍ରାଣରେ ଦେଖି ତା'ର ଅନୁଭବକୁ ରୂପାୟିତ କରିଥିଲେ କାବ୍ୟ କବିତାରେ – କୁଆଡ଼େ ଗଲା ସେସବୁ ? ଏଇ କେଇଦିନ ଭିତରେ "ପଲ୍ଲୀଶ୍ରୀ" ହତଶ୍ରୀ ହୋଇଗଲା ସତେ ? ସରଳ ପଲ୍ଲୀ ପ୍ରାଣତା ଏବେ ସମୟର କୁଟିର ପ୍ଲାବନରେ ଭାସିଗଲା କାହିଁ କେତେ ଦୂର ? ଚିତ୍ର ଚରିତ୍ର ସବୁ ଏକାକାର ହୋଇ ବଦଳି ଯାଉଛନ୍ତି । ଗଛ ନାହିଁ, ମାଟି ନାହିଁ .. ଗୋଷ୍ଠ ବାହୁଡ଼ା ଗୋରୁଙ୍କର ହମ୍ବାଧ୍ୱନି ନାହିଁ । ସେଠି ଗାଈଆଳର ମୁରଲୀ ସ୍ୱନ ଖୋଜିବା ବିଡ଼ମ୍ବନା । ଭେଣ୍ଡିଆମାନେ ବିଲ ବାଡ଼ି କାମ ଛାଡ଼ି ନିକମା ହୋଇ ରାଜନୀତିରେ ମସ୍‌ଗୁଲ୍ ।

ତୁମକୁ ଆବାହନ କରୁଛି ହେ ମାଟି ମନସ୍କ, ଗାଁ ମନସ୍କ କବି, ଶିଳ୍ପୀ, ଜ୍ଞାନଜୀବୀମାନେ – ଆଉଥରେ ଫେରିଆସ ଏଇ

ଧୂଳିଧରଣୀକୁ । ଗୁରୁଜଙ୍ଗ, କୁସୁପୁର, କଳଣ୍ଡାପାଳ ନହେଉ ପଛକେ; ଭୂଗୋଳ ପୋଥି ପତ୍ରରୁ ନାଁ ହଜିଯାଇଥିବା କେଉଁ ଏକ ଅନାମଧେୟ ପଲ୍ଲୀରେ ତୁମେ ଜନ୍ମନିଅ । ଲୋକମାନଙ୍କୁ ଜାଗ୍ରତ କର ମାଟି ପ୍ରାଣତାର ବାର୍ତ୍ତାଦେଇ । ସେମାନଙ୍କ ଚେତନାକୁ ଚମକାଇ ଗାଅ ମାଟି ମହକର ଗୀତ । ଉଠାଅ – ଜଗାଅ ସେମାନଙ୍କ ଶୁପ୍ତ ଆବେଗଟିକୁ । କଳ୍ପଲୋକରୁ କେତେ କିସମର ଚିଜ ଆଣି ତୁମ ପଲ୍ଲୀ ପ୍ରଭାକୁ କର ଆହୁରି ଜାଜ୍ୱଲ୍ୟମାନ । ତେବେ ସିନା ସାର୍ଥକ ହେବ 'ବ୍ୟାକ୍ ଟୁ ଭିଲେଜ୍'ର ଉଦ୍‌ଘୋଷଣା ! ଆଉଥରେ ଫେରିଆସ ହେ ସୃଜନଶିଳ୍ପୀ!!!

■

ବୃକ୍ଷଦେବାୟ ନମଃ

କେଉଁ ପ୍ରାଚୀନ ବୈଦିକ କାଳରୁ ହିନ୍ଦୁମାନେ ବୃକ୍ଷପୂଜା କରିଆସୁଛନ୍ତି; ଏହା ସେମାନଙ୍କ ଆଧାତ୍ମିକ ଚେତନାର ପରିଚୟ। ଅଶ୍ୱତ୍ଥ, ବର, ବେଲ, ନିମ୍ବ, ଶାହାଡ଼ା, ଅଁଳା ଆଦି ପ୍ରମୁଖ ବୃକ୍ଷ ସହ ତୁଳସୀ ଭଳି ଗୁଳ୍ମଜାତୀୟ ଉଦ୍ଭିଦକୁ ଧର୍ମୀୟ ଭାବନା ସହ ଯୋଡ଼ି ଦେବତାର ମାନ୍ୟତାରେ ଆରାଧନା କରିଆସୁଛନ୍ତି। ବୃକ୍ଷ ସହ ମାନବର ଆଧାତ୍ମିକ ସମ୍ପର୍କର କଥାକୁ ବିଭିନ୍ନ ପୁରାଣପୋଥିରେ ବର୍ଣ୍ଣନା କରି ସାଧାରଣ ଲୋକମାନଙ୍କ ମନରେ ଭକ୍ତିଭାବ ସୃଷ୍ଟି କରିବା ଏହାର ମୁଖ୍ୟ ଉଦ୍ଦେଶ୍ୟ। ଅଶ୍ୱତ୍ଥ ବୃକ୍ଷକୁ ବୃକ୍ଷମାନଙ୍କ ଭିତରେ ଶ୍ରେଷ୍ଠ ବୋଲି ଭଗବାନ ଶ୍ରୀକୃଷ୍ଣ ସ୍ୱୟଂ ଗୀତାରେ କହିଛନ୍ତି। ସେହିପରି ବେଲ ବୃକ୍ଷ ଶିବଙ୍କର ପ୍ରିୟ ହେତୁ ତା'ର ପତ୍ର ଶିବଲିଙ୍ଗରେ ଚଢ଼ାଇଲେ ମହାଦେବ ସନ୍ତୁଷ୍ଟ ହୁଅନ୍ତି ବୋଲି ହିନ୍ଦୁମାନଙ୍କର ଦୃଢ଼ ବିଶ୍ୱାସ ରହିଛି। ଜଗନ୍ନାଥ ସଂସ୍କୃତିର ପରମ୍ପରା ଅନୁସାରେ ଚତୁର୍ଦ୍ଧାମୂର୍ତ୍ତୀଙ୍କ କଳେବର ନିମ୍ବକାଠରେ ତିଆରି କରାଯାଇଥାଏ। ଆମ ସାମାଜିକ ପରମ୍ପରାରେ ଏକ ବିଶ୍ୱାସ ରହିଛି - କୌଣସି ନାରୀ ବା ପୁରୁଷ ଜାତକରେ ଯଦି ବୈଧବ୍ୟ ବା ବିଧୁର ଯୋଗ ଥାଏ, ତେବେ ସେ ମନୋନୀତ ବର ବା କନ୍ୟାକୁ ବିବାହ କରିବା ପୂର୍ବରୁ ପ୍ରଥମେ ଶାହାଡ଼ା ବୃକ୍ଷକୁ ବିବାହ କଲେ ଉକ୍ତ ବୈଧବ୍ୟ ବା ବିଧୁର ଯୋଗ କଟିଥାଏ। ତା'ପରେ ଯାହା କ୍ଷତି ହେବା କଥା ସେହି ଶାହାଡ଼ା ଗଛର ହିଁ ହୁଏ। ବର ଏବଂ ଅଶ୍ୱତ୍ଥ ବୃକ୍ଷର ବିବାହ ତ କେଉଁ ପୁରାତନ ସମୟରୁ ଆମ ସମାଜରେ ଚଳିଆସୁଛି। ପୁରାଣ କହେ - ଦୈତ୍ୟରାଜ ଜଳନ୍ଧରଙ୍କୁ ନିଧନ କରିବା ଲାଗି ମହାଦେବ ଯେତେ ଚେଷ୍ଟା କଲେ ମଧ୍ୟ ପାରିଲେ ନାହିଁ। ତାଙ୍କ ସ୍ତ୍ରୀ ସତୀ ତୁଳସୀଙ୍କ ସକାଶେ ତାଙ୍କର ମୃତ୍ୟୁ ହେଉ ନଥିଲା। ତେଣୁ ତୁଳସୀଙ୍କ ସତୀତ୍ୱ ହରଣ କରିବା ଲାଗି ମହାଦେବ ନାରାୟଣଙ୍କୁ ପଠାଇଲେ। ଦେବତାମାନଙ୍କୁ ସୁରକ୍ଷା ତଥା ଜଗତର କଲ୍ୟାଣ ଲାଗି ନାରାୟଣ ଏ କଥାରେ ରାଜି ହେଲେ। ସେ ମାୟା କରି

ଜଳନ୍ଧରଙ୍କ ରୂପରେ ଯାଇ ତୁଳସୀଙ୍କ ସତୀତ୍ୱ ହରଣ କଲେ ଏବଂ ଏହାପରେ ଭଗବାନ ଶିବ ଜଳନ୍ଧରଙ୍କୁ ବଧ କଲେ । ସତୀ ତୁଳସୀଙ୍କ ପାଖରେ ଧରାପଡ଼ିଯିବା ପରେ ତାଙ୍କ ଅଭିଶାପକୁ ନାରାୟଣ ଗ୍ରହଣ କରି ଶାଳଗ୍ରାମ ରୂପରେ କଳିଯୁଗରେ ପୂଜା ପାଇଲେ। ସତୀ ତୁଳସୀ ମଧ୍ୟ ତୁଳସୀ ବୃକ୍ଷ ରୂପ ଧାରଣ କରି ପୂଜା ପାଉଛନ୍ତି। କୃଷ୍ଣ ବା ଜଗନ୍ନାଥଙ୍କର ପ୍ରତିଟି ପୂଜାବିଧିରେ ତୁଳସୀର ମୁଖ୍ୟ ଭୂମିକା ରହିଛି। ତୁଳସୀକୁ ଚଉରାରେ ରୋପଣ କରି ଓଡ଼ିଆ ଗୃହଣୀଟିଏ ପ୍ରତି ସନ୍ଧ୍ୟାରେ ଦୀପଟିଏ ଜାଳିଦେଇଥାଏ। ଏତଦ୍‌ଭିନ୍ନ ବିଭିନ୍ନ ଓଷାବ୍ରତରେ ବୃକ୍ଷପୂଜାର ବିଧି ହିନ୍ଦୁଧର୍ମରେ ଚଳିଆସୁଛି। ବିଶେଷତଃ ବଉଳ ଅମାବାସ୍ୟାରେ ବିଭିନ୍ନ ଫଳ ବୃକ୍ଷରେ ଫଳ ଆସିବା ପୂର୍ବରୁ ଗୋବରରେ ତା'ମୂଳକୁ ଲିପାପୋଛା କରି ସନ୍ଧ୍ୟାରେ ପୂଜା କରାଯାଇଥାଏ। ଆଦିବାସୀ ସମ୍ପ୍ରଦାୟରେ ମଧ୍ୟ ବୃକ୍ଷପୂଜାର ପରମ୍ପରା ରହିଛି।

ଲକ୍ଷ ଲକ୍ଷ ବର୍ଷ ତଳୁ ମାନବ ସୃଷ୍ଟି ପୂର୍ବରୁ ପୃଥିବୀ ପୃଷ୍ଠରେ ଉଦ୍ଭିଦର ଆବିର୍ଭାବ ହୋଇଥିଲା। ସେଇ ଦୃଷ୍ଟିରୁ ସେମାନେ ଆମର ଅଗ୍ରଜ। ଅତଃ ସେମାନେ ଆମର ନମସ୍ୟ। ଜଗତର କଲ୍ୟାଣ ପାଇଁ ମହାଦେବ ଗରଳ ପିଇ ଦେବତାମାନଙ୍କୁ ଅମୃତ ଦେଲା ଭଳି ପ୍ରତି ମୁହୂର୍ତ୍ତରେ ସେମାନେ ଅଙ୍ଗାରକାମ୍ଳ ଗ୍ରହଣ କରି ଜୀବନ ସଞ୍ଚାର ପାଇଁ ଆମକୁ ଦେଇ ଚାଲିଛନ୍ତି ଅମୃତତୁଲ୍ୟ ଅମ୍ଳଯାନ। ସୁତରାଂ ସେମାନେ ହିଁ ମଙ୍ଗଳମୟ ସୃଷ୍ଟିର ମଙ୍ଗଳକାରୀ ଶିବ।

ବୃକ୍ଷ ପ୍ରତି ଆମର କର୍ତ୍ତବ୍ୟବୋଧ,ଦାୟିତ୍ୱବୋଧ ଏବଂ ଭୂମିକାର ପ୍ରତୀକ ସ୍ୱରୂପ କିଛି ବୃକ୍ଷକୁ ଦେବତାର ମାନ୍ୟତା ଦେଇ ବୈଦିକ ମୁରକ୍ଷିମାନେ ଆମ ଧର୍ମଚେତନା ସହ ଯୋଡ଼ିଦେଇଥିଲେ। ଯା'ର ଅର୍ଥ ନୁହେଁ ଅନ୍ୟ ସବୁ ବୃକ୍ଷକୁ ଅଣଦେଖା କରି କର୍ତ୍ତନ କରିବା। ସମସ୍ତ ବୃକ୍ଷ ଆମର ନମସ୍ୟ, ଆମର ଆରାଧ୍ୟ, ଆମର ପୂଜ୍ୟ। ପରିବେଶର ସନ୍ତୁଳନ ପାଇଁ ସେମାନେ ଯଜ୍ଞର ଯେଉଁ ଆୟୋଜନ କରୁଥିଲେ, କସ୍ମିନକାଳେ କଞ୍ଚା ବୃକ୍ଷକୁ ଛେଦନ କରି ନୁହେଁ; ବରଂ ପ୍ରାକୃତିକ ଭାବରେ ଶୁଷ୍କ ହେଉଥିବା କାଷ୍ଠ ସଂଗ୍ରହ କରୁଥିଲେ ଯଜ୍ଞ ନିମିତ୍ତ। ବୃକ୍ଷ ରହିଲେ ପରିବେଶ ସୁରକ୍ଷିତ ରହିବ ଏବଂ ଋତୁଚକ୍ର ସନ୍ତୁଳିତ ହେବା ସହ ସକଳ ଜୀବକୁଳ ସୁଖରେ କାଳାତିପାତ କରିବେ। ଏହା ବହୁ ବର୍ଷ ପୂର୍ବରୁ ଆମର ମନ୍ତ୍ରଦ୍ରଷ୍ଟା ମୁନିଋଷିମାନେ ଅନୁଭବ କରିଥିଲେ। କିନ୍ତୁ ଆଜି ସର୍ବଗ୍ରାସୀ ମାନବର କ୍ରୁର ଦୃଷ୍ଟିର ଶିକାର ହେଉଛନ୍ତି ଅଗ୍ରଜ ବୃକ୍ଷମାନେ। ଅନୈତିକ ଉପାୟରେ ଚାଲିଛି ବୃକ୍ଷ କର୍ତ୍ତନ। ସବୁଜ ଜଙ୍ଗଲ, ଜମି ନଷ୍ଟ କରାଯାଇ ସେଠି କଂକ୍ରିଟ୍ କୋଠା ନିର୍ମାଣ କରାଯାଉଛି। ଶୀତତାପନିୟନ୍ତ୍ରିତ ନଭଶ୍ଚୁମ୍ବୀ ଅଟ୍ଟାଳିକାରେ ଅୟସ କରିବାର ଯେତେ ସ୍ୱପ୍ନ ଦେଖିଲେ ବି ତାହା ଅଚିରେ ଚୁରମାର୍ ହେଉଛି

ପ୍ରାକୃତିକ ଦୁର୍ବିପାକରେ । ଭୂମି ଦୋହଲିଗଲେ ନିମିଷକରେ ଧରାଶାୟୀ ହେଉଛି ମଣିଷ ତିଆରି ବହୁତଳ ପ୍ରାସାଦ । ଆସୁଛି ବାତ୍ୟା, ବନ୍ୟା, ତୋଫାନ,ସୁନାମି, ଭୂମିକମ୍ପ,ମରୁଡ଼ି ପରି ପ୍ରକୃତିର ଭୟଙ୍କର ବିପର୍ଯ୍ୟୟ । ଚାରିଆଡ଼େ ଆଜି ହା-ହୁତାଶମୟ ପରିସ୍ଥିତି । ବିଶ୍ୱତାପନରେ ଛଟପଟ ହେଲେଣି ଜୀବକୁଳ । ଏଇ ହେତୁ ଅନେକ ଜୀବ ଧରାପୃଷ୍ଠରୁ ଲୋପ ପାଇଲେଣି । ଏ କଥା ବିଚାରବୁଦ୍ଧିସମ୍ପନ୍ନ ମଣିଷ ହୃଦୟଙ୍ଗମ କରିବା ଦରକାର । ଖରାଦିନେ ଆଖି ଫିଟି ନଥିବା ଗୁଣ୍ଡୁଚି ଏବଂ ପକ୍ଷୀ ଶାବକମାନେ ପ୍ରଚଣ୍ଡ ରୌଦ୍ରତାପ ସହ୍ୟକରି ନ ପାରି ଝାଉଁଳା ବୃକ୍ଷମାନଙ୍କରୁ ଛଟପଟ ହୋଇ ଗଳିପଡ଼ି ମୃତ୍ୟୁମୁଖରେ ପଡୁଛନ୍ତି । ସରକାରଙ୍କ ତରଫରୁ ସ୍କୁଲ, କଲେଜ ବନ୍ଦ କରିଦିଆଯାଉଛି । ଖଣି ଖାଦାନରେ କାମ କରୁଥିବା ଶ୍ରମିକମାନଙ୍କୁ ଅସହ୍ୟ ତାତି ହେତୁ ବାରଣ କରାଯାଉଛି କାମ କରିବାକୁ ।

ସେପଟେ ବିଶ୍ୱତାପନ ହେତୁ ଉତ୍ତରମେରୁର ବିରାଟ ହିମଖଣ୍ଡ ସବୁ ତରଳିବାକୁ ଆରମ୍ଭକଲାଣି । ଯା'ର ପରିଣାମରେ ସାଗରର ଜଳପତ୍ତନ ବୃଦ୍ଧି ପାଇବ ଏବଂ ସ୍ଥଳଭାଗର ଅନେକ ପୁର-ଜନପଦ ସହ ବଡ଼ ବଡ଼ ସହର ଜଳମଗ୍ନ ହେବ । ସେ ସମୟ ଆସିବାକୁ ଆଉ ବେଶୀ ଡେରିନାହିଁ ।

ନେଡ଼ିଗୁଡ଼ କହୁଣିକୁ ବୋହିଗଲା ପରେ ମଣିଷ ଆଖି ଖୋଲୁଛି । ଏବେ ସବୁରି କଣ୍ଠରେ ଗୋଟିଏ ଧ୍ୱନି - 'ଗଛ ଲଗାଅ, ଜୀବନ ବଞ୍ଚାଅ' । ଆଉ ବେଳ ନାହିଁ । ଏ ଦୁର୍ଗତିରୁ ମାନବ ସଭ୍ୟତା ସହ ଅନ୍ୟ ଛୋଟବଡ଼ ଜୀବକୁଳର ରକ୍ଷା ପାଇଁ ଆସ ହେ ମଣିଷ ଭାଇ, ପ୍ରତିଶ୍ରୁତିବଦ୍ଧ ହୋଇ ବୃକ୍ଷରୋପଣ କରିବା । ତା'କୁ ପାଳନ ପୋଷଣ କରି ମହାଦ୍ରୁମରେ ପରିଣତ କରିବା । ହେଳା କଲେ ଭେଳା ବୁଡ଼ିବ । ଆସ ପ୍ରତ୍ୟେକେ ଗୋଟିଏ ଗଛ ଲଗାଇବା - ଗୋଟିଏ ଜୀବନ ବଞ୍ଚାଇବା । ଲଗାଇଥିବା ଗଛମୂଳରେ ମଥାନତ କରି କହିବା 'ବୃକ୍ଷଦେବାୟ ନମଃ ।'

■

ଏମାନଙ୍କୁ ଭଗବାନ କଲା କିଏ

ନିଜକୁ ଭଗବାନ ବୋଲି ପ୍ରଚାର କରୁଥିବା କିଛି ଆତ୍ମଘୋଷିତ ବାବାମାନଙ୍କ ସଂପର୍କରେ ବିଭିନ୍ନ ଗଣମାଧ୍ୟମରେ ଚର୍ଚ୍ଚାହୋଇ ତୁମ୍ବୀତୋଫାନ ସୃଷ୍ଟି ହେଲା ଏଇ ନିକଟ ଅତୀତରେ। ଏପରି ଘଟଣା ଆଜି ପାଇଁ ନୂଆ ନୁହେଁ। ସମାଜରେ ଏମିତି ଅନେକ ଆତ୍ମଘୋଷିତ ବାବା ବିଭିନ୍ନ ସମୟରେ ସେମାନଂକ ଆଧ୍ୟାତ୍ମିକ ପ୍ରତିଷ୍ଠା ପାଇଁ ଭିନ୍ନ ଭିନ୍ନ କଳା କୌଶଳ ଅର୍ଜନ କରି ଜନମାନସକୁ ଆକୃଷ୍ଟ କରିବାକୁ ଚେଷ୍ଟା କରନ୍ତି। ହୁଏତ ପ୍ରତିଷ୍ଠା ସହ ପ୍ରତିପତ୍ତି ଆଗମର ଏହା ଏକ ସୁଗମ ମାର୍ଗ। ପୁରାକାଳରେ ଏପରି ଘଟଣାମାନ ଘଟୁ ଥିଲା। ଏଇ ଅଲୌକିକତାର ଅଂଧବିଶ୍ୱାସ ଫକୀରମୋହନ ସେନାପତିଙ୍କ ଗଳ୍ପ 'ଧୂଳିଆ ବାବା' ଏବଂ ଉପନ୍ୟାସ 'ଛ ମାଣ ଆଠଗୁଣ୍ଠ' ରେ ଅତି ନିଖୁଣ ଭାବରେ ପ୍ରତିଫଳିତ ହୋଇଛି। ସେତେବେଳର ସମୟ, ସାମାଜିକ ବ୍ୟବସ୍ଥା ଥିଲା କୁସଂସ୍କାରାଚ୍ଛନ୍ନ। ଶିକ୍ଷାର ଅଭାବ ଏହାର ମୂଳ କାରଣ ଥିଲା।

ହେଲେ ଆଜି... ଏକ ବିଂଶ ଶତାବ୍ଦୀରେ ଜ୍ଞାନ ବିଜ୍ଞାନର ଚକ ଅନେକ ଦୂର ଗତି କରି ନୂଆ ନୂଆ ଜିନିଷର ଆବିଷ୍କାର ଓ ଉଦ୍‌ଭାବନ କରି ମାନବ ସମାଜର ଆଖି ଖୋଲିଦେଇଥିଲେ ବି ଆମେ କେତେକ ଆତ୍ମଘୋଷିତ ବାବାମାନଙ୍କ କବ୍‌ଜାରୁ ମୁକୁଳି ପାରିନେ ଏଯାଏ। ଆମେ ଏଭଳି ଭାବରେ ଧର୍ମଭୀରୁ ଯେ ଏଠି କେହି ଶଠଟିଏ ଯଦି ସାତ ସରିଆ ରୁଦ୍ରାକ୍ଷ ମାଳା ବେକରେ ପକାଇ, ଚିତାଚଂଦନ ବେଶରେ ପ୍ରବଚନ ଆରଂଭ କରିଦିଅନ୍ତି, ଆମେ ସବୁକାମ ପଛରେ ପକେଇ ସେଇଠି ରୁଣ୍ଡ ହୋଇଯାଉ। ବୃଦ୍ଧ ବାପା, ମା, ଶାଶୂ, ଶ୍ୱଶୂର ଏପରିକି ଦୀର୍ଘଦିନ ରୋଗ ଶେଯରେ ଘାଂଟି ହେଉଥିବା ଆମ ଆତ୍ମୀୟମାନଙ୍କୁ ଅଣଦେଖା କରି ସେଠି ତଥାକଥିତ ଭଗବାନଙ୍କୁ ଆପଣାର କରିନେଉ। ସେ ହିଁ ଗତି, ମୁକ୍ତି ଏବଂ ତ୍ରାଣକର୍ତ୍ତା ଭାବରେ ଆମେ ତାଙ୍କଠାରେ ଶରଣ ଯାଉ। ସେମାନଂକ ଛେପ ଖଂକାରକୁ ମହାପ୍ରସାଦ ଜ୍ଞାନରେ ସେବନ କରୁ,

ପାଦ ଧୂଆ ପାଣିକୁ ଚରଣାମୃତର ବିଶ୍ୱାସରେ ପାନକରୁ। ସେତେବେଳେ ସେମାନେ ହୋଇଉଠନ୍ତି ଆମପାଇଁ ଭଗବାନ।

ଆମ ଭାରତୀୟ ଧର୍ମ ଦର୍ଶନରେ ଗୁରୁ ପରଂପରା ବା ଗୁରୁବାଦର ଯଥେଷ୍ଟ ଭୂମିକା ରହିଛି। ପୁରାଣ ପୋଥିର ଛତ୍ରେ ଛତ୍ରେ ଗୁରୁଙ୍କ ବୈଶିଷ୍ଟ୍ୟ, ଗରୁତ୍ୱ ଏବଂ ମହିମା ସଂପର୍କରେ ବିଶଦ୍ ଭାବରେ ବର୍ଣ୍ଣନା କରାଯାଇଛି। ସେଥିପାଇଁ ସଦ୍‌ଗୁରୁଙ୍କୁ ଶତକୋଟି ପ୍ରଣାମ। ମାତ୍ର କଥା ହେଉଛି-ଆମେ ଗୁରୁ ଚୟନ କଲାବେଳେ କିମ୍ବା ଗୁରୁ ଗ୍ରହଣ କଲାବେଳେ ନିଜର ଧୀ' ଶକ୍ତି, ବିବେକବୋଧ ଏବଂ ବିଚାରବୋଧକୁ କେତେ ଦୂର କାର୍ଯ୍ୟରେ ଲଗାଉଛେ, ତାହା ସବୁଠାରୁ ବଡ଼ କଥା। 'ବିଶ୍ୱାସେ ମିଳଇ ହରି ତର୍କେ ବହୁଦୂର..' ଏ ଦର୍ଶନକୁ ଆପଣେଇବା ପୂର୍ବରୁ ଆମର ଏକ ବୈଦିକ ଶାସ୍ତ୍ର 'ନ୍ୟାୟ ଦର୍ଶନ'କୁ ଆପଣେଇବାକୁ ପଡ଼ିବ। ଯାହାଦ୍ୱାରା ଦୋ ଛକିରେ ଛିଡ଼ାହେଲେ ବି ଆମେ ସଠିକ୍ ନିର୍ଣ୍ଣୟ ନେଇ ପାରିବା।

କିନ୍ତୁ ଅନେକ ସମୟରେ ଆମେ 'ନ୍ୟାୟ ଦର୍ଶନ'କୁ ଭୁଲିଯାଇ 'ବିଶ୍ୱାସେ ମିଳଇ ହରି ତର୍କେ ବହୁଦୂର' ନୀତିରେ ବିଶ୍ୱାସ କରିଯାଉ। ଯା'ର ପରିଣାମରେ ସାତ ସରିଆ ମାଳ ପକାଇଥିବା ଶଠ ପାଖରେ ମେଣ୍ଢାପଲ ପରି ରୁଣ୍ଡ ହୋଇଯାଉ। ଆଜି ପାଞ୍ଚ , କାଲି ପଚାଶ , ତହିଁ ଆରଦିନ ପାଁଶ - ଏମିତି ଏମିତି ବଢ଼ିଚାଲେ ଭକ୍ତଙ୍କ ସଂଖ୍ୟା। ପ୍ରକୃତ ସତ୍ୟାସତ୍ୟର ଉଦ୍‌ଘାଟନ କରିବା ପୂର୍ବରୁ ଆମେ ସେଠି ହଜାର ହଜାର ଭକ୍ତଙ୍କୁ ଦେଖୁ, ସେଇମାନଙ୍କୁ ନିଜର ଆଦର୍ଶ ବୋଲି ଭାବି ତଥାକଥିତ ଭଗବାନଙ୍କର ଶରଣ ନେଉ। ଆତ୍ମଘୋଷିତ ବାବାଙ୍କୁ ନେଇ ବିଭିନ୍ନ ଅଲୌକିକ କାହାଣୀ ଗଢ଼ି ଉଠେ; ତାହା ପୁଣି ତୁଣ୍ଡରୁ ତୁଣ୍ଡ ଗତି କରି ବଡ଼ ଆକାର ଧାରଣ କରେ। କାହାଣୀ ଭିତରେ ଉପ କାହାଣୀ-ଏମିତି ସବୁ ଅଦ୍ଭୁତ ଅଲୌକିକ କାହାଣୀ ତଥାକଥିତ ବାବାଙ୍କର ଆସନକୁ ଭଗବାନରୁ ଅତି ଭଗବାନର ସ୍ତରରେ ନେଇ ପହଂଚାଇଦିଏ। ବାସ୍ ସେତେବେଳେ ତାଙ୍କ ଶଠତ୍ୱକୁ ଭଗବାନ ରୂପକ ଗୈରିକ ବସନ ଲୁଚାଇ ସାରିଥାଏ।

ଏଭଳି 'ବିରାଡ଼ି ବୈଷ୍ଣବ' ମାନଙ୍କ ପାଖରେ ଆମେ ବେଳେବେଳେ ଯାଇ ପହଂଚୁ। ଅଗ୍ନି ଆଡ଼କୁ ପତଂଗ ଆକର୍ଷିତ ହୋଇ ଉଡ଼ିଲେ ପରିଣତି ଯାହା ହେବାର କଥା ତାହା ହିଁ ହେଉଛି ଆଜି ଆମ କ୍ଷେତ୍ରରେ। ବଂଚନାର ବାଟ ଅନେକ ପଡ଼ିଛି ଏଠି। ଧୂଆଁ ବାଣ ମାରି ଧପାଉଥିବା ଲୋକ ବି ହାଉଜାଉ ହେଉଛଂତି ଆମ ଚାରିପାଖରେ। ମାତ୍ର ଆମେ ଆମର ଉପସ୍ଥିତ ପ୍ରତ୍ୟୟକୁ ଉପଯୋଗ କରି ବାଛିନେବା - ଠିକ୍ କେଉଁଟା ଭୁଲ୍ କେଉଁଟା।

ତେବେ ଆଜି ତଥାକଥିତ ଆତ୍ମଘୋଷିତ ବାବାମାନେ ଭଗବାନ ଆସନରେ ବସିଛଂତି-ସେମାନଂକୁ ସେ ସ୍ତରରେ ପହଂଚାଇଲା କିଏ ? ଅଂଧ ଭାବରେ ଆମେ ବଂଚକର ବଂଦନା କଲେ; ଠିକ୍ ଭୁଲ୍‌ର ଉପଯୋଗ ନକରି ଶଠର ସ୍ତବଗାନ କଲେ। ଏମିତି ଏମିତି ସେମାନେ ଆମ ନଜରରେ ସାଜିଲେ ଭଗବାନ। ସେମାନଙ୍କ ଅନୈତିକ କ୍ରିୟାକଳାପ ଆମେ ଦେଖି ଆଖି ବୁଜିଦେଲେ। 'ଭଗବାନଙ୍କର ଦୋଷଦ୍ରଷ୍ଟା ହେଲେ ମହାପାତକରେ ଭାଗୀ ହେବାକୁ ପଡ଼େ'-ଏଇ କଥାକୁ ଆମ ମନ ଭିତରେ ଏମିତି ଭାବରେ ଭର୍ତ୍ତି କରିଦିଆଯାଏ ଯେ ଆମକୁ ସେମାନଂକର ସବୁଗୁଡ଼ା କୁ-କର୍ମ ସୁ-କର୍ମ ପରି ଲାଗେ। ସେମାନଂକ ଦେହ ମହ ମହ ବାସେ ଆମ ପାଇଁ, ସେମାନଙ୍କ ଛେପ ଖଂକାର ଆଦି ବର୍ଜ୍ୟ ବସ୍ତୁ ଆମ ପାଇଁ ମହାର୍ଘ ମହାପ୍ରସାଦ ହୋଇଯାଏ। 'ନ୍ୟାୟ ଦର୍ଶନ' ଠୁ ଅନେକ ଦୂର ଚାଲି ଆସିଥାଉ ଆମେ ସେତେବେଳେ। 'ବିଶ୍ୱାସେ ମିଳଇ ହରି ...' ର ମାୟାଜାଲରେ ଆମେ ସେତେବେଳେ ଛଂଦିହୋଇସାରିଥାଉ।

ଭଣ୍ଡର ଭଗବାନପଣିଆ ପାଇଁ ଆମେ ହିଁ ଦାୟୀ। ମେଣ୍ଢା ପଲର ସୁଅରେ ନ ଡେଇଁ ଆମେ ଯଦି ପ୍ରକୃତ ସତ୍ୟାସତ୍ୟ ପରଖନ୍ତେ, ବିଚାରବୋଧ ଉପଯୋଗକରି ଅନ୍ତର୍ଚେତନାରେ ଟିକିଏ ଅନୁଶୀଳନ କରନ୍ତେ-ତେବେ ହୁଏତ ଏତେ ଭଗବାନ ସୃଷ୍ଟି ହୁଅନ୍ତେ ନାହିଁ ଏବଂ ଧର୍ମକୁ ନେଇ, ଆଧ୍ୟାତ୍ମିକତାକୁ ନେଇ ଏତେ ପ୍ରହସନ ସହ ହିପୋକ୍ରାସି ହୁଅନ୍ତାନି ସମାଜରେ। ମୁଣ୍ଡରେ ମୟୂର ପର ଲଗାଇ, ଚଂଦନ ଚର୍ଚ୍ଚିତ ବେଶରେ ନିଜକୁ ଭଗବାନ ବୋଲି ଭଣ୍ଡଟିଏ ଯେତେ ଛଳପୂର୍ଣ୍ଣ ଶୈଳୀରେ ଡାକୁ ନା କାହିଁକି - ଆମେ ଯଦି ସେଠିକୁ ନ ଯିବା, କେତେଦିନ ସେ ଭଗବାନ ବେଶରେ ନାଚିବ ? ପିଣ୍ଡାରେ ବସି ସେ ନିଜକୁ ଭଗବାନ ବୋଲି କହୁଥାଉ। ଆମେ ସେଥିରେ ନଭଳିଲେ ହେଲା। ଶେଷରେ ସମୟ ଆସିବ-ଭଗବାନ ବେଶକୁ ଫୋପାଡ଼ି, ଶଠର ସଇତାନ ଖୋଳ ତଳୁ ସେ ବାହାରିବ ଏକ ସାଧାରଣ ମଣିଷ ଭାବରେ । ତା' ମନରେ ପ୍ରତିଧ୍ୱନିତ ହେବ ମାନବିକତାର ମହାମଂତ୍ର।

କୌଣସି କଥାକୁ ବିଶ୍ୱାସ କରିବାରେ ଅସୁବିଧା ନାହିଁ; ମାତ୍ର ଅଂଧ ଭାବରେ ନୁହେଁ, ନ୍ୟାୟପୂର୍ଣ୍ଣ ଏବଂ ଯୁକ୍ତି ସଂଗତରେ ସେ ବିଶ୍ୱାସଟା ମଜବୁତ ହେବା ବାଂଛନୀୟ। ଯୁକ୍ତିପ୍ରବଣ ବିବେକାନନ୍ଦ ଅନେକ ତର୍କ, ଅନେକ ଯୁକ୍ତି କରୁଥିଲେ ରାମକୃଷ୍ଣ ପରମହଂସଙ୍କ ସହିତ। ଈଶ୍ୱରଙ୍କ ଅସ୍ତିତ୍ୱ ସଂପର୍କରେ ବିଭିନ୍ନ ଢଂଗରେ ଯୁକ୍ତି ଉପସ୍ଥାପନ କରି ପରିଶେଷରେ ସେ ଐଶ୍ୱରୀୟ ସତ୍ତାକୁ ଉପଲବ୍ଧି କରିଥିଲେ।

ଆଜି ଆମେ ଆଧ୍ୟାତ୍ମିକ ମାର୍ଗରେ କେତେକ ଭଣ୍ଡଙ୍କୁ ସେମାନଂକ ବଂଚନାପୂର୍ଣ୍ଣ କଥାରେ ଅଂଧହୋଇ ଭଗବାନର ଆସନରେ ବସାଉଥିବାରୁ ତା'ର ପରିଣାମ କେବଳ

ଆମକୁ ନୁହେଁ, ବରଂ ସାରା ସମାଜକୁ ଭୋଗିବାକୁ ପଡୁଛି । ଆଜି ଦେଖନ୍ତୁ -ଯେଉଁ ଭଣ୍ଡମାନଙ୍କୁ ଆମେ ଦିନେ ଭଗବାନ ସଜେଇଥିଲେ, ସତ୍ୟର ଉଦ୍‌ଘାଟନ ପରେ ସେମାନେ ଏବେ ଲୁହା ରେଲିଂ ଘେରା ଜେଲ୍ ଭିତରେ । ହୀରାପରି ଦିଶୁଥିବା କାଚକଣିକା ହୀରା ନୁହେଁ । ସୁନାପରି ଦିଶୁଥିବା ଅନେକ ନକଲି ଧାତୁର କାରବାର ହୁଏ ଏଠି । ଠିକ୍ ଭାବରେ ପରଖି ଅସଲି ନକଲିକୁ ଚିହ୍ନିବା ଆମର କାମ; ନଇଲେ ଠକାମୀରେ ପଡ଼ିବାର ସଂଭାବନା ଅନେକ ।

ଭିତର ବାହାର ଚିହ୍ନିବା, ଜାଣିବା । ତା'ପରେ ଆମେ ସିଦ୍ଧାନ୍ତରେ ପହଂଚିବା- ଭଗବାନ କିଏ ଏବଂ ଭଣ୍ଡ କିଏ । ଖାଲି ବାହ୍ୟ ଉପଚାରରେ ବିଶ୍ୱାସ କରି କାହାକୁ ଭଗବାନ ବୋଲି କହି ଶରଣ ପଶିବାଟା ଠିକ୍ ହେବ କି ? ମିଛି ମିଛି ତୁଳସୀ ମାଳ ପକାଇ ଗୃଧ୍ର ଶବକ ଖାଉଥିବା ଶଠ ମାର୍ଜାରକୁ କେତେଦୂର ବୈଷ୍ଣବ କହିବା ସମୀଚିନ- ଆଜକୁ ପ୍ରାୟ ପନ୍ଦର ଶହ ଶତାବ୍ଦୀ ତଳୁ ପଣ୍ଡିତ ବିଷ୍ଣୁ ଶର୍ମା 'ପଞ୍ଚତନ୍ତ୍ର'ରେ ସେ ସଂପର୍କରେ ଆମକୁ ଚେତାବନୀ ଦେଇଛଂତି ।

ପ୍ରକୃତ ମହାତ୍ମା / ସାଧୁ ନିଜକୁ ଭଗବାନ ବୋଲି କାହିଁକି କହିବ ? ସେ ତ ଭଗବାନଙ୍କ ଭେଦ ପାଇବାକୁ କେଉଁ ନିକାଂଚନ ଜାଗାରେ, ଗିରିଗୁହାରେ ଧ୍ୟାନସ୍ଥ ହେଉଥିବ ! ସଂସାରର ମାୟାଜାଲରୁ ମୁକୁଳିବାକୁ ନିଜ ଆତ୍ମାକୁ ଯୋଡୁଥିବ ପରମାତ୍ମା ସହିତ । ବିଷୟ-ବାସ୍ନାରୁ ବାହାରି ବଣରେ ବସିଥିବ ବିଶ୍ୱବିହାରୀଙ୍କୁ ଭଜିବାକୁ ... ବେଶ ହେବାକୁ ତାକୁ ବେଳ କାହିଁ ? ମାଳ ପିନ୍ଧି, ଝୁଲା ପକାଇ, ଚିତାଚଂଦନ ଲଗାଇ, ଗେରୁ ବସନ ପିନ୍ଧା ଦାଢ଼ିଆର ଭିତରଟା ଶାଶ୍ୱତ ସୁରଭିରେ ସୁବାସିତ ଅଥବା ପୂତିଗଂଧମୟ କାଳିମାରେ କର୍ଦ୍ଦମାକ୍ତ - ଏହା କ'ଣ ବାହ୍ୟ ଉପଚାରରୁ ଠଉରାଇ ହୁଏ ?

କଥା କ'ଣ କି - କାଚ କିଏ କାଂଚନ କିଏ, ଅସଲି କିଏ ନକଲି କିଏ, ଏହା ଯଦି ଆମେ ନପରଖିବା ତା'ର ପରିଣାମ ଆମକୁ ଭୋଗିବାକୁ ପଡ଼ିବ । ସୁନା ହରିଣ ଭିତରେ ଯେ ଏକ ସଇତାନ ଥିଲା, ଏହା ତ ମର୍ଯ୍ୟାଦା ପୁରୁଷ ରାମଚନ୍ଦ୍ର ଜାନକୀଙ୍କୁ ସଚେତନ କରାଇଥିଲେ....ତଥାପି ବାହ୍ୟ ଚକ୍ ଚକିଆ ରୂପରେ ସୀତାଦେବୀ ଏମିତି ଭଳିଗଲେ ଯେ, ଏହାର ପରିଣାମ ତାଙ୍କୁ ହିଁ ଭୋଗିବାକୁ ପଡ଼ିଲା ।

ଗଣମାଧ୍ୟମରେ ଚର୍ଚ୍ଚା ହେଉଥିବା ସେ ଭଣ୍ଡମାନଙ୍କର ଭଗବାନପଣିଆ ଆଜି ଗଲା କୁଆଡେ ? ନିଜର କରିସ୍ମା ନଦେଖାଇ ସେମାନେ ମୁହଁ ଲୁଚାଇ ଏବେ ଜେଲ୍‌ର ଚାରିକାନ୍ଥ ଭିତରେ ସଡୁଛଂତି କାହିଁକି ? ତଥାପି ସେଇ ଭଗବାନ୍ ରୂପୀ ଭଣ୍ଡମାନଙ୍କ ମାୟାରେ ଅଂଧ ହୋଇଥିବା କିଛି ଭକ୍ତ ସବୁ କାରନାମାର ପରଦାଫାସ ହେଲାପରେ

ବି କହନ୍ତି -"ବାବାଙ୍କର କିଛି ଦୋଷ ନାହିଁ ତାଙ୍କୁ ଶିଘ୍ର ମୁକ୍ତକର, ନଇଲେ ପୋଡ଼ିଜାଳି ସବୁ ଆମେ ନଷ୍ଟ କରିବୁ।" ଆଶ୍ଚର୍ଯ୍ୟ ସେମାନଙ୍କର କାର୍ଯ୍ୟକଳାପ, ଆଶ୍ଚର୍ଯ୍ୟ ସେମାନଙ୍କର ଭଗବାନ। ନକଲି ସାର୍ଟିଫିକେଟ୍ ପଛରେ ଧାଉଁଥିବା ହେ ଭକ୍ତମାନେ, ଆଜିର ସମାଜରେ ମାତିଥିବା ଭଣ୍ଡମାନଙ୍କୁ ଭଗବାନ ବୋଲି ନ କହି ଥରେ ବିବେକ ଖଟାଇ, ନିଜର ଧୀ' ଶକ୍ତିକୁ ଉପଯୋଗକରି ସତ ମିଛକୁ ପରଖ। ସୁନା କଂକଣ ଦେଖାଉଥିବା ବାଘ ପାଖକୁ ଯାଅନି। ଶଠ ଠାରେ ସାଧୁକୁ ଖୋଜିବା ପୂର୍ବରୁ ଗାଉଁଲି ଢଗକୁ ଟିକିଏ ହେଜ:-

"ବାବୁ ନ ଚିହ୍ନିବ ଛତା ଯୋତାରୁ
ସାଧୁ ନ ଚିହ୍ନିବ ମାଳା ଚିତାରୁ।"

■

ଶୋଇଯାଉଛି ଶିଶୁଙ୍କ ଶୈଶବ

ଆଜି ବୈଷୟିକ ଜ୍ଞାନ କୌଶଳ ଓ ପ୍ରଯୁକ୍ତି ବିଦ୍ୟାରେ ଆମ ପିଲାଏ ପ୍ରଗତିର ପାହାଚ ପରେ ପାହାଚ ଚଢ଼ିଚାଲିଛନ୍ତି। ଇଲେକ୍‌ଟ୍ରୋନିକ୍ସ, କମ୍ପୁଟର ଏବଂ ମୋବାଇଲ ଯୁଗରେ ବିଜ୍ଞାନର ଅଭୂତପୂର୍ବ ଜୟଯାତ୍ରା ଆଜିର ପିଲାଙ୍କ ବୁଦ୍ଧି, ବିଚାର ତଥା ଧୀ' ଶକ୍ତିକୁ କରିଛି ଅଧିକ ଶାଣିତ, ମାର୍ଜିତ ଏବଂ ଉର୍ବର। ଆମେ କଳ୍ପନା କରିପାରୁନଥିବା କଥାକୁ ଏବେକାର ପିଲାଏ ଅତି ସହଜରେ କରିପାରୁଛନ୍ତି। ବିଶ୍ୱର ଟିକିନିଖି ଖବର ସେମାନେ ନିଜ ନଖ ଦର୍ପଣରେ ଦେଖିଲା ପରି ଅନାୟାସରେ ଜାଣି ପାରୁଛନ୍ତି। ବିଶ୍ୱ ଧୀରେ ଧୀରେ ଛୋଟ ହୋଇଗଲାଣି ଆମ ପିଲାଙ୍କ ପାଇଁ। ଏହା ପ୍ରଗତିର ଶୁଭଲକ୍ଷଣ ବୋଲି ଆମେ କହୁଛେ।

ହେଲେ ଏବେକାର ପିଲାଙ୍କ ଶୈଶବ କଥା ଭାବିଲେ ହତାଶ ହେବାକୁ ପଡ଼େ। ବୈଷୟିକ ଜ୍ଞାନ କୌଶଳରେ ସେମାନେ ଧୂରୀଣ ହେଉଛନ୍ତି ସତ, ମାତ୍ର ସେମାନଙ୍କ ଶୈଶବ ଯେ ଆଜି କେତେ ଅବହେଳିତ ଆଜି ଭାବିଲେ ଦୁଃଖ ଲାଗେ। ନା ସେମାନେ ନିଜ ଶୈଶବକୁ ହସ ଖୁସିରେ ଉପଯୋଗ କରି ପାରୁଛନ୍ତି ନା ବାଳସୁଲଭ ଚପଳତାର ଅନୁଭୂତିକୁ ନିଜର ଆଉଏକ ଅନ୍ତରଙ୍ଗ ଶିଶୁ ନିକଟରେ ବ୍ୟକ୍ତ କରିପାରୁଛନ୍ତି ! ଗାଁ ଦାଣ୍ଡରେ କଅଁଳା ବାଛୁରୀ ପରି ଫକ୍ ଫକ୍ ହୋଇ ଡେଇଁବାର ଆବେଗପ୍ରବଣ ମୁକୁଳା ଜୀବନ ସେମାନଙ୍କର ଆଉ ନାହିଁ। ରୁମାଲ ଚୋରି, ବୋହୂଚୋରି, ବାଗୁଡ଼ି, ଡାଳ ମାଙ୍କୁଡ଼ି, ଗଛ ସନ୍ଧିରେ ଲୁଚକାଳି ଭଳି ଅନ୍ୟ ଅନେକ ପ୍ରକାର ଖେଳ ଆଜି ସେମାନଙ୍କ ପାଇଁ ସାତ ସପନ ହେଲାଣି। ମୁକ୍ତ ମନରେ ଖେଳିବା ପାଇଁ ଖୋଲା ମେଲା ପଡ଼ିଆଟିଏ ପାଉନାହାନ୍ତି ସେମାନେ। ସବୁଜ ପ୍ରାନ୍ତରର ଶିଶିର ଭିଜା ଘାସରେ ଦି' ଘେରା ବୁଲିଆସିବାର ସୁଯୋଗରୁ ବଞ୍ଚିତ ଆଜିର ଶିଶୁକୁଳ। ନାଳ ଯୋରରୁ କଇଁଫୁଲ ତୋଳିବାର ଆବେଗପ୍ରବଣ ଆକୁଳତା ଆଉ ସେମାନଙ୍କ ପାଖରେ ନାହିଁ ଅଥବା ଆମ୍ବ ତୋଟାରୁ ଢେଲା ମାରି ଆମ୍ବ ଗୋଟାଇବାର କିମ୍ବା ଖରାବେଳେ ପାଣିରେ

ବୁଡ଼ିବା ଠାରୁ ଆରମ୍ଭ କରି କଙ୍କି ପଛରେ ଗୋଡ଼ାଇବାର ପରିବେଶ ଶିଶୁମାନଙ୍କ ପାଇଁ ବନ୍ଦ। ସୂର୍ଯ୍ୟୋଦୟ, ସୂର୍ଯ୍ୟାସ୍ତ, ମେଘମୁକ୍ତ ନିର୍ମଳ ଆକାଶର ନିସର୍ଗ ସୁଷମା ଭଳି ପ୍ରାକୃତିକ ସୌନ୍ଦର୍ଯ୍ୟକୁ ଆଖି ମେଲି ଦେଖିବାର ଅବକାଶ କାହିଁ ସେମାନଙ୍କର? ଶୈଶବର ଚପଳାମୀ ଉପରେ ଯାହା ତ ଅଙ୍କୁଶ ଲାଗିଲା, ପ୍ରାକୃତିକ ପରିବେଶରୁ ବି ଦୂରକୁ ଚାଲିଯାଉଛନ୍ତି ଶିଶୁମାନେ।

ସନ୍ଧ୍ୟା ହେଲେ ଗାଁ ଗଣ୍ଡାର ଆଈ, ଜେଜେମା'ମାନେ ଅଗଣାରେ ସପ ମଶିଣା ପାରି ନାତି ନାତୁଣୀମାନଙ୍କୁ କୋଳରେ ଧରି ବୁଢ଼ୀ ଅସୁରୁଣୀ, ଟୁଆଁ ଟୁଇଁ, କଲୁରୀବେଣ୍ଟ, ପରୀ କାହାଣୀ, ଭୂତ ପ୍ରେତ ଆଦି ଅନେକ ଲୋକ କଥା / ଲୋକ କାହାଣୀ କହି ମନ ମୋହୁଥିଲେ। ନିଜ ମାଟିର ଆହୁରି ଅନେକ କାହାଣୀ, ଲୋକଗୀତ ଗାଇ ଶୁଆଇ ଦେଉଥିଲେ। ଜେଜେମା' କୋଳରେ ସେମାନେ ନିଜକୁ ସୁରକ୍ଷିତ ମନେକରୁଥିଲେ। ଖୋଲାମେଲା ଦାଣ୍ଡ, ବାରି, ପୋଖରୀ, ପଶୁ ପକ୍ଷୀ, କଙ୍କି, ପ୍ରଜାପତି ଏବଂ ସର୍ବୋପରି ପରିବେଶ – ଏ ସମସ୍ତଙ୍କ ସହିତ ସେମାନଙ୍କର ଏକ ପ୍ରକାର ଆତ୍ମୀୟତା ଗଢ଼ିଉଠୁଥିଲା। ଆଜି କିନ୍ତୁ ସେମାନଙ୍କ ଶୈଶବ ସୁଦୂର ପରାହତ।

କିଏ ଛଡ଼ାଇନେଲା ଏ ସବୁ ଶିଶୁ ସୁଲଭ ସୌରଭ, କିଏ ଚୋରାଇ ନେଲା ଶୈଶବ ସମ୍ପଦ ସେମାନଙ୍କ ଠାରୁ? କାହିଁକି ସେମାନଙ୍କର ଶୈଶବ ସଙ୍କୁଚିତ ହୋଇଯାଉଛି କ୍ରମେ? ଏ ସବୁର କାରଣ ହେଲା – ଯୌଥ ପରିବାରର ବିଭାଜନ ତଥା ଅଣୁ ପରିବାରର ପ୍ରତିଷ୍ଠା। ତା' ସାଙ୍ଗକୁ ଅନ୍ୟ ଏକ ପ୍ରମୁଖ କାରଣ ହେଲା ଲୋକଙ୍କର ସହରାଭିମୁଖୀ ଜୀବନ ଶୈଳୀ। ଯୌଥ ପରିବାରରେ ଶିଶୁମାନେ ନିଜକୁ ଯେତେ ସୁରକ୍ଷିତ ମନେକରୁଥିଲେ, ଭାବର ଆଦାନ ପ୍ରଦାନ ଯେତେ ସହଜ ଭାବରେ କରିପାରୁଥିଲେ, ଆଜିର ଅଣୁ ପରିବାରରେ ତା'ର ଅଭାବ ଦେଖାଦେଲା। ସହରର କର୍ମଜୀବୀ ପିତା ମାତା କର୍ମକ୍ଷେତ୍ରକୁ ଗଲାପରେ ଅସହାୟ ଶିଶୁମାନେ ଘରର ଆୟା କିମ୍ବା ଚାକରାଣୀ / ଚାକରର ଦାୟିତ୍ୱରେ ରହିଲେ, ସହରରେ ଖୋଲାମେଲା ଜୀବନ ସେମାନଙ୍କର ସ୍ୱପ୍ନ ହୋଇଗଲା। ଏଠି ନଈ ନାଳ ନାହିଁ, କଇଁଫୁଲ ନାହିଁ, ଦାଣ୍ଡ ବାରି ପରି ଖୋଲା ପରିବେଶ ବି ସ୍ୱପ୍ନ। କେବଳ ଯାହା ବନ୍ଦୀ ଜୀବନ ପରି ଝରକା ରେଲିଂ ଦେଇ ବାହାର ପ୍ରକୃତିକୁ ବିକଳ ହୋଇ ଚାହିଁ ରହିଲେ। ନିଜର ପିତା ମାତା ଛଡ଼ା ଏଠି ଆଈ, ଜେଜେମା' କିମ୍ବା ଅନ୍ୟ ସଦସ୍ୟଙ୍କର ସ୍ଥାନ ନାହିଁ। ମୋବାଇଲ୍ ଗେମ୍, ଭିଡ଼ିଓ ଗେମ୍ ଛଡ଼ା ସେ ରୁମାଲଚୋରି, ବୋହୂଚୋରି କିମ୍ବା ଡାଳ ମାଙ୍କୁଡ଼ି ପରି ଖେଳ ନାହିଁ। ରୁଦ୍ଧ ଦ୍ୱାରରେ କେବଳ ଭୟ, ଆଶଙ୍କା ଭିତରେ ଶିଶୁଙ୍କ ଶୈଶବ ଏକ ପ୍ରକାର ବନ୍ଦୀ ଭାବରେ ବିକଳ ବିଳାପ କରୁଛି ଏଠି।

ସେମାନଙ୍କ ଭିତରେ ଶୈଶବ ସୁପ୍ତ ହେବା ହେତୁ ଯନ୍ତ୍ର ପରି ଜୀବନ ଶୈଳୀକୁ ଆପଣାଉଛନ୍ତି ସିନା ମାନବିକ ଆବେଦନ, ସୌନ୍ଦର୍ଯ୍ୟ ଚେତନା, ସୃଜନଶୀଳ ଚିନ୍ତାଧାରା ଓ ପ୍ରକୃତି ସହ ଯୋଡ଼ି ହେବାର ଅନ୍ତରଙ୍ଗତା ହ୍ରାସ ହେବାରେ ଲାଗିଛି। ଅଧିକ ପରିମାଣରେ ବୃଦ୍ଧି ପାଉଛି ହୃଦୟହୀନତା, କ୍ରୋଧ ତଥା ଅଶାନ୍ତ ଭାବ, ନକାରାତ୍ମକ ଜିଦ୍ଦିପଣ, ନିଃସଙ୍ଗତା, ଅଶାଳୀନ କ୍ରିୟାକଳାପ ଆଦି ଅବଗୁଣମାନ। ବିଷାଦ ବଳୟ ଭିତରେ ରହି ସାମାଜିକ ଆଚରଣ ଠାରୁ ଦୂରେଇ ଅସାଧୁ / ଅସାମାଜିକ କାର୍ଯ୍ୟକଳାପ ପ୍ରତି ବିଶେଷ ଆଗ୍ରହ ପ୍ରକାଶ କରୁଛନ୍ତି। ହୃଦୟର ସମ୍ବେଦନଶୀଳତା ଯେଉଁଠି ନାହିଁ ସେଠି ସୁଧାମୟ ସୃଷ୍ଟିପାଇଁ ମଧୁମୟ ଦୃଷ୍ଟିଭଙ୍ଗୀ ଆସିବ କେଉଁଠୁ ? ହୃଦୟର କୋମଳତା ଥିଲେ ପ୍ରକୃତି ପ୍ରତି ଆସିବ ଆକର୍ଷଣ ଓ ସେଇ ଆକର୍ଷଣରୁ ଜନ୍ମନେବ ସୌନ୍ଦର୍ଯ୍ୟବୋଧ / ବିଭୁବୋଧ। କହିବା ବାହୁଲ୍ୟ - ସୌନ୍ଦର୍ଯ୍ୟ ବୋଧ ହିଁ ସୃଜନଶୀଳତାର ମୂଳାଧାର। ଆଜି ବୈଷୟିକ ଜ୍ଞାନ କୌଶଳର ଅଭିବୃଦ୍ଧି ଘଟିଛି, ବିଜ୍ଞାନର ପ୍ରଗତି ହେଉଛି। ପିଲାଏ ଆଧୁନିକ ଜ୍ଞାନ କୌଶଳର ବିଜୟ ବୈଜୟନ୍ତ ଉଡ଼ାଇ ନିମିଷକରେ ପୃଥିବୀର ଏ କୋଣକୁ ସେ କୋଣକୁ ଅନାୟାସରେ ଉଡ଼ିଯାଇ ପାରୁଛନ୍ତି।

ଏସବୁ ସତ୍ତ୍ୱେ ସେମାନଙ୍କ ନୈତିକ ମୂଲ୍ୟବୋଧର ଯେ ଅବକ୍ଷୟ ଘଟିଚାଲିଛି, ଏଥିରେ ଦ୍ୱିରୁକ୍ତି ନାହିଁ। ମଣିଷ ପଣିଆ କ୍ରମେ ହ୍ରାସ ପାଉଛି ସେମାନଙ୍କ ଭିତରୁ। ଫଳରେ ଅପରାଧ ବଢ଼ିଚାଲିଛି ସମାଜରେ। କାରଣ ଶିଶୁଙ୍କ ଶୈଶବ ଆଜି ଶୋଇଯାଉଛି ଧୀରେ ଧୀରେ। ଏହା ଆମର ଦାୟିତ୍ୱ, ଆମର କର୍ତ୍ତବ୍ୟ ତାଙ୍କର ସେ ଶୈଶବକୁ ତାଙ୍କୁ ଫେରେଇ ଦେବା। ଏଡ଼େ ବକଟେ ଶିଶୁ ପାଇଁ ଏତେ ଆକଟର ବନ୍ଦିଖାନା ତିଆରି ନକରି ସେମାନଙ୍କୁ ଖୋଲା ମେଲା ଭାବରେ ଜୀବନ ଜୀଇଁବାକୁ ଦେବା। ଆମେ ଚାହିଁଲେ ସେମାନଙ୍କ ଶୈଶବକୁ ଉଜ୍ଜୀବିତ କରି ପାରିବା। ବିଷାଦଭାବ ନୁହେଁ, ସନ୍ତୋଷଭାବ ସେମାନଙ୍କ ହୃଦୟରେ ଖେଳିଲେ ମାନବିକତାର ମହତ ପଣିଆ ସହ ଆଗାମୀ ଯୁଗର କର୍ଣ୍ଣଧାର ଭାବରେ ସେମାନେ ଦୁନିଆ ପାଇଁ ନୂଆ ରାସ୍ତାଟିଏ ନିର୍ମାଣ କରି ପାରିବେ। ତେଣୁ ଆସ, ସେମାନଙ୍କ ଶୈଶବକୁ ଶୁଆଇ ନଦେଇ ଜାଗ୍ରତ କରିବା। ସେମାନେ ଯେ ଏ ରାଷ୍ଟ୍ରର, ଏ ଜାତିର ଜାଗ୍ରତ ପ୍ରହରୀ !!

■

ଇରାନୀ ବାବୁ

ଟିମାକୁ ସାହେବୀ ବେଶରେ ଦେଖି ଗାଁ ଲୋକେ ଏକବାର ଖପ୍ପା.. ହାଁ କରି ତା'ର ତାଳୁ ଠାରୁ ତଳିପା' ଯାଏ ଗହୀରିଆ ନଜର ଘୂରାଉଛନ୍ତି ସେମାନେ। ଫିସ୍ ଫିସ୍ ସିଗାରେଟ୍ ପିଇ ସୁଟ୍ ବୁଟ୍ ପିନ୍ଧି ଏବେ ଗାଁ ରେ ବୁଲୁଥିବା ଟିମା ତା'ର ସେ ପୁରୁଣା ପରିଚୟକୁ କେବେ ଠାରୁ ହଜେଇ ଆଖି ତରାଟି ହେଲା ଭଳି ବାବୁ ବେଶ ସାଜିଛି। ପାଟିରୁ ଖାଲି ବାହାରୁଛି ଦୋ ମିଶା ହିନ୍ଦୀ। ଗାଁଲୋକଙ୍କୁ ତ 'ନ ଦେଖିଲା ଓଉ ଛଅ ଫଡ଼ା' ପରି ଲାଗୁଛି! ଟିମା ଆଉ ସେ କାଳର ଟିମା ହୋଇ ନାହିଁ - ଏବେ ସେ ଇରାନ୍ ଫେରନ୍ତା ଇରାନୀ ବାବୁ।

ଗାଁ ଦାଣ୍ଡରେ ଚାଲି ଗଲେ ଖଣ୍ଡେ ଦୂର ପର୍ଯ୍ୟନ୍ତ ମହକୁଛି ଅତରର ବାସ୍ନା। କ'ଣ ଦେଖିବ - ଭଳିକି ଭଳି ସୁଟ୍ ବୁଟ୍.. ଆଜି ହଳେ ତ କାଲିକି ଆଉ ହଳେ.. ! ଏବେ ଖାଲି ତା'ରି ଚର୍ଚ୍ଚା ଦାଣ୍ଡରେ, ବାଟରେ, ଘାଟରେ, ହାଟରେ ଆଉ ପୋଖରୀ ତୁଠରେ। ଇରାନ୍‌ରୁ ଆଣିଛି ଚକ୍ ଚକ୍ କରୁଥିବା ହେଉଁ ହେଉଁ ଷ୍ଟିଲ୍ ବାକ୍ସ, ଆଟାଚି, କମ୍ବଳ ଆଉ କେତେ କ'ଣ ବିଦେଶୀ ଚିଜ। ପଡ଼ୋଶୀ ଗାଁ ଲୋକେ ଦଳ ଦଳ ହୋଇ ଆସୁଛନ୍ତି ଦେଖିବାକୁ ଟିମାରୁ ରୂପାନ୍ତରିତ ହୋଇଥିବା ଏଇ ଇରାନୀ ବାବୁଙ୍କୁ। ଯେଉଁମାନେ ପାଠ ଘରେ ତାଲା ମାରି ଟିମା ସହ ବିଲ ବାରିରେ କାମ କରୁଥିଲେ, ସେମାନେ ଆଜି ତାକୁ ଦେଖି ବଲବଲ ହୋଇ ଚାହିଁ ରହୁଛନ୍ତି ଯାହା। ଯା'ଭିତରେ ଇରାନୀ ବାବୁଙ୍କର ଆଖି ଦି'ଟା ଉପରକୁ ଉଠିଯାଇଛି। ବୋଇଲେ ବିଲ ବାରିରେ ଯେଉଁମାନଙ୍କ ସହ କାମ କରୁଥିଲା, ନଈ ନାଳରୁ ମାଛ ଧରୁଥିଲା - ସେମାନଙ୍କୁ ପାଖରେ ବସାଇ ସେଦେଶର କେତେ କଥା ଗପୁଛି ଏବେ ସେ। ସେଠାକାର ସହର ବଜାର, ଲୋକଙ୍କର ବେଶଭୂଷା ଆଉ ଚାଲିଚଳଣି ସମ୍ପର୍କରେ ଗପୁଥିଲା ବେଳେ ଗାଁ ଲୋକେ ତାଟକା ହୋଇ ଚାହିଁଥାନ୍ତି ତା' ମୁହଁକୁ। ସତେକି ସରଗ ରାଇଜରୁ ଓହ୍ଲାଇଛନ୍ତି

ଇରାନୀ ବାବୁ... ! ଏବେ ଟିମାକୁ ଗାଁ ଗନ୍ଧେଇଲାଣି । କେବଳ ଗାଁ ନୁହେଁ ଇଣ୍ଡିଆ ବି ଆଉ ଭଲ ଲାଗୁନି । ଇରାନ୍ ଭଳିଆ ଇଣ୍ଡିଆ କ'ଣ ହୋଇ ପାରିବ ? ଛେଳିକୁ ପାଣି ଅଡୁଆ ପରି ଇରାନୀ ବାବୁଙ୍କୁ ଗାଁ ଅଡୁଆ । ଆର ମାସକୁ ଇରାନ୍ ପଳେଇବ ବୋଲି ଗାଁ ର କେତେ ଲୋକଙ୍କୁ କହିଲାଣି ଟିମା ।

ଲୋକେ ବି ବୁଝିଲେଣି - ହଁ, ତା ନୁହେଁ ତ କ'ଣ ? କେଉଁ କାଳରେ ଟିମା ସିନା ଶ୍ରୀ ଅକ୍ଷର ବିବର୍ଜିତ ହୋଇ ବିଲ ବାରିରେ ଖଟୁଥିଲା, ଏବେ ତ ସେ ଇରାନୀ ବାବୁ । ବେଶ, ପୋଷାକ, କଥାବାର୍ତ୍ତା, ଠାଣିମାଣି - ସବୁ ଥିରେ ଇରାନୀ ଇରାନୀ ବାସ୍ନା । ତେଣୁ ଗୁହ ଗୋବରରେ ପଚର ପଚର ଏ ଗାଁ ମାଟି, ପୁଣି ସେଥିରେ ଥିବା ଝାଟିମାଟି ଚାଳ ଛପର ଘର କେମିତି ବା ଭଲ ଲାଗିବ ? ସେଥିପାଇଁ ବାବୁ ଖାଲି ବାଡ଼େଇ ଛାଟି ହେଉଛନ୍ତି - କେମିତି ଇରାନ୍ ଫେରିବେ ।

ଟିମା ଓରଫ ଇରାନୀ ବାବୁଙ୍କୁ ଘରର ଭାତ ତିଅଣ ଆଉ ରୁଚୁନି । ଖଡ଼ା ବଡ଼ି ପୋଇ ରାଇ - ଏହାକୁ କ'ଣ ମଣିଷ ଖାଆନ୍ତି ? ସୁତରାଂ ଗାଁ ର ଶେଷ ମୁଣ୍ଡରେ ଥିବା ବସ୍ତି ଅଞ୍ଚଳରେ ଚକ୍କର କାଟି ବାବୁ ଆମର ଦିନକୁ ଗୋଟାଏ ଲେଖାଏଁ ତେଲନ୍ତିଆ ଗଞ୍ଜାର ବେକ ମୋଡ଼ନ୍ତି । କ୍ଲବ ଘରେ ଭେଣ୍ଡିଆ ସାଙ୍ଗମାନଙ୍କ ସହ ରାତିରେ ଜମେ ମଦ ମାଂସର ମଉଜ ମହୋତ୍ସବ । ଇରାନ୍ ଫେରନ୍ତା ବାବୁ ତ ସାଙ୍ଗରେ ଆଣିଛନ୍ତି କେଇଗଣ୍ଡା ବିଦେଶୀ ମା..ଲ୍ ର ପେଟି । ଏମିତି ଏମିତି ମଦ ମାଉଁସର ମଉଜ ମଜଲିସ୍‌ରେ ଇରାନ୍‌ର ପେଟି ପେଟି ବିଦେଶୀ ମା..ଲ୍ ଧୀରେ ଧୀରେ ସରି ଆସେ, ବସ୍ତିର କୁକୁଡ଼ା ବି ପଦା ହେବାକୁ ଲାଗନ୍ତି । ଇରାନ୍ ମା..ଲ୍ ଶେଷ ହେବା ସହ ଇରାନ୍‌ରୁ ଆଣିଥିବା ବିଡ଼ା ବିଡ଼ା ନୋଟ୍ ବି କ୍ରମେ କମି କମି ଆସେ । ଇରାନୀ ବାବୁ ଘଣ୍ଟାକୁ ଥରେ ଲେଖାଏଁ ଯେଉଁ ବିଦେଶୀ ସିଗାରେଟ୍‌କୁ ଓଠରେ ଲଗାଇ ଫିସ୍ ଫିସ୍ କରି ଆକାଶକୁ ଧୂଆଁ ଛାଡୁଥିଲେ - ତହା ବି ସରି ସରି ଆସେ । ବାବୁଙ୍କର ତ ବିଦେଶୀ ପାଣି ଟିକେ ନହେଲେ ନ ଚଳେ କି ସିଗାରେଟ୍ ନ ଫୁଙ୍କିଲେ ଆଖି ପିତୁଳିଆ ମାରେ । ବାଇଆ ବାତୁଳ ହେଇ ଯାଡ଼େ ସ୍ୟାଡ଼େ ଧାଇଁ ହୁଅନ୍ତି ମା..ଲ୍ ଆଉ ଧୂଆଁ ଟିକକ ପାଇଁ । ହେଲେ ଏ ଗାଁ ଭୂଇଁରେ ବା ସେ ସବୁ ବିଦେଶୀ ମା..ଲ୍ କୁଆଡୁ ମିଳିବ ? ବିଲ ବାରିରେ କାମ କରୁଥିବା ଭେଣ୍ଡିଆ ସାଙ୍ଗ ବା କେଉଁଠୁ ଯୋଗାଡ଼ କରିବେ ଏ ମହରଗ ମା..ଲ୍ ? ଅଣ୍ଟାରୁ ତ ଅଧଲାଟିଏ ଖସିବାର ନାହିଁ । ପ୍ରକୃତି ମେଣ୍ଟଣ ପାଇଁ ବାବୁ ଯାହା ଛାଟି ପିଟି ହେଉଥାନ୍ତି । ବିଦେଶୀ ନହେଲା ନାହିଁ ପଛକେ ଦେଶୀ ଟିକିଏ ମିଳୁ, ଦାମୀ ସିଗାରେଟ୍ ନମିଳିଲା ନାହିଁ ବିଡ଼ିରେ କାମ ଚଳିଯାଉ । ନିଶା ପାଇଁ ପାଗଳ ହେଉଥିବା ବାବୁଙ୍କ ଅକଲରେ ଏସବୁ ଯେତେବେଳେ ପଶେ ବାବୁ ସେଠୁ ଦରାଣ୍ଡି ହୁଅନ୍ତି ଏଠି

ସେଠି। ଦେଶୀ ମା..ଲ୍ ମାରୁ ଥିବା ସାଙ୍ଗମାନଙ୍କ ପାଖରେ ପହଞ୍ଚି ଯାଇ ଗିନା, ତାଟିଆ ଯାହା ମିଳିଲା - ସେଥିରେ ମୁନ୍ଦିଏ ମାରି ଦିଅନ୍ତି। ବିଡ଼ି କିମ୍ବା ଧୂଆଁ ପତ୍ରର ପିଙ୍କା ଟାଣୁଥିବା ଗାଁ ର ଭେଣ୍ଡିଆ ମାନଙ୍କୁ ନେହୁରା ହୋଇ ତାଙ୍କ ଠାରୁ ଦି'କଳେ ଟାଣି ଦେଇ ପ୍ରକୃତି ମେଣ୍ଟାନ୍ତି। ଶେଷକୁ ସମୟ ଆସେ - ବାବୁଙ୍କୁ ବିଡ଼ି ଖଣ୍ଡେ ବି ମିଳେନି, ଏଠି ସେଠି ପଡ଼ିଥିବା ଖଣ୍ଡିଆ ବିଡ଼ି ଗୋଟେଇବାକୁ ବାଧ୍ୟ ହୁଅନ୍ତି ବାବୁ।

ଟିମା ଓରଫ୍ ଇରାନୀ ବାବୁ ଯେତେବେଳେ ଇରାନ୍‌ରୁ ଫେରିଥିଲେ, ଦେହରୁ ଖାଲି ବାହାରୁଥିଲା ଅତରର ମହମହ ବାସ୍ନା। ବିଦେଶୀ ଶାମ୍ପୋ, ସାବୁନ୍ ଲଗେଇ ଗାଧୋଇଲା ବେଳେ ପୋଖରୀ ତୁଠରୁ ଖଣ୍ଡେ ଦୂର ପର୍ଯ୍ୟନ୍ତ ମହକ ଚହଟୁ ଥିଲା। ଇରାନ୍ ଫେରନ୍ତା ଟିମା ବାବୁଙ୍କୁ ଖାଲି ପାଦରେ ଗାଁ ଦାଣ୍ଡରେ ଚାଲିବାର କେହି କେବେ ଦେଖି ନାହାନ୍ତି। ତାଙ୍କ ପାଦରୁ ଜୋତା କେବେ ବାହାରେନି। ମୁଣ୍ଡରେ ଗୋଛାଏ ବାଳର ହିପ୍ପୀ, ମଥାରେ ସିନ୍ଦୂରର ସରୁ ଚିତା। ତା' ସାଙ୍ଗକୁ ଦକ୍ଷିଣ ହାତରେ ଷ୍ଟିଲ୍‌ର ଏକ ବଳା। କାମ କରୁଥିବା ଲୋକ ପାଇଟି ଫୋପାଡ଼ି ଘଡ଼ିଏ ଚାହିଁବ ଅବା ତାଙ୍କୁ ! ଗାଁ ର ପିଲା ପେଚକା ତ କେହି ତାଙ୍କ ମୁହଁରେ କଥା ହେବାକୁ ସାହସ କରନ୍ତିନି। ବାବୁଙ୍କ ଆଡ଼ା କହିଲେ ନସରେ। ଏବେ ସେସବୁ ଆଉ ନାଇଁ। ଅତର ଶେଷ, ଶାମ୍ପୋ ଶେଷ ଆଉ ସାବୁନ୍ ବି ଶେଷ। ଗାଁ ଲେକଙ୍କୁ ପାଖରେ ବସାଇ ଇରାନ୍ କାହାଣୀ କହୁଥିବା ଇରାନୀ ବାବୁଙ୍କ ଦେହ ଧୀରେ ଧୀରେ ନୁଖୁରା ଦିଶିଲାଣି। ବେଶଭୂଷା, ଠାଣିମାଣିରେ ସମସ୍ତଙ୍କ ଠାରୁ ବାରି ହୋଇ ପଡୁଥିବା ଇରାନୀ ବାବୁ ସମୟ କ୍ରମେ ଗାଁ ଲୋକଙ୍କ ପୂର୍ବ ପରିଚିତ ଟିମାକୁ ରୂପାନ୍ତରିତ ହେଲେଣି। ଏବେ ଲୋକେ କୁହାକୁହି ହେଉଛନ୍ତି - ଆରେ ଏଇ ଟିମା କାହା ବାରିରୁ ନଡ଼ିଆ, ଲାଉ, କଖାରୁ ଚୋରି କରୁଥିଲା। ପଡ଼ୋଶୀ ଗାଁ ରୁ କୁକୁଡ଼ା ଚୋରି କରି କେତେଥର ମାଡ଼ ବି ଖାଇଛି ପିଲାଦିନେ। ପାଠଶାଠ ଛାଡ଼ି ଟ୍ୟୁବୱେଲ୍‌ର ବୋରିଂ କାମ କରିବାକୁ ଠିକାଦାର ସଙ୍ଗେ ଚାଲିଲା। କିଛି ଦିନ ପରେ ସେଠୁ କାମ ଛାଡ଼ି ଚାଲିଲା ଦିଲ୍ଲୀ। ତା'ପରେ ଏକା ଥରକେ ଆକାଶ ପାରି ହେଇ ଇରାନ୍..। ଛେଳି ମେଣ୍ଢା ବେପାରୀମାନେ ଯେମିତି ଟ୍ରକ ଡାଲାରେ ଭର୍ତ୍ତିକରି ସେମାନଙ୍କୁ ଚାଲାଣ କରନ୍ତି, ସେମିତି ଦଲାଲମାନେ ଦଳ ଦଳ ଦାଦନମାନଙ୍କୁ ଇରାକ୍ ଇରାନ୍ ପଠାଇ ଦି' ପଇସା କମିଶନି ପାଆନ୍ତି। ଟିମା ସେଇ ସୂତ୍ରରେ ଇରାନ୍ ଯାଇ ଇରାନୀ ବାବୁ ବନିଯାଇଛି...।

ଆଜିକାଲି କେତେ ଅପାଠୁଆ, ଦର ପାଠୁଆ ଯୁବକ ଇରାକ୍, ଇରାନ୍ ଭଳି ଗଲ୍‌ଫ ଦେଶ ଯାଇ ସେଠି ଦାଦନ ଖଟନ୍ତି, କିନ୍ତୁ ଗାଁ କୁ ଫେରିଲେ ଲୋକଙ୍କ ପାଖରେ ବାବୁପଣିଆର ଖାତିର୍ ଦେଖାନ୍ତି। ବିଲ ବାରିରେ କାମ କରୁଥିବା ନିରକ୍ଷର ଲୋକ

କୁଆଡୁ ବୁଝିବେ ଏସବୁର ଗୁମର? ଗାଁ କୁ ଫେରି ବାବୁପଣିଆ ଦେଖାଉଥିବା ଏଇ ରାମା ଟିମାମାନଙ୍କୁ ସେମାନେ ଅତି ମର୍ଯ୍ୟାଦାଜନକ ଆସନରେ ବସାଇ ଉତ୍ସୁକ ହୋଇ ବେଢ଼ି ଯାଆନ୍ତି ସେଦେଶର କାହାଣୀ ଶୁଣିବାକୁ। ଛୋଟୀକୁ ଶ୍ରୀମତୀ କହିଲେ ସେ ଯେମିତି ସ୍ୱାଭାବିକ ଚାଲିଠାରୁ ଆଉ ଟିକିଏ ବୁଲେଇ ବଙ୍କେଇ ଚାଲେ, ସେମିତି ଏଇ ରାମା ଟିମାମାନେ ସେଠାକାର ସତ ସହ ମିଛକୁ ଯୋଡ଼ି କାହାଣୀମାନ କହି ଲୋକଙ୍କୁ ଭକୁଆ ବନାନ୍ତି। ବଡ଼ବଡ଼ କଥା କହି ବାବୁପଣିଆର ଖାତିର୍ ଦେଖାଉ ଥିବା ଏମାନଙ୍କର ସମୟ ସରି ଆସେ - ଠାଣିମାଣି ହଜିଯାଏ, ଦୋ ମିଶା ହିନ୍ଦୀ ଭାଷା ଲିଭି ଯାଏ ଓଠରୁ। କୋଡ଼ି କୋଦାଳ ଧରି ଗାଁ ର ପୂର୍ବ ସାଙ୍ଗମାନଙ୍କ ସହ ଚାଲନ୍ତି କ୍ଷେତ ଆଡ଼େ। ଏ ହେଲା ଆମ ଗାଁ ଗହଳିର ଆଜିକାଲିର ସତ ସତିକା ଚିତ୍ର। ବିଚରା ଇରାନୀ ବାବୁ!

■

ଗଜଭୁକ୍ତ କପିତ୍ଥବତ୍

କୁହାଯାଏ – ହାତୀ କଇଥ ଖାଇଲା ବେଳେ ଚର୍ବଣ ନକରି ସିଧା ସଳଖ ଗୋଟା ଗିଳିଥାଏ। ତା' ହଜମ ଶକ୍ତିର ବିଶେଷତା ଯୋଗୁଁ କଇଥ ଭିତରେ ଥିବା ରସ ହାତୀ ପେଟରେ ହଜମ ହୋଇଯାଏ ଅଥଚ କଇଥଟି ଅକ୍ଷତ ଅବସ୍ଥାରେ ମଳଦ୍ୱାର ଦେଇ ବାହାରି ଆସିଥାଏ। କଇଥ ଭିତରେ ରସ ନଥାଏ; କିନ୍ତୁ କଇଥଟିକୁ ଗୋଟା ଭାବରେ ମଳତ୍ୟାଗ କରେ ହାତୀ। ଏହା ହସ୍ତୀ ହଜମ କ୍ରିୟାର ଅନନ୍ୟତା। ସେଥିପାଇଁ କୁହାଯାଏ – "ସମାୟାତି ଯଦା ଲକ୍ଷ୍ମୀଃ ନାରିକେଳ ଫଳାମ୍ବୁବତ୍, ବିନିଯ୍ୟାତି ତଦା ଲକ୍ଷ୍ମୀଃ ଗଜଭୁକ୍ତ କପିତ୍ଥବତ୍"।

ପ୍ରସଙ୍ଗଟି ଏଇଠୁ ଆରମ୍ଭ ହେଉ। ପଚାଶ / ଷାଠିଏ ବର୍ଷ ତଳକୁ ଫେରିଯାଇ ଆମେ ଆମର ଶିକ୍ଷା ବ୍ୟବସ୍ଥାକୁ ଅନୁଧ୍ୟାନ କଲେ ଜାଣିପାରିବା – ତତ୍କାଳର ପାଠ୍ୟ ଖସଡ଼ାରେ ଯେଉଁ ନୀତିନିୟମ ପ୍ରଣୟନ ହୋଇଥିଲା ସେଥିରେ ଛାତ୍ର ଛାତ୍ରୀମାନଙ୍କୁ ବହୁକଥା ପଢ଼ିବାକୁ ପଡୁଥିଲା, ଜାଣିବାକୁ ପଡୁଥିଲା। ବିଶେଷ ଧ୍ୟାନ ଦିଆଯାଉଥିଲା ପିଲାଙ୍କର ଲିଖନ ଦିଗ ଉପରେ। ଫଳରେ ସ୍ୱାଭାବିକ ଭାବରେ ରଚନାତ୍ମକ / ସୃଜନାତ୍ମକ ଜ୍ଞାନର ଅଭିବୃଦ୍ଧି ହେଉଥିଲା ସେମାନଙ୍କ ଭିତରେ। ଯଦିଓ ଅଧିକାଂଶ ପିଲା କୃତକାର୍ଯ୍ୟ ହୋଇପାରୁନଥିଲେ ମାତ୍ର ସେମାନେ ବୋଗସ୍ ନଥିଲେ। ପାଠ୍ୟ ପୁସ୍ତକରେ ଯେପରି ପର୍ଯ୍ୟାପ୍ତ ପରିମାଣର ବିଷୟବସ୍ତୁ ସ୍ଥାନ ପାଉଥିଲା, ପିଲାଙ୍କର ଲିଖନ ପଠନ ଦିଗରେ ସେହିପରି ଧ୍ୟାନ ଦିଆଯାଉଥିଲା। ତା' ଠାରୁ ଆହୁରି ବଡ଼ କଥା ଥିଲା ପରୀକ୍ଷକଙ୍କର ମୂଲ୍ୟାୟନ ଦିଗଟି। ପରୀକ୍ଷା ଖାତା ଦେଖା ଏତେ କଡ଼ା କଡ଼ି ଥିଲା ଯେ, ପିଲା ଭଲ ନମ୍ବର ଆଣିବା ମୁସ୍କିଲ୍ ଥିଲା। ପ୍ରଥମ ଶ୍ରେଣୀରେ ଉତ୍ତୀର୍ଣ୍ଣ ହେବା ବହୁତ କାଠିକର ପାଠ ଥିଲା ସେତେବେଳେ। ଯେଉଁ ହାତଗଣତିରେ ବା କେତେଜଣ ପାଶ୍ କରୁଥିଲେ ପଡ଼ୋଶୀ ଗାଁ ଗଣ୍ଡାରୁ ଲୋକଙ୍କର

ଧାଡ଼ି ଛୁଟୁଥିଲା ତାଙ୍କୁ ଦେଖିବାକୁ। ବ୍ରିଟିଶ୍ ସମୟର ଜଣେ ମାଟ୍ରିକ୍ୟୁଲେଟ୍ ତତ୍‌କାଳରେ ଚାକିରିର ଉଚ୍ଚ ପଦବୀରେ ଅଧିଷ୍ଠିତ ହେଉଥିଲେ।

ସମୟକ୍ରମେ ଶିକ୍ଷା ବ୍ୟବସ୍ଥାରେ ବହୁ ପରିବର୍ତ୍ତନ ଆସିଯାଇଛି ଆଜି। ପାଠ୍ୟ ଖସଡ଼ାରୁ ପାଠ୍ୟକ୍ରମ ଧୀରେ ଧୀରେ କମାଇଦିଆଗଲାଣି। ଲିଖନ କମ୍, ପଠନ କମ୍ - ଅଥଚ ପିଲାଏ ପରୀକ୍ଷାରେ ଆରାମରେ ଅଶୀ ପ୍ରତିଶତ, ନବେ ପ୍ରତିଶତ କିମ୍ବା ଶତ ପ୍ରତିଶତ ନମ୍ବର ବି ଆଣିବାରେ ସକ୍ଷମ ହୋଇପାରୁଛନ୍ତି। ରଚନାତ୍ମକ ପାଠ୍ୟକ୍ରମ – ଯେଉଁଥିରେ ଶତ ପ୍ରତିଶତ ନମ୍ବର ଆସିବା କଷ୍ଟକର ବ୍ୟାପାର; ସେଥିରେ ବି ପିଲାଏ ଶତ ପ୍ରତିଶତ ନମ୍ବର ଅତି ଅନାୟାସରେ ହାସଲ କରିପାରୁଛନ୍ତି। ପରୀକ୍ଷକଙ୍କର ମୂଲ୍ୟାୟନ ଦିଗଟି ବି ଢିଲା। ଏତେ ଭଲ ନମ୍ବର ରଖି ପାଶ୍ କରୁଥିବା ପିଲାଏ ସାଧାରଣ ହିସାବ କରିବା ପାଇଁ କାଲ୍‌କୁଲେଟର ଉପରେ ନିର୍ଭର କରୁଛନ୍ତି। ତତ୍‌କାଳର ପିଲାଏ ଅତି କଠିନ ହରଣ ଗୁଣନ ମିଶାଣ ଫେଡ଼ାଣକୁ ମୁହେଁ ମୁହେଁ କରିପାରୁଥିଲେ। କିନ୍ତୁ ଆଜିର ପିଲାଙ୍କୁ ପଣକିଆ ପଚାରିଲେ କହିପାରିବେ ନାହିଁ। ତୁଳନାତ୍ମକ ଭାବରେ ତତ୍‌କାଳର ପିଲାଏ ମାନସାଙ୍କ ବା ମୌଖିକ ଗଣିତରେ ଥିଲେ ପାରଙ୍ଗମ। ଆଜିର ଇଞ୍ଜିନିୟରିଂ ପଢୁଥିବା ପିଲାଙ୍କୁ ଔପଚାରିକ / ଅନୌପଚାରିକ ଚିଠିଟିଏ ଲେଖିବାକୁ କହିଲେ ହୁଏତ ସେମାନଙ୍କ ଭିତରୁ ଅଧିକାଂଶ ବିଫଳ ହେବେ। ଏପାଖରେ ଦେଖନ୍ତୁ – ସେମାନଙ୍କ ସୃଜନାତ୍ମକ ଦିଗ ଧୀରେ ଧୀରେ ଝାପ୍‌ସା ହେବାରେ ଲାଗିଲାଣି। ଜଣେ ସୃଜନଶୀଳ ଲେଖକ / କବି ବା ଶିଳ୍ପୀ ହେବାପାଇଁ ଆଜିର ଶିକ୍ଷା ବ୍ୟବସ୍ଥା ତତ୍‌ପରତା ଦେଖାଉନାହିଁ କିମ୍ବା ଅଧ୍ୟାପକ ଅଧ୍ୟାପିକାମାନେ ସେମାନଙ୍କ ମୌଳିକ ଚିନ୍ତାଧାରାର ବିକାଶ ଦିଗରେ ଉତ୍ସାହିତ କରିବାକୁ କାର୍ପଣ୍ୟ ପ୍ରକଟ କରୁଛନ୍ତି। ଖାଲି ପ୍ରୋଜେକ୍ଟ କାମ ପାଇଁ ଯେତିକି ଲୋଡ଼ା ସେତିକିରେ ସୀମିତ ରହୁଛି ପିଲାଙ୍କର ସୃଜନଶୀଳତା। ପ୍ରଥମ ଶ୍ରେଣୀରେ ଉତ୍ତୀର୍ଣ୍ଣ ହେବା ଆଜିକାଲି ମାମୁଲି କଥା ହୋଇଗଲାଣି। ବଡ଼କଥା ହେଲା ନବେ ପ୍ରତିଶତ / ଶତ ପ୍ରତିଶତ ନମ୍ବର ଆଣିବା ଏବଂ ତାହା ବି ସଂଭବ ହୋଇପାରୁଛି ବର୍ତ୍ତମାନର ଶିକ୍ଷା ବ୍ୟବସ୍ଥାରେ।

ଏ ସବୁ ଦେଖି ଏବେକାର ପିଲାଏ ଖାଇବାକୁ ପସନ୍ଦ କରୁଥିବା 'କୁର୍‌କୁରେ' କଥା ମନେପଡୁଛି। ବଜାରରେ ମିଳୁଥିବା 'କୁର୍‌କୁରେ' ପ୍ୟାକେଟ ଆପଣ ଦେଖିଥିବେ – ହାୱା ଦ୍ୱାରା ତାକୁ ଫୁଲାଇ ଦିଆଯାଇଛି। ସେଥିରେ 'କୁର୍‌କୁରେ' ଯେତିକି ନାହିଁ, ତହୁଁ ବଳି ପବନ ଅଛି ଅଧିକ। ଆଜିକାଲିର ପିଲାଙ୍କ ଜ୍ଞାନ ଠିକ୍ 'କୁର୍‌କୁରେ' ପ୍ୟାକେଟ୍ ପରି ଅର୍ଥାତ୍ ଅନ୍ତର୍ନିହିତ ମୌଳିକ ଜ୍ଞାନ ତୁଳନାରେ ନମ୍ବର ଅଧିକ।

ତେବେ ପ୍ରଶ୍ନ ଉଠୁଛି-ଏଥିପାଇଁ ଦାୟୀ କିଏ ? ବିଦ୍ୟାର୍ଥୀ ନା ସେମାନଙ୍କ ପାଇଁ ପାଠ୍ୟ ଖସଡ଼ା ପ୍ରସ୍ତୁତ କରୁଥିବା ବିଜ୍ଞ ଶିକ୍ଷାବିତ୍ ମଣ୍ଡଳୀ ? ଦୃଷ୍ଟି ନିବଦ୍ଧ ହୁଏ ଅନ୍ତର୍ଜାତୀୟ

କମ୍ପାନୀମାନଙ୍କ ଉପରେ; ଅକ୍ଟୋପସ୍ ପରି ଏମାନେ ଆମ ଶିକ୍ଷାବ୍ୟବସ୍ଥାକୁ କବଳିତ କଲେଣି। ଦେଶ ବିଦେଶରେ ନିଜର କାୟା ବିସ୍ତାର କରି କର୍ମ ନିଯୁକ୍ତି ପାଇଁ ଯେଉଁ ସୁଯୋଗ ସୃଷ୍ଟି କରୁଛନ୍ତି, ତାହା ଆମ ଶିକ୍ଷା ନୀତିର ବିଲ୍‌କୁଲ୍ ଅନୁକୂଳ ନୁହେଁ। ଫଳରେ ବେକାରୀ ସମସ୍ୟାର ସମାଧାନ ପାଇଁ କର୍ପୋରେଟ୍ ସେକ୍‌ଟର୍‌ର ନୀତିନିୟମକୁ ଆଖି ଆଗରେ ରଖି ପାଠ୍ୟ ଖସଡ଼ା ପ୍ରସ୍ତୁତ କରୁଛନ୍ତି ଆମ ଶିକ୍ଷାବିତ୍ ମଣ୍ଡଳୀ। ସେଥିରୁ ଆମ ଭାରତୀୟ ଧର୍ମ ଦର୍ଶନ, ସଂସ୍କୃତି ଏବଂ ସର୍ବୋପରି ମାନବିକତା ଉଚ୍ଛେଦ ହେବାରେ ଲାଗିଛି। ହୁଏତ ଆଉ କିଛିବର୍ଷ ପରେ ଆମର କାବ୍ୟ, ମହାକାବ୍ୟ ତଥା ପୁରାଣର ଆଖ୍ୟାୟିକା ପିଲାଙ୍କର ମନରୁ ଲୋପ ପାଇବ; ସେମାନେ ପ୍ରଭାବିତ ହେବେ ପଶ୍ଚିମା ଶିକ୍ଷାନୀତି ଦ୍ୱାରା। ନୈତିକ ମୂଲ୍ୟବୋଧର ଅବକ୍ଷୟ ସାଙ୍ଗକୁ ମାନବୀୟ ଗୁଣାବଳୀ ଭଳି ସମ୍ବେଦନଶୀଳ ଚିନ୍ତା ଚେତନା ବ୍ୟାହତ ହେବ ସେମାନଙ୍କ ମାନସିକ ସ୍ତରରୁ। ଏସବୁ ଦିଗପ୍ରତି କାହାର ବା ନଜର ଅଛି ? ମୋଟା ଅଙ୍କର ଦରମା ପାଇ ଆମ ପିଲାଏ ଖୁସ୍; ବାପା ମା' ମାନେ ବି ତ ଖୁସୀ ହେବା ସ୍ୱଭାବିକ୍। ଜ୍ଞାନ ଗାରିମାକୁ କିଏ ଦେଖୁଛି କିହୋ ? ଆମ ତଥାକଥିତ ସଂକ୍ରମିତ ଦୃଷ୍ଟିଭଙ୍ଗୀରେ - ପାଠ ପଢ଼ା ତ ଚାକିରି ପାଇଁ.. ଯଦି କର୍ପୋରେଟ୍ ସେକ୍‌ଟର୍‌ରେ ଭଲ ଦରମାର ଚାକିରିଟିଏ ମିଳିଗଲା, ଜ୍ଞାନଗାରିମା ଉପରେ ଏତେ ଗୁରୁତ୍ୱାରୋପ କାହିଁକି ?

ଏ କର୍ପୋରେଟ୍ ସେକ୍‌ଟର୍‌ମାନଙ୍କରେ ପାଠ ଅପେକ୍ଷା ଶାଠର ମୂଲ୍ୟ ବେଶୀ। ଫିସ୍‌ଫାସ୍ ଇଂରାଜୀ କହିଜାଣିଲେ, ଚେହେରା ସାଙ୍ଗକୁ ପରିପାଟୀରେ ସ୍ମାର୍ଟନେସ୍ ଥିଲେ ଚାକିରି ପାଇବାରେ କିଛି ଅସୁବିଧା ହୁଏନି। ସୁତରାଂ ଆମ ଶିକ୍ଷା ବ୍ୟବସ୍ଥା ଏଇ ସବୁ ଘରୋଇ କର୍ପୋରେଟ୍ ସେକ୍ଟର୍ ଦ୍ୱାରା ପ୍ରଭାବିତ ହେବା ସ୍ୱାଭାବିକ। କମ୍ପାନୀର ଚାହିଦା ଅନୁସାରେ ବଦଳିବାରେ ଲାଗିଛି ଆମ ଶିକ୍ଷା ବ୍ୟବସ୍ଥା। ଅନ୍ତର୍ଜାତୀୟ କ୍ଷେତ୍ରରେ ତିଷ୍ଠିବାକୁ ହେଲେ ଇଂରାଜୀ କଥନର ଗୁରୁତ୍ୱ ରହିଛି; ସ୍ମାର୍ଟନେସ୍ ବି। ସେଥିସହ ମୌଳିକ ଶିକ୍ଷା ବ୍ୟବସ୍ଥାରେ ଜ୍ଞାନଗରିମାରେ ଧୀମତା ଥିବା ବାନ୍ଛନୀୟ।

ଅର୍ଥ ରୋଜଗାର ବା ଚାକିରି ପାଇବା ପାଇଁ ଜ୍ଞାନ ଆହରଣ ନକରାଯାଉ। ସମାଜରେ ଅନେକ ଭିତରୁ ଏକହୋଇ ଅନ୍ଧକାରରୁ ଆଲୋକ ଆଡ଼କୁ ବାଟ କଢ଼େଇ ନେବାର ସାମର୍ଥ୍ୟ କେବଳ ଜ୍ଞାନରୁ ହିଁ ମିଳିଥାଏ। ଅନ୍ଧାରି ମୂଳକର ସକଳ କଳୁଷ କାଳିମା ତଥା ବାଧା ବିଘ୍ନକୁ ଅତିକ୍ରମ କରି ସମାଜର ମଶାଲ୍‌ବାହୀଟିଏ ହେବାପାଇଁ ବିଦ୍ୟାର ପ୍ରୟୋଜନ ଜରୁରୀ। ସେଥିପାଇଁ କୁହାଯାଇଛି – "ସା ବିଦ୍ୟା ଯା ବିମୁକ୍ତୟେ"। ଆଜିର ବିଦ୍ୟା ଅଧ୍ୟୟନ "ଗଜ ଭୁକ୍ତ କପିତ୍‌ଥବତ୍" ପରି ନହେଉ।

■

ପଥ ଓ ପଥିକ

ଅସରା ପଥ ପଡ଼ିଥାଏ କାହିଁ କେତେ ଦିଗକୁ । ବକ୍ର, ସର୍ପିଳ, ସରଳ, ପିଛିଳିକୃତ – ଏମିତି ଅନେକ କିସମର । ସେଇ ପଥରେ ଚାଲୁ ଚାଲୁ ପଥିକ ଅନେକ ସମୟରେ ପଥହରା ହେଉଥାଏ; ନିର୍ଦ୍ଦିଷ୍ଟ ଲକ୍ଷ୍ୟକୁ ଭୁଲି ଭ୍ରମରେ ଅପଥରେ ପଶିଯାଉଥାଏ । ଚଉଛକି, ତ୍ରିଛକି ଜାଗାରେ ପହଂଚିଲା ପରେ ଭୁଲ୍ କ୍ରମେ ନିଜ ପଥକୁ ଛାଡ଼ି ଅନ୍ୟ ପଥକୁ ଆପଣାର କରେ । ଆଉ କେବେ କେବେ ପିଛିଳିକୃତ ପଥରେ ଆନମନା ଭାବରେ ଚାଲୁ ଚାଲୁ ଭାରସାମ୍ୟ ରଖିପାରେନି, ପାଦ ଖସିଯାଏ । ଲକ୍ଷ୍ୟ ପଥରେ ପହଂଚିପାରେନି ପଥିକ ଖସଡ଼ା ରାସ୍ତାରେ । ସେଥିପାଇଁ ଏକଲା ପଥିକ ନିର୍ଜନ ପଥରେ ଶଂକାକୁଳ ଭାବରେ ଚାଲୁ ଚାଲୁ ଖୋଜୁଥାଏ – କେହି ଆସନ୍ତା କି ହାତ ଧରି ଲକ୍ଷ୍ୟ ସ୍ଥଳରେ ପହଂଚେଇ ଦେବାକୁ .. କେହି ଆସନ୍ତା କି ଏ ବଂଧୁର କଂଟକିତ ରାସ୍ତାରୁ ସବୁ ବିଘ୍ନ ହଟାଇ ସହଜ ଭାବରେ ଗନ୍ତବ୍ୟ ସ୍ଥଳରେ ଛାଡ଼ି ଦେବାକୁ... ଆସନ୍ତା କି କେହି ରୌଦ୍ର ଦଗ୍ଧ ଝାଂଜିରେ ହିମଶୀତଳ ପବନ ଖେଳାଇ ପଥଶ୍ରାନ୍ତ ହରିବାକୁ...!!!

ହୁଏତ ସେମିତି ଦରଦୀଟିଏ କେବେ ନା କେବେ ମିଳିଯାଏ; ହାତଧରି ପଥିକକୁ ତା' ଗନ୍ତବ୍ୟ ସ୍ଥଳରେ ପହଂଚାଇ ଦିଏ । ଆଗେ ଆଗେ ଚାଲୁଥାଏ ତା' ହାତଧରି ଅରମା, ଅମଡ଼ା ବଂଧୁର କଂଟକିତ ରସ୍ତାକୁ ସଫା କରି କରି । ପଥ ସାଥୀର ପଛେ ପଛେ ହାତଧରି ପଥିକଟିଏ ହୁଏତ ତା' ଗନ୍ତବ୍ୟ ସ୍ଥଳରେ ପହଂଚିଯାଏ । ପୁଣି କେବେ ନୂଆ ରାସ୍ତାଟିଏ ପାଇଲେ ପଥିକର ସେଇ ଅବସ୍ଥା ହୁଏ – ଚାହୁଁଥାଏ କେହି ଜଣେ ତା' ହାତ ଧରି ଲକ୍ଷ୍ୟ ସ୍ଥଳରେ ପହଂଚାଇ ଦିଅନ୍ତାନି! ଯଦି କେହି ଦରଦୀ ପଥସାଥୀ ନମିଳନ୍ତି ପଥିକ ନିଜ ଉପରୁ ଭରସା ତୁଟାଇ ଦିଏ । ଭ୍ରମରେ ହୁଏତ ପିଛିଳିକୃତ ରାସ୍ତାକୁ ଆପଣାର କରେ ଅଥବା ଲକ୍ଷ୍ୟ ସ୍ଥଳରେ ପହଂଚି ନପାରି ଇତଃସ୍ତତ ଧାବନ କରୁଥାଏ । ବାଟ ଭୁଲି ଅବାଟରେ ଯାଏ ବାଟୋଇ ।

ଏଭଳି ଦୁଃସମୟରେ ବେଳେବେଳେ ବାଟୋଇକୁ ଅନୁସରଣ କରି ପହଂଚିଯାଏ ପଥ ପ୍ରଦର୍ଶକ। ପଥିକ କେତେ ଅନୁନୟ ବିନୟ ହୋଇ ହାତ ଧରି ଲକ୍ଷ୍ୟ ସ୍ଥଳରେ ପହଂଚାଇ ଦେବାକୁ କହେ; ବିକଳ ବିଳାପ କରେ। ପ୍ରଦର୍ଶକ କିନ୍ତୁ ପଛରେ ଠିଆ ହୋଇ ମୁରୁକି ମୁରୁକି ହସେ। ହାତ ନଧରି ଅଳ୍ପ ବ୍ୟବଧାନରେ ଥାଇ ଅଂଗୁଠି ନିର୍ଦ୍ଦେଶ କରୁଥାଏ – ଏପାଖେ ଯାଅ, ସେପାଖେ ଯାଅନି। ଜାଣିଶୁଣି ନିର୍ଦ୍ଦେଶ କରୁଥାଏ ଅରମା ଅମଡ଼ା ବାଟରେ ଯିବାକୁ। କଂଟା ଝଟା ବଂଧୁର ରାସ୍ତାରେ ନେଉଥାଏ ଉଠାଣି ଗଡ଼ାଣି ଆଉ ବୁଲାଣି ପାର କରି। ପଥିକ ଅଣନିଃଶ୍ୱାସୀ ହୋଇ ଚାଲୁ ଚାଲୁ କେତେ କଚଡ଼ା ଖାଏ; ପଡ଼ି ଉଠି ନହୁ ନୁହାଣ ହେଉଥାଏ। ଶ୍ରମକ୍ଳାନ୍ତ ଶରୀରକୁ ନେଇ ତଥାପି ଚାଲିଥାଏ ପଥ ପ୍ରଦର୍ଶକର ଇଙ୍ଗିତରେ। ପଥ ପ୍ରଦର୍ଶକର ଇଙ୍ଗିତ ସରୁ ନଥାଏ କି ବାଟ ବି ସରୁନଥାଏ.. ଅସରା ଅନନ୍ତ ସେ ପଥ।

ଏମିତି ଏମିତି ନିର୍ଦ୍ଦେଶ ଚାଳିତ ଭାବରେ ପଥ ପରେ ପଥ ଅତିକ୍ରମ କରି ଚାଲିଥାଏ ପଥିକ। ପଛକୁ ବୁଲି ଚାହିଁବାକୁ ପଥ ପ୍ରଦର୍ଶକର ବାରଣ। ସାମ୍ନା ଦୃଷ୍ଟିରେ ଅସରା ପଥକୁ ଅବିରାମ ଗତିରେ ଚାଲିବାର ନିର୍ଦ୍ଦେଶ..। ପଶ୍ଚାତ୍ ଦୃଷ୍ଟିରେ ଝୁଣ୍ଟିବାର ସଂଭାବନା ଅନେକ; ଆଗକୁ ଚାଲିବାର ନିଶା ବ୍ୟାହତ ହେବାର ଆଶଂକା .. ସେଥିପାଇଁ ତାଗିଦ୍ ପଥ ପ୍ରଦର୍ଶକଙ୍କର ..।

ଏକାଗ୍ରତାର ସହ ଏକମୁଖୀ ହୋଇ ଆଗକୁ ଚାଲୁଥିବା ପଥିକର ପାଦଚିହ୍ନ ଗଣିବାକୁ କେତେକ ଲୋକ ଆଗେଇ ଆସନ୍ତି। କ୍ୟାମେରାରେ ତୋଳି ଧରନ୍ତି ଫଟୋସ୍ନାପ୍। ପଥିକ ଅତିକ୍ରମ କରିଥିବା ପଥ ଧାରରେ କେତେ ଫୁଲ ଫୁଟିଛି ସେ ସଂପର୍କରେ ଚର୍ଚ୍ଚା ହୁଏ ଏଠି ସେଠି, ସଭା ସମିତିରେ। ଏସବୁରେ ଆତ୍ମହରା ହେଲେ ଅବଶ ଆସେ। ଆଗକୁ ପଡ଼ିଥିବା ବାକି ରାସ୍ତା ସେତିକିରେ ଶେଷ ହୋଇଗଲା ବୋଲି ଭାବେ ବାଟୋଇ। ସେଥିପାଇଁ ପଥିକ ପାଇଁ ଅନ୍ତିମ ସୀମା ନଥାଏ.. ସୀମାହୀନ ସେ ପଥ ଆଉ ଅସରା ବି ପଥିକର ଯାତ୍ରା। ଅନ୍ଧାର ଆଉ ଅବଶକୁ ଆଡ଼େଇ ପଥିକ ଚାଲିଥାଏ ଆଉ ଚାଲିଥାଏ ଆଖି ବୁଜିବା ପର୍ଯ୍ୟନ୍ତ । ଚାଲିବା ହିଁ ତା'ର ଧର୍ମ।

ଏବେ ଆଉ ପଥପ୍ରଦର୍ଶକର ଇଙ୍ଗିତର ଆବଶ୍ୟକତା ନଥାଏ। ବେଳେବେଳେ ପଥିକ ଅଭେଦ୍ୟ ଅଗମ୍ୟ ପଥରେ, ଅରମା ଅମଡ଼ା ବାଟରେ ଚାଲି ବାଟ ଖୋଲିଦିଏ ଅନ୍ୟମାନଙ୍କ ପାଇଁ। ପଥ ଖୋଜିବାର ନିଶାଥିଲେ ଅମଡ଼ା ବାଟରେ ତିଆରି ହୋଇଯାଏ ଆଉ ଏକ ନୂଆ ପଥ।

ପଥ ଅନେକ, ପଥିକ ବି ହାଉଯାଉ। କିନ୍ତୁ ନିଆରା ପଥିକଟିଏ ଚାହେଁ ଆଉ ଏକ ନୂଆ ବାଟ ଯେଉଁଥିରେ ପୂର୍ବରୁ ଆଉ କେହି ଯାଇନାହାନ୍ତି। ସେଇ ପଥକୁ

ଆପଣାର କରି ପଥିକଟିଏ ଝଡ଼ଝଞ୍ଜା ଭିତରେ ଯାତ୍ରା କରୁ କରୁ ସେପାଖ ପଥର ମଣିଷ ପଟୁଆର କୁତ୍ସାରଟନା କରେ; ସମାଲୋଚନା କରେ। ସବୁ ଲୋକ ଯିବା ଆସିବା କରୁଥିବା ଏ ସହଜ ସରଳ ରାସ୍ତା ଛାଡ଼ି ଆଉ ଏକ ନିକାଞ୍ଚନ ରାସ୍ତାରେ ଯାତ୍ରାକରେ କାହିଁକି ନିଆରା ମଣିଷଟି? ସମସ୍ତଙ୍କର ଏ ପ୍ରକାର ଆକ୍ଷେପକୁ କିନ୍ତୁ ଖାତିର ନକରି ମଣିଷଟି ଚାଲିଥାଏ ତା' ବାଟରେ। ନିନ୍ଦା ପ୍ରଶଂସାକୁ ଭୃକ୍ଷେପ ନାହିଁ। ପ୍ରାପ୍ତି ଅପ୍ରାପ୍ତିର ଆଶା ବି ନାହିଁ। କେବଳ ଆଉ ଏକ ବାଗରେ, ଆଉ ଏକ ଢଙ୍ଗରେ ନୂଆ ଅମଡ଼ା ରାସ୍ତାରେ ଚାଲିବାର ପ୍ରବଣତା ହିଁ ପାଦକୁ ଟାଣୁଥାଏ ଆଗକୁ ଆଗକୁ।

ଶେଷରେ ସେଇ ନିଛାଟିଆ ଅମଡ଼ା ରାସ୍ତାରେ ଲୋକଙ୍କର ଭିଡ଼ ଜମେ, ସେଇଟା ହୋଇଯାଏ ଅନ୍ୟ ମାନଙ୍କ ପାଇଁ ଆଦର୍ଶ। ନିଆରା ମଣିଷଟି ଚାଲିଥାଏ ଆଗକୁ.. ଆହୁରି ଆଗକୁ। ସାତବର୍ଣ୍ଣ ସକାଳର ସୁନେଲି ଆଭା ତା' ପାଦଚଲା ରାସ୍ତାରେ ବୁଣି ହୋଇ ପଡୁଥାଏ ଧୀରେ ଧୀରେ। ପଛକୁ ଚାହିଁବାର ନିର୍ଦ୍ଦେଶ ନାହିଁ। ଦୃଷ୍ଟି କେବଳ ଆଗକୁ ଆଗକୁ। ଚରୈବତି.. ଚରୈବତି।

■

ନଦେଖିଲା ଓଉ ଛଅ ଫଡ଼ା

ପିଲା ଦିନେ ଗାଁ ର ସାଆନ୍ତ ବାପ କିମ୍ବା ଅଜା ଲେଖା ପୁରୁଖା ଲୋକଙ୍କ ଠାରୁ ଆଶ୍ଚର୍ଯ୍ୟ ଚକିତ ହେଲା ଭଳି ଅନେକ କଥା ଶୁଣୁଥିଲି, ବିଶ୍ୱାସ ବି କରିଯାଉଥିଲି । କାରଣ ସେ ସବୁ କଥା ବା ଜିନିଷ ମୁଁ ଦେଖିବାର ସୁଯୋଗ ପାଇନଥିଲି । ଅତଃ ସେମାନେ ଯାହା କହୁଥିଲେ ତାକୁ ମୁଁ ସତ ବୋଲି ଭାବୁଥିଲି । ସେତେବେଳେ ସେମାନଙ୍କ ମୁହଁରୁ ଶୁଣୁ ଥିଲି - ଆଗରୁ କାଳେ ବିଲରେ ଧାନ ବଦଳରେ ଚାଉଳ ଫଳୁଥିଲା । ତେଣୁ ଲୋକମାନେ ଆଉ ଏତେ ପରିଶ୍ରମ କରି ଧାନ ନକୁଟି ସିଧା ସଳଖ ବିଲରୁ ଚାଉଳ ଆଣି ଭାତ ରାନ୍ଧୁଥିଲେ । କଥାର ସତ୍ୟତାକୁ ମଜବୁତ୍ କରିବା ପାଇଁ ଉଦାହରଣ ଦେଉଥିଲେ – ଏବେ ବି ପୁରୁଷୋତ୍ତମ ବା ଶ୍ରୀକ୍ଷେତ୍ର ପୁରୀର ଜଗନ୍ନାଥ ଦେଉଳ ବେଢ଼ାରେ ଥିବା ମା' ଲକ୍ଷ୍ମୀଙ୍କ ମନ୍ଦିରରେ ଚାଉଳ ଜଟ ଦେଖିବାକୁ ମିଳେ । ସେତେବେଳେ ମୁଁ ପୁରୀ ଯାଇ ନଥାଏ କି ଜଗନ୍ନାଥ ମନ୍ଦିର ଦେଖି ନଥାଏ । ସୁତରାଂ ତାଙ୍କ କଥାକୁ ସତ ବୋଲି ମାନି ନେଉଥିଲି ଓ ଏହି କଥାକୁ ମୋ' ସାଙ୍ଗମାନଙ୍କୁ ବି କହୁଥିଲି । ମନେ ମନେ ଭାବୁଥିଲି – ହଁ ହେଇଥିବ । ବଡ଼ମାନେ ଯେତେବେଳେ କହୁଛନ୍ତି, ମିଛ ହେଇନଥିବ । ମନ ଭିତରେ ଭାରି ଆଗ୍ରହ ବଢ଼େ - ପୁରୀ ଯିବାର ସୌଭାଗ୍ୟ କେବେ ହେବ... ? ବଡ଼ ହେଲା ପରେ ସେ ସୁଯୋଗ ଆସିଲା । ପ୍ରଥମ ଥର ଯେତେବେଳେ ପୁରୀ ଗଲି, ପିଲାଦିନେ ଶୁଣିଥିବା ସେ ଚାଉଳ ଜଟ ଦେଖିବାର ଆଗ୍ରହ ସମ୍ବରଣ କରି ନପାରି ଜଗନ୍ନାଥଙ୍କୁ ଦର୍ଶନ କରିବା ବଦଳରେ ସିଧା ମା' ଲକ୍ଷ୍ମୀ ମନ୍ଦିରକୁ ଗଲି । ଦେଖିଲି ସେଠି ଧାନ ଜଟ ଟଙ୍ଗା ହେଇଛି । ଚାଉଳ ଜଟ କାହିଁ ? ପଣ୍ଡାମାନଙ୍କୁ ପଚାରନ୍ତେ ସେମାନେ ହସିଲେ ଓ କହିଲେ – ହଁ, ଆଗ କାଳରେ ଚାଉଳ ଫଳୁଥିଲା, ମାତ୍ର ସତ୍ୟ ଯୁଗରେ ସେ ସବୁ ସମ୍ଭବ ହେଉଥିଲା ବୋଲି ଆମେ ବି ଆମ ଜେଜେ ବାପାଙ୍କଠାରୁ ଶୁଣୁଥିଲୁ । ଚାଉଳ ଜଟ ଦେଖିବା ନୋହିଲା ।

ଛୋଟବେଳେ ଶୁଣୁଥିବା ଆହୁରି ଅନେକ କଥା ବି ସେତେବେଳେ ମୁଁ ବିଶ୍ୱାସ କରି ଯାଉଥିଲି। ସେମାନେ କହୁଥିଲେ – କାଉଁରୀ କାମାକ୍ଷା ବୋଲି ଗୋଟେ ଦେଶ ଅଛି। ପୁରୁଷ ବଦଳରେ ତିରିଲା ବା ଯୁବତୀମାନଙ୍କୁ ସେଠି ଦେଖିବାକୁ ମିଳେ। ଦୈବାତ୍ ଅନ୍ୟ କେଉଁ ଦେଶର ପୁରୁଷ ଯଦି ସେଠିକୁ ଯାଆନ୍ତି ତାଙ୍କୁ ସେମାନେ ମନ୍ତ୍ର ବଳରେ ଦିନ ବେଳା ମେଣ୍ଢା କରି ଦିଅନ୍ତି ଓ ରାତି ହେଲେ ମଣିଷ କରି ତାଙ୍କ ସହ ରତିରାସ କରନ୍ତି। ଏକଥା ସେତେବେଳେ ଶୁଣିବାକୁ ଭାରି ମଜା ଲାଗୁଥିଲା। ପଚାରୁଥିଲି - ପୁରୁଷ ଲୋକମାନେ କ'ଣ ତାଙ୍କ ଦେଶକୁ କେବେ ଫେରୁ ନଥିଲେ ? ଚାରିଆଡ଼କୁ ଆଖି ବୁଲାଇ ସେମାନେ କହୁଥିଲେ – ସେ ଭାରି ଗହନ କଥାରେ ପୁଅ। ଯେ ଗଲା ସେ ତ ଫେରିବା ବଡ଼ କଷ୍ଟ। ଯଦି ସେଠାକାର ବୁଢ଼ୀ ଲୋକଙ୍କର ଦୟା ହୁଏ ତେବେଯାଇ ସେମାନେ ଫେରନ୍ତି। ଏ କଥାରେ ମୁଁ ଆଚମ୍ବିତ ହେଇଯାଉଥିଲି। ପଚାରୁଥିଲି – କେମିତି ? କାହାଣୀ ଲହରେଇ ଲହରେଇ ସେମାନେ କହୁଥିଲେ – କାଉଁରୀ ଦେଶର ବୁଢ଼ୀ ଲୋକଙ୍କୁ ଏଇ ପୁରୁଷ ଲୋକମାନେ ମାଉସୀ କରି ସମ୍ପର୍କ ଯୋଡ଼ନ୍ତି ଓ ଏଇ ଅବସରରେ ନିଜର ଦୁଃଖ କଥା କହି ନିଜ ଦେଶକୁ ଯିବା ପାଇଁ ନେହୁରା ହୁଅନ୍ତି। ବୁଢ଼ୀ ଲୋକଙ୍କର ମନ ତରଳିଲେ ପଚାରୁ ଥିଲେ - ପୁଅ ତମ ଦାଣ୍ଡରେ କି ଗଛ ଅଛି ? ଏମାନେ ଯେଉଁ ଗଛର ନାଁ କହୁଥିଲେ ବୁଢ଼ୀମାଉସୀ ସେଠାକାର ସେ ଗଛରେ ତାଙ୍କୁ ରାତିରେ ବସାଇ ମନ୍ତ୍ର କରି ଦେଉଥିଲେ ଯେ ଗଛ ଉଡ଼ିଉଡ଼ି ଆସି ତାଙ୍କ ଦାଣ୍ଡରେ ଥିବା ଗଛରେ ବସାଇ ଦେଇ ପୁଣି ଫେରି ଯାଉଥିଲା କାଉଁରୀ ଦେଶକୁ। ସକାଳୁ ଦେଖିଲା ବେଳକୁ ଲୋକଟି ନିଜ ଦାଣ୍ଡରେ ଥିବା ଗଛରେ ବସିଛି।

ଏମିତି କେତେ କ'ଣ କଥା ସେତେବେଳ ମୁଁ ଶୁଣୁଥିଲି ଓ ସେ ସବୁକୁ ସତ ବୋଲି ବିଶ୍ୱାସ ବି କରି ଯାଉଥିଲି। ଏଇ ଯେମିତି ସେମାନେ କହୁଥିଲେ - ଅମୁକ ଲୋକ ବାଡ଼ିର ପଣସ ଗଛରେ ସଇତାନ ଅଛି ଯେ ସବୁଦିନ ରାତି ଅ'ଧରେ ତାଳି ମାରି ଦୁମ୍ କରି ପୋଖରୀ ପାଣିରେ ପଡୁଛି। ଗାଁ ମୁଣ୍ଡର ପୁରୁଣା ବର ଗଛରେ ଏକ ବ୍ରହ୍ମ ରାକ୍ଷସ ତା' ପିଲାମାନଙ୍କୁ ନେଇ ରହୁଛି ଓ ରାତି ଅ'ଧରେ ହାଟ ବାହୁଡ଼ା ଲୋକଙ୍କୁ ବ୍ରହ୍ମ ଚାପୁଡ଼ାମାରି ଜିନିଷ ଛଡ଼ାଇ ନେଇ ଯାଉଛି – ଇତ୍ୟାଦି। ପିଲାଦିନେ ଆଉ ଏମିତି କେତେ କାହାଣୀ ଶୁଣି ସେ ସବୁକୁ ସତ ବୋଲି ଭାବିନେଉଥିଲି। ଦେଖି ନଥିବା କଥା-ତା' ପୁଣି ବଡ଼ମାନେ କହୁଛନ୍ତି ଯେତେବେଳେ ତାକୁ ମିଛ ବୋଲି ଭାବି ପାରୁନଥିଲି।

ବଡ଼ ହେଲା ପରେ ଏବେ ବି ସେସବୁ କଥା ଶୁଣୁଛି ବୟସ୍କମାନଙ୍କ ଠାରୁ। ଫରକ୍ ଏତିକି - ବାଳସୁଲଭ ମନୋଭାବରେ ସେତେବେଳେ ସେମାନଙ୍କ କାହାଣୀ

ମୋ' ପାଇଁ ସତ ହେଇଯାଉଥିଲା। ଆଉ ଏବେ ... ସେମିତି କିଛି ଲୋକମାନଙ୍କୁ ମୋ ଚାରି ପାଖରେ ଦେଖୁଛି, ଯେଉଁମାନେ କି ଦିଲ୍ଲୀ ଦୁଲୁକେଇଲା ଭଳି କଥା କହି ଲୋକଙ୍କ ମନ ମୋହି ନେଇପାରନ୍ତି। ସତ ଭିତରେ ଡାହା ମିଛ କଥାକୁ ଗୁନ୍ଥି ଗୁନ୍ଥି ଏମିତି ଭଙ୍ଗୀରେ କହନ୍ତି ଯେ, ନ ଜାଣିଥିବା ଲୋକେ ତାଙ୍କ ସତ କଥା ଭିତରର ମିଛ କଥା ଗୁଡ଼ାକୁ ବି ସତ ବୋଲି ମାନି ନିଅନ୍ତି। ଅସଲି ସୁନା ହାର ଭିତରେ ନକଲି ସୁନାକୁ ଗୁନ୍ଥି ଠକ ବଣିଆ ଲୋକଙ୍କୁ ଭକୁଆ ବନେଇଲା ପରି ଏମାନେ ଅଳ୍ପ କିଛି ସତ ଘଟଣା ଭିତରେ ଅଧିକ ଗାଲୁ କଥା ଭର୍ତ୍ତି କରିଦିଅନ୍ତି। କିଛି ନଜାଣିଥିବା ନଶୁଣିଥିବା/ ଲୋକ ଭାବନ୍ତି – ହଁ ହେଇଥିବ। ଲୋକଙ୍କର ଏଇ 'ହଁ ହେଇଥିବ' ମନୋଭାବକୁ ଆଞ୍ଜେଇ ସେମାନେ ବାସ୍ତବ ଭିତରେ ଅବାସ୍ତବ କଥା ପୂରେଇବାକୁ ସୁଯୋଗ ପାଇଯାଆନ୍ତି। କଳା ବଜାରୀ ରାସନ ଦୋକାନୀ ଡାଲିରେ ଅଗରା ମଞ୍ଜି ମିଶେଇ ବିକ୍ରି କଲାପରି ଏମାନେ ଅସଲ କଥା ଭିତରେ ତୁଚ୍ଛା ଗାଲୁ ଗପକୁ ଗୁନ୍ଥି ଲୋକଙ୍କୁ ଭୁଆଁ ବୁଲାନ୍ତି। ଧର ଆପଣ କେବେ ଦିଲ୍ଲୀ ଯାଇ ନାହାନ୍ତି। ଦିଲ୍ଲୀରେ ରହୁଥିବା ଏ ବାବୁମାନେ କେବେ ଗାଁ କୁ ଆସିଲେ ଭାରି ଖାତିର୍ ଦେଖାନ୍ତି। ଦିଲ୍ଲୀ ଯାଇନଥିବା ଆପଣମାନଙ୍କ ପରି କେତେ ଲୋକଙ୍କ ଆଗରେ ସତ ଭିତରେ ମିଛ କଥାକୁ ଖଞ୍ଜି ଖଞ୍ଜି କେତେ ବାଗରେ ବଖାଣୁଥା'ନ୍ତି। ହାଁ କରି ଦଶ / ପଚାଶ ଲୋକ ଯେତେବେଳେ ତାଙ୍କ କଥା ଶୁଣନ୍ତି, ସେତେବେଳେ ସେମାନେ ଆହୁରି ଉତ୍ସାହିତ ହେଇ ଗପି ଚାଲନ୍ତି। ଆପଣମାନେ ଯେହେତୁ କେହି କେବେ ଦିଲ୍ଲୀ ଯାଇ ନାହାନ୍ତି, ସେ ଯାହା କହିଲେ ବି ଆପଣମାନେ ଭାବନ୍ତି–ହଁ, ହେଇଥିବ। ବହୁ ଆଗରୁ ତାଙ୍କର ଦିଲ୍ଲୀ ସମ୍ପର୍କିତ ଏ ଗାଲୁ ଗପର କାଟତି ବେଶୀ ଥିଲା। ଏବେ ତ ଗାଁ ର ଅଣ୍ଡା ବଚା 'ଦିଲ୍ଲୀ ଚଲୋ' ଡାକରାରେ ଚାଲିଲେଣି ପାଣି ପାଇପ୍ କାମ କରିବାକୁ। ତେଣୁ ଦିଲ୍ଲୀକୁ ନେଇ ଡାହା ମିଛ କଥାର ଚାହିଦା କମିବାରେ ଲାଗିଲାଣି। ତା' ପରେ ଆଉ ଟିକିଏ ଦୂରକୁ ଯାଇଥିବା ଲୋକେ ଗାଁ କୁ ଆସି ଗୁଲିକଥା ବଖାଣିବା ଆରମ୍ଭ କଲେ। ଇରାନ୍, ଇରାକ୍, ଦୁବାଇ ଭଳି ଗଲଫ ଦେଶକୁ ଯେଉଁମାନେ ମିସ୍ତ୍ରୀ କାମ କରିବାକୁ ଗଲେ, ବର୍ଷରେ ଥରେ ଅଧେ ଆସିଲେ ସେଠାକାର ବାସ୍ତବ କଥା ଭିତରେ ଗୁଡ଼ାଏ ଅବାସ୍ତବ ପବନା କଥାକୁ ଯୋଡ଼ି ଯୋଡ଼ି କହିବାକୁ ଲାଗିଲେ। ଆପଣ ତ ଗଲଫ ଦେଶ କେବେ ଯାଇ ନାହାନ୍ତି କି ଦେଖି ନାହାନ୍ତି। ତେଣୁ ସେମାନେ ଯାହା କହିଲେ ତାକୁ ସତ ବିଚାରି ମୁଣ୍ଡ ଟୁଙ୍ଗାରିବେ – ହଁ ହେଇଥିବ। ସେସବୁ ଦେଶକୁ ଯାଉଥିବା ଦାଦନମାନେ ଯାହା କହୁଥିଲେ ଗାଁ ର ନିରକ୍ଷର ଲୋକେ ତାକୁ ବିଶ୍ୱାସ କରି ଯାଉଥିଲେ। ଏବେ ଆଉ ଟିକେ ଦୂରକୁ ଆମେ ଯିବା। ଯେଉଁ ପରମୁଖାପେକ୍ଷୀ ଶିକ୍ଷିତମାନେ ଇଉରୋପୀଆନ୍ ଦେଶରେ କାମ କରନ୍ତି

ସେମାନେ କେବେ ନିଜ ଦେଶ, ନିଜ ଭିଟା ମାଟିକୁ ଆସିଲେ ଛାତି ଦୁଲୁକେଇଲା ଭଳି କଥା ବାର୍ତ୍ତା କରନ୍ତି। କଥା କଥାରେ ତାଙ୍କ ମୁହଁରୁ ଫିସ୍ ଫାସ୍ ଇଂରାଜୀ ଶବ୍ଦ ବାହାରୁ ଥାଏ - ଆମ କାଲିଫର୍ଣ୍ଣିଆ ନା.. ସେଠାକାର ସଭ୍ୟତା / ସଂସ୍କୃତି ଅନ୍ୟ ଦେଶ ତୁଳନାରେ ଭାରି ଉନ୍ନତ। ଇଣ୍ଡିଆର ରକ୍ଷଣଶୀଳ ସଂସ୍କୃତିକୁ ସେଠାରେ ଘୃଣା କରନ୍ତି। ଆଉ କେହି ପୁଣି କହନ୍ତି - ଶିକ୍ଷା, ସଭ୍ୟତା, ପୋଷାକ ପରିପାଟୀ ଯାହା କୁହ - ସବୁଥିରେ ଆମେରିକା ଆଗରେ। ସେଠାକାର ରାସ୍ତା ଏମିତି, ଲୋକେ ଏମିତି.. ସେଥି ପାଇଁ ଇଣ୍ଡିଆ ଆସିବାକୁ ମନ ବଳେନି ଇତ୍ୟାଦି। ଏସବୁ ଭିତରେ ସେ ଦେଶର ଦର୍ଶନୀୟ ସ୍ଥାନ, ସପିଙ୍ଗ୍ ମଲ୍ ଭଳି ଅନେକ କଥାକୁ ଉଠାଣିଆ କରି କହି ଆପଣଙ୍କୁ ଟେରା କରି ଦିଅନ୍ତି। ଆପଣ ତ କେବେ ଇଉରୋପୀଆନ୍ ଦେଶ ଯାଇ ନାହାନ୍ତି। ତେଣୁ ବିଶ୍ୱାସରେ ମୁଣ୍ଡ ଟୁଙ୍ଗାରିବେ-ହଁ ହେଇଥିବ।

ଇଉରୋପୀଆନ୍ ଦେଶ ବାବଦରେ ଏତେ ଲମ୍ବା ଚଉଡ଼ା ଗାଲୁ ଭାଷଣ ଦେଉଥିବା ଶିକ୍ଷିତ ଦାଦନମାନେ ଭୁଲି ଯାଆନ୍ତି–ସେ ଦେଶ ଏ ଇଣ୍ଡିଆର ସଭ୍ୟତା, ସଂସ୍କୃତି ଏବଂ ଜ୍ଞାନର ମହତ୍ତ୍ୱ ବୁଝିଛି ବୋଲି ଏ ଦେଶର ଶିକ୍ଷିତ ମାନଙ୍କ ମୁଣ୍ଡକୁ କେଇ ମାତ୍ର ଡଲାରରେ କିଣି ନେଇ ନିଜ ଦେଶ ହିତରେ ଲଗାଉଛି। ପିଲା ଦିନରେ ଶୁଣୁଥିବା ଗପ - କାଉଁରୀ କାମାକ୍ଷା ଦେଶରେ ଯେମିତି ଅନ୍ୟ ଦେଶର ଲୋକଙ୍କୁ ମେଣ୍ଢା କରି ରଖିଦିଅନ୍ତି, ସେମିତି ଲଙ୍ଗୁଳୀ ସଂସ୍କୃତି ମାୟାରେ କଳାମେଣ୍ଢା ହୋଇ ରହିଥିବା ଏଇମାନେ ଇଣ୍ଡିଆର ସଂସ୍କୃତିକୁ ରକ୍ଷଣଶୀଳ ବୋଲି କହିବେନି ତ ଆଉ କଣ ? ଏ ମାଟିର ପାଣି, ପବନ ତୁମ ବୁଦ୍ଧିକୁ ଉର୍ବର କରିଛି ବୋଲି ତ ତମେ ଆଜି ଏ ଦେଶରୁ ଉଡ଼ି ସେ ଦେଶର କିମିଆଁରେ କଳା ମେଣ୍ଢା ସାଜି ସେଠାକାର ଶିକ୍ଷା, ସଭ୍ୟତା ଓ ସଂସ୍କୃତିର ଜୟଗାନ କରୁଛ ! ଛାଡ଼ନ୍ତୁ, ସିଆଡେ଼ ଗଲେ ଆମ ପ୍ରସଙ୍ଗ ବାଟବଣା ହେବ।

କଥା ହେଉଛି, ଆମେ ଅନେକ କଥା ଜାଣି ନଥାଉ ବୋଲି ଗାଲୁ ପେଲାଙ୍କର ଏତେ ବାହାପିଆ କଥା ଶୁଣି ବିଶ୍ୱାସ କରିଥାଉ। ଆମ ଚାରି ପାଖରେ ଏମିତି ବି ଲୋକ ଅଛନ୍ତି – ତାହା ମିଛ କଥା କହିବାରେ ପକ୍କା ଓସ୍ତାଦ। ସମସ୍ତଙ୍କ ପାଖରେ ତାଙ୍କର ଏ ପ୍ରକାର ଗାଲୁଆମୀ କାମ କରେନି। ସେମାନେ ଜାଣନ୍ତି – କେଉଁ ଜାଗାରେ ଲଗାଇଲେ ମଲମ କାମ କରିବ। ଆମ ଖଣ୍ଡିରାଜନୀତିଆଙ୍କ କଥା ଦେଖୁ ନାହାନ୍ତି। ପାର୍ଲିଆମେଣ୍ଟ ଭବନର ସବା ପଛରେ ବସିଥିବା ସେମାନେ ଦିଲ୍ଲୀରୁ ଫେରିଲେ କି ପ୍ରକାର କଥା କହନ୍ତି, ତାହା ସଭିଙ୍କୁ ଜଣାଥିବ। ସେଠି ପାଟି ଫିଟୁନଥିବ ଅଥଚ ଏଠି ଆସି ଦାଉଁ ଦେଖେଇ କୁହନ୍ତି – ଟେବୁଲରେ ହାତ ବାଡ଼େଇ ବିରୋଧୀ ଦଳଙ୍କୁ

ଏମିତି କଟୁ କଥା କହିଲି ଯେ ପାର୍ଲିଆମେଣ୍ଟ ସଭାରେ ବସିଥିବା ସବୁନେତା ଏକବାର୍ ଚୁପ୍। ସେଠି ସେ ପଛ ବେଞ୍ଚରେ ବସି ଘୁମାଉଥିଲେ କି ଆଉ କ'ଣ କରୁଥିଲେ, ଆପଣ ତ ଦେଖି ନାହାନ୍ତି। ତେଣୁ ତାଙ୍କ କଥାକୁ ମାନି ନେବେ–ହଁ, ହେଇଥିବ। ଆମ ଗାଁ'ରେ ଏଇ କିସମର ଲୋକଟିଏ ଥିଲା। ତତ୍‌କାଳରେ କଲିକତାରେ ପାଣି ପାଇପ୍ ମିସ୍ତ୍ରୀ ଭାବରେ କାମ କରୁଥିଲା। ଗାଁ କୁ ଆସିଲେ ମିଛ ସତ ଯୋଡ଼ି ବଙ୍ଗଳା ଭାଷାରେ ଏମିତି କହେ ଯେ ଲୋକେ ତା' କଥାକୁ ସତ ବୋଲି ଭାବି ନିଅନ୍ତି। ଚାକିରି କାଳରେ ମୋ'ର ଯେତେବେଳେ କଲିକତା ବଦଳି ହେଲା ସେଠି ତା'ର ଅସଲ ରୂପ ଦେଖିଲି। ଲୋକଙ୍କୁ ବାହାପିଆ କଥା କହୁଥିବା ତା'ର ଦୟନୀୟ ଅବସ୍ଥା ସେଠି ଦେଖି ଦୁଃଖ ଲାଗିଲା। ଏମାନେ କିଛି ଜାଣି ନଥବା ଲୋକଙ୍କ ପାଖରେ ତାଙ୍କ ଗାଲୁ ଗପର ପସରା ମେଲି ଦିଅନ୍ତି। ଗାଁ ମାଇପିଙ୍କ ପାଖରେ ତାଙ୍କରଏଭଳି କଥା ଖୁବ୍ ଘେନେ। ଚୁଲି ମୁଣ୍ଡରେ ରୋଷେଇ କରୁଥିବା ମାଇପି ଲୋକେ, ସେ କାହୁଁ ଜାଣିବେ ସତ କେତେ ମିଛ କେତେ ? ତେଣୁ କହିବେ – ହଁ, ହେଇଥିବ।

ବିଲରେ ଚାଉଳ ଫଳିବା କଥା ଯେମିତି ପିଲା ଦିନେ ଶୁଣି ସତ ମଣୁଥିଲି, ଆଜି କାଲି ବି ଏମିତି କିଛି ଲୋକ ଅଛନ୍ତି - ମିଛ ଭିତରେ ସତ ପୂରେଇ ଆପଣଙ୍କୁ ଭକୁଆ ବନେଇ ପାରନ୍ତି। ସେଥିପାଇଁ କଥାରେ ଅଛି - 'ଯାହା ନଦେଖିବ ବେନି ନୟନେ, ପରତେ ନଯିବ ଗୁରୁ ବଚନେ।' ନିଜ ଆଖିରେ ଦେଖି ନଥିବା ଜିନିଷକୁ କେବେ ବି ବିଶ୍ୱାସ କରନ୍ତୁନି। ଯେମିତି ଓଉ ଦେଖି ନଥିବା ଲୋକକୁ କେହି ଗାଲୁଆ ତା'ର ଛଅ ଫଡ଼ା ଥିବା କଥା କହିଲେ ସେ ବିଶ୍ୱାସର ସହିତ କହିବ–ହଁ, ହେଇଥିବ। ଅତଃ ଆପଣ ଆଗ ଓଉକୁ ଦେଖନ୍ତୁ, ନିଶ୍ଚିନ୍ତ ହୁଅନ୍ତୁ ଯେ ତାହା ଛଅ ଫଡ଼ା ନୁହେଁ। ତେବେ ଯାଇ ଗାଲୁଆ ଲୋକର ଗାଲରେ ଶକ୍ତ ଚାପୁଡ଼ାଟିଏ ଦେବାର ସତ୍ ସାହାସ ସଂଚୟ କରିପାରିବେ ଆପଣ।

ନା ସତରେ ଆପଣ କଣ କହୁଛନ୍ତି, କହନ୍ତୁ ନା !

■

ଆମ ଗାଁ : ସେକାଳ ଓ ଏକାଳ

କେତେ ଶୀଘ୍ର ବଦଳିଗଲାଣି ଆମ ଗାଁ ର ଚିତ୍ର ଯା' ଭିତରେ। ଆମେ ଦେଖିଥିବା ଗାଁ ର ସାତଶେଣିଆ, ପାଞ୍ଚଶେଣିଆ ଆଟୁଘର ଆଜି ଆଉ ଦେଖିବାକୁ ମିଳୁନି। ସେ ସବୁ ଥିଲା ବୁନିଆଦି ବା ଖାନ୍‌ଦାନିର ପ୍ରତୀକ। ଖମ୍ବରେ ବିଭିନ୍ନ ପ୍ରକାର ଖୋଦେଇ - କଦଳୀ କାନ୍ଦି, ମାଙ୍କଡ଼ ଫଳ ଖାଉଥିବାର ଦୃଶ୍ୟ ସାଙ୍ଗକୁ ଡାଳିଲତାର ଚିତ୍ତାକର୍ଷକ କାଠଖୋଦେଇ ଖମ୍ବ ପାରିଆରେ ଖୋଦିତ ହେଉଥିଲା। ଯେଉଁ ମହାରଣାମାନେ ଏତେ ସବୁ କାରୁକାର୍ଯ୍ୟ ଫୁଟାଉଥିଲେ ସେମାନେ କୌଣସି କଳା ଅନୁଷ୍ଠାନରୁ ତାଲିମ ନେଇ ନଥିଲେ। ପୁରୁଣା ଯାଉଁଳି କବାଟରେ ଖୋଦିତ ହୋଇଥିବା ଆଳଙ୍କରିକ ଖୋଦେଇ ଗାଁ ଦାଣ୍ଡରେ ଯିବା ଲୋକକୁ ଦଣ୍ଡେ ଅଟକାଇ ଦେଉଥିଲା! ମାଟିକାନ୍ଥକୁ ମା'ମାନେ ଗୋବରରେ ସୁନ୍ଦର ଭାବରେ ଲିପି ବିଭିନ୍ନ ପର୍ବପର୍ବାଣିରେ ପକାଉଥିଲେ ଝୋଟିଚିତା। ମାଣବସା ଗୁରୁବାର, ବାହାବ୍ରତ ଆଦିରେ ଏସବୁ ଚିତାର ଅନେକ ଗୁରୁତ୍ୱ ରହୁଥିଲା।

ଆଜି କାହିଁ ସେ ସବୁ? ଗାଁ ମାନଙ୍କରୁ ଧୀରେ ଧୀରେ ଲୋପ ପାଇଲାଣି ପ୍ରାଚୀନ ଝୋଟି ମୁରୁଜର କଳା। ସାତଶେଣିଆ, ପାଞ୍ଚଶେଣିଆ ଆଟୁଘର ଧରାଶାୟୀ ହେଉଛି ସମୟକ୍ରମେ। କେତେ ବାତ୍ୟା, ଝଡ଼ ତୋଫାନକୁ ସାମ୍‌ନା କରି ପୁରୁଷ ପୁରୁଷ ଧରି ଦମ୍ଭର ସହ ଯେଉଁ ଘର ଛିଡ଼ାହୋଇଥିଲା - ତାକୁ ଏବେ ଭାଙ୍ଗି ସେଠି ଠିଆ କରାଯାଇଛି କଂକ୍ରିଟ୍ ଘର। ଏବେ ଯେଉଁ ଗାଁ କୁ ପଶ - ସେଠି ଦେଖିବ ରକମ ରକମ ଡିଜାଇନ୍‌ର କୋଠାଘରମାନ। ସେ କାନ୍ଥରେ ଗୋବର ବଦଳରେ ମହଙ୍ଗା ରଙ୍ଗ ଲେପ ଦିଆଯାଉଛି। ଆଧୁନିକ ପ୍ରଣାଳୀରେ ତିଆରି ହୋଇଥିବା ସେ କାନ୍ଥରେ ଆଉ ଝୋଟି ଚିତା ଶୋଭା ପାଇବ କି? ସୁତରାଂ ଗାଁ ର ଯେଉଁ ପୁରୁଣା ସ୍ତ୍ରୀଲୋକମାନେ ଝୋଟି ପକାଇବାର କଳା ଜାଣିଛନ୍ତି,ସେମାନଙ୍କ ହାତ ଖଲ ଖଲ ହେଲେ ବି ରଙ୍ଗ

ଧଉଳା ସେ କଂକ୍ରିଟ୍ କାନ୍ଥରେ ଚିତା ପକାଇବା ମନା । ଗାଁ କୁ ସୁନ୍ଦର ସିନା ଝାଟିମାଟିର ଚାଳଛପର ଘର ! ପିଲାଦିନେ ଘୋଷିଥିବା ଏକ କବିତା ମନେପଡ଼ିଗଲେ ମନ ବିଷଣ୍ଣ ହୁଏ । ଗାଁ ଘରକୁ ନେଇ ସେ କବିତା :

"ଝାଟିମାଟିର ଏ ନଡ଼ା ଛପର, ଏ ଘରଟି ଆମ କେତେ ନିଜର
ଏଇ ଘରେ ଆମେ ଏକାଠି ଖାଉ, ଏକାଠି ବସୁ, ଏକାଠି ହସୁ ।"

ଯେଉଁ ପୁରୁଣା ବର, ଓସ୍ତ, ଚାକୁଣ୍ଡା, କଇଁଆ, ଆମ୍ବ ଆଦି ବିରାଟ ବର୍ଷୀୟାନ୍ ବୃକ୍ଷ ସବୁ ଗାଁର ଶୋଭା ବଢ଼ାଉଥିଲେ, ପ୍ରଧାନ ମନ୍ତ୍ରୀ ଗ୍ରାମ ସଡ଼କ ଯୋଜନାର ପ୍ରଚଣ୍ଡ ଧକ୍କାରେ ସେ ସବୁ ଧରାଶାୟୀ ହେଉଛନ୍ତି । ଦାଣ୍ଡକୁ ଢଳେଇ ରାସ୍ତା କରାଯିବା ପାଇଁ ମହାଦ୍ରୁମମାନଙ୍କୁ କାଟି ପଦା କରିଦିଆଯାଉଛି । ଗଛ ନଥିବାରୁ ଗାଁ ଏବେ ଖାଁ ଖାଁ । ଓଢ଼ଣି ନଥିବା ମା'ର ମୁଣ୍ଡ ପରି ଫୁଙ୍ଗୁଳା ଦିଶୁଛି ଗାଁ । ଆମ୍ବ, ଓସ୍ତ, ବର ଆଦି ଝଙ୍କାଳିଆ ଗଛମାନଙ୍କରେ ଜାତି ଜାତିର ପକ୍ଷୀ କାକଳି କରି ଖେଳା କରୁଥିଲେ । ଖରା ବେଳଟାରେ କିଚିରି ମିଚିରି ଶବ୍ଦ କରି ଏ ଡାଳରୁ ସେ ଡାଳକୁ ଡେଉଁଥିଲେ । ନିଦାଘରେ ଲୋକମାନେ ଝଙ୍କା ଗଛର ଶୀତଳ ଛାଇରେ ବସି ତାସ୍‌ପାଲିର ଆସର ଜମାଇ ଦେଉଥିଲେ । କେହି ଅବା ସପ, ମଶିଣା/ ଚାଞ୍ଚରାଟିଏ ଆଣି ତୃପ୍ତିରେ ଶୋଇଯାଉଥିଲା । ଗାଈ ବଳଦ ସବୁ ବନ୍ଧା ହେଉଥିଲେ ଏଇ ଛାଇରେ । ଡାଳକୁ ଡାଳ ଡେଇଁ ଖରାବେଳେ ପିଲାଏ ଡାଳମାଙ୍କୁଡ଼ି ଖେଳୁଥିଲେ । ପୁଣି ଖେଳୁଥିଲେ ରୁମାଲ୍‌ଚୋରି, ବୋହୂଚୋରି, ଲୁଚକାଳି, ଘୂର୍‌ଚଣ୍ଡୀ ଭଳି କେତେ କିସମର ଖେଳ । ଅର୍ଜୁନା ବୁଢ଼ା, ପଦନ ଅଜା ଏବଂ ଆହୁରି କେତେ ବୁଢ଼ାମାନେ ବସି ସେଠି ସୁର୍ ବସେଇ ଟୀକା ଗୋବିନ୍ଦଚନ୍ଦ୍ର ବୋଲୁଥିଲେ । ଖରାବେଳେ ଛୋଟ ଛୋଟ ପିଲାଏ 'ମହନୀ କାକାଙ୍କୁ' ଘେରିଯାଇ ବାବନାଭୂତ, ବୁଢ଼ୀ ଅସୁରୁଣୀ, ନାଲୁ ଗାଲୁଙ୍କ ମହୁଖିଆ କଥା ଶୁଣୁଥିଲେ । ଗାଁ ଗଛକୁ ନେଇ ପୁଣି ଗଢ଼ିଉଠିଥିଲା କେତେ ଭୂତ ପ୍ରେତର ଲୋକକାହାଣୀ । ବୃକ୍ଷ ନ ଥିବାରୁ ସେ ସବୁ ଲୋକ କଥା ବି ଧୀରେ ଧୀରେ ମରିହଜିଯାଉଛି ।

ଗଛ କଟାଯାଇ ଗାଁରେ କଂକ୍ରିଟ୍ ରାସ୍ତା ହେଲା । ଗୋରୁ ବନ୍ଧା ଖୁଣ୍ଟ ସବୁ ଉପାଡି ଦିଆଗଲା ସେଠୁ । ଏବେ ଲଣ୍ଡା ଗାଁରେ ଗାଈ ବଳଦ ସବୁ ଖରାପିଠିଆ ହୋଇ ପାକୁଳି କରୁଛନ୍ତି । କଂକ୍ରିଟ୍ ରାସ୍ତା ଖରାରେ ପାଚିଯିବା ଫଳରେ ଗାଁ ସବୁ ତାତିରେ ଆଉଟି ହେଉଛି ଏବେ ।

ସଞ୍ଜବେଳେ ତୁଳସୀ ଚଉରାମୂଳେ ସଞ୍ଜବତୀଟିଏ ଜାଳି ଗାଁର ଗୃହିଣୀ ମାତା ଠାକୁରାଣୀଙ୍କ ପାଖରେ ଭାଗବତ ବୋଲିବାର ସ୍ୱର ଲିଭି ଲିଭି ଯାଉଛି ଏବେ । ସେ ପରମ୍ପରା ବଦଳୁଥିବା ହେତୁ ଗାଁର ପିଲାଏ ଗୋଧ ହାତ ଧୋଇ ସନ୍ଧ୍ୟାବେଳେ କେହି

ଆଉ ଆଗଭଳି 'ହେ ଆନନ୍ଦମୟ କୋଟି...' , 'ଆହେ ଦୟାମୟ...' କିମ୍ବା ଅଖିଳ ବ୍ରହ୍ମାଣ୍ଡପତି...' ପ୍ରାର୍ଥନା ବୋଲି ସାନ୍ଧ୍ୟ ପରିବେଶକୁ ମୁଖରିତ କରିବାର ଦେଖାଯାଉନି। ଜେଜିମା'/ ବୁଢ଼ିମା'ମାନଙ୍କଠାରୁ କୁନିକୁନି ନାତିନାତୁଣୀମାନେ ସଞ୍ଜବେଳେ ଶୁଣୁଥିଲେ କୁଲୁରୀବେଙ୍ଗ, ନଳଗୁଡ଼ି ବାଘ, ଟୁଆଁଟୁଇଁ ଭଳି କେତେ ରକମର ମଜାଦାର କାହାଣୀ। ପୁଣି ଲୋକଗୀତ ଆଧାରରେ ପିଲାଖେଳ ଯଥା-'ଗୁଡୁଗୁଡୁ ପଷୁଣି, ଅକଲ ମକଲ ଟକଲ ଟିଆ' ଭଳି କେତେ ନା କେତେ ପିଲାଖେଳ। ପିଲାମାନେ ହେଁସ ମଶିଣାରେ ଗଡୁ ଗଡୁ ସଞ୍ଜୁଆ ତାରା ଗଣି କହୁଥିଲେ-'ଏକ ତରା ମଣିଷ ମରା, ଦୁଇ ତରା କତରା ଘୋଡ଼ା' ଭଳି ଲୋକଗୀତ। ଗାଁରୁ ଏସବୁ ବିଭବ ଏବେ ନିଶ୍ଚିହ୍ନ ହେବାକୁ ବସିଲାଣି। ଏସବୁ ଛାଡ଼ି ଏବେ ସନ୍ଧ୍ୟାରେ ସମସ୍ତେ ବସିଯାଉଛନ୍ତି ଟିଭି ସାମ୍ନାରେ ଓଡ଼ିଆ ଧାରାବାହିକ ଦେଖିବାକୁ। ଏଇ ଟିଭି ଦେଖା ହେତୁ ଗାଁର ସଞ୍ଜ ସଂସ୍କୃତି ମଳିନ ପଡିଲାଣି ଧୀରେ ଧୀରେ। ଆହୁରି ଅନେକ କ୍ଷେତ୍ରରେ ଅସମ୍ଭବ ଭାବରେ ଦ୍ରୁତଗତିରେ ବଦଳି ଚାଲିଛି ପ୍ରାଚୀନ ପରମ୍ପରା ଏବଂ ସର୍ବୋପରି ବଦଳିଚାଲିଛି ଗାଁର ଚିତ୍ର। ଏ ସବୁ ଆମ ଗ୍ରାମ୍ୟ ଜୀବନର ପ୍ରଗତି କିମ୍ବା ଦୁର୍ଗତିର କାରଣ-ନିରୋଳାରେ ଏ ବାବଦରେ ଥରେ ଚିନ୍ତା କରନ୍ତୁ ତ !

■

ସଉତୁଣୀ ପଛେ ରାଣ୍ଡ ହେଉ

ଯିଏ ଯାହା କହୁଛି କହୁ, ପାଣ୍ଡୁ ପଧାନ କିନ୍ତୁ ଚାଲିଛି ତା' ବାଟରେ। ଆମ ଇଲାକାର ଗୋଟେ ଚର୍ଚ୍ଚିତ ଚେହେରା କଳା ମୁଟୁମୁଟୁ ଏଇ ମଧ୍ୟ ବୟସ୍କ ମଣିଷଟି। ସେ ସମସ୍ତଙ୍କ ପାଖରେ ପରିଚିତ ଏଇଥିପାଇଁ ଯେ - ନିଜ କଥା ଅପେକ୍ଷା ପର କଥା ଭାବିବାରେ ତା'ର ସମୟ ଅଧିକ ଯାଏ। ବାଃ ଏମନ୍ତ ଲୋକ ତ କୋଟିରେ ଗୋଟିଏ ! ଆପଣ କହିବେ - ନିଜ ଅପେକ୍ଷା ପର କଥା ଯିଏ ବେଶୀ ଭାବେ ସେ ତ ନିଶ୍ଚୟ ଗାନ୍ଧୀ କି ଗୋପବନ୍ଧୁଙ୍କ ପରି ମହାମାନବ ହୋଇଥିବେ। କିନ୍ତୁ ନା, ପାଣ୍ଡୁ ପଧାନ ସେ ବାଗର ମହାମାନବ ନୁହେଁ; ବରଂ ବିରଳ ପ୍ରଜାତିର ଅତି ମାନବ। ତା'ର ଦିନରାତି ପର ଚିନ୍ତାରେ ଯାଏ କେବଳ କାହା ପାଇଁ କେତେ ଗଭୀର ଗାତ ଖୋଳିଲେ ସେଥିରେ ପଡ଼ି ସେ ଆଉ ଉଠି ପାରିବନି। ମୋଟା ମୋଟି ଭାବରେ ଇଏ ହେଲା ପରଶ୍ରୀ କାତର ଅତି ମାନବ ପାଣ୍ଡୁ ପଧାନ। କାହାର ପ୍ରତିପତ୍ତି / ଶ୍ରୀବୃଦ୍ଧି ଦେଖିଲେ ଯା' ଦେହରେ ଛୁରୀ ଚାଲିଯାଏ। ଲୋକଟି କେମିତି ତଳିତଳାନ୍ତ ହେବ – ଏଇ ଚିନ୍ତା ସବୁବେଳେ ଘାରିଥାଏ ତାକୁ। ତା'ର ଏଇ ନିଉଛୁଣା ଗୁଣ ପାଇଁ ଯେ ବାପ ଗୋସେଇଁ ବାପ ଅମଳର ଚାଳ ଛପର ଘର ଖଣ୍ଡେ ମାଟିରେ ମିଶିବାକୁ ବସିଲାଣି, ଏଥିପାଇଁ ତା'ର ଟିକିଏ ବି ନିଘା ନାହିଁ। କେବଳ ଲକ୍ଷ୍ୟ – ବିଭିନ୍ନ କୌଶଳ ପ୍ରୟୋଗ କରି ଭଲରେ ରହୁଥିବା ଲୋକର ସର୍ବନାଶ କରିବା। ସେ ବୁଝି ପାରେନି, ପର ଅପେକ୍ଷା ନିଜର ଅଧିକ କ୍ଷତି ହେଉଛି ବୋଲି। କ'ଣ କରାଯିବ – ଏହା ତା'ର ସହଜାତ ସ୍ୱଭାବ।

ଆପଣ ବି ଏମିତି ପାଣ୍ଡୁ ପଧାନ ମାନଙ୍କୁ ନିଜ ଚାରିପାଖରେ ଦେଖୁଥିବେ, ଏପରି ବିଚିତ୍ର ବାଗର ଲୋକଙ୍କୁ କେଉଁଠି ନା କେଉଁଠି ଭେଟୁଥିବେ। ନିଜର କେତେ କ୍ଷତି ହେଉଛି ତା'ର ହିସାବ ନକରି ପରର ସର୍ବନାଶ କରିବାକୁ ଏମାନେ ପାଞ୍ଚକରି ଫାଶ ବସାନ୍ତି। ବେଳେ ବେଳେ ସେଇ ଫାଶରେ ପଡ଼ି ଛଟପଟ ହୁଅନ୍ତି... ତଥାପି

ଅନ୍ୟକୁ ହଇରାଣ କରିବାର ପେଞ୍ଚୁଆ ନୀତି ଛାଡ଼ିପାରନ୍ତିନି। ଏମାନେ ସବୁବେଳେ ନିଜ ବାଗରେ ଦୁନିଆକୁ ଦେଖିବାକୁ ଚାହାନ୍ତି। ମୁଁ ଦୁଃଖରେ ଅଛି ବୋଇଲେ ଦୁନିଆର ଅନ୍ୟ ସମସ୍ତେ ସେମିତି ଅବସ୍ଥାରେ ରହନ୍ତୁ–ଏଭଳି ମାନସିକତା ନେଇ ଏମାନେ ବଞ୍ଚନ୍ତି। ଯେମିତି – ଗୋଟେ ରାଜ୍ୟରେ ଜଣେ ଏକ ଆଖିଆ କଣା ରାଜା ଥିଲେ। ରାଜ୍ୟର ପ୍ରଜାମାନଙ୍କ ଆଖି ଦେଖି ଭାବିଲେ - ଆରେ ମୋ'ର ତ ଗୋଟିଏ ଆଖି, ମାତ୍ର ଏମାନଙ୍କର କ'ଣ ଦୁଇଟି ଆଖି? ଏଥିରେ ସେ ଅସହିଷ୍ଣୁ ହୋଇ ଆଦେଶ ଦେଲେ ସବୁ ପ୍ରଜାଙ୍କର ଗୋଟିଏ ଲେଖାଏଁ ଆଖି ଫୁଟାଇ ଦେବାକୁ। ତାହା ହିଁ ହେଲା। ତହୁଁ ଏକ ଆଖିଆ କଣା ରାଜା ଶାନ୍ତିରେ ଆଶ୍ୱସ୍ତି ଲାଭ କଲେ। ପରର ଭଲ ଦେଖି ଅସହିଷ୍ଣୁ ହେଉଥିବା ପାଣ୍ଡୁ ପଧାନ ପରି ଲୋକେ ଶାନ୍ତିରେ ରହି ପାରିବେ କେମିତି? ତାଙ୍କ ମୁଣ୍ଡରେ ତ ସବୁ ବେଳେ ଚିନ୍ତା ଘାରୁଥିବ – ମୋ' ପରି ଏ ଲୋକଟି କେମିତି ଚିର ଦୁଃଖରେ କାଳାତିପାତ କରୁ। ମୁଁ ପୂତିଗନ୍ଧମୟ ପରିବେଶରେ ରହୁଥିଲା ବେଳେ ଅନ୍ୟମାନେ ସୁଗନ୍ଧିତ ବାତାବରଣରେ ରହିବେ - ଏହା ବଡ଼ କଷ୍ଟ ଲାଗେ ପାଣ୍ଡୁ ପଧାନଙ୍କ ପରି ଲୋକମାନଙ୍କୁ। ଲୋକଙ୍କ ଶ୍ରୀ ଦେଖି କାତର ହୋଇ ତାଙ୍କର ଅନିଷ୍ଟ କରିବାର ବିଭିନ୍ନ ଫନ୍ଦି କଲାବେଳେ ନିଜେ ଶ୍ରୀହୀନ ହୋଇଯାଉଥାନ୍ତି ପଛକେ ନିଜର ଅପର ଛନିଆ ପ୍ରକୃତି ଛାଡ଼ିବାକୁ ନାରାଜ। ନିଜେ ବରବାଦ ହେଲେବି ଅନ୍ୟକୁ ବରବାଦ କରିବାର ମାନସିକତା ଏମାନଙ୍କୁ ଏତେ ମାତ୍ରାରେ ଘାରିଥାଏ ଯେ ନିଜର ହିତାହିତ ଜ୍ଞାନ ଭୁଲିଯାନ୍ତି। ଗୋଟିଏ ଜିଦ୍ଦି: ପାଳଗଦା ପଛେ ଜଳିଯାଉ କିନ୍ତୁ ପିମ୍ପୁଡ଼ି ମରୁ। ବଡ଼ ବିଚିତ୍ର ସ୍ୱଭାବର ଜୀବ।

ପଡ଼ୋଶୀ ଘରର ସ୍ତ୍ରୀ ବେକରେ, ହାତରେ, ମୁଣ୍ଡରେ ଗହଣା ନାଇଲେ ଏଭଳି ପ୍ରକୃତିର ଲୋକେ ସହି ପାରନ୍ତିନି। ନିଜର ସାମର୍ଥ୍ୟ ନଥାଉ ପଛକେ ତାଙ୍କ ପରି ଗହଣା ନାଇବାକୁ ଜିଦ୍ଦି କରନ୍ତି। ବିଚରା ସ୍ୱାମୀ କରେ କ'ଣ? ଶ୍ରୀମତୀର ଇଚ୍ଛା ପୂରଣ କରିବାକୁ ଯାଇ ସର୍ବସ୍ୱାନ୍ତ ହେବାକୁ ପଡ଼େ। ଯଦି ସାମର୍ଥ୍ୟ ଅଭାବରୁ ଲକ୍ଷ୍ୟ ପୂରଣ ହୋଇ ନପାରେ ତେବେ ଈର୍ଷା ପରାୟଣ ହୋଇ ଅନ୍ୟ ଯେ କୌଣସି ବାଟରେ ନିଜ ମନର ଅରମାନ ମେଣ୍ଟାଇବାକୁ ଲାଗି ପଡ଼ନ୍ତି। କିଛି ନହେଲେ ପଡ଼ୋଶୀ ଘରର ସ୍ତ୍ରୀକୁ ବାଟରେ ଘାଟରେ ଦେଖେଇ ଶିଖେଇ ବିଦ୍ରୂପ କରିବା, ଜାଣିଶୁଣି ପାଣି ଢାଳି ବାଟ ଖସଡ଼ା କରିବା କିମ୍ବା ନିରୀହ ଛୋଟ ପିଲାଙ୍କୁ ଲଗେଇ ଗୋଡ଼ି ପଥର ଫିଙ୍ଗିବା ଇତ୍ୟାଦି ନାନା ପ୍ରକାରର ସୈତାନିଆ ବୁଦ୍ଧି ଖଟାଇ ହଇରାଣ କରିବାକୁ ଚେଷ୍ଟା ଜାରି ରଖନ୍ତି। ଯଦି ସେଥିରେ ବି ସଫଳ ନହେଲେ ତୁମୁଳ ସଂଗ୍ରାମ ପାଇଁ ପ୍ରତ୍ୟକ୍ଷ ମୈଦାନକୁ ଓହ୍ଲାନ୍ତି। ଭାଷା ଅଭାଷାର ଗାଳି ବିନିମୟ ଓ ଶେଷକୁ ରାମ୍ପୁଡ଼ା ଚିମୁଡ଼ା କାମୁଡ଼ାର

ପରିଣାମରେ କ୍ଷତାକ୍ତ / ରକ୍ତାକ୍ତ ହୁଅନ୍ତି ଉଭୟ ପକ୍ଷ। ଏମିତି ସମୟ ବି ଆସେ – ନିଜ ଜୀବନକୁ ବାଜି ଲଗେଇ ମରଣାନ୍ତକ ଆକ୍ରମଣ କରିବାକୁ ବି ପଛାନ୍ତିନି ଏଭଳି ଲୋକେ। କିହୋ, କି ଦରକାର ? ଜଣକର ପ୍ରତିପ୍ରତ୍ତି, ଧନ ଦୌଲତ ଦେଖି ତୁମ ଆଖି ଏମିତି ଜଳୁଛି କାହିଁକି ? ପାଣୁ ପଧାନର ଏହା ଆଉ ଏକ ଗୁଣ। ବେଳେ ବେଳେ ଏ ଧରଣର ଲୋକେ ପ୍ରତିପତ୍ତି ଥିବା ଲୋକଙ୍କୁ ନିଜ ସ୍ତରକୁ ଆଣିବାକୁ ପ୍ରୟାସ କରନ୍ତି କିମ୍ବା ସେମାନଙ୍କ ସମକକ୍ଷ ହେବାକୁ ଚେଷ୍ଟା କରନ୍ତି। ହେଲେ ଉଭୟ ଯୋଜନାରେ ବିଫଳ ହୋଇ ସାମାଜିକ ତଥା ନୈତିକ ମର୍ଯ୍ୟାଦା ହରାଇ ବସନ୍ତି।

କାହା ଘରୁ ଭଲ ତରକାରି ବାସ୍ନା ଆସିଲେ ଏମାନେ ସହି ନପାରି ଯା' ତା' ପାଖରେ କହି ବୁଲନ୍ତି – ଦେଖ ହୋ, ନ ଖାଇଲା ପୁଅ ରଙ୍କ ନା କଛିମ କାଢ଼ିଛି ବେକ। ଆମେ କ'ଣ ଆଉ ଖାଉନ୍ଥୁ କି.. ଇଏ ତ ଏକା ଖାଇବା ଦେଖାଉଛି ! କାହାର ନୂଆ ଘର ତୋଳାଗଲେ ଏମାନଙ୍କର ବୈର ମନୋଭାବ। ତା' ପରେ ଆରମ୍ଭ ହୋଇଯାଏ ଶକୁନି ପେଞ୍ଚ। ମା..ଲ ମସଲା ଆସିବାର ରାସ୍ତା ବନ୍ଦ କରି ଲୋକଙ୍କୁ ହଇରାଣ କରିବାର ଯୋଜନା ପ୍ରସ୍ତୁତ କରି ଦିଅନ୍ତି। କାର୍ଯ୍ୟରେ ବିଘ୍ନ ଘଟାଇବାକୁ ଆରମ୍ଭ କରନ୍ତି କୁଟିଳ ନୀତି। ଏମାନଙ୍କର ଏଇ ଈର୍ଷାପରାୟଣ କଦର୍ଯ୍ୟ ପ୍ରକୃତି ପାଇଁ ସମସ୍ତଙ୍କ ଘୃଣା ମନୋଭାବର ଶିକାର ହୁଅନ୍ତି। ମୁହଁରେ କିଛି ନକହିଲେ ବି ପଛରେ ନିନ୍ଦା କରୁଥାନ୍ତି ସମାଜର ବିଭିନ୍ନ ବର୍ଗର ଲୋକେ। କିନ୍ତୁ କଣ ହେବ, ପାଣୁ ପଧାନ ମାନେ ଯଦି ଏଭଳି କାର୍ଯ୍ୟ ନକରନ୍ତି, ସେମାନଙ୍କ ଛାତି ଫାଟିଯିବ।'ଘୁଷୁରି ପ୍ରକୃତି ପଙ୍କେ ଲୋଟେ, ମଣିଷ ପ୍ରକୃତି ମଳେ ତୁଟେ।' ଯାହାର ଯେମନ୍ତ ସ୍ୱଭାବ.. ହସି କହନ୍ତି ଚକ୍ରପାଣି..।

ଏଥିରେ ଲୋକଙ୍କର ଯାହା ତ ହାନି ହୁଏ, ତା ଠାରୁ ଅଧିକ କ୍ଷତିହୁଏ ପରଶ୍ରୀକାତର ଏଇ ପାଣୁ ପଧାନ ମାନଙ୍କର। ନିଜେ ତଳିତଳାନ୍ତ ହୋଇ ସାମାଜିକ ମର୍ଯ୍ୟାଦା ହରାଇ ବସନ୍ତି ଓ ଏହାର ପରିଣାମରେ ଲୋକଲଜ୍ଜା ହେତୁ ଦିନରେ ଆଉ ପଦାକୁ ନବାହାରି ରାତିରେ ବାହାରନ୍ତି ରାତ୍ରିଚର ପରି। ସବୁ ସତ୍ତ୍ୱେ ନିଜର ଖୋଇ ଛାଡ଼ିପାରନ୍ତିନି। ଏମାନଙ୍କର ନୀତିହେଲା – 'ସଉତୁଣୀ ପଛେ ରାଣ୍ଡ ହେଉ କିନ୍ତୁ ଗେରସ୍ତ ମରୁ।'ତେଣୁ ସାଧୁ ସାବଧାନ୍।

■

ହୁସିଆର୍ - ବାଘ ମାତିଛି

ହୁସିଆର୍ ହୋ ନଗ୍ର ଜନେ। ବାଘ ମାତିଛି। ଭୂଇଁରେ ଲାଞ୍ଜ ପିଟି ହେଷ୍ଟାଳ ଛାଡୁଛି – ଖୋଜୁଛି ମଣିଷ ଶିକାର। ତମେ ତାକୁ ଦେଖିଛ ପାଖରେ, ପାଚେରି ଉପରେ, ବାଡ଼ି ବାଗାନାରେ। ହେଷ୍ଟାଳ ଛାଡ଼ି କୁଦି ପଡୁଛି ଏ ପାଖରୁ ସେ ପାଖକୁ – ତୁମ ଆଖିରୁ ନିଦ ହଜେଇ ନିଡରରେ ବୁଲୁଛି ନିଶାର୍ଦ୍ଧରେ ତୁମ ଏ ନଗରରେ। କେତେଥର ଦେଖିଛ ସି ସି ଟିଭିରେ। କାତର ହୋଇ କେତେ ଯୋଜନା କରୁଛ ତାକୁ ଧରିବାକୁ। ବାଘ ମାତିଛି ରାଜ ନଅରରେ, ଏହା କି ଛୋଟିଆ କଥା ? ଆତଙ୍କିତ ନଗ୍ରବାସୀ / ଆତଙ୍କିତ ରାଜନ୍ୟ ବର୍ଗ / ଶାସନ, ପ୍ରଶାସନ। କାବୁ କରିବାକୁ କେତେ ବିଚାର ବିମର୍ଶ – କେମିତି ଧରା ପଡ଼ିବ ଯନ୍ତାରେ, ଫାଶରେ, ଟ୍ରାଙ୍କୁଲାଇଜର୍‌ରେ। ବିଶେଷଜ୍ଞ ତତ୍ପର, ବନବିଭାଗ ତତ୍ପର। ସବୁ ଯୋଜନା, କୌଶଳ ପ୍ରୟୋଗ କରାଗଲା। ଶେଷରେ ନଗ୍ର ଜନଙ୍କ ଆଖିରେ ଧୂଳି ଦେଇ ବୁଲୁଥିବା ବାଘ ଧରା ପଡ଼ିଲା ଯନ୍ତାରେ। ନିଜ ପାରିଲା ପଣିଆର ହୁଙ୍କାରରେ ନିଶ ଫୁଲେଇ, ଛାତି ଫୁଲେଇ ବିଜୟର ବାର୍ତ୍ତା ଦେଲ ନଗ୍ରବାସୀଙ୍କୁ – ଆମେ ସଫଳ, ବାଘ ଧରିଛୁ ଯନ୍ତାରେ। ଭୂଇଁରେ ଲାଞ୍ଜ ପିଟି ହେଷ୍ଟାଳ ଛାଡୁଥିବା ବାଘଟା ଏବେ ଯନ୍ତାରେ ଗର୍ଜନ ତର୍ଜନ କରି ଛଟପଟ ହେଉଛି ଆଉ ତୁମେ ନିଜ ବାହାଦୁରୀର ବିଜୟ ବୈଜୟନ୍ତ ଉଡ଼େଇ ଛାତି ବଟନ୍ ଖୋଲି ଦେଖାଉଛ ପୁରୁଷପଣିଆ। କହୁଛ - ଦେଖ, ମଣିଷ ଶିକାର ଖୋଜୁଥିବା ବାଘ ଏବେ ଆମ ଅକ୍ତିଆରରେ - ଆମ ଯନ୍ତାରେ।

ହୁସିଆର୍ ହୋ ନଗ୍ରଜନେ - ବାଘ ମାତିଛନ୍ତି। ହେଷ୍ଟାଳ ଛାଡ଼ି ଖୋଜୁଛନ୍ତି ଶିକାର - ମଣିଷ ଶିକାର। ଏମାନଙ୍କୁ ଧରିବା ପାଇଁ ଯୋଜନା ପରେ ଯୋଜନା ଚାଲିଛି। ଖୋଜା ଚାଲିଛି ନୂଆ ନୂଆ କୌଶଳ – ଚାଲିଛି ବିଚାର ବିମର୍ଶ। ହେଲେ ସବୁ ବ୍ୟର୍ଥ। ଧରା ପଡୁ ନାହାନ୍ତି ଫାଶରେ। ଯନ୍ତାକୁ ଭୟ ନାହିଁ ତାଙ୍କର।

ଟ୍ରାଙ୍କୁଲାଇଜର୍‌ରେ ବି ତୁମେ ତାଙ୍କୁ କାବୁ କରିପାରୁନ। ବୁଲୁଛନ୍ତି ସେମାନେ ରାତିରେ, ଦିନରେ, ନଗ୍ରରେ। ମଣିଷ ମାଂସରେ ଭୋଜି କରି ହେଣ୍ଟାଳ ଛାଡ଼ି ବୁଲୁଛନ୍ତି ବାଘ ନଗରର ଏଠି ସେଠି ସବୁଠି। ଯୌନଲିପ୍‌ସୁ ଏମାନେ ଖୋଜି ଚାଲିଛନ୍ତି ଶିକାର-ନାରୀ ଦେହର ଶିକାର। ଅବୋଧ ଶିଶୁ କନ୍ୟା ହେଉ, କିଶୋରୀ କନ୍ୟା ହେଉ, ନବ ଯୌବନା ହେଉ, ହେଉ ଅବା ବିଗତ ଯୌବନା - ବାଘ ମାନଙ୍କ ଆଖିରୁ କେହି ବାଦ୍ ଯାଉନି। ଏଇ ବାଘପଲ ଶିକାର ପାଇଁ ଧରୁଛନ୍ତି ବିଭିନ୍ନ ବେଶ-କେତେବେଳେ ଚିତା ତିଳକ ଆଉ ଗେରୁଆ ବେଶ, କେତେବେଳେ ଅବା ସଫେଦ ପୋଷାକ - ଏ ସବୁକୁ ମାଧ୍ୟମ କରି ଲୁଚି ଛପି କଳେ ବଳେ କୌଶଳେ ଶିକାର କରୁଛନ୍ତି ନିରୀହ ନାରୀ ଦେହ। କେବେ ସୁନା କଙ୍କଣ ଧରିଥିବା ବାଘ ବେଶରେ ଆକର୍ଷିତ କରୁଛନ୍ତି ତ ଆଉ କେବେ ଗେଲ କରୁ କରୁ ବିଦୀର୍ଣ୍ଣ କରୁଛନ୍ତି ତା'ର ନରମ ଦେହ। କେବେ ଶିକାର କରୁଛନ୍ତି ଏକା ଏକା - କେବେ ଶିକାର କରୁଛନ୍ତି ସାଥୀ ସହୋଦର ସହ ମିଳିତ ଭାବରେ। ରକ୍ତ ରଂଜିତ କରି ଛିନ୍‌ଭିନ୍ କରୁଛନ୍ତି ନିରୋଳା ତୋଟାରେ, ନଈ ପଠାରେ, ଶୂନ୍‌ଶାନ୍ ପରିତ୍ୟକ୍ତ କୋଠାରେ, ମଠରେ, ହାଟରେ, ଗୋଠରେ - ସବୁ ଜାଗାରେ ଚାଲିଛି ନାରୀ ଦେହର ଶିକାର। ତମେ ସେମାନଙ୍କ ପାଇଁ ଯେତେ ସି ସି ଟିଭି ଲଗାଅ, ଯେତେ ଯନ୍ତା ବସାଅ ଅଥବା ଯେତେ ଫାଶ ବସାଅ; ତୁମର ସବୁ ଯୋଜନା ହେବ ଧୂଳିସାତ୍। ତୁମରି ସାଇ ଗଳିରୁ ଶିକାର କରି ସେ ମାରୁଛନ୍ତି ଚମ୍ପଟ ଅଥଚ ତୁମେ ଚାହିଁ ରହିଛ ଭକୁଆଙ୍କ ପରି। ଏଠି ଯଦି ଅକସ୍ମାତ୍ ଗୋଟାଏ ଧରା ପଡ଼ିଲା ତ ସେଠି ହେଣ୍ଟାଳ ଛାଡ଼ି ଭୂଇଁରେ ଲାଞ୍ଜ ପିଟୁଛି ଆଉ ଏକ ମାଂସ ଲୋଭୀ ବାଘ। ତୁମେ ନଗ୍ରଜନେ ତା' ପାଇଁ ଆତଙ୍କିତ – ଭୟଭୀତ। ରାତିରେ, ଦିନରେ ଶିଶୁ କନ୍ୟା, କିଶୋରୀ କନ୍ୟା, ଝିଅ ବୋହୂ ତୁମର ସୁରକ୍ଷିତ ତ ଏ ନଗ୍ରରେ, ଏ ସହରରେ? ବିଭିନ୍ନ ବେଶରେ ଶିକାର କରୁଥିବା ଏ ବାଘ ମାନଙ୍କୁ ତୁମେ ଚିହ୍ନିବ କିପରି? ତୁମରି ଗହଣରେ ଅଛନ୍ତି ବାଘ ଅଥଚ ତୁମେ ଚିହ୍ନିପାରୁନ ସେମାନଙ୍କୁ। ବାରମ୍ବାର ବେଶ ବଦଳାଉଥିବା ଏ ବାଘ ମାନଙ୍କୁ ଚିହ୍ନିଲେ ତ ଯନ୍ତାରେ, ଫାଶରେ ଧରିବ ତୁମେ କିମ୍ବା ସି ସି ଟିଭିରେ ଦେଖି ଠଉରାଇବ ବାଘ ବୋଲି !! ସେଦିନ ଯନ୍ତା ବସେଇ ଯେଉଁ ବାଘକୁ କାବୁ କରିଥିଲ – ତା'ର ଦି'ଟା ରୂପ ନଥିଲା, ସେଥିପାଇଁ ସି ସି ଟିଭି ଫୁଟେଜ୍‌ରେ ତାକୁ ଚିହ୍ନିଲ / ପାଖରୁ ଦେଖି ଜାଣିଲ ବାଘ ବୋଲି। କିନ୍ତୁ ଏ ବହୁରୂପୀ ବାଘମାନଙ୍କୁ କିପରି ଚିହ୍ନିବ? ଏହା ତ ମୁସ୍କିଲ୍ କଥା..।

ହୁସିଆର୍.. ବାଘ ମାତିଛନ୍ତି – ବହୁରୂପୀ ବାଘ। ମଉସା ମଉସା କହି ମୁଣ୍ଡ ମୋଡୁଥିବା ବାଘ। ବେଳକାଳ ଉଣ୍ଡି ଘରେ ପଶି କଳା କନା ବୁଲେଇ ଶେଷରେ ତଣ୍ଟି

କଣା କରି ଜୀବନ ନେଉଥିବା ବାଘ ଏମାନେ। ଏ ଠାଉରିଆ ବାଘମାନେ କେଉଁ ଯନ୍ତା ବା ଫାଶରେ ପଡ଼ିବେ ? ପାଖରେ ବସି ପ୍ରୀତି ବଢ଼ାଇ ପରମ ଶତ୍ରୁ ସାଜନ୍ତି ଏମାନେ। ତାଙ୍କ ପ୍ରୀତିର ଭାଷା ବୁଝିଲା ବେଳକୁ ନେଡ଼ି ଗୁଡ଼ କହୁଣିକୁ ବୋହି ସାରିଥାଏ। ସେତେବେଳକୁ ଏକା କୁଦାରେ ବାଘ ମାରିଥାନ୍ତି ଚମ୍ପଟ୍। ନଗ୍ରଜନେ, ଏମାନେ ତ ଯାହା ନେବାର କଥା ନେଲେ ହେଲେ ଶେଷକୁ ନର ଖାଦକ ସାଜି ସଂସାର ଉଜାଡ଼ି ଦେଉଛନ୍ତି। ବିଭିନ୍ନ ବାଗରେ, ବିଭିନ୍ନ ଢଙ୍ଗରେ ଆକ୍ରମଣ କରନ୍ତି ଏମାନେ ଓ କିଛି ବିପଦର ସୁରାକ୍ ପାଇଲେ ଘାଇଲା କରି ଖସି ପଳାନ୍ତି। ଏମାନଙ୍କର ନଜର ଘରର ଅର୍ଥ, ଅଳଙ୍କାର ଉପରେ। ସେଥିପାଇଁ ଆକ୍ରମଣ କରି ମଣିଷ ମାରନ୍ତି। ସେ ଜଙ୍ଗଲୀ ବାଘକୁ ଯନ୍ତାରେ ଧରି ତୁମେ ବାହାସ୍ଫୋଟ ମାରିଲ, ନିଶ ଫୁଲେଇ ପାରିଲାପଣିଆରେ ଛାତିରେ ହାତ ପିଟିଲ, ହେଲେ ତମରି ଚାରିପାଖରେ ଗୋପନରେ ବୁଲୁଥିବା ଏ ଛଦ୍ମବେଶୀ ବାଘମାନଙ୍କୁ ଧରିବାର ଉପାୟ କଣ ? ଯେତେ କୌଶଳ ତମେ ଖଂଜିଲେ ବି ସବୁ ଫେଲ୍ ମାରୁଛି ଏମାନଙ୍କ ଚତୁରତା ପାଖରେ।

ତମ ଯନ୍ତାରେ ଧରାପଡ଼ିଥିବା ସେ ବାଘର ବା ଦୋଷ କ'ଣ ଥିଲା ? କାହିଁକି ତାକୁ ଧରି କଲବଲ କଲ ? ମାଂସ ଖାଇବା ତ ତା'ର ସ୍ୱଭାବ... ଜଙ୍ଗଲରେ ମୁକ୍ତ ଭାବରେ ବିଚରଣ କରିବା ତା'ର ନୀତି। ହୁଏତ ତମ ସହରକୁ ସେ ଅଜାଣତରେ କୁଦି ପଡ଼ିଥିଲା, ସେଥିପାଇଁ ତମ ଆଖିରୁ ନିଦ ହଜିଗଲା... ଧରି ନେଲ ତାକୁ କାଇଦାରେ। ହେଲେ ତା' ଚରାଭୂଇଁକୁ ତମେ ମଣିଷମାନେ କିଆଁ ଦଖଲ କରୁଛ, କିଆଁ ବାସ ସ୍ଥଳୀକୁ ତୁମେ ଅଧିକାର କରି ସହରୀ ବୋଲାଉଛ ? ତୁମେ ତା ବାସସ୍ଥଳୀ ନଷ୍ଟ ଭ୍ରଷ୍ଟ କରି ନିଜ ବାସସ୍ଥଳୀ ବନାଇଲେ ସେ ତ ଧାଇଁବ ଯାଡ଼େ ସ୍ୟାଡ଼େ... ଡେଇଁବ ତମ ପାଚେରିରୁ ପାଚେରିକୁ, ବୁଲିବ ତମ ବାଡ଼ି ବାଗାନାରେ। ତା' ବାସସ୍ଥଳୀକୁ ତୁମେ ଅନ୍ୟାୟରେ, ଅନୀତିରେ ଅନଧିକାର ପ୍ରବେଶ କଲେ ସେ ଆସିବ ତମ ସହରକୁ। ଏଥିରେ ଆଖିରୁ ନିଦ ହଜୁଛି କିଆଁ ? ହୋ ନଗ୍ରଜନେ, ଆତ୍ମ ସମୀକ୍ଷା କର।

ତମରି ଭିତରେ ଯେଉଁ ନର ଖାଦକମାନେ ବୁଲୁଛନ୍ତି ସେମାନଙ୍କୁ କାବୁ କରିବାର କୌଶଳ ଆପଣାଅ। ମୁଖାପିନ୍ଧା ବାଘମାନେ ପ୍ରତିଦିନ ଆତଙ୍କ ଖେଳାଇ ସତର୍କତାର ସହିତ ଖସିଯାଉଛନ୍ତି - ସେମାନଙ୍କ ପାଇଁ ତିଆରି କର ଯନ୍ତା। ଯୌନଲିପ୍ସୁ ବାଘ, ରକ୍ତରେ ହୋଲି ଖେଳୁଥିବା ବାଘ, ଦିନ ଦ୍ୱିପହରରେ ହେଣ୍ଡାଳ ଛାଡ଼ି ଆଖି ଦେଖେଇ ଦୋକାନ, ମଲ୍, ବ୍ୟାଙ୍କରୁ ଲୁଟୁଥିବା ବାଘ, ବେକରୁ, କାନରୁ ଗହଣା ଝାମ୍ପୁଥିବା ବାଘ, ଏ.ଟି.ଏମ୍‌ରୁ ଅର୍ଥ ହଡ଼ପ କରୁଥିବା ବାଘ – ଏମାନଙ୍କ ଦୌରାତ୍ମ୍ୟରେ ନଗରଟା ଜଙ୍ଗଲ ପାଲଟିଲାଣି। ପଶୁରାଜର ହୁଂକାରରେ ଭୀତତ୍ରସ୍ତ ନଗ୍ରବାସୀ। ସଭ୍ୟ, ଶିକ୍ଷିତ,

ସ୍ମାର୍ଟ ସହର ବୋଲି ତମେ ଯେତେ ଜୋର୍‌ରେ ଉଦ୍‌ଘୋଷଣା କଲେ ବି ତାହା କ'ଣ ସତରେ ସାକାର ହୋଇପାରିଛି ? ଏଠି ହେଣ୍ଟାଳ ଛାଡୁଥିବା ଗୋଟିଏ ବାଘକୁ ତମେ ଧରିଲେ ସେଠି ଆହୁରି ଅନେକ ବାଘଙ୍କର ଗର୍ଜନ... ବିଭିନ୍ନ ଭାବରେ, ବିଭିନ୍ନ ଜାଗାରେ ତୁମ ନଗର ବାସୀଙ୍କୁ ସେମାନେ ଆତଙ୍କିତ କରିବାରେ ଲାଗିଛନ୍ତି । ଛାୟାସ୍ନିଗ୍ଧ ଘଞ୍ଚ ଜଙ୍ଗଲରେ ଅସଲି ବାଘ ସିନା ବିଚରଣ କରେ, ହେଲେ ଏଠି ଏ କଂକ୍ରିଟ୍ ଜଙ୍ଗଲରେ ମାତିଛନ୍ତି ବହୁରୂପୀ ବାଘ ।

ତେଣୁ ହେ ବାଘ ଶିକାରୀ, ତୁମ ଯନ୍ତାରେ ପଡ଼ିଥିବା ସେ ବାଘକୁ ଦେଖି ଆଉ ନିଶରେ ହାତ ମାରନି, ଏଠି ହାଉଜାଉ ହେଉଥିବା ସହରୀ ବାଘମାନଙ୍କୁ କାବୁ କର । ଯନ୍ତାରେ, ଫାଶରେ ହେଉ ଅବା ଟ୍ରାଙ୍କୁଲାଇଜର୍‌ରେ । ବଢ଼ିଚାଲିଛି ବାଘମାନଙ୍କର ଉପଦ୍ରବ । ଆଜି ଗୋଟିଏ ରାତିର ନିଦ ତୁମ ଆଖିରୁ ହଜେଇ ଦେଲା ସେ ଜଙ୍ଗଲୀ ବାଘ । ହେଲେ ଏମାନଙ୍କୁ କାବୁ ନକଲେ ସବୁ ରାତିର ନିଦ ତୁମ ଆଖିରୁ ହଜିଯିବ । ସେ ସମୟ ଆସିବାକୁ ବେଶୀ ଡେରି ନାହିଁ । ତେଣୁ ହୋ ନଗ୍ରଜନେ, ବେଳହୁଁ ହୁସିଆର୍ – ବାଘ ମାତିଛନ୍ତି ।

ଅସଲି - ନକଲି

ସକାଳୁ ସକାଳୁ ଗେଟ୍ ପାଖରେ ଠକ୍ ଠକ୍ ଶବ୍ଦ ଶୁଭିଲା । ଦ୍ୱାର ଖୋଲି ଦେଖେ ତ ଆଲୁଳାୟିତ କେଶ, ମସିଆ ଲୁଗା ପିନ୍ଧା ସ୍ତ୍ରୀ ଲୋକଟିଏ ଛୋଟ ଶିଶୁ ପୁତ୍ରକୁ କାଖରେ ଧରି ଠିଆ ହୋଇ କିଛି ପଇସା ମାଗୁଛି । ପିଲାଟିର ଗୋଡ଼ରେ ବନ୍ଧା ହୋଇଛି ବ୍ୟାଣ୍ଡେଜ୍ କନା ଓ ସେଥିରୁ ତାଜା ରକ୍ତ ଜକେଇ ଆସୁଥିବାର ଦୃଶ୍ୟ ହେଉଛି । ଭାରି ବିକଳ ହୋଇ କାନ୍ଦୁରା ମୁହଁରେ ସ୍ତ୍ରୀ ଲୋକଟି କହୁଥାଏ – ବାବୁ, ଦୁର୍ଘଟଣାରେ ପୁଅର ଗୋଡ଼ କଟିଯାଇଛି । କିଛି ଦୟା କରନ୍ତୁ । ଭୁବନେଶ୍ୱରର ବିଭିନ୍ନ ଟ୍ରାଫିକ୍ ଛକ ପାଖରେ ଏମିତି ହାତ ଗୋଡ଼ରେ ବ୍ୟାଣ୍ଡେଜ୍ କନା ଗୁଡ଼ା ହୋଇଥିବା ଛୋଟ ପିଲାମାନଙ୍କୁ ଖରାରେ ଶୁଆଇ ମାଆମାନେ ରାସ୍ତାରେ ଯାତାୟତ କରୁଥିବା ଲୋକମାନଙ୍କୁ ହାତ ପାତି ପଇସା ମାଗୁଥିବାର ଦୃଶ୍ୟ ମୁଁ କେତେ ଥର ଦେଖିଛି । ଆଜି ମୋ ଗେଟ୍ ପାଖରେ ଗୋଡ଼ରେ ବ୍ୟାଣ୍ଡେଜ୍ କନା ବନ୍ଧା ପିଲାକୁ ଧରି ପଇସା ମାଗୁଥିବା ସ୍ତ୍ରୀ ଲୋକକୁ ଦେଖି ଭାବିଲି – ଏ ସବୁ ତ ଗୋଟିଏ ପ୍ରକାର ଫର୍ମୁଲାରେ ବନ୍ଧା ହୋଇଥିବା ବ୍ୟାଣ୍ଡେଜ୍ କନା ! ସନ୍ଦେହ ଘନେଇଲା । କହିଲି – ଠିକ୍ ଅଛି ପଇସା ତ ସାହାଯ୍ୟ କରିବି, ହେଲେ ବ୍ୟାଣ୍ଡେଜ୍ କନା ଖୋଲିଲ ଦେଖିବା ଗୋଡ଼ର ଅବସ୍ଥା କେମିତି ଅଛି । ଦରକାର ହେଲେ ହସ୍‌ପିଟାଲ୍‌ରେ ଚିକିତ୍ସା କରେଇବାକୁ ବି ମୁଁ ପ୍ରସ୍ତୁତ ଅଛି । ମୋ ମୁହଁରୁ ଏତିକି କଥା ବାହାରିଛି କି ନାହିଁ ସ୍ତ୍ରୀ ଲୋକଟି କ'ଣ ଗୁଡ଼ାଏ ଗାରୁ ଗାରୁ ହୋଇ କହି ତୁରନ୍ତ ଗେଟ୍ ପାଖରୁ ବେଗରେ ପଳାଇଲା । ଯେତେ ଡାକୁଥାଏ ତା' ପାଦର ଗତି ସେତେ କ୍ଷିପ୍ର ହେଉଥାଏ । କେବଳ ତାକୁ ନୁହେଁ, ହାତ ଗୋଡ଼ରେ ବ୍ୟାଣ୍ଡେଜ୍ କପଡ଼ା ବନ୍ଧା ଛୋଟ ପିଲାଙ୍କୁ ଧରି ପଇସା ମାଗୁଥିବା ମାଆମାନଙ୍କୁ ଯେଉଁଠି ଦେଖିଛି ସେଇ ଏକା ପ୍ରକାର କଥା କହିଛି– ବ୍ୟାଣ୍ଡେଜ୍ କନା ଖୋଲ ଦେଖିବା । ମାତ୍ର ମୋ କଥାର ସନ୍ତୋଷଜନକ ଉତ୍ତର ପାଇନି ।

ଆଉ ଏକ ଘଟଣା । ଚାକିରି କାଳରେ ଏକଦା ମୋତେ ସବୁଦିନ ଟ୍ରେନ୍

ଯୋଗେ କର୍ମ ସ୍ଥଳୀରେ ପହଞ୍ଚିବାକୁ ପଡୁଥାଏ। ପାସେଞ୍ଜର ଟ୍ରେନ୍‌ରେ ସବୁଦିନ ଗୋଟେ ଭିକାରିକୁ ଦେଖୁଥିଲି ଯିଏ କି ଚାଲି ନପାରି ପଙ୍ଗୁ ପରି ଘୋଷାରି ହୋଇ ଟ୍ରେନ୍‌ରେ ବସିଥିବା ଯାତ୍ରୀଙ୍କ ପାଖକୁ ଯାଇ ହାତ ପତାଇ ପଇସା ମାଗୁଥିଲା, ତା' ପାଟି ବି ଫିଟୁ ନଥିଲା – ଘୁଙ୍ଗାଟିଏ। ଲୋକେ ଯିଏ ଯାହା ପଇସା ଦିଅନ୍ତି ତାକୁ ଅଣ୍ଟିରେ ଖୋସି ଥିବା ମୁଣାରେ ପୂରେଇ ପୁଣି ଘୋଷାରି ହୋଇ ଅନ୍ୟମାନଙ୍କ ପାଖରେ ହାତ ପାତୁ ଥାଏ। ତା' କାର୍ଯ୍ୟ କଳାପ ମୋ ମନରେ ଗୋଟେ ଛାପ ସୃଷ୍ଟି କରିଥିଲା ଯେ ସେ ଜଣେ ପଙ୍ଗୁ ଓ ଘୁଙ୍ଗା ଭିକାରିଟାଏ। ଦୟା ଭାବରୁ ମୁଁ ବି କେତେ ଥର ପଇସା ଦେଇଛି। ମାତ୍ର ଗୋଟିଏ ଦିନର ଘଟଣା ତା' ପ୍ରତି ମୋ ମନରେ ଥିବା ଧାରଣାକୁ ବଦଳାଇ ଦେଲା। ସେଦିନ ଦେଖିଲି – ଗୋଟିଏ ଷ୍ଟପେଜ୍‌ରେ ଟ୍ରେନ୍ ରହିଲା ପରେ ସେଇ ପଙ୍ଗୁ ଓ ଘୁଙ୍ଗା ଭିକାରିଟି ହଠାତ୍ ଉଠି ଛିଡ଼ା ହୋଇ ପଡ଼ି ଅତି ଦ୍ରୁତ ବେଗରେ ଭିଡ଼ ଠେଲି ତଳକୁ ଓହ୍ଲାଇ ଆଉ ଏକ ବଗିକୁ ପଶିଲା। ଆଖିକୁ ବିଶ୍ୱାସ କରି ପାରିଲିନି। ଲୋକଙ୍କୁ ପଚାରିବାରୁ ସେମାନେ ହସି ହସି କହିଲେ - ଆଜ୍ଞା, ଏହା ତା'ର ନିତି ଦିନିଆ ବୃତ୍ତି। ଆମେ ସବୁଦିନ ତା'ର ଏ ଅଭିନୟ ଦେଖୁଛୁ। ସେ ପଙ୍ଗୁ କି ଘୁଙ୍ଗା ନୁହେଁ, କଥାବାର୍ତ୍ତା ଓ ଚାଲ ବୁଲ କରିପାରୁଥିବା ସୁସ୍ଥ ମଣିଷଟିଏ। ସେଦିନର ଘଟଣା ଗଭୀର ଭାବରେ ମୋ ମନକୁ ଆନ୍ଦୋଳିତ କରିଥିଲା, ମୁଁ ସ୍ତବ୍ଧ ହୋଇଗଲି।

ଆମ ଚାରି ପାଖରେ ନିତିଦିନ ଏଭଳି କେତେ ନା କେତେ ଘଟଣା ଘଟୁଛି। ଅସଲି ପରି ଦେଖା ଯାଉଥିବା ଅନେକ ନକଲି ଜିନିଷକୁ ନଜାଣିପାରି ତାକୁ ସତ ବୋଲି ଭାବି ଆମେ ଭକୁଆ ହେଉ। ଉପରୋକ୍ତ ଦୁଇଟି ପ୍ରସଙ୍ଗ ସମ୍ପର୍କରେ ଯାହା ଅବତାରଣା କଲି ତାହା କିଛି ପାଠକଙ୍କୁ ଆଶ୍ଚର୍ଯ୍ୟ ଚକିତ କଲେ ବି ଏହା ମୋ ବାସ୍ତବ ଅନୁଭୂତିର ଦୁଇଟି ଘଟଣା। ଆପଣ ଦୟା ପରବଶ ହୋଇ ଯେଉଁ ଭିକାରିମାନଙ୍କୁ ପଇସା ଦେଉଛନ୍ତି, ଜାଣନ୍ତି କି ବାସ୍ତବରେ ସେମାନେ ଅସଲି ନା ନକଲି ? ଚିହ୍ନିବା ମୁସ୍କିଲ୍.....। ପୁଣି ପ୍ରଶ୍ନ ଆସେ - ପ୍ରକୃତରେ ସେମାନେ ନିଜର ଭୋକିଲା ପେଟ ପାଇଁ ମାଗୁଛନ୍ତି ନା ନକଲି ନିତିକୁ ଆଶ୍ରା କରି ପୁଞ୍ଜି ବଢ଼ାଇବା ଉଦ୍ଦେଶ୍ୟରେ ହାତ ପାତୁଛନ୍ତି ? ଆଜିର ସମୟରେ ଏ ସବୁ ମାପିବା ଭାରି କଷ୍ଟ – ସେମାନଙ୍କ ଭିତରୁ କିଏ ଅସଲି, କିଏ ନକଲି। ହାତ ପାତି ମାଗୁଥିବା ଏହି ଭିକାରିମାନଙ୍କୁ ଆପଣ କିଛି ଖାଦ୍ୟ ପୁଡ଼ିଆ ଦିଅନ୍ତୁ, ସେମାନଙ୍କ ଭିତରୁ ଅଧିକାଂଶ ମୁହଁ ଆମ୍ବିଲା କରି ଚାଲି ଯିବେ। ଅର୍ଥାତ୍ ସେମାନଙ୍କର ଖାଦ୍ୟ ପଦାର୍ଥ ବଦଳରେ ପଇସା ଦରକାର - ଯାହା ତାଙ୍କର ମଦ, ଗଞ୍ଜେଇ ଆଦି ନିଶା ପାଣି ପାଇଁ କାମରେ ଆସିବ। ରେଲୱେ ଷ୍ଟେସନ୍‌ରେ ଏଭଳି ଦୃଶ୍ୟ ସାଧାରଣ କଥା। ଆମେ ଯେଉଁ ଭିକାରିଙ୍କ ହାତରେ କିଛି ଦାନ ଦେଇ ଆତ୍ମ

ସନ୍ତୋଷ ଲାଭ କରୁ, ଈଶ୍ୱର ସନ୍ତୁଷ୍ଟ ହେବେ ବୋଲି ଭାବୁ କିନ୍ତୁ ଆମର ସେ ଭାବନା ଅନେକ ସମୟରେ ଭୁଲ୍ ପ୍ରମାଣିତ ହୁଏ। ଆମ ଦାନ ଯଦି ଉଚିତ୍ ଭାବରେ ବିନିଯୋଗ ନ ହୋଇ ଅପାତ୍ରରେ ଯାଏ, ନିଶା ପାଣିରେ ଯାଏ.. ଈଶ୍ୱର ସନ୍ତୁଷ୍ଟ ହେବେ ଟି? କେମିତି ଚିହ୍ନିବା - କିଏ ଅସଲି ଆଉ କିଏ ନକଲି ?

ଏଇ ମର୍ମରେ ଅସଲି ପରି ଦିଶୁଥିବା ଆଉ କିଛି ନକଲିଙ୍କୁ ଭେଟିବା। ଆମେ ସେଇ ଆତ୍ମ ଘୋଷିତ ଈଶ୍ୱର ରୂପୀ ବାବାମାନଙ୍କ କଥା କହୁଛୁ ଯେଉଁ ମାନଙ୍କର ଦାଢ଼ି ରାତାରାତି ଲମ୍ବି ନାଭି ପ୍ରଦେଶକୁ ଛୁଇଁ ଯାଉଥାଏ। ସେମାନେ କାଳେ ଆମର ବିଭିନ୍ନ ପ୍ରକାର ସମସ୍ୟାର ସମାଧାନ କରିପାରନ୍ତି। ଆମର ଧନ ନାହିଁ ତ ସେମାନଙ୍କର ବିଭୂତିରୁ ଆମ ଧନ ଭଣ୍ଡାର ପୂରି ଉଠେ। ପାରିବାରିକ ଶାନ୍ତି, କର୍ମରେ ସିଦ୍ଧି, ମାଲି ମକଦ୍ଦମାରେ ଡିଗ୍ରୀ, ଚାକିରିରେ ପଦୋନ୍ନତି, ଅସଫଳ ପ୍ରେମ ବ୍ୟାପାରରେ ସଫଳତା, ପରୀକ୍ଷାରେ ଭଲ ନମ୍ବର, ନିସନ୍ତାନର ସନ୍ତାନ ଇତ୍ୟାଦି ନାନା ରକମର ଅସଫଳ କର୍ମ ଏଇ ଭଗବାନ ରୂପୀ ବାବା ମାନଙ୍କ କୃପାରୁ କାଳେ ସମ୍ଭବ ହୋଇଥାଏ ବୋଲି ତାଙ୍କ ଆଶ୍ରମରେ ଦିନ ରାତି ଭକ୍ତମାନେ ଅଧିଆ ପଡ଼ନ୍ତି। ନାମ ଯଜ୍ଞ ସଂକୀର୍ତ୍ତନ ଆହୋରାତ୍ର ଲାଗି ରହିଥାଏ ସେଠି। ବେକରେ ଚାରି ସରିଆ ତୁଳସୀ ନଇଲେ ରୁଦ୍ରାକ୍ଷର ମାଳା, ଗୈରିକ / ଶୁଭ୍ର ବସନ ସାଙ୍ଗକୁ ଲମ୍ବମାନ ଜଟା ଦାଢ଼ି। ଏଭଳି ନିର୍ବିକାର ନିରାସକ୍ତ ସଂସାର ବିରାଗୀ ତଥା ଜଗତ କଲ୍ୟାଣକାରୀ ଯୋଗୀଙ୍କର ସାନିଧ୍ୟ ଲାଭ କରି ତାଙ୍କ ଠାରୁ କାଣିଚାଏ କରୁଣା ପାଇବାକୁ ପାଗଳ ପ୍ରାୟ ଜନତାଙ୍କର ଭିଡ଼ ଜମେ। ସାଂସାରିକ ଜୀବନରେ ବିନା ପରିଶ୍ରମରେ ବାବାଙ୍କ କୃପାରୁ ଯଦି ସବୁକିଛି ମିଳି ଯାଉଛି ତେବେ ହିତାହିତ ଜ୍ଞାନ ହରେଇ ଲୋକେ ସେଠିକୁ ଧାଇଁବେନି କିଆଁ ? ତାଙ୍କ ପାଦୁକ ପାଣିରେ ଯଦି କାହାର ଦୁରାରୋଗ୍ୟ ବ୍ୟାଧି ଭଲ ହୋଇଗଲା, ଅନ୍ଧଟିଏ ଯଦି ଚକ୍ଷୁଷ୍ମାନ୍ ହେଲା ତେବେ ସେ ତ ସାକ୍ଷାତ୍ ବିଭୂତି ପୁରୁଷ (?) ! ଏମିତି ଦିବ୍ୟ ଅଲୌକିକ ମହିମାରେ ମହିମାନ୍ୱିତ ମୁକ୍ତିଦାତା ବାବାଙ୍କର ଆମ ସମାଜର ବିଭିନ୍ନ ସ୍ଥାନରେ ଆର୍ବିଭାବ ଘଟେ। ଆମେ ତାଙ୍କ ମାୟାରେ ବାୟା ହୋଇ ବୈକୁଣ୍ଠ ସମାନ ଘରକୁ ଛାରଖାର କରୁ। ବୃଦ୍ଧ ପିତା ମାତାଙ୍କ ସେବାକୁ ତୁଚ୍ଛ ମଣି ପାଦୁକା ସେବା, ପଲଙ୍କ ସେବାରେ ନିଜକୁ ନିୟୋଜିତ କରି ଧନ୍ୟ ହେଉ। ବାବାଙ୍କର ମହିମାରୁ ଏ ସବୁ ଚାଲିଥାଏ। କିନ୍ତୁ ସମୟ ଆସେ - ଯେତେବେଳେ ବାବାଙ୍କର ନକଲି କାରନାମା ପ୍ରଘଟ ହୁଏ, ଦାଣ୍ଡରେ ପଡ଼ି ହାଟରେ ଗଡ଼ି ବିଭିନ୍ନ ଗଣ ମାଧ୍ୟମରେ ପ୍ରସାରିତ ହୋଇ ଖେଳିଯାଏ ପଲ୍ଲୀରୁ ଦିଲ୍ଲୀ ପର୍ଯ୍ୟନ୍ତ। କହିବା ବାହୁଲ୍ୟ - ବାବାଙ୍କ ହାତରେ ଚାରି ସରିଆ ତୁଳସୀ / ରୁଦ୍ରାକ୍ଷ ବଦଳରେ ହ୍ୟାଣ୍ଡକପ୍ ପଡ଼େ, ଆପତ୍ତିଜନକ ପଲଙ୍କ ସେବାର ପରଦାଫାଶ ହୁଏ।

ଶେଷରେ ଆଶ୍ରମ ସିଲ୍ ହୁଏ ଓ ମେଘନାଦ ପାଚେରି ଘେରା ମାମୁ ଘରେ ବାବା ମଶା ଡାଆଁଶରେ ବାଡ଼େଇ ହୁଅନ୍ତି। ତାଙ୍କ ଅଲୌକିକ ଶକ୍ତିର ପରାକାଷ୍ଠା ଫେଲ୍‌ମାରେ । କୁଆଡ଼େ ଯାଏ ସେତେବେଳେ ତାଙ୍କର ଦିବ୍ୟଶକ୍ତି ? କାହିଁ, ନିଜର ଶକ୍ତି ପ୍ରୟୋଗ କରି ସେ ମାମୁଘରୁ ତ ଅର୍ନ୍ତଧାନ ହୋଇପାରନ୍ତିନି ! ମହାଯୋଗୀର ବ୍ୟକ୍ତି ଚରିତ୍ରରେ ମହାଭୋଗୀର କଳା ମୋହର ଲାଗିଲା ପରେ ତାଙ୍କରି ଭକ୍ତମାନେ ହିଁ ପ୍ରଥମେ ତାଙ୍କୁ ବିଦ୍ରୂପ କରିବାକୁ ଲାଗନ୍ତି। 'ଧୂଳିଆବାବା'ଙ୍କ ଠାରୁ ଆରମ୍ଭ କରି ଆଜିର ଅନେକ ନକଲି ବାବାଙ୍କର ମାରାଥନ୍ ଚାଲିଛି ଆମ ସମାଜରେ। ତଥାପି ଆମେ ଭକୁଆ ଜନତା ତାଙ୍କ ମାୟା ମରୀଚିକା ପଛରେ ଧାଇଁଛେ ଆଜିର ଏକବିଂଶ ଶତାବ୍ଦୀରେ। କାଞ୍ଚନ ଭ୍ରମରେ କାଚ କଣିକାକୁ ମୁଠାଇ ରକ୍ତାକ୍ତ ହେଉଛେ। ଚକ୍ ଚକ୍ ଦିଶୁଥିବା ସବୁ ଜିନିଷ ସୁନା ନୁହେଁ - ଏହା ନିଜ ମଗଜରେ ପଶେନି। ଆମ ଚାରି ପାଖରେ ଯାହା ଆମକୁ ଅସଲି ପରି ଲାଗୁଛି, ପ୍ରକୃତରେ ତାହା ଅସଲି କି ନକଲି ଆମେ ନିଜର ବିଚାର ବୁଦ୍ଧି ଖଟାଇ ସେ ସବୁର ତର୍ଜମା ନ କଲେ ଠକାମୀରେ ପଡ଼ିବାର ଅନେକ ସମ୍ଭାବନା ଅଛି। ଯେମିତି - ନକଲି ସନ୍ନ୍ୟାସୀ ବେଶ ଧାରଣ କରି ପଞ୍ଚବଟୀର ପର୍ଣ୍ଣକୁଟୀର ଦ୍ୱାରରେ 'ଭିକ୍ଷାଂ ଦେହି ଭିକ୍ଷାଂ ଦେହି' ଡାକ ଛାଡୁଥିବା ମାୟାବୀ ରାବଣର ମାୟା ଜାଲରେ ଫସିଯାଇଥିଲେ ସତୀ ସାଧ୍ୱୀ ସରଳା ଜନକ ନନ୍ଦିନୀ।

ଏବେ ଯୁଆଡ଼େ ଆଖି ବୁଲାଅ ସେଠି ନକଲିର କଳା କାରନାମା। ବିଶୁଦ୍ଧ ଘିଅ ନାଁରେ ପୋଡ଼ା ମୋବିଲ୍, ଚିନିରେ କାଚ ଗୁଣ୍ଡ, ଡାଲିରେ ଅଗରା ମଞ୍ଜି, ଚାଉଳରେ ଗୋଡ଼ି। ସୋରିଷ ତେଲ, ପନିର୍, ଥଣ୍ଡା ପାନୀୟ ଆଦିରେ ରାସାୟନିକ ଦ୍ରବ୍ୟର ଅପ ମିଶ୍ରଣ.. ବିଶୁଦ୍ଧ ବାୟୁ, ଶୁଦ୍ଧ ପରିବେଶ ବି ଆଜି ଦୁଷ୍ପ୍ରାପ୍ୟ। ଗୋଟିଏ ବିଷ ବଳୟ ଭିତରେ ଆମେ ଆଜି ହା ହୁତାଶ ହୋଇ ଜୀବନ ଜୀଉଁଛେ.. ଅସଲି ବ୍ରାଣ୍ଡ୍ ବସିଥିବା ନିତ୍ୟ ବ୍ୟବହାର୍ଯ୍ୟ ଜିନିଷର ଭିତରକୁ ଦେଖ ନକଲି ହସୁଛି ହୋ ହୋ ହୋଇ। ଆମ ସମାଜ ଜୀବନରେ ଅସଲି ନକଲିର ଏ ଯେଉଁ ଲୁଚକାଳି ଖେଳ ଚାଲିଛି ତା' ଭିତରୁ ନକଲିକୁ ନିଆରା କରି ଅସଲିକୁ ଆପଣେଇବାକୁ ହେଲେ ନିଜର ଆତ୍ମପ୍ରତ୍ୟୟ, ଭୁଲ୍ ଠିକ୍‌ର ବଚ୍ଛରେ ବୁଦ୍ଧି ଖଟାଇବାକୁ ପଡ଼ିବ। ନଇଲେ ନକଲିର ମାୟା ଜାଲରେ ପଡ଼ି ଛଟପଟ ହେବା ହିଁ ସାର ହେବ। ସେ ନକଲି ଭିକାରି ହୁଅନ୍ତୁ, ନିଜକୁ ଭଗବାନ କହି ଶୋଷଣ କରୁଥିବା ଭଣ୍ଡ ବାବା କିମ୍ବା ଦୁର୍ନୀତି କରି ସରକାରୀ କଳରୁ ପଇସା ହଡ଼ପ କରୁଥିବା ଅସାଧୁ କର୍ମଚାରୀ ହୁଅନ୍ତୁ ଅଥବା ନକଲି ନିତ୍ୟ ବ୍ୟବହାର୍ଯ୍ୟ ସାମଗ୍ରୀ ହେଉ - ସବୁ ବେଳେ ଏ ସବୁରେ ସତର୍କ ନଜର ରଖି ଚାଲିଲେ ଆମର ମଙ୍ଗଳ, ସମାଜର ବି। ତେଣୁ ସାଧୁ ସାବଧାନ୍।

■

ଇ - ଦୁନିଆର ଅନ୍ଧଗଳି

ଆମ ସମୟର ପିଲାଦିନ ଠାରୁ ଏବେକାର ପିଲାମାନଙ୍କ ସମୟ ଯେ କେତେ ପ୍ରଗତିପଥରେ ଅଗ୍ରଗାମୀ, ଏ ସଂପର୍କରେ ସମସ୍ତେ ଅବଗତ। ଜ୍ଞାନ ବିଜ୍ଞାନ, ପ୍ରଯୁକ୍ତି ଏବଂ ବୈଷୟିକ ବିଦ୍ୟାର ଅଭିବୃଦ୍ଧି ଆଜି ଆମ ପିଲାଙ୍କ ଆଖି ଖୋଲିଦେଇଛି। ହାତ ପାହାନ୍ତାରେ ସବୁ ଜିନିଷ ସେମାନଙ୍କ ପାଇଁ ଉପଲବ୍ଧ। ଆମକୁ ଯାହା ଦିନେ ସ୍ୱପ୍ନ ପରି ଲାଗୁଥିଲା, ସେ ସଂପର୍କରେ କଳ୍ପନା କରି ଆମେ ଆଶ୍ଚର୍ଯ୍ୟ ହୋଇଯାଉଥିଲେ – ଏବେ ଆମ ପିଲାଏ ସେ ସବୁକୁ ବାସ୍ତବ ଜୀବନରେ ପ୍ରତ୍ୟକ୍ଷ କରିପାରୁଛନ୍ତି। ଅତି ଚୁମ୍ବକରେ କହିଲେ, ଆମର ସ୍ୱପ୍ନ ଏବଂ କଳ୍ପନା ଜଳ୍ପନା ସେମାନଙ୍କଠାରେ ବାସ୍ତବ ରୂପ ନେଇପାରିଛି। ବହୁ ନୂଆ ନୂଆ କଥା ଜାଣିଲେଣି, ଶିଖିଲେଣି ତଥା ଅନୁଭବ କଲେଣି ଆମ ପିଲାଏ। ଏହା ବିଜ୍ଞାନର କମାଲ୍ ଏବଂ ଆମ ସଭ୍ୟତା ବିକାଶର ଶୁଭ ଲକ୍ଷଣ।

ବିଜ୍ଞାନର ଏହି ଅମୂଲ୍ୟ ବରଦାନରେ ରହିଛି 'ଇଣ୍ଟର୍‌ନେଟ୍' ବା 'ଇ-ଦୁନିଆ' ଯାହା ବିନା ଆଜିର ଜୀବନ ଅଧୁରା ପରି ଲାଗେ। ବିଶ୍ୱର କୋଣ ଅନୁକୋଣରେ କ'ଣ ଘଟୁଛି – ସବୁର ତଥ୍ୟ ଆମ ପିଲାଏ ଏଇ 'ଇଣ୍ଟର୍‌ନେଟ୍'ରୁ ଖୋଜି ପାଇ ପାରୁଛନ୍ତି। ଘଣ୍ଟା ଘଣ୍ଟା ଧରି ଥାକ ଥାକ ବହି ଘାଣ୍ଟି ପାଇ ପାରୁନଥିବା ବହୁ ଅଜଣା କଥା ମାତ୍ର ଅଳ୍ପ କେତେ ସମୟ ଭିତରେ 'ଇଣ୍ଟର୍‌ନେଟ୍' ସର୍ଚ୍ଚ କରି ଆମ ପିଲାଏ ପାଇ ପାରୁଛନ୍ତି। ସେମାନଙ୍କ ଦୃଷ୍ଟିଭଙ୍ଗୀ, ଚିନ୍ତା ଚେତନା ସେଥିପାଇଁ ଶାଣିତ, ଉନ୍ନତ ଏବଂ ପ୍ରଖର। 'ଇଣ୍ଟର୍‌ନେଟ୍' ବା 'ଇ-ଦୁନିଆ' ସେମାନଙ୍କ ବୌଦ୍ଧିକତାକୁ କରିଛି ପ୍ରଶସ୍ତ।

ମାତ୍ର ସୁଗନ୍ଧିତ ଚନ୍ଦନ ବୃକ୍ଷରେ କାଳକୂଟ କଳାନାଗ ବସାବାନ୍ଧି ରହିଲାପରି ଏହି 'ଇ-ଦୁନିଆ'ରେ ରହିଛି ଅନେକ ବିପଜ୍ଜନକ ପଥ। ଦେଖାଯାଉଛି – ଆଜିର

ଅଧିକାଂଶ ତରୁଣ ଏବଂ ଯୁବଗୋଷ୍ଠୀ ଚନ୍ଦନ ବୃକ୍ଷର ସୁଗନ୍ଧକୁ ଆପଣେଇବା ଅପେକ୍ଷା କଳାନାଗ ଦଂଶନର ଶିକାର ହେଉଛନ୍ତି। ଭଲ ଅପେକ୍ଷା ଭେଲ ପ୍ରତି ଅଧିକ ମାତ୍ରାରେ ଆକୃଷ୍ଟ ହୋଇ ନିଜ ପାଇଁ ତଥା ସମାଜ ପାଇଁ ବିପଦକୁ ଆମନ୍ତ୍ରଣ କରୁଛନ୍ତି। ଆଜିକାଲିର ଅଣୁ ପରିବାର କହିଲେ ପିତାମାତା ଏବଂ ତାଙ୍କର ଏକମାତ୍ର ସନ୍ତାନ (ପୁଅ ହେଉ କି ଝିଅ) କୁ ବୁଝାଏ। ସେଇ ଏକମାତ୍ର ସନ୍ତାନ 'ଇଣ୍ଟରନେଟ୍' ପ୍ରତି ଏବେକାର ସମୟରେ ଏତେମାତ୍ରାରେ ଆସକ୍ତ ଯେ, ନିଜ ପିତାମାତାଙ୍କ ସହ ଦୁଇପଦ କଥା ହେବାକୁ ତା' ପାଖରେ ସମୟ ନାହିଁ। ସାମାଜିକ ଜୀବନର ଭାବାବେଗ, ଦୁଃଖ ସୁଖକୁ ନିଜର ପ୍ରିୟ ପରିଜନ, ସାଙ୍ଗସାଥୀମାନଙ୍କ ସହ ବାଣ୍ଟିବା ବଦଳରେ 'ଇଣ୍ଟରନେଟ୍' ମାୟାରେ ମୋହାଚ୍ଛନ୍ନ ସେ। ହୁଏତ 'ଇ-ଗେମ୍', ଚାଟିଂ, ବିଭିନ୍ନ ପ୍ରକାର ଅଶ୍ଳୀଳ ଫଟୋ / ଭିଡ଼ିଓ ଇତ୍ୟାଦିର ଅନ୍ତର୍ଜାଲରେ ଛନ୍ଦି ହୋଇ ଆଜିର ଅଧିକାଂଶ ତରୁଣ ଗୋଷ୍ଠୀ ହୋଇଛନ୍ତି ଦିଗ୍‌ଭ୍ରଷ୍ଟ, ହୋଇଛନ୍ତି ପଥଭ୍ରଷ୍ଟ। କାନରେ ଇୟର୍ ଫୋନ୍ ଲଗାଇ 'ଇ-ଦୁନିଆ'ର ଖରାପ ସଂଗୀତ ସହ ଖରାପ ଭିଡ଼ିଓରେ ମସ୍‌ଗୁଲ୍ ସିନା, ହେଲେ ସେମାନଙ୍କ ପାଖରେ ସମୟର ଅଭାବ ନିଜର ବାପା ମା'ଙ୍କ ସହ ଆଳାପ ଆଲୋଚନା କରିବାକୁ। ଫଳରେ ସାମାଜିକ ଜୀବନରେ ସେମାନେ ଏକପ୍ରକାର ଅସାମାଜିକ ଉପାଦାନ ପାଲଟି ଯାଉଛନ୍ତି। ଶିଖୁନାହାନ୍ତି କୋମଳ ଆଚରଣ, ଉତ୍ତମ ବ୍ୟବହାର ଏବଂ ସର୍ବୋପରି ସାମାଜିକ ଚଳଣି। ସମାଜ ଜୀବନରୁ ଦୂରେଇ ନିଃସଙ୍ଗ ହୋଇଯାଉଛନ୍ତି 'ଇ-ଦୁନିଆ'ର କୁ-ଜିନିଷକୁ ପାଥେୟ କରି। ଟିକିଏ ଟିକିଏ କଥାରେ ଚିଡ଼ିଯିବା, ଫୋପଡ଼ା ଫିଙ୍ଗା କରିବା, ଜିଦ୍‌ଖୋର ହେବା, ନିଃସଂଗତ୍ୱ ଇତ୍ୟାଦି ପାର୍ଶ୍ୱପ୍ରତିକ୍ରିୟା ଆମ ପିଲାମାନଙ୍କ ଠାରେ ପରିଲକ୍ଷିତ ହେଉଛି। ପରିଣାମରେ ହୁଏତ ଏକ ସାଧାରଣ ଘଟଣାକୁ ନେଇ ଆତ୍ମହତ୍ୟା ପରି ଅଭାବନୀୟ କାଣ୍ଡ ଘଟାଇବାକୁ ପଶ୍ଚାତ୍‌ପଦ ହେଉନାହାନ୍ତି ସେମାନେ। 'ଇଣ୍ଟରନେଟ୍' ସର୍ଚ୍ଚ କରି ବିଭିନ୍ନ ଅପରାଧ ମୂଳକ ଭିଡ଼ିଓ ଦେଖିବା ଫଳରେ ସେମାନଙ୍କ ସ୍ୱଭାବ ନିଷ୍ଠୁର / କ୍ରୁର ହୋଇ ଉଠୁଛି।

ଅବଶ୍ୟ କେତେକ କ୍ଷେତ୍ରରେ ବାପା ମା'ମାନେ ଏଥିପାଇଁ ଦାୟୀ। ଗୋଟିଏ ବୋଲି ଶିଶୁ ସନ୍ତାନକୁ ବାହାରର ସାଙ୍ଗସାଥୀଙ୍କ ସହ ଖେଳିବାକୁ ନଛାଡ଼ି, ରୁଦ୍ଧ କୋଠରୀରେ ତା'ର ମନୋରଂଜନ ପାଇଁ 'ଇଣ୍ଟରନେଟ୍' ସୁବିଧା ଥିବା ସ୍ମାର୍ଟ୍ ଫୋନ୍ ଧରେଇ ଦେଇ ନିଜ କାର୍ଯ୍ୟରେ ବ୍ୟସ୍ତ ରହୁଛନ୍ତି। ନିଜ ପିଲାମାନଙ୍କ ସହ ସମୟ ଦେବାକୁ ଯେଉଁଠି ବ୍ୟସ୍ତ ପିତା ମାତାଙ୍କର ସମୟ ନାହିଁ, ସେଠି ଶିଶୁଟିଏ ଏକା ଏକା 'ସ୍ମାର୍ଟ-ଫୋନ୍'ରୁ ବିଭିନ୍ନ ପ୍ରକାର କୁ-ତଥ୍ୟ, କୁ-ଦୃଶ୍ୟ ଦେଖିବାକୁ ଲାଗିଲା। ଧୀରେ

ଧୀରେ ସେଇ ପଥର ଯାତ୍ରୀ ହୋଇ ଚନ୍ଦନ ବୃକ୍ଷରେ ଛପିଥିବା କଳା ନାଗ ଦ୍ୱାରା ଦଂଶିତ ହେଲା ।

ଏଇ ନିକଟରେ 'ବ୍ଲୁ ହ୍ୱେଲ୍' ଗେମ୍‌ର ପ୍ରଭାବ କିଭଳି ଭାବରେ ତରୁଣ ଏବଂ ଯୁବ ସମାଜ ଉପରେ ପଡ଼ି ଆତଙ୍କ ଖେଳାଇ ଥିଲା, ତାହା କାହାକୁ ଅଜଣା ନାହିଁ। ଅନେକ ତରୁଣ, ଅନେକ ଯୁବକ ଆତ୍ମହତ୍ୟା କଲେ; ହୁଏତ କେହି ସୁଉଚ୍ଚ ଅଟ୍ଟାଳିକାରୁ ଡେଇଁ ଅଥବା କେହି ରସି ଲଗାଇ । 'ଇଣ୍ଟରନେଟ୍' ଗେମ୍‌ର ଏପ୍ରକାର କରୁଣ ପରିଣତି ହେବ ବୋଲି କେହି କ'ଣ ଭାବିଥିଲା ? କେତେ ମାରାତ୍ମକ ଜିନିଷ ସବୁ ରହିଛି ଏଇ 'ଇ- ଦୁନିଆ'ରେ ସତେ !! ଆତ୍ମଘାତୀ 'ବ୍ଲୁ ହ୍ୱେଲ୍'ଗେମ୍‌ର ଶିକାର ହୋଇ ଅକାଳରେ ଝରିଯାଇଥିବା ତରୁଣ ତରୁଣୀ ଏବଂ ଯୁବକ ଯୁବତୀଙ୍କ ପିତା ମାତାଙ୍କ ଅନ୍ତର୍ବେଦନା ତଥା ଆଖିର ଲୁହକୁ ଶତଚେଷ୍ଟା କରି ମଧ୍ୟ କେହି କ'ଣ ଲିଭାଇ ପାରିବ ? 'ଇ- ଦୁନିଆ'ର ନକାରାତ୍ମକ ପ୍ରଭାବରେ ଉତ୍ଶୃଙ୍ଖଳିତ, ଉଦ୍‌ଭ୍ରାନ୍ତ ଏବଂ ପଥଭ୍ରଷ୍ଟ ଆଜିର ତରୁଣ / ଯୁବଗୋଷ୍ଠୀ ଆଗାମୀ ପିଢ଼ି ପାଇଁ କି ପ୍ରକାର ଆଦର୍ଶ ହେବେ ? ଆମ ଦେଶ - ଯାହା ଶାଶ୍ୱତ ଆଧ୍ୟାତ୍ମିକତାର ପଞ୍ଜର ଉପରେ ପ୍ରତିଷ୍ଠିତ, ଯେଉଁଠି ନୀତି ନିୟମ ଏବଂ ଆଦର୍ଶରେ ସଭିଏଁ ବନ୍ଧା; ସେଠି ସମାଜ ଜୀବନରୁ ଦୂରେଇ ଯାଉଥିବା ଯୁବଗୋଷ୍ଠୀଙ୍କର ଗତି କୁଆଡ଼େ ? 'ସହନୌ ଭୁନକ୍ତୁ', 'ବସୁଧୈବ କୁଟୁମ୍ବକମ୍', 'ସର୍ବେ ଭବନ୍ତୁ ସୁଖିନଃ' ଯେଉଁ ଦେଶର ନୀତି ଏବଂ ଆଦର୍ଶ, ସେଠି 'ଇ-ଦୁନିଆ'ର ଅନ୍ଧ ଗଳିରେ ବାଟ ଚାଲୁଥିବା ଯୁବଗୋଷ୍ଠୀଙ୍କର ଭବିଷ୍ୟତ କଣ ? ଆଜି ଆମ ସାମ୍ନାରେ ଏଇ ପ୍ରଶ୍ନବାଚୀ ମୁଣ୍ଡ ଟେକିଛି। 'ଇଣ୍ଟରନେଟ୍' ରେ ଆମ ପିଲାଏ କେତେ ସୁରକ୍ଷିତ ?

'ଇ - ଦୁନିଆ'ର ଉପାଦେୟତା ନିଶ୍ଚିତ ଭାବରେ ରହିଛି - ଯାହାର କିଂଚିତ୍ ସୂଚନା ପ୍ରବନ୍ଧର ପ୍ରାରମ୍ଭରୁ ଅନୁମେୟ । ମାତ୍ର ଏହାର ସୁ ମାର୍ଗଟି ଅଧିକାଂଶ ଯୁବଗୋଷ୍ଠୀଙ୍କ ନିକଟରେ ଧୂମାଭ, କୁଜ୍‌ଝଟିକାପୂର୍ଣ୍ଣ। ଅତଏବ ସେମାନେ 'ଇଣ୍ଟରନେଟ୍'ର ସେଇ 'ସୁ'ଟାକୁ ଗ୍ରହଣ ନକରି 'କୁ' ପଥର ପଥିକ ସାଜି 'ବ୍ଲୁ ହ୍ୱେଲ୍' ଗେମ୍ ପରି ଆତ୍ମଘାତୀ ଖେଳର ଶିକାର ହେଉଛନ୍ତି। 'ଇ-ଦୁନିଆ'ର ଯେ ଅନନ୍ତ ଅସରା ସୁ-ପଥ ଚାରିଆଡ଼କୁ ବିସ୍ତାରିତ ହୋଇ ରହିଛି, ଆମ ପିଲାଏ ସେଥିପ୍ରତି ବୀତସ୍ପୃହ। ମାତ୍ର ଏହାର ଅନ୍ଧ ଗଳିରେ ଚାଲିବା ଫଳରେ ଅନେକ ସମୟରେ ରାସ୍ତା ଦୁର୍ଘଟଣା ବି ଘଟୁଛି। ରାସ୍ତା ପାର ହେଲାବେଳେ, ଟ୍ରେନ୍‌ଲାଇନ୍ ପାର ହେଲାବେଳେ ସ୍ମାର୍ଟ ଫୋନ୍ ଦେଖି ଦେଖି ଚାଲିଛନ୍ତି। ଅତଃ ଦୁର୍ଘଟଣା ଘଟିବା ସ୍ୱାଭାବିକ କଥା। ମୋଟାମୋଟି ଭାବରେ ଅନ୍ତଃକରଣରେ ସେମାନଙ୍କ ମାନବିକ ମୂଲ୍ୟବୋଧ ହ୍ରାସ ହେବାରେ ଲାଗିଛି।

ଛୁରୀ ବୁଝେନା ତା'ର ନକାରାତ୍ମକ ଅଥବା ସକାରାତ୍ମକ ଉପଯୋଗ

ସଂପର୍କରେ। ତା'ରି ସାହାଯ୍ୟରେ ଗୋଟିଏ ଲୋକର ଜୀବନ ନିଆଯାଇପାରେ, ଜୀବନ ଦିଆ ବି ଯାଇପାରେ। ଗୋଟିଏ କୁଖ୍ୟାତ ଅପରାଧୀ କିମ୍ବା ଆତଙ୍କବାଦୀ ଛୁରୀ ଦ୍ୱାରା ଅନେକ ଜୀବନ ନେଇପାରେ; ଅପର ପକ୍ଷରେ ଜଣେ ସୁ-ଶଲ୍ୟ ଚିକିତ୍ସକ ଏହାକୁ ଉପଯୋଗ କରି କେତେ ଜୀବନ ବଂଚାଇ ଦେଇପାରେ। ବ୍ୟବହାର କରୁଥିବା ଲୋକ ଉପରେ ଏହା ନିର୍ଭର କରେ। ପରମାଣୁ ବୋମା କ'ଣ ତିଆରି ହୋଇଥିଲା ଜାପାନର ହିରୋସୀମା ଏବଂ ନାଗାସାକି ପରି ଦୁଇ ସମୃଦ୍ଧ ସହରକୁ ଧ୍ୱଂସ କରିବା ପାଇଁ? ଜଣେ ଆତତାୟୀ ଏହାକୁ ନେଇ ଧ୍ୱଂସର ତାଣ୍ଡବ ରଚନା କଲାବେଳେ ଅନ୍ୟଜଣେ ସୃଜନ ବିଜ୍ଞାନୀ ଏହାକୁ ନେଇ ଏକ ନୂତନ ପୃଥିବୀର ସୃଷ୍ଟି ସର୍ଜନା କରିପାରେ — ଦେଖିବାର କଥା ଆମେ ତାକୁ କି ଅର୍ଥରେ ବ୍ୟବହାର କରୁଛେ? ଭଲ ବାଟରେ ନା ଖରାପ ବାଟରେ?

ଆଜିର ଯୁଗକୁ 'ଇଣ୍ଟରନେଟ୍' ଯୁଗ କହିବାରେ ଦ୍ୱିରୁକ୍ତି ନାହିଁ। 'ଇଣ୍ଟରନେଟ୍' ବଳରେ ନାହିଁ ନଥିବା କାର୍ଯ୍ୟ ସଂପାଦନ ହୋଇପାରୁଥିବା ବେଳେ ଆମ ପିଲାଏ ଏହାର ଭଲ ଦିଗକୁ କେତେଦୂର ଉପଯୋଗ କରୁଛନ୍ତି — ତାହା ସବୁଠାରୁ ବଡ଼ କଥା। 'ଇ-ଦୁନିଆ'ରେ ସେମାନେ କେତେ ପ୍ରଗତିଶୀଳ ବା ଦୁର୍ଗତିଶୀଳ, ଏହା ଉପରେ ବିଚାର କରିବାର ସମୟ ଆସିଛି ଏବେ। ଚନ୍ଦନ ବୃକ୍ଷର ସୁବାସକୁ ଗ୍ରହଣ କଲାବେଳେ କାଳକୂଟ କଳାନାଗର ଦଂଶନର ଶିକାର ନହୁଅନ୍ତୁ ସେମାନେ; ଅନ୍ଧ ଗଳିରେ ବାଟ ନଭୁଲି 'ଇ-ଦୁନିଆ'ର ଆଲୋକିତ ପଥର ଯାତ୍ରୀ ହୋଇ ନୂତନ ପୃଥିବୀର ସନ୍ଦେଶ ଦିଅନ୍ତୁ।

ଶିକାର

ଅନ୍ୟ ଜନ୍ତୁ ଅପେକ୍ଷା ଶିକାର କରିବାର ଅଭିନବ କୌଶଳ ବାଘକୁ ହିଁ ଭଲଭାବରେ ଜଣା। ସମସ୍ତଙ୍କ ପରି ଖାଦ୍ୟ ଉପରେ ସିଧା ସଳଖ ଆକ୍ରମଣ ନକରି ଅନେକ ଚିନ୍ତା କରିଥାଏ ସେ। ସିଦ୍ଧାନ୍ତରେ ପହଂଚିଲା ପରେ କାଇଦାରେ ଏମିତି ଭାବରେ ଧରେ ଯେ ଶିକାର ଖସି ଯିବାର ଯୁ' ନଥାଏ। ଜଙ୍ଗଲରେ ମୃଗ ବା ଗୟଳପଲ ଘାସ ଚରୁଥିବା ସମୟରେ ବାଘ ଅଚାନକ ସେମାନଙ୍କ ଭିତରେ ପଶି ପ୍ରଥମେ ଦଳକୁ ଛିନ୍‌ଛତର କରେ। ଆତଙ୍କିତ ମୃଗ ବା ଗୟଳ ଇତଃସ୍ତତ ଧାବନ କରିବା ଅବସରରେ ସୁଯୋଗ ଦେଖି ଏକୁଟିଆ ହୋଇଯାଇଥିବା ଜନ୍ତୁର ଗଳାକୁ ସିଧା ଆକ୍ରମଣ କରି ଧରେ। ହରିଣ ତ ଛାର ନିରୀହ ଜୀବ, ମାତ୍ର ଏତେ ବଳଶାଳୀ ଗୟଳ ଅଥବା ମଇଁଷି ବି ବାଘର କବ୍‌ଜାରୁ ତ୍ରାହି ପାଇବା ମୁସ୍କିଲ୍। ତା'ର ପ୍ରଥମ ଲକ୍ଷ୍ୟ – ଦଳ ବା ମେଣ୍ଟକୁ ଭାଙ୍ଗିବା। ଦ୍ୱିତୀୟ ଲକ୍ଷ୍ୟ – ଗୋଟିକିଆ ହେଲା ପରେ ଗଳାକୁ କୌଶଳରେ ଧରିବା। ଦଳ ଥିଲେ ସିନା ବଳ... ! ସେଥିପାଇଁ ସେ ଦଳକୁ ପ୍ରଥମେ ଭାଙ୍ଗେ, ଫଳରେ ତାକୁ ଶିକାର କରିବାକୁ ସୁବିଧା ହୁଏ। ଏହା ବାଘର ସ୍ୱତନ୍ତ୍ର ଶିକାର କୌଶଳ।

ଆମ ପରାଧୀନ ଭାରତରେ ବ୍ରିଟିଶ୍‌ରାଜ ଏମିତି ବାଘର ଶିକାର କୌଶଳ ପରି ଚାଲିଥିଲା। ଏତେ ବଡ଼ ଅଖଣ୍ଡ ଭାରତକୁ ଶାସନ କରିବାକୁ ହେଲେ ଲୋକଙ୍କ ଭିତରେ ବିଭେଦ ସୃଷ୍ଟି କରିବାକୁ ପଡ଼ିବ - ଏହା ଅନୁଭବ କରି ଆମ ଭିତରେ ପ୍ରଥମେ ଫାଟ ସୃଷ୍ଟି କଲା ବ୍ରିଟିଶ ସରକାର। ଯାହା ଫଳରେ ଏତେ ବଡ଼ ଅଖଣ୍ଡ ଭାରତକୁ ଖଣ୍ଡ ଖଣ୍ଡ କରି ଶାସନ କରିବାରେ ବ୍ରିଟିଶ ସରକାର ସକ୍ଷମ ହୋଇପାରିଲା। ଭାରତକୁ ଶାସନ କରିବାର ମୂଳ ମନ୍ତ୍ର ତା'ର ଥିଲା –'ବିଭାଜନ ଓ ଶାସନ ନୀତି' (Divide and rule policy)। ଆମକୁ ସ୍ୱରାଜ ଦେଇ ବ୍ରିଟିଶ ସରକାର ଅନେକ ଦିନ ହେବ ପେଡ଼ି ପୁଟୁଳା ଧରି ନିଜ ଦେଶକୁ ଫେରି ଯାଇ ଥିଲେ ବି ଆମ ଭିତରେ ଏମିତି ଏକ କେଁ ପୂରେଇ

ଦେଇ ଯାଇଛି ଯେ ଅଖଣ୍ଡ ଭାରତ ଆଜି ଖଣ୍ଡ ବିଖଣ୍ଡିତ ହୋଇ ନିଜର ପୂର୍ବ ଗାରିମା ହରାଇ ବସିଛି ଓ ସବୁବେଳେ ରକ୍ତ, ହତ୍ୟାର ବିଭୀଷିକା ଲାଗି ରହିଛି। ଏଇ 'ବିଭାଜନ ଓ ଶାସନ ନୀତି' (Divide and rule policy) ର ପରିଣାମ ଏବେ ଆମେ ଭୋଗୁଛେ ଏବଂ ଆଗାମୀ ବଂଶଧରମାନେ ବି ଏଥିରୁ ନିସ୍ତାର ପାଇବାର କିଛି ଲକ୍ଷଣ ଦିଶୁନି।

ଏବେ ଆସିବା ସାମ୍ପ୍ରତିକ ସମୟକୁ। ସେ ସରକାରୀ ହେଉ କି ବେସରକାରୀ – ଘରୋଇ ପ୍ରତିଷ୍ଠାନ ଏବଂ ଦପ୍ତର ମାନଙ୍କରେ ମ୍ୟାନେଜର, ନିର୍ଦ୍ଦେଶକ କିମ୍ବା ସେକ୍ରେଟାରୀ କେବେ ଚାହାନ୍ତିନି ଅଧସ୍ତନ କର୍ମଚାରୀମାନେ ଏକାଠି ବସନ୍ତୁ,ଏକାଠି କୌଣସି ଜାଗାରେ କମ୍ପାନୀ କିମ୍ବା ଅଫିସ ସମ୍ପର୍କିତ ଆଲୋଚନା କରନ୍ତୁ। ଏହା ସେମାନଙ୍କ ପାଇଁ ଅଡୁଆ। ଏସବୁ ଦେଖିଲେ ତାଙ୍କ ଦେହରେ ଛୁରୀ ଚାଲିଯାଏ। କାଳେ ଏକାଠି ହେଲେ ଆନ୍ଦୋଳନ କରି ଅଫିସ ଅଥବା କମ୍ପାନୀରେ ତାଲା ପକାଇବେ କି? କାଳେ ତାଙ୍କ ବିରୋଧରେ କିଛି ଆଲୋଚନା କରୁଛନ୍ତି କି – ଏମିତି ନା ନା ପ୍ରକାର ଆଶଙ୍କାରେ ଘାରି ହୁଅନ୍ତି। ଅଧସ୍ତନଙ୍କର କି ଦରକାର କମ୍ପାନୀ କିମ୍ବା ଅଫିସ୍‌ର ବ୍ୟବସ୍ଥା ଉପରେ ସ୍ୱରଉଠାଇବା? ଯଦି ସେମାନଙ୍କୁ ମାନବିକ ଅଧିକାର / ନାର୍ଯ୍ୟ ଅଧିକାର ମିଳୁଥାଏ ଏବଂ ସର୍ବୋପରି ଅଫିସ୍, ପ୍ରତିଷ୍ଠାନ କିମ୍ବା କମ୍ପାନୀ ଠିକ୍ ଭାବରେ ନୀତି ନିୟମରେ ଚାଲୁଥାଏ ତେବେ ସେମାନେ ଏକାଠି ହୋଇ ମେଣ୍ଟ କରିବାର ପ୍ରଶ୍ନ ହିଁ ଉଠେନା। ମାତ୍ର ଯେତେବେଳେ ଅନ୍ୟାୟ ଅନୀତି ବଢ଼େ, ସେତେବେଳେ ସେମାନଙ୍କର ବିଦ୍ରୋହାତ୍ମକ ସ୍ୱର ତୀବ୍ର ହୁଏ। ଗୋଷ୍ଠୀବଦ୍ଧ ଭାବରେ ଆନ୍ଦୋଳନ ପାଇଁ ରାଜରାସ୍ତାକୁ ଓହ୍ଲାଇବାର ଆବଶ୍ୟକତା ପଡ଼େ। ଏ ସବୁକୁ ଦମନ କରିବା ପାଇଁ ଉପର ଅଫିସରମାନେ ଆରମ୍ଭ କରି ଦିଅନ୍ତି 'ବିଭାଜନ ଓ ଶାସନ ନୀତି'। ଏକାଠି ବସିଥିବା ଚଢ଼େଇଙ୍କୁ ଛେଡ଼ରା ଗୁଳି ମାରିଲେ ସେମାନେ ଯେମିତି ଇତଃସ୍ତତ ଉଡ଼ିଯାନ୍ତି ଭୟରେ, ସେମିତି 'ବିଭାଜନ ଓ ଶାସନ ନୀତି'ରେ ଉପର ଅଫିସରମାନେ ଅଧସ୍ତନମାନଙ୍କୁ ବିଭାଜିତ କରି ଶାସନ କରନ୍ତି। ପୂର୍ବରୁ ରାଜା ରାଜୁଡ଼ାମାନଙ୍କ ସମୟରେ ବି ଅତ୍ୟାଚାରୀ ରାଜାଙ୍କ ବିରୋଧରେ ଅନେକ ପ୍ରଜାମେଳି ହୋଇ ଆନ୍ଦୋଳନ ଉଗ୍ରରୂପ ନେଇଛି। ବିଦ୍ରୋହରୁ ରକ୍ତପାତ – ବିଚରା ଅନେକ ନିରୀହ ଜନତା ଏଥିରେ ବଳି ପଡ଼ି ମୃତ୍ୟୁର ଶିକାର ହେବା କଥା ଇତିହାସ କହେ।

ଏଭଳି 'ବିଭାଜନ ଓ ଶାସନ ନୀତି' ଆଜିକାଲି ଅନେକ ପରିବାରରେ ବି ଦେଖାଯାଉଛି। 'ବିଭାଜନ ଓ ଶାସନ ନୀତି' ବଦଳରେ 'ବିଭାଜନ ଓ ଶିକାର ନୀତି' ଯୋଡ଼ିଲେ ଭଲ ହେବ। ଯୌଥ ପରିବାରରେ ଘରର ମୁରବୀ କେତେକ କ୍ଷେତ୍ରରେ ଅନ୍ୟାୟ ଅନୀତି କରନ୍ତି। ଅନ୍ୟମାନଙ୍କ ସୁଖ ସ୍ୱାଚ୍ଛନ୍ଦ୍ୟ ଅପେକ୍ଷା ନିଜସ୍ୱାର୍ଥ କଥା ଅଧିକ

ଚିନ୍ତା କରନ୍ତି । ଘରର ଅନ୍ୟ ସଦସ୍ୟମାନଙ୍କୁ ଭୁଆଁ ବୁଲେଇ, ଭକୁଆ କରି ନିଜ ସୁବିଧା ହାତେଇବାରେ ଲାଗିଥାନ୍ତି–ଯେମିତି ଗାତୁଆ ମୂଷା ଭିତରେ ଭିତରେ ଗାତ କରି ସବୁଧାନକୁ ବୋହି ଚାଲିଥାଏ । ଅମାରର ଏତେ ଧାନରୁ ଗାତୁଆ ମୂଷା ଯେ ଭିତରେ ଭିତରେ ବୋହି ନେଇ ନିଜ ଗାତରେ ଗଛିତକରୁଛି – ଏକଥା କି ଅନ୍ୟମାନେ ଜାଣନ୍ତି ? ଆଖିରେ କଳା ପଟି, ପାଟିରେ ନିକୋପ୍ଲାଷ୍ଟ ଲଗାଇ, କାନରେ ଖିଲ ବାଡ଼େଇ ଏକାବେଳେକେ ସେମାନଙ୍କୁ କରିଦିଆଯାଏ ଅନ୍ଧ, ମୂକ ଓ ବଧିର । ଅର୍ଥାତ ଏ ଅନ୍ୟାୟ ଅନୀତିପୂର୍ଣ୍ଣ କାର୍ଯ୍ୟ କଳାପକୁ ତୁମେମାନେ କେହି ଦେଖ ନାହିଁ, ସେ ବାବଦରେ କେହି ପାଟି ଖୋଲ ନାହିଁ କିମ୍ବା ଅନ୍ୟାୟର କଥା ତୁମମାନଙ୍କ କର୍ଣ୍ଣ ଗହ୍ୱରରେ ନପହଞ୍ଚୁ । ସବୁଦିନ ପାଇଁ ତୁମେମାନେ ଅନ୍ଧ ହୋଇ ଯାଅ, ମୂକ ହୋଇଯାଅ, ବଧିର ହୋଇଯାଅ ଏବଂ ସର୍ବୋପରି ପାଷାଣ ହୋଇଯାଅ । କିନ୍ତୁ ଯେତେବେଳେ ଆଖିରୁ ପଟି ଖୋଲିଯାଏ, ନିକୋପ୍ଲାଷ୍ଟ ଖସିଯାଏ ମୁହଁରୁ ଓ କାନର ବିଣ୍ଡା ବାହାରିଯାଏ ସେମାନେ ସତ୍ୟକୁ ଜାଣନ୍ତି, ଦେଖନ୍ତି । ଦେଖନ୍ତି ଗାତୁଆ ମୂଷାର କଳା କାରନାମା । ଏକାଠି ହୋଇ ମେଳି କରି ଏ ଅନ୍ୟାୟ ଅନୀତି ବିରୋଧରେ ସ୍ୱର ଉଠାଇବାକୁ ଅଣ୍ଟା ସଳଖନ୍ତି । ମାତ୍ର ମଣିଷ ଚରାଉଥିବା ଦୁର୍ନୀତିଗ୍ରସ୍ତ ମୁରବୀ ତାଙ୍କ ମେଳିର ଉଦ୍ଦେଶ୍ୟ ଠଉରାଇ ଆରମ୍ଭ କରିଦିଅନ୍ତି 'ବିଭାଜନ ଓ ଶିକାର ନୀତି' । କୂଟକପଟର କୌଶଳରେ ସେମାନଙ୍କ ଭିତରେ ବିଭେଦ ସୃଷ୍ଟି କରନ୍ତି, ଫାଟ ତିଆରନ୍ତି । କାଇଦାରେ ସେମାନଙ୍କ ଭିତରୁ କାହାକୁ ନା କାହାକୁ ହାତ ବାରିସୀ କରି ଦଳର ସମୂହ ଆଲୋଚନା, ବିଚାର ବିମର୍ଶ ବାବଦରେ ଟିକିନିଖି ଖବର ସଂଗ୍ରହ କରନ୍ତି । ଶତଦ୍ୱାର ବିଶିଷ୍ଟ ବିବରରେ ରହୁଥିବା ମୂଷିକରାଜ ପରି ମୁରବୀ ରୂପକ ଗାତୁଆ ମୂଷାଟି ନିଜକୁ ବଞ୍ଚାଇବାର ଗର୍ତ୍ତ ତିଆରି କରେ । ଏପାଖରେ ଜଗିଲେ ସେପାଖରେ ଯେମିତି ଅନାୟାସରେ ଖସିଯାଇ ହେବ । ହାତ ବାରିସୀ ସାଜିଥିବା 'ଗୃହ ବିଭୀଷଣ' କେଡ଼େ ଭୟଙ୍କର ସତେ ? ନିଜ ଦେଶର ଆଭ୍ୟନ୍ତରୀଣ ଗୁପ୍ତ ଖବର ଅନ୍ୟ ଦେଶକୁ ଯୋଗାଉଥିବା ସାଂଘାତିକ ଦେଶଦ୍ରୋହୀ ପରି ଏମାନେ । ବ୍ରିଟିଶରାଜ ସମୟରେ ପରାଧୀନ ଭାରତରେ ଏମିତି ଅନେକ ଶିଖିମନାଇ ଥିଲେ - ଯାହା ଫଳରେ ଫିରିଙ୍ଗି ଏତେ ଦିନ ଆମକୁ ଶାସନ କରିପାରିଲା । ଏ ହେଲା ବାଘ କୌଶଳ - 'ବିଭାଜନ ଓ ଶିକାର ନୀତି' ।

ଏ ପ୍ରସଙ୍ଗରେ ମନେପଡୁଛି ପଞ୍ଚତନ୍ତ୍ରର ଏକ କାହାଣୀ । ପୋଖରୀରେ ଦଳ ହୋଇ ଖେଳୁଥିବା ମାଛମାନଙ୍କୁ ଦେଖି ସେମାନଙ୍କୁ ସହଜ ଭାବରେ ଶିକାର କରିବାର ଏକ ଉପାୟ ପାଞ୍ଚିଲା ବଗ । ବେକରେ ତୁଳସୀ ମାଳ ପକାଇ ଆଖି ବୁଜି ଧ୍ୟାନ ମୁଦ୍ରାରେ କୂଳରେ ବସିରହିଲା, ମାଛମାନଙ୍କୁ ଆଉ ଖାଇଲା ନାହିଁ । ସେମାନେ ବଗର

ଏତାଦୃଶଭାବ ଦେଖି ନିର୍ଭୟରେ କୂଳକୁ ଆସି ଏହାର କାରଣ ପଚାରନ୍ତେ ବଗ କହିଲା – ତୁମମାନଙ୍କ ଚିନ୍ତା ମୋତେ ସବୁବେଳେ ଘାରୁଛି। ଯୋଗ ବଳରେ ଜାଣି ପାରୁଛି – ଏଇ ଅଳ୍ପଦିନ ଭିତରେ ଗାଁ ଲୋକେ ପୋଖରୀ ଶୁଖାଇ ତୁମମାନଙ୍କୁ ଧରି ନେବେ। ଆତଙ୍କିତହୋଇ ମାଛମାନେ ସେମାନଙ୍କୁ ବଞ୍ଚାଇବାକୁ ନେହୁରା ହୁଅନ୍ତେ ବଗ କହିଲା – ବ୍ୟସ୍ତ ହେବାର କିଛି କାରଣ ନାହିଁ। ଏଇ ନିକଟରେ ଏକ ପୂର୍ଣ୍ଣଗର୍ଭା ନଦୀ ଅଛି। ତୁମେମାନେ ରାଜିହେଲେ ସମସ୍ତଙ୍କୁ ଗୋଟି ଗୋଟି କରି ସେଠି ଛାଡ଼ି ଦେବି। ନିର୍ଭୟରେ ରହିବ ତୁମେମାନେ। ମାଛମାନେ ଆନନ୍ଦ ମନରେ ରାଜିହୋଇଗଲେ ଓ ସେଇ ଦିନ ଠାରୁ ବଗ ମାଛମାନଙ୍କୁ ନିଜ ମନର କଳ୍ପିତ ନଦୀକୁ ନନେଇ ଗୋଟି ଗୋଟି କରି ଏକ ବୃକ୍ଷ ଡାଳରେ ବସି ମନର ଈପ୍ସିତ ବାସ୍ନାକୁ ପୂର୍ଣ୍ଣକରେ। ଏମିତି ଏମିତି ପୁଷ୍କରିଣୀର ମାଛଙ୍କୁ ବଗ ଶିକାର କରି ଚାଲିଲା। ଶେଷକୁ କଙ୍କଡ଼ାଟିଏ ଥିଲା। ସେ ତା'ର ଦୁଇ ବୁଢ଼ା ଗୋଡ଼ରେ ବଗର ଲମ୍ବା ବେକକୁ ଧରି ଦୋଳି ଖେଳି ଖେଳି ଯାଉଥାଏ ପୂର୍ଣ୍ଣଗର୍ଭା ନଦୀରେ ପ୍ରାଣ ବଞ୍ଚାଇବାକୁ। ପୂର୍ବପରି ବଗ କଙ୍କଡ଼ାକୁ ଶିକାର କରିବା ଉଦ୍ଦେଶ୍ୟରେ ଯେତେବେଳେ ବୃକ୍ଷ ଉପରେ ବସେ, ତଳେ ପଡ଼ିଥିବା ମାଛଙ୍କ ମୁଣ୍ଡ ଓ କୁଢ଼ କୁଢ଼ କଣ୍ଟା ଦେଖି ଚତୁର କଙ୍କଡ଼ା ବେଶ୍ ବୁଝି ପାରିଲା ତା'ର କପଟ ଉଦ୍ଦେଶ୍ୟ ଏବଂ ଦୁଇ ବୁଢ଼ା ଗୋଡ଼ରେ ତା'ର ଲମ୍ବା ବେକକୁ ଚାପି ସେଇଠି ମାରିଲା। ଦଳର ସବୁ ମାଛଙ୍କୁ ଅଲଗା ଅଲଗା କରି 'ବିଭାଜନ ଓ ଶିକାର ନୀତି'ରେ ବଗ ଶିକାର କଲା ସିନା, କଙ୍କଡ଼ା କବଳରୁ ବର୍ତ୍ତିପାରିଲାନି।

କହିବାର କଥା – ସବୁବେଳେ ଏ ପ୍ରକାର 'ବିଭାଜନ ଓ ଶାସନ / ଶିକାର ନୀତି' କାମ ଦିଏନି। ସମସ୍ତେ ନିରୀହ ହରିଣ ନୁହନ୍ତି, ଅନ୍ଧ - ମୂକ – ବଧିର ନୁହନ୍ତି ଅଥବା ଅପରିଣାମଦର୍ଶୀ ମାଛ ନୁହନ୍ତି। ସେମାନଙ୍କ ଭିତରେ କଙ୍କଡ଼ା ଭଳି ଦୂରଦ୍ରଷ୍ଟା ଜୀବ ବି ଥାଇପାରନ୍ତି। ତେଣୁ ବୁଦା ମୂଳେ ଶୋଇ ଶିକାର ପାଇଁ ନା ନା ରକମର ପାଞ୍ଚ କରୁଥିବା ପେଞ୍ଚୁଆ ବାଘମାନେ ସାବଧାନ୍।

ମଦ ମାୟାରେ ଗାଁ

ଘଟଣା ନଂ ୧- ମଧୁ ପଧାନର ମା' ଚାଲିଗଲା। ବିଚରା ଘରକୁ ଏକୁଟିଆ ମଧୁ ପଧାନ ଜାତି ଭାଇମାନଙ୍କୁ ନେହୁରା ହୋଇ ହୋଇ ଥକିଗଲା। ଏ ପାଖର ସୂର୍ଯ୍ୟ ସେ ପାଖକୁ ଗଡ଼ିଲେ, ହେଲେ ଜାତି ଭାଇଙ୍କର ଦେଖା ନାହିଁ ବାସି ମଡ଼ା ଉଠାଇବାକୁ। ସେମାନଙ୍କର ଏକା ଜିଦ୍ - ମଦ ନ ଦେଲେ କିଏ ମଡ଼ା ଉଠାଇବ ହୋ। ଅଗତ୍ୟା ଗରିବ ମଧୁ ପଧାନ ଜଗୁ ପାନ କ୍ୟାବିନ୍‌ରୁ କେତୋଟି ମଦ ପାଉଚ୍ ବାକିରେ ଆଣିଲା। ମରାସିଂ ଭାଇମାନେ ଟାଙ୍କେ ଟାଙ୍କେ ପିଇଲେ ଓ ପଧାନ ମା'ର ଶବ ସତ୍କାର ସୁରୁଖୁରୁରେ ହେଲା ସେଦିନ। ସେତେବେଳକୁ ରାତି ଅ'ଧ।

ଘଟଣା ନଂ ୨- ବହୁଦିନ ପରେ ମୋ' ପିଲା ଦିନର ସାଙ୍ଗକୁ ବାଦାମ ବାଡ଼ି ବସ୍‌ଷ୍ଟାଣ୍ଡରେ ଦେଖି ଖୁସିରେ କୁଣ୍ଢାଇ ପକାଇଲି। ମୋ' ପକେଟ ଅଣ୍ଡାଳି ପକାଇ ସେ କହିଲା- ଦେଲୁ ଦେଲୁ ଦୁଇଶହ। ବୁଲି ବୁଲି ଟେନ୍‌ସନ୍ ଲାଗିଲାଣି-ମାଲ୍ ଟିକିଏ ପକେଇ ଦେଇ ଆସେଁ। ଦେଖୁ ଦେଖୁ ମୋ ଶାର୍ଟ ପକେଟ୍‌ରେ ହାତ ପୂରାଇ ପଚାଶ ଟଙ୍କା ନେଇ ପାଖ ପାନ ଦୋକାନରୁ ଏକ ମଦ ପାଉଚ୍ କିଣି ଆଣି ମୋ' ଆଖି ସାମ୍ନାରେ ଚଁ ଚଁ କରି ପିଇଗଲା। ସେଦିନ କାଳେ ତା' ଟେନ୍‌ସନ୍ ହାଲ୍‌କା ହୋଇଯାଇଥିଲା।

ପାଠକେ, ଏ ଦୁଇ ଆଖିଦେଖା ଅନୁଭୂତି କେବଳ ଉଦାହରଣ ମାତ୍ର। ମଦ ପାଇଁ ସବୁ ଗାଁ ରେ ଏମିତି ଘଟଣା ଘଟିବା ଆଜିକାଲି ସାଧାରଣ କଥା ହୋଇଗଲାଣି। ରାତି ପାହିଲେ କେଉଁଠୁ ମାଲ୍ ପକାଇଦବାର ଚିନ୍ତା ଏବେ ଗାଁ ରେ ବୁଲୁଥିବା ଭେଣ୍ଡିଆମାନଙ୍କୁ ବେଶୀ ଘାରିଛି। ସେ ଦେଶୀ ହେଉ କି ବିଦେଶୀ - ଲସି ସରବତ୍ ପିଇଲା ପରି ପିଇଚାଲିଛନ୍ତି ମଦ। ଏମାନଙ୍କ ପାଇଁ ମହୁଠାରୁ ମଦର ମୂଲ୍ୟ ଅଧିକ। ଭୋଜି ଭାତ ଠାରୁ ଆରମ୍ଭ କରି ସାମାଜିକ, ସାଂସ୍କୃତିକ କାର୍ଯ୍ୟକ୍ରମରେ ତା'ର ପ୍ରାବଲ୍ୟ

ପୁର ପଲ୍ଲୀରେ ଲୋକଙ୍କୁ ଏତେ ମାତ୍ରାରେ ଆକ୍ରାନ୍ତ କଲାଣି ଯେ ଏକଥା ଚିନ୍ତା କଲେ ଆଶ୍ଚର୍ଯ୍ୟ ଲାଗେ। ସହରରୁ ମଦର ଚାହିଦା କମି କମି ଗଲାବେଳେ ଗାଁ ରେ ବଢ଼ି ବଢ଼ି ଚାଲିଛି। ମାଲ୍ ନପକେଇଲେ ସଂକୀର୍ତ୍ତନିଆ ଦଳ ବି ସଂକୀର୍ତ୍ତନ ମଣ୍ଡପକୁ ଯାଉନାହାନ୍ତି। ହରିନାମ ନେବାକୁ ମଦ କାଳେ ଶକ୍ତି ଯୋଗାଏ। ମରାସିଂ ଭାଇମାନଙ୍କୁ ମଦ ଦେଇ ମନ ନକିଣିଲେ ବାସି ମଡ଼ା ଘରୁ ଉଠେନି। ବାହାବ୍ରତ, ଶୁଦ୍ଧିକ୍ରିୟା, ଶ୍ରାଦ୍ଧକର୍ମ ଆଦି ସାମାଜିକ କର୍ମ ଅଧୁରା ରହିଯାଉଛି ବିନା ମଦରେ। କେବଳ ଯୁବଗୋଷ୍ଠୀ କାହିଁକି-ବିଲବାଡ଼ିରେ କାମ କରୁଥିବା ଅଭାବୀ ଦିନଦୁଃଖୀମାନଙ୍କର କିଶୋର ପିଲାଏ ଏଇ ମଦ ମୁନ୍ଦିକ ପାଇଁ ପାଗଳ। ଗାଁ ର ଏମାନେ ବାଳ ଶ୍ରମିକ। ବୟସ ଅନୁସାରେ ହାଡ଼ଭଙ୍ଗା ପରିଶ୍ରମ କରୁଥିବା ହେତୁ ଦେହପୀଡ଼ା କିମ୍ବା ମଜରା ଜ୍ୱର ହେଲେ ବାପା ମା' ମାନେ ପରାମର୍ଶ ଦିଅନ୍ତି ମାଲ୍ ଟିକିଏ ମାରି ଦବାକୁ। ଦେହରେ ସୋରିଷ ତେଲ ମାଲିସ କରି, ଗରମ ଭାତରେ ଗୁଆ ଘିଅ ପକାଇ ଖାଇ ଯେଉଁ ଗାଁ ର ଲୋକେ ଦେହପୀଡ଼ା, ଥଣ୍ଡା ଜ୍ୱର କିମ୍ବା ମଜରା ଜ୍ୱରକୁ ଉପଶମ କରୁଥିଲେ ଏବେ ସେଇ ଗାଁ ରେ ମାଲ୍ ମାରିଦେଇ ଏ ସବୁକୁ ଭଲ କରୁଛନ୍ତି। ବାପା ମା' ମାନେ ଖୁସି, ପିଲାଏ ବି ଏଇ ମଦ ମାୟାରେ ମସ୍‌ଗୁଲ୍। ଗାଁ ର ଅପାଠୁଆ ପିତା ମାତାଙ୍କ ମାନସିକତା ଯେଉଁଠି ଏଭଳି ସ୍ତରକୁ ଗଲାଣି, ସେଠି ସେମାନଙ୍କ କିଶୋର ପିଲାଏ ଏଭଳି ସୁଯୋଗର ସଦୁପଯୋଗ କରିବେନି କିଆଁ? ଏ ତ ବିରାଡ଼ି କପାଳକୁ ଶିକା ଛିଣ୍ଡିଲା ଭଳି କଥା।

ସହରରେ ଚାକିରି କରି ପିଲାଛୁଆ ଧରି ରହିଥିବା କର୍ମଜୀବୀ ପୁରୁଷ କେହି ଛୁଟିରେ କେତେବେଳେ ଯଦି ଗାଁ ଆଡ଼େ ବୁଲି ଯାଆନ୍ତି, ତେବେ ଛକରେ ବୁଲୁଥିବା, ଖଟି କରୁଥିବା ପିଲାଦିନର ବେରୋଜଗାରିଆ ସାଙ୍ଗମାନେ ଘେରି ଆସି ମାଲ୍ ପାଇଁ ପଇସା ଦାବି କରନ୍ତି। ପିଲାଦିନର ସାଙ୍ଗ ହେତୁ ବିଚରା ଭଦ୍ରଲୋକ ଜଣକ ଅନିଚ୍ଛାରେ ପକେଟ ଅଣ୍ଡାଳନ୍ତି ସେମାନଙ୍କ ମଦ ଖର୍ଚ୍ଚ ପାଇଁ। ଏହା ହିଁ ଏବେକାର ଗାଁ ର ଚିତ୍ର। ସହରରେ ହେଲେ କିଛି ସଚେତନତା ଅଛି, ମାତ୍ର ଗାଁ ରେ ଏହା ଖୁଲମ୍ ଖୁଲା। ପୋଲିସ୍‌ର ଭୟ ନାହିଁ, ନିଶା ନିବାରଣ ଅନୁଷ୍ଠାନର ଅଙ୍କୁଶ ନାହିଁ। ସୁତରାଂ ନିଡରରେ ଯେଉଁଠି ନାହିଁ ସେଠି ଏହାର ସଦୁପଯୋଗ କରୁଛନ୍ତି ଗାଁ ର ଭେଣ୍ଡିଆ ମାନେ।

ଏବେ ଦେଖିବାକୁ ମିଳିଲାଣି-ଗାଁ ର ଏଇ କିଶୋର ବୟସର ପିଲାମାନେ ଛକ ଜାଗାମାନଙ୍କରେ ଗଣେଶ ପୂଜା, ସରସ୍ୱତୀ ପୂଜା ଆଦିର ଆୟୋଜନ କରୁଛନ୍ତି। ମୂର୍ତ୍ତିଟିଏ ବସାଇ ଦେଇ ଆଧୁନିକ ଦୁଇ ଅର୍ଥ ବୋଧକ ଗୀତର ତାଳେ ତାଳେ ମଦ ପିଇ ମସ୍‌ଗୁଲ୍ ହେଉଛନ୍ତି। ମଉଜମଜଲିସ୍ ଏବଂ ମଦ ମହୋତ୍ସବର ମତାଣିଆ ବିଭୋରପଣରେ ଏବେ ଗାଁ ଟୋକାଙ୍କ ଖୁସିର ସୀମା ନାହିଁ।

ଗାଁ ର ଛକ ଜାଗାରେ ଥିବା ପାନ କ୍ୟାବିନ୍ ହେଉ, ପରିବା କିମ୍ବା ତେଜରାତି ଦୋକାନ ହେଉ, ହେଉ ଅବା ଚା' ଜଳଖିଆ ଦୋକାନ - ସବୁଠି ଦେଶୀ ମଦର ପାଉଚ୍ ମିଳିବ ହିଁ ମିଳିବ। ଅତି କମ୍ ପଇସାରେ ଏହା ମିଳୁଥିବାରୁ ପିଇବାରେ ଅସୁବିଧା ନାହିଁ। ପଇସା ନଥିଲେ କାହାକୁ ଧପେଇବାର କଳାକୌଶଳ ପ୍ରୟୋଗ କରି ପଇସା ହାସଲ କରୁଛନ୍ତି ଗାଁ ଟୋକାମାନେ ଓ ମଦ ପାଉଚ୍ କିଣାରେ ତାକୁ ବିନିଯୋଗ କରୁଛନ୍ତି।

ଗାଁ ବାହାଘରରେ ଆଗରୁ ବର ସାଙ୍ଗେ ବରଯାତ୍ରୀ ଯାଉଥିବା ଲୋକମାନଙ୍କୁ ବସା ଦହି, ସରବତ୍, ଲସି ଆଦି ପାନୀୟ ଦିଆଯାଇ ଆପ୍ୟାୟିତ କରାଯାଉଥିଲା। ମାତ୍ର ବଡ଼ ବିଡ଼ମ୍ବନାର କଥା-ଏବେ ମଦ ନଦେଲେ କେହି ଯୁବଗୋଷ୍ଠୀ ବରଯାତ୍ରୀ ଯିବାକୁ ଅମଙ୍ଗ ହେଉଛନ୍ତି। କନ୍ୟାଘର ପାଖରେ ମଦର ଅଭାବ ଥିଲେ ଅଭାବନୀୟ ଘଟଣା ଘଟାଉଛନ୍ତି ବରଯାତ୍ରୀମାନେ। ଗାଁ କୁ ଯାଇଥିବା ଅବସରରେ ଥରେ ଜଣେ ନିକଟ ସମ୍ପର୍କୀୟଙ୍କୁ ପଚାରିଲି-"ଅମୁକ ଲୋକ ତ ଆଗରୁ ପ୍ରବଳ ପିଉଥିଲା-ଏବେ ଛାଡ଼ିଲାଣି ନା ଆଗପରି ପିଉଛି ?" ତା' ଉତ୍ତର ଶୁଣି ମୁଁ ଅବାକ୍ ହୋଇଗଲି। କହିଲା - "ପିଇଲେ କ'ଣ ହେଲା ତା' ଅବସ୍ଥା ବର୍ତ୍ତମାନ ସୁଧୁରିଗଲାଣି। ପଇସା ପତ୍ର ଲଗାଣରେ ଦେଉଛି। ଆମ ଅଞ୍ଚଳରେ ସେ ହିଁ ପଇସା ବାଲା। ତା ଛଡ଼ା ସେ ତ ନିଜ ପଇସାରେ ପିଉଛି। ଆମର ସେଥିରୁ ଯାଏ ଆସେ କେତେ ?" ଏହାହିଁ ହେଉଛି ମଦ ସମ୍ପର୍କରେ ଆମ ଗାଁ ଗହଳି ଲୋକଙ୍କର ମନ୍ତବ୍ୟ। ଏଥିପାଇଁ ଯେ କେତେ ଲୋକ କଟକର ବଡ଼ ଡାକ୍ତରଖାନା ଆସି ଅକାଳରେ ମୃତ୍ୟୁମୁଖରେ ପଡୁଛନ୍ତି, ଏହା ଚିନ୍ତା କରିପାରୁ ନାହାନ୍ତି ଗାଁ ଲୋକେ। ଗାଁ ର ଜଣେ ପିଲାଦିନ ସାଙ୍ଗର ପ୍ରଶ୍ନରେ ମୁଁ ଯେତେବେଳେ କହିଲି – ତାହା କିଭଳିଆ ଜିନିଷ ଆଜିଯାଏଁ ମୁଁ ଚାଖିନାହିଁ କିମ୍ବା ଆଘ୍ରାଣ କରିନାହିଁ, ସେତେବେଳେ ସେ ମୋ କଥାକୁ ହସରେ ଉଡ଼ାଇ ଦେଇ ମୋତେ 'ଆଉଟ୍ ଡେଟେଡ୍' ବୋଲି କହିଥିଲା।

ଏ ସବୁ ଦେଖିଲେ ଲାଗୁଛି, ସହର ଠାରୁ ଗାଁ ରେ ଏବେ ମଦ କାରବାର ବେଶୀ ଚାଲିଛି। ଗାଁ ଲୋକେ ସତର୍କ ଏବଂ ସଚେତନ ନହେଲେ ଏହା ଆହୁରି ସଂକ୍ରମିତ ହୋଇ ଭୟାବହ ପରିସ୍ଥିତି ସୃଷ୍ଟି କରିବ।

■

ଗୀତା ଗୋସେଇଁ

'ଜାଣ୍ ନଜାଣ୍ ଖାଆ ପିତା
ବୁଝ୍ ନବୁଝ୍ ପଢ଼୍ ଗୀତା ।'

ଏହି ଉକ୍ତିକୁ ମର୍ମେ ମର୍ମେ ଅନୁଭବ କରିଛନ୍ତି କୁମୁଦବାବୁ । ସେଥିପାଇଁ ସେ ପ୍ରତ୍ୟହ ସକାଳୁ ନିତ୍ୟକର୍ମ ସମାପନ ପରେ ଶୁଭ୍ର ସଫେଦ୍ ଧୋତିଟିଏ ପିନ୍ଧି ସଫେଦ୍ ଚାଦର କାନ୍ଧରେ ପକେଇ ଶୁଦ୍ଧ ପୂତ ଆସନରେ ବସିଯାଆନ୍ତି ଗୀତା ପଠନ ପାଇଁ । ଭଗବାନ ଶ୍ରୀକୃଷ୍ଣଙ୍କର ମୁଖ ନିଃସୃତ ଦିବ୍ୟବାଣୀ ହେଉଛି ଗୀତା । କୁରୁକ୍ଷେତ୍ରର ମହାଭାରତ ଯୁଦ୍ଧରେ ଅର୍ଜୁନ ତାଙ୍କ ଚାରିପାଖରେ ନିଜ ପ୍ରିୟ ପରିଜନ, ଜ୍ଞାତିକୁଟୁମ୍ବ, ସଖା ସୋଦରଙ୍କୁ ଦେଖି ଅସ୍ତ୍ର ତ୍ୟାଗ ପୂର୍ବକ ବିଷାଦ ମନରେ ବସି ଯାଇଥିଲେ । ତାଙ୍କ ମନ ସେତେବେଳେ ପାର୍ଥିବ ମୋହ ମାୟାରୁ ମୁକୁଳି ପାରିନଥିଲା । ତାଙ୍କ ମନକୁ ଭବମାୟା ଚ୍ୟୁତ କରାଇ ନିଜର କ୍ଷତ୍ରିୟ ଧର୍ମ ପାଳନ ବାବଦରେ ବୁଝାଇ ଶେଷରେ ବିଶ୍ୱରୂପ ଦର୍ଶନ କରାଇଥିଲେ ଭଗବାନ ଶ୍ରୀକୃଷ୍ଣ, ଯାହା ଫଳରେ ଅର୍ଜୁନଙ୍କ ଭିତରେ ଶିଥିଳ ହୋଇଯାଇଥିବା କ୍ଷତ୍ରିୟ ରକ୍ତ ତାଜା ହୋଇଯାଇଥିଲା ଓ ସେ ଅସ୍ତ୍ର ଉତ୍ତୋଳନ କରି ଯୁଦ୍ଧ କରିଥିଲେ ।'ଉତ୍ତିଷ୍ଠତ ଜାଗ୍ରତ'ଏହାର ସାର କଥା । ମୋଟାମୋଟି ଭାବରେ ଏହା ହିଁ ଗୀତା ମର୍ମ । ପ୍ରସଙ୍ଗ କ୍ରମେ ସେଥିରେ ଆସିଛି ଆତ୍ମା ପରମାତ୍ମାର କଥା, ଧର୍ମ ଦର୍ଶନର କଥା,କର୍ତ୍ତବ୍ୟ ପାଳନର କଥା ଏବଂ ସର୍ବୋପରି ଅନ୍ୟାୟ ଅନୀତି ବିରୋଧରେ ଦୃଢ଼ଭାବରେ ସ୍ୱର ଉତ୍ତୋଳନର କଥା । ନିଜ ଜୀବନକୁ ସୁବ୍ୟବସ୍ଥିତ କରିବା ପାଇଁ ମାର୍ଗ ଦର୍ଶନ ଦେଉଥିବା ଏକ ବଳିଷ୍ଠ ଦର୍ଶନ ଶାସ୍ତ୍ର ହିଁ ଗୀତା । ଭଗବାନ ଶ୍ରୀକୃଷ୍ଣ ଓ ସଖା ଅର୍ଜୁନଙ୍କର କଥୋପକଥନ କେବଳ ଉପଲକ୍ଷ୍ୟ ମାତ୍ର । କୁମୁଦବାବୁ ପ୍ରତିଦିନ ଗୀତାର ଶ୍ଳୋକ ସହ ବ୍ୟାଖ୍ୟାକୁ ଅତି ଉଚ୍ଚ ସ୍ୱରରେ ପାଠକରି ପାଖରେ ବସିଥିବା ଅନ୍ୟ ଅନେକ ଗୀତାପ୍ରେମୀଙ୍କୁ ସରଳଭାଷାରେ ବୁଝାଇ ଦେଉଥାନ୍ତି । ସେଦିନ ସେ ଲୋକଙ୍କୁ ବୁଝାଉଥିଲେ:

"ଯ ସର୍ବତ୍ରାନଭିସ୍ନେହସ୍ତତ୍ତତ୍ ପ୍ରାପ୍ୟ ଶୁଭାଶୁଭମ୍।
ନାଭିନନ୍ଦତି ନ ଦ୍ୱେଷ୍ଟି ତସ୍ୟ ପ୍ରଜ୍ଞା ପ୍ରତିଷ୍ଠିତା।

//୫୭ // ଦ୍ୱିତୀୟ ଅଧ୍ୟାୟ

(ଯେଉଁ ପୁରୁଷ ସର୍ବତ୍ର ଅନାସକ୍ତ ହୋଇ ଶୁଭବସ୍ତୁ ପାଇଲେ ପ୍ରସନ୍ନ ହୁଅନ୍ତି ନାହିଁ କି ଅଶୁଭ ବସ୍ତୁ ପାଇଲେ ଦ୍ୱେଷକରନ୍ତି ନାହିଁ, ତାଙ୍କର ବୁଦ୍ଧି ସ୍ଥିର ଅଟେ।)

ରୋଗ ଶଯ୍ୟାରେ ପଡ଼ିଥିବା, ଆସନ୍ନ ମୃତ୍ୟୁକୁ ଅପେକ୍ଷା କରି ପାର୍ଥିବ କ୍ଳେଶ ଭୋଗୁଥିବା ଜରାଜୀର୍ଣ୍ଣମାନଙ୍କ ପାଖରେ ଗୀତା ପାଠ କରି କୁମୁଦବାବୁ ତାଙ୍କ ଆତ୍ମାକୁ ଭଗବତ୍ ଅଭିମୁଖୀ କରାଇବାରେ ସହାୟକ ହୋଇଥାନ୍ତି। ଶେଷ ଶଯ୍ୟାରେ ଯନ୍ତ୍ରଣା ଭୋଗୁଥିବା ଲୋକ ଗୀତାବାଣୀକୁ କେତେ ବୁଝନ୍ତି ନବୁଝନ୍ତି ତାହା ଭିନ୍ନ କଥା, କିନ୍ତୁ ରୁଣ୍ଡ ହୋଇଥିବା ସାଇ ପଡ଼ିଶାର ଲୋକେ ଆହା ଆହା କରି କହୁଥାନ୍ତି – ଲୋକଟି କେତେ ଭୋଗିଲାଣି, ମୁକ୍ତି ପାଇଯାଉ। ସୁତରାଂ ଗୀତା ପାଠକରି କୁମୁଦବାବୁ ସେ ଅଞ୍ଚଳରେ ଘଟ ଛାଡୁଥିବା ଅନେକ ଲୋକଙ୍କୁ ମୁକ୍ତି ଦେଇ ପାରନ୍ତି ବୋଲି ସାଧାରଣରେ ବିଶ୍ୱାସ। ସେଥିପାଇଁ ସେ ସମସ୍ତଙ୍କ ନିକଟରେ ଗୀତା ଗୋସେଇଁ ଭାବରେ ପରିଚିତ।

"ବାସାଂସି ଜୀର୍ଣ୍ଣାନି ଯଥା ବିହାୟ, ନବାନି ଗୃହ୍ଣାତି ନରୋଽପରାଣି।
ତଥା ଶରୀରାଣି ବିହାୟ, ଜୀର୍ଣ୍ଣାନ୍ୟନ୍ୟାନି ସଂଯାତି ନବାନି ଦେହୀ ॥

//୨୨ // ଦ୍ୱିତୀୟ ଅଧ୍ୟାୟ

(ମନୁଷ୍ୟ ଯେପରି ପୁରୁଣା ବସ୍ତ୍ର ତ୍ୟାଗକରି ଅନ୍ୟ ନୂତନ ବସ୍ତ୍ର ଗ୍ରହଣ କରେ, ଜୀବାତ୍ମା ସେହିପରି ପୁରାତନ ଶରୀର ତ୍ୟାଗକରି ଅନ୍ୟ ନୂତନ ଶରୀର ଗ୍ରହଣ କରିଥାଏ।)

ପୂର୍ବର ସୂର୍ଯ୍ୟ ପଶ୍ଚିମରେ ଉଦୟ ହୋଇପାରେ, ହେଲେ କୁମୁଦବାବୁଙ୍କର ଗୀତା ପଠନ ବନ୍ଦ ହେବାର ନୁହେଁ। ଏମିତି ସମୟ ଆସିଲା – ଲୋକେ ତାଙ୍କର ଅସଲ ନାମ ବଦଳରେ ଗୀତା ଗୋସେଇଁ ଭାବରେ ତାଙ୍କୁ ଡାକିବାକୁ ଆରମ୍ଭ କଲେ। ଗୀତାର ସମସ୍ତ ଅଧ୍ୟାୟରେ ଥିବା ଶ୍ଳୋକ ତାଙ୍କର ମୁହେଁ ମୁହେଁ, ଶ୍ଳୋକ ସଂଖ୍ୟା ବି ତାଙ୍କ ଜିଭ ଅଗରେ ଥୁଆ। ଗୀତା ମର୍ମକୁ ବ୍ୟାଖ୍ୟା କଲାବେଳେ ବାଟୁଳି ବାଜେନି ତାଙ୍କ ପାଟିରେ। ଯା' ହେଉ ଗୀତା ଗୋସେଇଁ ନିଜ ନାମର ଚରିତାର୍ଥ କରିପାରିଛନ୍ତି।

ଆମେ ତ ଅବାଗିଆ ଲୋକ, ଆମ ଦୃଷ୍ଟିଭଙ୍ଗୀ ବି ଅବାଗିଆ। ବୋଇଲେ ଯାହା ଦେଖୁ – ଟିକିଏ ଟେରେଇ କରି, ତିର୍ଯ୍ୟକରେ ଦେଖୁ। ସିଧା ନଦେଖି ବଙ୍କେଇକରି ଦେଖୁଥିବାରୁ ଭିତର ବାହାର ବହେ ଓଲଟ ପାଲଟକରି ଜାଣିଲୁ ଉପରକୁ ଚହଟ ଚିକ୍‌ଣ ଦିଶୁଥିବା ଗୀତା ଗୋସେଇଁଙ୍କ ଭିତରଟା କିନ୍ତୁ ମହାକାଳ ଫଳ ପରି କୁତ୍ସିତ କଦାକାର। ଆପଣ କହିବେ – କଳା ଚଷମା ପିନ୍ଧିଥିବା ଲୋକଙ୍କୁ ତ ସବୁ କିଛି କଳା ଦିଶିବ,

ଯାହାର ଯେମନ୍ତ ସ୍ୱଭାବ ସେ ଜଗତକୁ ତେମନ୍ତ ଭାବରେ ଦେଖିବ। ଅର୍ଥାତ୍ ଆମର ଦୃଷ୍ଟିଭଙ୍ଗୀ ଖରାପ ହେତୁ ଆମେ ଅନ୍ୟକୁ ଖରାପ ନଜରରେ ଦେଖୁ। ଅନେକ କୁତ୍ସିତ ଜିନିଷ ଉପରେ ମଖମଲି ଭେଲଭେଟ୍ କପଡ଼ା ପଡ଼ିଥିବାରୁ ସମସ୍ତଙ୍କୁ ତାହା ସୁନ୍ଦର / ମନଲୋଭା ଦିଶେ। ମାତ୍ର ମଖମଲି କପଡ଼ାକୁ ଅନାବରଣ କରିପାରିଲେ ଅସଲ ଜିନିଷକୁ ଆପଣ ଦେଖିପାରିବେ। ସେ ଜ୍ଞାନ ଉଦୟ ନହେଲେ ଉପର ଆବରଣ ଆପଣଙ୍କୁ ମୋହିତ କରିବ। ଅତର ସିଞ୍ଚା କୁତ୍ସିତ ଦ୍ରବ୍ୟ ସମସ୍ତଙ୍କୁ ମହମହ ବାସେ ସିନା, ଆମେ କିନ୍ତୁ ସେ ଉପର ମହକରେ ଭଳିଯିବା ଲୋକ ନୋହୁଁ, ସମ୍ପୂର୍ଣ୍ଣ ଗେଣ୍ଡୁ ପର୍ଯ୍ୟନ୍ତ ଯାଇ ଦେଖିବୁ। ଯଦି ଭିତର ବାହାର ସମାନ, ସେଠି ଆମେ ନତମସ୍ତକ ହେଇଯିବୁ। ପରମ ପିତା ମଗଜ ଭିତରେ ଏ ବୁଦ୍ଧି ଟିକକ ଭରିଛନ୍ତି। ତେଣିକି ଯିଏ ଯାହା କହୁଛି କହୁ।

ବାହାରେ ଗୀତା ଜ୍ଞାନ ବାଣ୍ଟୁଥିବା ଗୀତା ଗୋସେଇଁଙ୍କ ଭିତରଟା ଠିକ୍ ଓଲଟା। ଏ ଶରୀରଟା ଅଳିକ, ଆମେ କେବଳ ମୋହ ମାୟାର ଭବ ବନ୍ଧନରେ ପଡ଼ି ଘାଣ୍ଟି ହେଉଥାଇ ଯାହା। ପଦ୍ମ ପତ୍ରରେ ଜଳ ପରି ଏ ପାର୍ଥିବ ଜଗତର ମୋହ ପବିତ୍ର ଆତ୍ମାକୁ ସ୍ପର୍ଶ କରିପାରେନି – ଏଭଳି ଜ୍ଞାନ ବିତରଣ କରୁଥିବା ଗୀତା ଗୋସେଇଁଙ୍କ ବାସ୍ତବ ଜୀବନକୁ ଅନୁଧ୍ୟାନ କଲାପରେ ନିଜକୁ ଯେତିକି କଷ୍ଟ ଲାଗିଲା, ତାଙ୍କ ପ୍ରତି ସେତିକି ଦୟା ବି ଆସିଲା। ନିଷ୍କାମ କର୍ମ ଯୋଗ କଥା କହୁଥିବା ଗୋସେଇଁ ମହାଶୟ ବାସ୍ତବ ଜୀବନରେ କିନ୍ତୁ ସକାମ କର୍ମରେ ବିଶ୍ୱାସ କରନ୍ତି। ଅର୍ଥାତ୍ – ଏହା କଲେ ମୋ'ର କି ଫାଇଦା ହେବ। ଯଦି ଫାଇଦା ନାହିଁ, ଗୀତା ଗୋସେଇଁ ସେଠୁ କାଇଦାରେ ଖସି ଆସନ୍ତି। କ୍ଷଣଭଙ୍ଗୁର ସଂସାର, ଆତ୍ମା ପରମାତ୍ମା ସଂପର୍କରେ ବହୁ କଥା କହୁଥିବା ଏହି ମହାମାନବ କିନ୍ତୁ ସର୍ବଦା ଭବ ବନ୍ଧନର ପଚା ପଙ୍କ ଗାଡ଼ିଆରେ ଲଟର ପଟର ହେଉଥାନ୍ତି। ପୁତ୍ର କନ୍ୟା, ପତ୍ନୀ ଆଦି ସାଂସାରିକ ସମ୍ପର୍କର ବନ୍ଧନରେ ବାନ୍ଧିହୋଇ ଅହୋରାତ୍ର 'ମୋର ମୋର' ର ମନ୍ତ୍ର ଉଚ୍ଚାରୁ ଥାନ୍ତି। ଗୀତା ପଠନ କାଳରେ ସେ ଭୁଲି ଯାଆନ୍ତି ମହାଭାରତ ସୃଷ୍ଟିର କାରଣ। ଏଇ କଥାକୁ ଯଦି ଗୀତା ଗୋସେଇଁ ସବୁବେଳେ ମନନ, ଚିନ୍ତନ କରନ୍ତେ ତେବେ ପାର୍ଥିବ ବନ୍ଧନରେ ପଡ଼ି 'ମୋର ମୋର' ହେଉ ନଥାନ୍ତେ। ପୋଥି ବିଦ୍ୟାକୁ ସେ କେବେ ବାସ୍ତବ ଜୀବନରେ କାର୍ଯ୍ୟକାରୀ କରନ୍ତି ନାହିଁ। ଲୋକେ ତାଙ୍କ ପୋଥି ବାଇଗଣର ଚିତ୍ର ଦେଖୁଥିବା ବେଳେ ଆମେ ତାଙ୍କ ବାଡ଼ି ବାଇଗଣକୁ ଖୋଜୁ, କିନ୍ତୁ ନିରାଶ ହେବା ହିଁ ସାର ହୁଏ। ଉଚ୍ଚାରଣରେ ଗୋଟିଏ କଥା ତ ଆଚରଣରେ ଆଉ ଗୋଟିଏ। ମାନବ ସାମଜକୁ ଶୃଙ୍ଖଳିତ ତଥା ମାର୍ଜିତ ବାଟ ଦେଖାଇବା ପାଇଁ ଆମ ଭାରତୀୟ ଧର୍ମ ଦର୍ଶନର ମହତ୍ତ୍ୱପୂର୍ଣ୍ଣ ଭୂମିକା ରହିଛି। ତାହା ଭଗବାନ ଶ୍ରୀକୃଷ୍ଣଙ୍କ ମୁଖ ନିଃସୃତ ଦିବ୍ୟ ବାଣୀ ବା ଅନ୍ୟ କିଛି–ତାହା ଭିନ୍ନ କଥା ।

ସେ ଯାହା ହେଉ - ଆମ ଗୀତା ଗୋସେଇଁ ଗୀତା ପାଠ କରନ୍ତି କେବଳ ପୋଥି ବାଇଗଣ ପରି ବାହାରେ ଗୀତା ଜ୍ଞାନ ସଂପର୍କିତ ନିଜର ବିଦ୍‌ବତ୍ତା / ପାଣ୍ଡିତ୍ୟ ପୂର୍ଣ୍ଣ ଉପଦେଶ ଦେବା ପାଇଁ, ଆଚରଣରେ ନୁହେଁ। ଯେମିତି ଗୀତା ଛୁଇଁ ଶପଥ କରାଯାଏ – ମୁଁ ଗୀତା ଛୁଇଁ ଶପଥ କରୁଛି ଯାହା କହିବି ସତ କହିବି, ସତ ଛଡ଼ା ମିଛ କହିବି ନାହିଁ। ମାତ୍ର ପ୍ରକୃତରେ କ'ଣ ସତ କଥା କୁହାଯାଏ ? ଏହା କେବଳ ପ୍ରହସନ। ଆମର ପବିତ୍ର ଧର୍ମଗ୍ରନ୍ଥ ପାଇଁ ଘୋର ଅପମାନ, ଧର୍ମକୁ ଆଖିଠାର।

ଗୀତା ଗୋସେଇଁ ସେଇ ନୀତିରେ ଚାଲନ୍ତି। ପ୍ରାଞ୍ଜଳ ଭାବରେ ମୁଖସ୍ଥ କରିଥିବା ଗୀତାର ପ୍ରତ୍ୟେକଟି ଶ୍ଳୋକ ଓ ତା'ର ବ୍ୟାଖ୍ୟା କେବଳ ଲୋକଙ୍କୁ ବୁଝେଇବା ପାଇଁ। ତାହା ତାଙ୍କ ବାଗ୍‌ଯନ୍ତ୍ର ନିକଟରୁ ମୁଖ ପର୍ଯ୍ୟନ୍ତ। କିନ୍ତୁ ପେଟ ଭିତରେ ସେ ପବିତ୍ରତା ନଥାଏ। ତାଙ୍କର 'ପୟୋ ମୁଖ'କୁ ସମସ୍ତେ ଦେଖୁଥିଲା ବେଳେ ଆମେ ଦେଖୁଥାଉ ତାଙ୍କ ପେଟ ଭିତରର'ବିଷ କୁମ୍ଭ'କୁ। ସଫେଦ୍ ଧୋତି, ସଫେଦ୍ ଚାଦର ଶୋଭିତ ଗୀତା ଗୋସେଇଁଙ୍କ ବାହ୍ୟ ପରିପାଟୀ ଖୁବ୍ ସ୍ୱଭାବ ସୁଲଭ। ହେଲେ ଭିତରଟା ହଳାହଳମୟ। ଏଇ 'ବିଷ କୁମ୍ଭ ପୟୋମୁଖ' ବ୍ୟକ୍ତିଙ୍କର ବାହାରେ କୋଟି ଆଦର। ବାହାର ଲୋକେ ତାଙ୍କ ଆଚରଣ /କାର୍ଯ୍ୟକଳାପ ସମ୍ପର୍କରେ ଜାଣିବା କି ଦରକାର ? ମଞ୍ଚ ଉପରେ ପ୍ରବଚନ ଦେଉଥିବା ପ୍ରବଚକଙ୍କ ଭିତରକୁ ଦର୍ଶକମାନେ ବା କାହିଁକି ଦେଖିବେ। ଆମ ଦୃଷ୍ଟିରେ ଏମାନେ ଗୋଟେ ଗୋଟେ ମସ୍ତ ପ୍ରତାରକ। ଲୋକଙ୍କ ସାମାଜିକ, ମାନସିକ ଏବଂ ଆବେଗିକ ଚିନ୍ତାଧାରା ସହ ଖୁବ୍ ଚମତ୍କାର ଭାବରେ ଖେଳ ଖେଳିପାରନ୍ତି। ଏମାନେ ଚିନ୍ତା କରନ୍ତି ଗୋଟିଏ କଥା, କହନ୍ତି ଆଉ ଗୋଟିଏ କଥା ଓ କାର୍ଯ୍ୟରେ ଆଉ ଗୋଟିଏ। ଚିନ୍ତନ, ବଚନ ଓ କର୍ମରେ ସନ୍ତୁଳନ ନଥିବା ଲୋକେ ତ ସମାଜର ଏକ ଏକ ସଇତାନ ! ସେଥିପାଇଁ ମହାମତିମାନେ କହିଛନ୍ତି – 'ମନସେକଂ ବଚସେକଂ କର୍ମଣେକଂ ମହାତ୍ମନାମ୍, ମନସ୍ୟନ୍ୟତ୍ ବଚସ୍ୟନ୍ୟତ୍ କର୍ମସ୍ୟନ୍ୟତ୍ ଦୁରାତ୍ମନାମ୍।' ଏଇ ସ୍କେଲ୍‌ରେ ମାପିଲେ ଗୀତା ଗୋସେଇଁ କେଉଁ ପର୍ଯ୍ୟାୟରେ ଯିବେ ? ଗୀତା ବାଣୀ ଶୁଣାଉଥିବା, ଆତ୍ମା ପରମାତ୍ମା ଏବଂ ସଂସାରର ଜୀବନ ଦର୍ଶନ ବାବଦରେ ଆଧ୍ୟାତ୍ମିକ ଜ୍ଞାନ ବିତରଣ କରୁଥିବା ଏଭଳି ଲୋକେ ଯଦି ବାସ୍ତବ ଜୀବନରେ ନିଜକୁ ସୁଧାରି ପାରି ନାହାନ୍ତି, କହନ୍ତି ଗୋଟିଏ କରନ୍ତି ଆଉ ଗୋଟିଏ – ଏମାନଙ୍କୁ ଚିହ୍ନିବେ କେମିତି ? ଗୀତାରେ ଭଗବାନ ଶ୍ରୀକୃଷ୍ଣ ଯେମିତି କହିଛନ୍ତି – ସବୁ କାର୍ଯ୍ୟର କାରଣ ମୁଁ। ତେଣୁ "ସର୍ବ ଧର୍ମାନ୍ ପରିତ୍ୟଜ୍ୟ ମାମେକଂ ଶରଣଂ ବ୍ରଜ, ଅହଂ ତ୍ୱା ସର୍ବ ପାପେଭ୍ୟ ମୋକ୍ଷୟିଷ୍ୟାମି ମା ଶୁଚଃ।" ସବୁକୁ ତ୍ୟାଗକରି ମୋ'ର ଶରଣ ଯାଅ ମୁଁ ତୁମକୁ ସକଳ ପାପରୁ ଉଦ୍ଧାର କରି ମୋକ୍ଷ ପ୍ରାପ୍ତ କରାଇବି।

ଏହା ମଧ୍ୟ ଭଗବାନଙ୍କ ବାଣୀ 'ମୁଁ ଯାହା କହୁଛି ତାହା ପାଳନ କର, ମାତ୍ର ଯାହା କରୁଛି ତାକୁ ଦୃଷ୍ଟି ଦିଅନାହିଁ।' ଗୀତା ଗୋସେଇଁ ଆଉ କିଛି ବୁଝନ୍ତୁ ନ ବୁଝନ୍ତୁ, ଏଇ ମର୍ମକୁ ଠିକ୍ ଭାବରେ ବୁଝିଛନ୍ତି। ସେଥିପାଇଁ ସେ ଜୀବନ ଦର୍ଶନ ଓ ନିଷ୍କାମ କର୍ମଯୋଗ ସମ୍ପର୍କରେ ଲମ୍ବା ଚଉଡ଼ା କଥା କହିପାରନ୍ତି। କିନ୍ତୁ କାର୍ଯ୍ୟରେ ସମ୍ପୂର୍ଣ୍ଣ ଓଲଟା। ବସ୍ତୁ ପାଇଁ ପାଗଳ, ଅନ୍ଧ ଅହମିକାରେ ଲଟର ପଟର। ଅନ୍ୟକୁ ଉପଦେଶ ଦେବାରେ ଓସ୍ତାଦ, ମାତ୍ର ନିଜ କ୍ଷେତ୍ରରେ / ନିଜ ଆଚରଣରେ ତା'ର ଲେଶ ମାତ୍ର ପ୍ରତିଫଳନ ନଥାଏ। ଗାଁ ଗହଳିର ସ୍ତ୍ରୀ ଲୋକେ ଯେମିତି ଢଗ ପକାନ୍ତି – 'କହି ଦେଉଥାଇ ପରକୁ ବୁଦ୍ଧି ନଦିଶଇ ଘରକୁ।' ଗୀତା ଗୋସେଇଁ ଏଇ କିସମର ଗୋଟେ ବିରଳ ମହାପୁରୁଷ।

ଏଭଳି ଅନେକ ଚରିତ୍ର ଆମ ଚାରିପାଖରେ ଅଛନ୍ତି - ଯେଉଁମାନେ ନିଷ୍କାମ, ନିର୍ଲୋଭ କର୍ମ ତଥା ବିଷୟ ବାସନାର ଅହିତ କର୍ମବାଦ ସମ୍ପର୍କରେ ବହୁତ କଥା କହନ୍ତି, କିନ୍ତୁ ତାଙ୍କ କାର୍ଯ୍ୟ ଧାରାରେ ଏସବୁର ପ୍ରତିଫଳନ ଘଟିନଥାଏ। ଆଜିକାଲି ଏ ଗୀତା ଗୋସେଇଁମାନେ ବାହାରେ ବହୁ ତତ୍ତ୍ୱ ଉପଦେଶ ଦିଅନ୍ତି ଓ କାର୍ଯ୍ୟରେ କରନ୍ତି ତା'ର ଓଲଟା। ଉପଦେଶ କେବଳ ଅନ୍ୟମାନଙ୍କ ପାଇଁ, ନିଜ କ୍ଷେତ୍ରରେ ତାକୁ କାର୍ଯ୍ୟକାରୀ କରିନଥାନ୍ତି। ବାହାରକୁ ଦିଶୁଥିବା ଓ ଖାଦ୍ୟ ଚୋବେଇବା ହାତୀ ଦାନ୍ତ ପରି ଏମାନଙ୍କର ଉଚ୍ଚାରଣ ଓ ଆଚରଣ ଅଲଗା ଅଲଗା। ଏଭଳି ମହା ପୁରୁଷମାନଙ୍କୁ କହିବ କିଏ? ଏମାନେ ତ ଭଗବାନଙ୍କର ଅବତାର ବୋଲି ନିଜକୁ ଭାବନ୍ତି। ଗୀତାକୁ କଣ୍ଠସ୍ଥ କରିଛନ୍ତି ମାନେ ବହୁତ କଥା ଜାଣିଥିବାର ଅହମିକା ଦେଖାନ୍ତି। ଆରେ ବାବା, ଜାଣିଲେ ହେବନି – ତାକୁ ନିଜ ଜୀବନରେ କାର୍ଯ୍ୟକାରୀ କର। ବହୁତ କଥା ମୁଖସ୍ଥ କରିଦେଲେ କି ଲାଭ, ଯଦି ତାହା ଆଚରଣରେ ପ୍ରତିଫଳିତ ନହେଲା? ଗୀତା କେବଳ ଏକ ଧର୍ମଗ୍ରନ୍ଥ ନୁହେଁ, ଏଥିରେ ରହିଛି ଦର୍ଶନର ଗୂଢ଼ ତତ୍ତ୍ୱ ଓ ସରଳ ସମାଧାନର ବାଟ। ସମାଜରେ ଉଚିତ ମାର୍ଗରେ ଜୀବନକୁ ପରିଚାଳିତ କରିବାର ମାର୍ଗଦର୍ଶିକା ହେଉଛି ଗୀତା। ପ୍ରତ୍ୟହ ସକାଳେ ଖାଲି ପଢ଼ିଦେଲେ ତ ହେବନି, ନିଜ ଜୀବନରେ ତାକୁ ପ୍ରତିଫଳିତ କରି ଅନ୍ୟ ପାଇଁ ଆଲୋକବର୍ତ୍ତିକା ସାଜିଲେ ଯାଇ ଗୀତା ପଠନର ମହତ୍ତ୍ୱ ଫୁଟିବ। ସୁତରାଂ ଯାହା ମୁଁ ଚିନ୍ତିବି, ତାକୁ ବାକ୍ୟରେ ବଖାଣିବି ଏବଂ ନିଜ କର୍ମଧାରାରେ ତା'ର ସଦୁପଯୋଗ କରିବି। ଗୀତା କେବଳ ଅନ୍ୟକୁ ବୁଝେଇବା ପାଇଁ ନୁହେଁ, ଦୈନନ୍ଦିନ ଜୀବନ ଶୈଳୀରେ ତା'ର ପ୍ରଭାବ ରହିବା ଦରକାର। ଫଳରେ ଅନ୍ୟମାନେ ସ୍ୱାଭାବିକ ଭାବରେ ଅନୁଗାମୀ ହୋଇ ପାରିବେ। ଏହା ନହେଲେ ପ୍ରତାରଣାର ପାଣିସୁଅ ଭିତରେ ତୁମର ଗୀତା ଜ୍ଞାନ ମିଳେଇଯିବ।

ଧନ୍ୟ ଧନ୍ୟ ହେ ଗୀତା ଗୋସେଇଁ। ଧନ୍ୟ ତୁମ ଗୀତା ପଠନର ମହତ୍ତ୍ୱ!!

■

ଅସଲ ଭିନ୍ନକ୍ଷମ

ଜନଗହଳିପୂର୍ଣ୍ଣ ସ୍ଥାନ ଯଥା - ବସ୍ ଷ୍ଟାଣ୍ଡ, ରେଳ ଷ୍ଟେସନ, ହାଟ ବଜାର, ମେଳା ଅଥବା ଛକ ଜାଗାମାନଙ୍କରେ ଆମେ ଅନେକ ସମୟରେ ଏମାନଙ୍କୁ ଦେଖୁ ଓ ଦୟାପରବଶ ହୋଇ କିଛି ପଇସା ଦେଇଥାଉ ତାଙ୍କ ହାତରେ। ଅନୁକମ୍ପା ଏବଂ ଦୟାଭାବ ପ୍ରଦର୍ଶନ ସୂଚକ କେଇ ପଦ କଥା ଆମ ପାଟିରୁ ସେତେବେଳେ ବାହାରି ପଡ଼ିଥାଏ - ଆହା, ଈଶ୍ୱର କେମିତି ନିଷ୍ଠୁର ହେଲେ ଏମାନଙ୍କ ପ୍ରତି ? ଚିରଦିନ ଏମାନେ ଦେଖି ପାରିବେନି, କହି ପାରିବେନି, ଶୁଣି ପାରିବେନି। ସର୍ବ ସାଧାରଣରେ ଦୟାର ପାତ୍ର ଏଇ ତିନି ପ୍ରକାରର ବ୍ୟକ୍ତିବିଶେଷ ଅନ୍ଧ, ମୂକ ଓ ବଧିର ଭାବରେ ଜଣାଶୁଣା। ସାଧୁ ଭାଷାରେ କହିଲେ - ଦୃଷ୍ଟିବାଧିତ, ମୁଖବାଧିତ ଏବଂ କର୍ଣ୍ଣବାଧିତ। ସାଧାରଣରେ ଲୋକେ ବିଶ୍ୱାସ କରିଥାନ୍ତି ଯେ ପୂର୍ବ ଜନ୍ମର କର୍ମ ଫଳରୁ ଈଶ୍ୱର ତାଙ୍କୁ ଏମିତି ଗଢ଼ିଛନ୍ତି।

କିନ୍ତୁ ସମାଜରେ ଏମିତି କିଛି ଲୋକ ଅଛନ୍ତି ଯେଉଁମାନେ ଆଖି ଥାଇ କିଛି ଦେଖିପାରନ୍ତି ନାହିଁ, କଥା କହିବାର ସାମର୍ଥ୍ୟ ଥାଇ ବି କିଛି କହିପାରନ୍ତି ନାହିଁ ଏବଂ କାନ ଥାଇ କିଛି ଶୁଣିପାରନ୍ତି ନାହିଁ। ସୁତରାଂ ପୂର୍ବ କଥିତ ବାସ୍ତବ ଅନ୍ଧ, ମୂକ ଓ ବଧିର ଲୋକମାନଙ୍କ ପାଇଁ 'ବିଚରା' ଶବ୍ଦ ଯେମିତି ଆମେ ଦୟାପରବଶ ହୋଇ ପ୍ରୟୋଗ କରିଥାଉ, ନିଜର ସାମର୍ଥ୍ୟ ଥିବା ଏଇ ଧରଣର ଅନ୍ଧ, ମୂକ, ବଧିର ଲୋକମାନଙ୍କ କ୍ଷେତ୍ରରେ ବି ସେମିତି 'ବିଚରା' ଶବ୍ଦ ପ୍ରୟୋଗକରିବାକୁ ଇଚ୍ଛା ହୁଏ। ଏବେ ଅସଲ ପ୍ରସଙ୍ଗକୁ ଆସିବା।

ଆମ ଚାରିପାଖର ପରିବେଶକୁ ପରିଷ୍କାର ରଖି, ଫୁଲ ଫୁଟାଇ ମହକାଉଥିବା ଲୋକ ଅଛନ୍ତି। ସେମାନେ ସର୍ବଦା ଆମ ପାଇଁ ନମସ୍ୟ। କିନ୍ତୁ ଆଉ କିଛି ଲୋକ ଚାରିପାଖରେ ପଚା ଅଳିଆ ଆବର୍ଜନା କୁଢ଼ାଇ ପରିବେଶକୁ ପ୍ରଦୂଷିତ କରିଥାନ୍ତି। ଫୁଲ

ଫୁଟାଇ ମହକାଉଥିବା ଲୋକଙ୍କୁ ଆମେ ତାରିଫ୍ କଲାବେଳେ ଅଳିଆ ଆବର୍ଜନା ଗଦା କରୁଥିବା ଲୋକଙ୍କୁ ଏପରି ନକରିବାକୁ ବାରଣ କରିଥାଉ। ଶତ ବାରଣ ସତ୍ତ୍ୱେ ଲୋକେ ନଚେତିଲେ ଆମେ କ୍ଷୁବ୍ଧ ହୋଇ ତାଙ୍କ ବିରୋଧରେ କ୍ରାନ୍ତିର ସ୍ୱର ଉଠାଉ ଓ ଦରକାର ହେଲେ ଦୃଢ଼ କାର୍ଯ୍ୟାନୁଷ୍ଠାନ ବି କରୁ। କାରଣ ପରିବେଶକୁ ପରିଷ୍କାର ରଖି ସୁରକ୍ଷାଦେବା ପ୍ରତ୍ୟେକ ସଚେତନ ନାଗରିକର ନୈତିକ ଦାୟିତ୍ୱ। ଅନ୍ୟ ପକ୍ଷରେ ପରିବେଶକୁ ପ୍ରଦୂଷିତ କରୁଥିବା ଓ ସବୁ ଦେଖି ଶୁଣି ଚୁପ୍ ରହୁଥିବା – ଉଭୟ ଲୋକେ ଅପରାଧୀ।

ଅର୍ଥାତ୍ ନୀତି ନିୟମରେ ଚାଲି ଆମ ସମାଜକୁ ଶୃଙ୍ଖଳିତ କରୁଥିବା ଲୋକମାନେ ଆମର ନମସ୍ୟ। ସେମାନଙ୍କ ଯୋଗୁଁ ଚାରିପାଖରେ ଫୁଲ ଫୁଟି ସୁଗନ୍ଧିତ ହୁଏ ଆମ ସାମାଜିକ ଜୀବନ। ମାତ୍ର ଯେଉଁମାନେ ଅଳିଆ କୁଢ଼େଇଲା ପରି ଭୁଲଭାଲ କାମ କରନ୍ତି, ବେନିୟମ କାମ କରନ୍ତି – ସେମାନଙ୍କୁ ଆମେ ଏପରି ବିଶୃଙ୍ଖଳିତ କାମ ନକରିବାକୁ ନେହୁରା ହେଉ, ଅନେକ କହିଲାପରେ ନଶୁଣିଲେ ସେମାନଙ୍କ ବିରୋଧରେ 'ଯୁଦ୍ଧଂ ଦେହି' ଡାକରା ଦେଇଥାଉ। ଏହା ନହେଲେ ଆମର ବ୍ୟବସ୍ଥାଗତ ସାମାଜିକ ତଥା ନୈତିକ କର୍ତ୍ତବ୍ୟ କ୍ଷୁଣ୍ଣ ହେବ।

ମାତ୍ର ଏଇ ଯେଉଁ ଅନ୍ଧ, ମୂକ, ବଧିରଙ୍କ କଥା ଆମେ କହୁଛେ – ସମାଜର ବିଭିନ୍ନ ସ୍ତରରେ ଘଟୁଥିବା ଭ୍ରଷ୍ଟ ଦୃଶ୍ୟ / ଘଟଣାକୁ ଦେଖିଲେ ବି, ଶୁଣିଲେ ବି ଦେଖି ଦେଖନ୍ତି ନାହିଁ, ଶୁଣି ଶୁଣନ୍ତି ନାହିଁ। ବେନିୟମ, ବେଆଇନ୍ ଘଟଣା ସମ୍ପର୍କରେ ପ୍ରତିବାଦ ନକରି ଆଖି, ପାଟି, କାନ ବନ୍ଦ କରିଦେଇଥାନ୍ତି କିଛି ଅପାରଗ ଲୋକ। ଅନ୍ୟାୟ ଅନୀତି କରୁଥିବା ଲୋକ ତ ସମାଜର ଏକ ଅପରାଧୀ, କିନ୍ତୁ ସେସବୁକୁ ପ୍ରତ୍ୟକ୍ଷ କରି ଆଖି, ପାଟି, କାନ ବନ୍ଦ କରି ଦେଉଥିବା ଲୋକ ଭୟଙ୍କର ଅପରାଧୀ। ଆମେ ଆଲୁଅର ମଶାଲ୍ ନଜାଳିଲେ ରାତିର ଅନ୍ଧକାର ହଟିବ କେମିତି ? ମଶାଲ୍ ଧରି କ୍ରାନ୍ତିକଦମ୍‌ରେ ନ ଆଗେଇଲେ ରାତିର ଅନ୍ଧକାର ତ ଆହୁରି ବଢ଼ିବଢ଼ି ଯିବ ! ଅର୍ଥାତ୍ ଆମେ ଅନ୍ୟାୟ ଅନୀତି ବିରୋଧରେ ସ୍ୱର ଉତ୍ତୋଳନ ନକରି ଅନ୍ଧ, ମୂକ, ବଧିର ପରି ଚୁପ୍ ରହିବାର ଅର୍ଥ ଅନ୍ୟାୟକୁ ପ୍ରଶ୍ରୟ ଦେବା ଏବଂ ଏପରିହେଲେ ଅନ୍ୟାୟକାରୀର ମୁହଁ ବଢ଼େ। ଫଳରେ ଆହୁରି ଭୁଲ କାମ କରିବାକୁ ବା ଅଳିଆ ଆବର୍ଜନା ଦ୍ୱାରା ଆମ ସାମାଜିକ ଜୀବନକୁ ପୂତିଗନ୍ଧମୟ କରିବାକୁ ପ୍ରୋତ୍ସାହିତ ହୁଏ। ପ୍ରଥମରୁ ବାରଣ ନକରି ଛାଡ଼ି ଦେଲେ ନେଡ଼ି ଗୁଡ଼କହୁଣିକୁ ବୋହିଯିବା ହିଁ ସାରହେବ। ଆଜି ଆମ ସମାଜରେ ଏପରି ଅନ୍ଧ, ମୂକ, ବଧିରଙ୍କ ସଂଖ୍ୟା ଅଧିକ। ପରିଣାମ ସ୍ୱରୂପ ବେନିୟମ, ବେଆଇନର କୁଢ଼ କୁଢ଼ ଅସନା ଆବର୍ଜନା...।

ବାସ୍ତବରେ ଏଇ ଅପାରଗମାନଙ୍କ ଅନ୍ଧ, ମୂକ, ବଧିର ହେବା କାରଣ ପାଇଁ ଆମ ସାମାଜିକ ଜୀବନକୁ ଗୋଳିଆ କରୁଥିବା କିଛି ଭ୍ରଷ୍ଟାଚାରୀମାନେ ହିଁ ଦାୟୀ। ସେମାନେ ଦଳେ ଲୋକଙ୍କୁ ଏମିତି ଭାବରେ ତିଆରି କରନ୍ତି ଯେ ଯେମିତି ସେମାନଙ୍କର ଅନ୍ୟାୟ ଅନୀତିପୂର୍ଣ୍ଣ କାର୍ଯ୍ୟକଳାପ ବିରୋଧରେ ସ୍ୱର ଉଠାଇବାର ସତ୍‌ସାହସ ଯୁଟାଇ ପାରିବେନି ଏଇ ନିର୍ମାଖୀ ମଣିଷମାନେ। କେଳା ସାପକୁ ଗଦ ଶୁଂଘାଇ ବଶ କଲାପରି ଭ୍ରଷ୍ଟ ଲୋକମାନେ ଏମାନଙ୍କୁ କବ୍‌ଜାରେ ରଖି ମନ ଇଚ୍ଛା ଭୁଲ୍‌ଭଟକା କାମ କରିଚାଲନ୍ତି। ଏମାନଙ୍କୁ ହାତବାରିସୀ କରି ନିଜ ସ୍ୱାର୍ଥ ହାସଲ ହେଲା ପରି କାର୍ଯ୍ୟ କରୁଥାନ୍ତି। ଏଇ ତିନି କିସମର ଲୋକଙ୍କ ଆଖିରେ, ପାଟିରେ, କାନରେ ପଟି ଲଗାଇଦିଅନ୍ତି। ବୋଇଲେ ଆମେ ଯାହା କରୁଛୁ, ଯାହା କହୁଛୁ ତୁମେ ସେ ସବୁକୁ ଠିକ୍ ବୋଲି ମାନି ନିଅ। ଆମ ଅନ୍ୟାୟ ଅନୀତିପୂର୍ଣ୍ଣ ଆଚରଣ ଆଉ ଉଚ୍ଚାରଣକୁ ତୁମେ ଦେଖି ଦେଖ ନାହିଁ, ସେ ବାବଦରେ କିଛି କୁହ ନାହିଁ ଓ ଶୁଣି ଶୁଣ ନାହିଁ। ତୁମେ ଏକାବେଳେକେ ଅନ୍ଧ, ମୂକ, ବଧିର ହୋଇଯାଇ ସେ ସବୁକୁ ଠିକ୍ ବୋଲି ଗ୍ରହଣ କରିନିଅ। ଆମ ଭୁଲ୍ କଥାକୁ ମହତ ବାଣୀ ବୋଲି ମାନିନିଅ। ପିଲାଦିନେ ଆଈ ମା' କାହାଣୀ ଶୁଣୁଥିଲେ – କାଉଁରୀ ଦେଶରେ କାଳେ ସ୍ତ୍ରୀ ମାନେ ପର ପୁରୁଷମାନଙ୍କୁ ମନ୍ତ୍ର ବଳରେ କଳା ମେଣ୍ଢା କରି ନିଜ ଇଚ୍ଛାରେ ସେମାନଙ୍କୁ ବ୍ୟବହାର କରନ୍ତି। ଉଠ୍ କହିଲେ ଉଠିବେ, ବସ୍ କହିଲେ ବସିବେ। ଠିକ୍ ସେମିତି କି ମୋହିନୀ ମନ୍ତ୍ରରେ ମୋହିତ ହୋଇଥାନ୍ତି କେଜାଣି ଏଇ ଅନ୍ଧ, ମୂକ, ବଧିରମାନେ ଯେ ନୀତି ଭ୍ରଷ୍ଟମାନଙ୍କ କଥାରେ ଉଠ୍ ବସ୍ ହେଉଥାନ୍ତି। ଆଉ ଯେଉଁମାନେ ସେମାନଙ୍କ ହାତବାରିସୀ ହୋଇ ତାଙ୍କ କଥାରେ ଉଠ୍ ବସ୍ ହୋଇ ପାରିଲେନି, ବିଭିନ୍ନ କୂଟ କପଟ ପ୍ରୟୋଗ କରି ସେମାନଙ୍କର ପକ୍ଷ ଛେଦନ କରିବାକୁ ଯୋଜନା ପ୍ରୟୋଗ କରନ୍ତି। ସିଂହାସନ ତଳେ କାକୁସ୍ଥଭାବରେ 'ହାଁଜୀ ହାଁଜୀ' କରିପାରୁଥିବା ଦଳେ ଅନ୍ଧ, ମୂକ, ବଧିର ସେମାନଙ୍କର ଦରକାର। ମାତ୍ର ସତ୍ୟକୁ ସାମ୍ନା କରୁଥିବା ଲୋକ ତାଙ୍କ ପାଇଁ ଅଡୁଆ।

ବଡ଼ ଦୁଃଖ ଲାଗେ କାକୁସ୍ଥଭାବରେ ନୀତିଭ୍ରଷ୍ଟଙ୍କ ପାଦ ତଳେ ବସି 'ହାଁଜୀ ହାଁଜୀ' କରୁଥିବା ଏଇ ଅପାରଗ ଲୋକମାନଙ୍କର ଅବସ୍ଥା ଦେଖି। ଦେଖି ଦେଖୁନାହଁ, ଶୁଣି ଶୁଣୁ ନାହଁ, କହିବାର ସତ୍ ସାହସ ନାହିଁ। ଅସନା ଆବର୍ଜନା ରୂପକ ଅନ୍ୟାୟ ଅନୀତି ବିରୋଧରେ ସ୍ୱର ଉଠାଇବାର ହିମ୍ମତ୍ ନାହିଁ। ତେବେ ତ ତୁମେମାନେ ହିଁ ଅସଲରେ ଅନ୍ଧ, ମୂକ, ବଧିର ! ନିଜେ ହିଁ ନିଜର ଭାଗ୍ୟ ନିର୍ମାତା। ବିଚରା...।

■

ବିସ୍ମୟ - ବାସ୍ତବ

"ଉଡ଼ାଜାହାଜ ଉଡ଼ାଜାହାଜ
ତଳକୁ ଖସି ଆ'
କୁନାକୁ ମୋର ବସାଇ କୋଳେ
ଆକାଶେ ଉଡ଼ି ଯା'।"

ଦୂର ଆକାଶରେ ଘୁଁ - ଘୁଁ ଶବ୍ଦ କରି ଯାଉଥିବା ଉଡ଼ାଜାହାଜକୁ ଦେଖାଇ ମା' ତା'ର ଅବୋଧ କୁନାକୁ ଦୁଧ ଭାତ ଖୁଆଇ ଦେଉଥିଲା। ଆକାଶର ଉଡ଼ାଜାହାଜକୁ ବେକ ଭାଙ୍ଗି ଅନାଇ ତୁନି ହୋଇଯାଉଥିଲା କୁନା। ବିସ୍ମୟ ବିମୂଢ଼ ଏବଂ ଆଶ୍ଚର୍ଯ୍ୟ ଚକିତ ହୋଇ ଅପଲକ ନୟନରେ ନୀରବ ନିର୍ବାକ୍ ଭାବରେ ବୁଝି ଯାଉଥିଲା ସେ। କୁନା ଟିକିଏ ବଡ଼ ହୋଇ ଚାଲି ଶିଖିଲା। କଅଁଳା ବାଛୁରି ପରି ଫକ୍ ଫକ୍ ଡେଇଁ ଗାଁ' ଦାଣ୍ଡରେ ଧୂଳି ଖେଳ ଖେଳୁ ଖେଳୁ ଆକାଶରେ ଘୁଁ-ଘୁଁ ଶବ୍ଦ ଶୁଣିଲେ ସାଙ୍ଗ-ସାଥୀଙ୍କ ମେଳରେ ପୁଲକିତ ହୋଇ ଦୌଡ଼ିଯାଉଥିଲା କିଛି ବାଟ। ତା' ମନରେ ସେତେବେଳେ ବିରାଟ ବିସ୍ମୟର ପ୍ରଶ୍ନବାଚୀ ସୃଷ୍ଟି ହେଉଥିଲା – କେମିତି ଉଡୁଛି ଏହା, କୁଆଡ଼େ ଯାଉଛି, କେଉଁ ରାଇଜର ଲୋକମାନେ ଥିବେ ସେଥିରେ, ସେମାନେ ଦେଖିବାକୁ ଆମପରି ନା ଆଉ କାହାପରି ହୋଇଥିବେ, କି ଭାଷାରେ କଥା ହେଉଥିବେ ... ଇତ୍ୟାଦି କିମ୍ଭୂତ କିମାକାର ପ୍ରଶ୍ନର ଅଡୁଆ ତଡୁଆ ଜାଲରେ ଛନ୍ଦି ହୋଇଯାଉଥିଲା ସେତେବେଳେ। ଆଉ କେତେବେଳେ ଅବା ପାଖଦେଇ ଯାଉଥିବା ଉଡ଼ାଜାହାଜକୁ ଦେଖି ଆଶ୍ଚର୍ଯ୍ୟରେ ଆହ୍ଲାଦିତ ହେଉଥିଲା ସେ। କେତେ କଳ୍ପନା ଜଳ୍ପନା କରୁଥିଲା। ତଳକୁ ଓହ୍ଲାଇ ଆସନ୍ତା କି, ଆଖି ପୂରାଇ ଦେଖନ୍ତା ଟିକିଏ ତାକୁ .. ଦେଖନ୍ତା ତା' ଭିତରେ ବସିଥିବା ଅଜଣା ମଣିଷମାନଙ୍କୁ। ଏଇମିତି କେତେ ନା କେତେ ଅସମାହିତ ପ୍ରଶ୍ନ ଆନମନା କରୁଥିଲା କୁନାକୁ।

XXX

ଆଜି ଆମ କୁନା ବଡ଼ ହୋଇଯାଇଛି । "ଏୟାରକ୍ରାଫ୍ଟ"ର ଜଣେ ଦକ୍ଷ ପାଇଲଟ୍ ସିଏ । ଉଡ଼ାଜାହାଜକୁ ଚଳାଇ ମାତ୍ର ନିମିଷକ ଭିତରେ ଦେଶ ଦୁନିଆର ଏ କୋଣରୁ ସେ କୋଣକୁ ପାରି ହୋଇ ଯାଉଛି । ଉଡ଼ାଜାହାଜ ତାକୁ ଆଉ ଆଶ୍ଚର୍ଯ୍ୟ ଲାଗୁନି । ଏବେ ସତରେ କ'ଣ ତା'ର ମନେଥିବ – ବାଲ୍ୟ ବେଳାରେ ଯେଉଁ ଉଡ଼ାଜାହାଜ ତା' ମନରେ ବିସ୍ମୟର ଭାବ ସୃଷ୍ଟି କରୁଥିଲା, ଚକିତ ଚମକୃତ କରୁଥିଲା, ଆଶ୍ଚର୍ଯ୍ୟ ହୋଇ ଅପଲକ ନୟନରେ ଅଦୃଶ୍ୟ ହେବା ପର୍ଯ୍ୟନ୍ତ ଚାହିଁ ରହୁଥିଲା ସେ ... ଏଇ ସବୁ ଶୈଶବ ସ୍ମୃତି କ'ଣ ସେ ମନେରଖିଥିବ ? କେତେ ନଦ ନଦୀ, କାନନ କାନ୍ତାର, ସାଗର ଭୂଧରକୁ ଡେଇଁ ଏବେ ସେ ଆକାଶର ଏପାରିରୁ ସେପାରିକୁ ଛୁଇଁ ଯାଉଛି ନିମିଷକରେ । ଏ ଦେଶରେ ବ୍ରେକ୍‌ଫାଷ୍ଟ୍ କଲେ ଆଉ କେଉଁ ଦେଶରେ କରୁଛି ଲଞ୍ଚ୍ ଏବଂ ଆଉ କୋଉଠି ଡିନର୍ । ଦୁନିଆର ଏ କୋଣରୁ ସେ କୋଣ ପର୍ଯ୍ୟନ୍ତ ଉଡ଼ିଲା ବେଳେ ଶିଶୁ ଅବସ୍ଥାରେ ମା'ର ସେଇ ଉଡ଼ାଜାହାଜ ଗୀତ ଭୁଲି ଏବେ ସେ ନିଜ ଭିତରେ ଗୁଣ୍‌ଗୁଣ୍ ହେଉଛି:-

"ଆମେ ତ ଉଡୁ ଆଜି ଆକାଶେ
ରବିର କର ଯହିଁ ଝଲକେ ।"

ଶିଶୁ ମନର ସ୍ୱପ୍ନ, ବାଲ୍ୟ ବେଳର ବିସ୍ମୟଭାବ ଆଜି ବାସ୍ତବ ରୂପ ନେଇଛି । ଦାଣ୍ଡର ଧୂଳି ଖେଳ ଛାଡ଼ି ଆକାଶର ଉଡ଼ାଜାହାଜ ଦେଖିବାକୁ ଦୌଡ଼ି ଆସୁଥିବା କୋମଳମତି କୁନା ଏବେ ବିଜ୍ଞାନର ବୈଜୟନ୍ତ ଧରି ଦେଶ ବିଦେଶରେ ପ୍ରଗତିର ପରାଗ ଉଡ଼ାଉଛି । ବିରାଟ ବିଶ୍ୱ ଆଜି ବକଟେ୍ ପରି ଲାଗୁଛି ତାକୁ । "ବସୁଧୈବ କୁଟୁମ୍ବକମ୍"ର ବିମାନରେ ବସି ବିଜ୍ଞାନର ବିଜୟ ଉଲ୍ଲାସରେ ସବୁ ମଣିଷଙ୍କୁ କରିପାରୁଛି ଆପଣାର ।

XXX

"ଆ ଜହ୍ନମାମୁ ଶରଦ ଶଶୀ
ମୋ କାହ୍ନୁ ହାତରେ ପଡ଼ରେ ଖସି ।"

ସେଇ କୁନାର ଅବୁଝାପଣକୁ ବି ଉପଶମ କରୁଥିଲା ଏ ଲୋକଗୀତ । ମେଘ ମୁକ୍ତ ଶରତର ସଫେଦ୍ ଚାନ୍ଦ ଦେଖାଇ ମା' ତାକୁ ପ୍ରବୋଧନା ଦେଉଥିଲା । ସଂଜୁଆ ଅଗଣାରେ ସପ ପାରି ଜହ୍ନ ଦେଖାଉ ଦେଖାଉ କେତେ କାହାଣୀ କହି ଶୁଆଇ ଦେଉଥିଲା କୋଳରେ । ତୃଷାର୍ତ୍ତ ଶଶାଟିଏ ପାଣି ପିଇବ ବୋଲି ଧାଇଁ ଧାଇଁ ଶେଷରେ ଚାନ୍ଦ ଭିତରେ ମିଶିଯିବା କଥା ମା' କହୁଥିଲା । ସେଇ ଦିନଠାରୁ ଚାନ୍ଦ ଭିତରେ ଶଶା ଏକ

ଚିହ୍ନ ହୋଇ ରହିଯାଇଛି। ଏଥିପାଇଁ ସେ ଶଶାଙ୍କ। ଅବୋଧ କୁନାକୁ ଏସବୁ କାହାଣୀ ବିସ୍ମୟ ପରି ଲାଗୁଥିଲା। ଏଇ ବିସ୍ମୟ କାହାଣୀ ଶୁଣୁ ଶୁଣୁ କେତେବେଳେ ମା' କୋଳରେ ଶୋଇ ଯାଉଥିଲା। ମା' ଲକ୍ଷ୍ମୀଙ୍କର ଭାଇ ହେତୁ ସେ ଆମର ମାମୁ; ସମୁଦ୍ର ମନ୍ଥନରୁ ଏଇ ଦୁଇ ଭାଇ ଭଉଣୀ ବାହାରିଥିଲେ। ବିଭିନ୍ନ ସମୟରେ ଅଝଟ କରୁଥିବା କୁନା ପାଇଁ ଏ ସବୁ ଥିଲା ବିସ୍ମୟର କାହାଣୀ, ଆଶ୍ଚର୍ଯ୍ୟର କାହାଣୀ। ହୁଏତ ଏଇ ବିସ୍ମୟ ଅଥବା ଆଶ୍ଚର୍ଯ୍ୟର ଭାବ ତା' ମନକୁ ଆଚ୍ଛନ୍ନ କରି ରଖିଥିଲା। ଅନେକ ସମୟରେ ଆକାଶର ଜହ୍ନକୁ ଚାହିଁ କେତେ କ'ଣ ଭାବି ଯାଉଥିଲା ସେ। ପୁଣି ଆମ ଜହ୍ନମାମୁକୁ ରାହୁ ଗିଳି ଦେଉଥିବାର କାହାଣୀ ଶୁଣି ତାକୁ ଅଜବ ପରି ଲାଗୁଥିଲା। ସେତେବେଳେ ରାତିର ଅନ୍ଧାର ଆକାଶରେ ଜହ୍ନମାମୁ ରାହୁର ଆଁ ଭିତରେ ଆକ୍‌ତା ମାକ୍‌ତା ହୋଇଯାଉଥିଲେ କାଳେ।

XXX

ଏବେ ଆମ କୁନା 'ନାସା' ର ଜଣେ ବଡ଼ ବୈଜ୍ଞାନିକ ହୋଇ କେତେ କଥା ପଢ଼ିଲାଣି, କେତେ କଥା ଜାଣିଲାଣି। ମହାକାଶ ଯାନ ସାହାଯ୍ୟରେ ଚନ୍ଦ୍ର ମଣ୍ଡଳକୁ ଯାଇ ବିଜୟର ବୈଜୟନ୍ତ ଉଡ଼ାଇ ଫେରିଲାଣି ସେ। ଏବେ ସେ ବୁଝିଲାଣି - ମା' ଯାହାକୁ ଦିନେ ଜହ୍ନମାମୁ ବୋଲି କହି ତାକୁ ବହଲାଇ ଦେଉଥିଲା, ତାହା ପୃଥିବୀର ଉପଗ୍ରହ ଏବଂ ଛୋଟିଆ ବଲ୍ ନୁହେଁ ଯେ କୁନା ହାତରେ ଆସି ଖସି ପଡ଼ିବ। ଚନ୍ଦ୍ରପୃଷ୍ଠରେ ଅବତରଣ କରି ପଥୁରିଆ ଟାଙ୍ଗରା ମାଟିରେ କୁନା ସେଠି ଖୋଜୁଥିଲା – କେଉଁ ତୃଷାର୍ତ୍ତ ଶଶାଟିଏ ପାଣିପାଇଁ ଧାଇଁ ଧାଇଁ ଚାନ୍ଦ ଭିତରେ ମିଶିଯାଇଛି। ଖାଲି ଟାଙ୍ଗରା ପାହାଡ଼, ଗହ୍ୱର ଏବଂ ଗର୍ତ୍ତଭରା ତା' ପୃଷ୍ଠ ଭୂମି ସିନା ..! ସେଠି ପାଣି କାହିଁ ଯେ ଶଶା ଧାଇଁଥିଲା ତା' ଆଡ଼କୁ!! ପୁଣି ରାହୁ କେମିତି ଗିଳୁଥିଲା ଏତେ ବିଶାଳ ରୁକ୍ଷ ବନ୍ଧୁର ବସ୍ତୁଟିକୁ ?

ଚନ୍ଦ୍ରପୃଷ୍ଠରୁ ପୃଥିବୀକୁ ଫେରୁଫେରୁ ପିଲାଦିନେ ଶୁଣିଥିବା ମହାକାଶର ଅନ୍ଧାର ଭିତରେ ସୁର ଏବଂ ଅସୁରଙ୍କ ଘମାଘୋଟ୍ ଲଢ଼େଇର କାହାଣୀ ତା'ର ମନେପଡ଼ିଲା। କେତେ ଶୂନ୍ୟରେ ସେମାନେ ବାଣ ମରାମରି ହେଉଥିଲେ – ସେ କଥା ଚିନ୍ତା କରି ବିସ୍ମିତ ହେଉଥିଲା କୁନା। ମହାକାଶରେ ଦେବତା, ପରୀ, ଗନ୍ଧର୍ବ, ଯକ୍ଷମାନେ ରହୁଥିବା କଥା ସେ ପିଲାଦିନେ ଶୁଣିଥିଲା। ଏବେ ତ ତା' ରକେଟ୍ ଆକାଶ ମହାକାଶ ପାରି ହୋଇ ଶୂନ୍ୟ ମହାଶୂନ୍ୟ ଅତିକ୍ରମ କରୁଛି। ଆଜି ବାସ୍ତବତାର ଉଜ୍ଜ୍ୱଳ ଆଲୋକରେ ବିସ୍ମୟର ବିକଟାଳ ରୂପ ବିଲୀନ ହୋଇଯାଉଛି ଧୀରେ ଧୀରେ। ପିଲାଦିନେ କୁନା ମନରେ ବସା ବାନ୍ଧିଥିବା ସବୁ ଅସମାହିତ ପ୍ରଶ୍ନର ରୁଦ୍ଧଦ୍ୱାର ଖୋଲିଯାଉଛି ଏବଂ

ଏବେ ଅନ୍ଧକାର ଭିତରେ ଥିବା ଆଶ୍ଚର୍ଯ୍ୟର ଅଜଣା ଗଳିକୁ ବିଜ୍ଞାନ ଚୁରମାର୍ କରିଚାଲିଛି ସମୟକ୍ରମେ। କାଲି ଯାହା ଦିନେ ବିସ୍ମୟ / ବିଚିତ୍ର ପରି ଲାଗୁଥିଲା, ଯାହା ଦିନେ ସ୍ୱପ୍ନ ପରି ଲାଗୁଥିଲା- ଆଜି ଆମ କୁନାମାନଙ୍କ କ୍ଷେତ୍ରରେ ତାହା ବାସ୍ତବ ରୂପ ନେଉଛି। ବିସ୍ମୟର ବିଚିତ୍ରତାରୁ ସୃଷ୍ଟି ହେଉଥିବା କାଳ୍ପନିକ କାହାଣୀକୁ ଯେଉଁ କୁନାମାନେ ଅତି ଉତ୍ସୁକତାର ସହିତ ଆଶ୍ଚର୍ଯ୍ୟଚକିତ ହୋଇ ଶୁଣୁଥିଲେ, ଏବେ ବିଜ୍ଞାନର ଜୟଯାତ୍ରା ଫଳରେ ସେସବୁର ପରୀକ୍ଷା ନିରୀକ୍ଷା କରି ଜାଣିଲେଣି ବିସ୍ମୟ ଏବଂ ବାସ୍ତବତା ଭିତରେ ଲମ୍ବା ରାସ୍ତାର ବ୍ୟବଧାନ କେତେ। ତଥାପି କିଛି ଅବାସ୍ତବତା ଏବେ ବି ବିସ୍ମୟର କୁହେଳିକା ଭିତରେ ରହିଯାଇଛି। ଏ ପିଢ଼ିର କୁନାମାନେ ନହେଲେ ବି ଆଗାମୀ ପିଢ଼ିର କୁନାମାନେ ନିଶ୍ଚିତ ସେସବୁର ସତ୍ୟତାକୁ ଉଦ୍‌ଘାଟନ କରିବେ।

■

BLACK EAGLE BOOKS

www.blackeaglebooks.org
info@blackeaglebooks.org

Black Eagle Books, an independent publisher, was founded as a nonprofit organization in April, 2019. It is our mission to connect and engage the Indian diaspora and the world at large with the best of works of world literature published on a collaborative platform, with special emphasis on foregrounding Contemporary Classics and New Writing.